Melissa Ratsch

Katzenseele

Das Highborn-Projekt

Romantic-Fantasy-Roman

Über das Buch

Angeschossen und dem Tod näher als dem Leben, wird ein Puma von einem jungen Tierarzt gefunden und in seine Praxis gebracht.

Vincent Osborn ahnt nicht im Geringsten, dass die Raubkatze auf seinem Operationstisch kein gewöhnliches Tier ist. Als unvermittelt eine Gruppe Fremder in seiner Praxis auftaucht, die behaupten mit dem Puma blutsverwandt zu sein, will Vincent schon die Polizei rufen. Doch dann verwandelt sich die Raubkatze tatsächlich in einen Menschen: Felina heißt die schöne junge Frau und Vincent muss erfahren, dass sie und ihre Geschwister das Ergebnis von illegalen Genexperimenten sind. Der verantwortliche Pharmakonzern lässt nichts unversucht sein Eigentum zurück zu bekommen und bedroht mit perfiden Methoden das Leben der Hybrid-Geschwister.

Wo ist Vincent da nur hineingeraten? Wird er den Geschwistern helfen können? Und warum bekommt er Felina nicht mehr aus seinen Gedanken?

„Katzenseele“ schließt nahtlos an die vorigen Bände der beliebten Gestaltwandler-Reihe an und erzählt eine weitere Geschichte voller Spannung, Liebe, Verrat und Schicksalsschlägen.

Über die Autorin

Die 1987 geborene Autorin schreibt schon seit ihrer Jugend Kurzgeschichten und Romane - anfangs aus der Not heraus, da einfach nichts ihrem Geschmack entsprach und die Ideen in ihrem Kopf viel interessanter waren. Daraus ergaben sich im Laufe der Jahre mehrere Kurzgeschichten und erste Romane.

Impressum

1. Auflage
Inhalt: © / 2019; Melissa Ratsch, c/o SP-Day.de Impressum-Service, Dr. Lutz Kreutzer, Putzbrunner Str. 9c, 81737 München; www.melissa-ratsch.de; autorin@melissa-ratsch.de
Lektorat: Eva Benedikt
Cover: © / 2019; Melissa Ratsch; Bildmaterial: pexels.com (#413687)
Druckerei: Amazon Media EU S.à r.l., 5 Rue Plaetis, L-2338, Luxembourg
ISBN: 978-1691330713

Ich will leben,

nicht nur überleben.

Kapitel 1

Ein Knirschen, ein Knacken - und ein tiefhängender Ast schlug Felina ins Gesicht. Der Hieb brannte auf ihrer Wange, doch sie hetzte weiter. Sie hatte schon schlimmere Schmerzen ausgehalten. Zum Beispiel das Brennen in ihrem entzündeten Vorderbein, welches wie ein Blitz bei jedem ihrer schnellen Schritte in ihre Schulter hinaufschoss.

Aber all das war egal, sie musste weiterrennen.

Sie musste fliehen.

Der Wind drehte und wieder roch sie es: Nasses Fell, Waffenfett, trockenes Leder und Pfeffer.

Ihre Verfolger waren ihr dicht auf den Spuren, denn sie konnte nicht so schnell rennen wie sie es in gesundem Zustand gekonnt hätte. Zudem war das Gelände uneben, große Wurzeln und Felsen machten es ihr unmöglich an Geschwindigkeit zuzulegen.

Ganz im Gegensatz zu den Hunden der Jäger, die näherkamen. Felina konnte ihr Gebell immer deutlicher hören.

Ihre Instinkte rieten ihr auf einen Baum zu klettern, sich in den vom Herbst rot, braun und golden verfärbten Wipfeln zu verstecken und zu warten, bis ihre Verfolger aufgaben, doch Felina sträubte sich gegen den Willen ihrer Katze. Obwohl die tierische Hälfte ihrer Seele im Moment die Oberhand hatte, setzte sich Felina durch.

Die Hunde mochte sie auf diese Weise loswerden, doch die Jäger hatten Gewehre. Da würden ein paar Blätter und Äste sie nicht daran hindern sie einfach vom Baum zu schießen. Dieses Argument überzeugte auch die Katze in ihrem Bewusstsein. Sie hatten zu viel auf sich genommen, zu viel ertragen, zu viel riskiert um jetzt als Jagdtrophäe zu enden.

Also hetzte sie weiter, ungeachtet der entzündeten Pfote und dem Hunger, der ihr Herz unregelmäßig schlagen ließ.

Sie konnte nur hoffen, dass die Menschen bald von ihr abließen. Das Licht zwischen den dichtstehenden Bäumen wurde immer dämmriger. Was die Hunde nicht aufhalten würde, doch Felina setzte darauf, dass die Jäger sie bald zurückpfeifen würden.

Hoffentlich.

Doch dann kam alles anders als erwartet - unvermittelt lichtete sich der Wald und Felina grub ihre Krallen tief in den weichen Boden, um nicht in den Abgrund zu stürzen, der sich plötzlich vor ihr auftat. In letzter Sekunde kam ihr Körper zum Stillstand, nur Zentimeter vor der scharfen Kante.

Kalter Wind schlug ihr ins Gesicht, sie hechelte und machte einen zitternden Schritt rückwärts. Unter ihr ging es mindestens fünfzig Meter steil bergab. Sie konnte Bäume und eine Straße ausmachen, die sich durch den grün- und orangegefärbten Wald schlängelte. Doch sie hätte genauso gut auf dem Mond sein können, für Felina war sie im Moment unerreichbar. Der Abhang war zu steil, sie konnte unmöglich springen.

Sie saß in der Falle.

Scheiße!, schoss es Felina durch den Kopf. Sie drehte sich um, ihr Brustkorb pumpte weiterhin hektisch Luft in ihre Lungen. Sie konnte die drei Köter bereits durch das Unterholz preschen sehen. Der Geruch nach ihrem nassen Fell und dem Waffenfett ihrer Besitzer reizte ihre Nase.

Felina hatte keine Ahnung, ob sie es mit den Hunden aufnehmen konnte. Mit ihren Wolfs-Geschwistern hatte sie bei den wenigen Gelegenheiten, in denen man sie zusammengelassen hatte, spielerisch gekämpft und gerungen. Dabei hatte sie aufgrund ihrer Wendigkeit oft die Oberhand behalten. Aber es war ein Spiel gewesen und sie hatten eins zu eins gegeneinander gekämpft. Felina glaubte nicht, dass ihre Verfolger so fair sein würden.

Nein, sie würden versuchen sie in der Luft zu zerreißen.

Das Gebell war nun beinahe ohrenbetäubend und Felina sträubte das Fell, legte die Ohren an und brummte tief in der Kehle. Sie würde bis zum letzten Atemzug kämpfen und sollte sie hier sterben, dann würde sie das als freie Frau tun. Aber nicht, ehe sie einen oder zwei dieser stinkenden Hunde mit sich in den Tod gerissen hatte.

Schon brachen sie kläffend und mit Geifer vor dem Maul aus dem Unterholz, stürmten auf Felina zu und weil sie dumm waren, bemerkte einer von ihnen den Abhang nicht. Schnell hechtete Felina zur Seite und hörte noch das Jaulen des Jagdhundes, während er stürzte. Die anderen beiden hatten das Schicksal ihres Kameraden gesehen und schafften es noch anzuhalten, doch sie drehten sich sogleich zu Felina um und knurrten sie an. In ihren Augen standen Eifer und Blutgier.

Felina legte die Ohren näher an ihren Kopf, zog die Lefzen zurück und fauchte die Hunde an. Obwohl sie im Moment unterernährt war, wog sie dennoch mindestens fünfundzwanzig Pfund mehr als ihre Gegner. Doch das interessierte die beiden wenig, denn schon preschten sie auf sie zu und versuchten sie zu beißen.

Mit einem Satz sprang Felina über sie hinweg, kam jedoch hart auf dem Boden auf und Schmerz schoss durch ihr verletztes Vorderbein. Aber ihr blieb keine Zeit sich damit zu beschäftigen, denn schon setzten die Jagdhunde zum nächsten Angriff an. Wieder sprang sie zur Seite, schaffte es dabei ihre Krallen in der Flanke des einen Hundes zu versenken.

Blutgeruch schwängerte die Luft, ebenso wie das helle Jaulen des Hundes. Doch es war nicht genug gewesen um ihn zu stoppen - und sein Kumpan wollte offenbar Rache für die Verletzung. Immer wieder und wieder stürmten sie auf Felina zu, deren letzte Kraftreserven fast aufgebraucht waren.

Sie war so damit beschäftigt nicht zwischen die Zähne der Jagdhunde zu kommen, ihnen auszuweichen und zu versuchen sie ihrerseits zu verletzen, dass sie nicht mehr auf ihre Umgebung achtete.

Andernfalls wäre ihr sicher das metallische Klicken aufgefallen, als der Hahn eines Gewehrs gespannt wurde.

Was sie allerdings bemerkte war der Knall des Schusses und der gewaltige Schmerz, der nur Millisekunden danach in ihrer Hüfte explodierte. Felina stieß einen Schrei aus, taumelte von der Wucht des Aufpralls und schlitterte über die Kante des Abhangs. Für einen Herzschlag war sie schwerelos – ehe die Erdanziehungskraft erbarmungslos nach ihr griff und sie in die Tiefe zog.

Mit einem Gefühl aus Schock, Unglauben und sanfter Schwerelosigkeit schloss Felina die Augen und wartete auf den Aufprall, der ihr wohl alle Knochen im Leib brechen würde.

So sollte ihr Leben also zu Ende gehen.

Kapitel 2

Das nächste, was Felina wahrnahm, waren Schmerzen.

So furchtbare Schmerzen, dass sie sich wünschte doch gestorben zu sein. Sie fühlte mehrere Schnittwunden auf ihrem Körper, ihr linkes Vorderbein, die rechte Hüfte und das rechte Hinterbein standen regelrecht in Flammen. Ihre Ohren klingelten und sie konnte nur ein Auge öffnen, das andere war zugeschwollen und sie konnte das Lid nicht heben.

Immerhin lag sie auf einer weichen Matte, die sich ihrem auf der Seite liegenden Körper anpasste und so möglichst wenig Druck auf ihre Glieder ausübte. Doch als Felina versuchte den Kopf zu heben um sich umzusehen wurde sie von heftigem Schwindel erfasst.

Ihre Kehle war wie ausgedorrt und auch sie schmerzte, als Felina trocken schluckte. Am liebsten hätte sie aufgehört zu atmen, da auch ihre Rippen sich gequetscht anfühlten. Sie versuchte vorsichtig tiefer einzuatmen um den Schwindel los zu werden - und versteifte sich.

Dieser Geruch, alles nur das nicht!

Es roch nach Alkohol, Jod und etwas Chemischem. Felina drehte sich der Magen um, sie würgte trocken und bekam dabei Tränen in die Augen.

Sie hatten sie gefunden!

Irgendwie musste sie den Sturz überlebt haben, die Erinnerung war verschwommen und ihre Kopfschmerzen verstärkten sich, wenn sie versuchte sich daran zu erinnern. Da waren Blätter gewesen, Äste die ihren Sturz gedämpft hatten… Doch anschließend versank alles in Felinas Kopf in nebligem Chaos.

Ganz offensichtlich hatte man sie gefunden und zurück in die Hölle der ConPharm Laboratorien gebracht. Felina öffnete das eine Auge und sah sich in dem Dämmerlicht des

Raums um. Das, was sie von ihrem Käfig sehen konnte, erkannte sie nicht wieder, doch das musste nichts heißen. Garantiert hatten die Sadisten neue Zellen für sie gebaut. Der enge Raum erinnerte eher an eine Gefängniszelle, drei der vier Wände waren mit grauen Ziegeln gemauert. Auf der vierten Seite befand sich statt Gittern ein Maschendrahtzaun.

Der Boden war weiß gefliest - das kannte sie. Das Material war pflegeleicht, man konnte einfach mit einem Schlauch Blut und sonstige Körperflüssigkeiten davon wegspritzen.

Ihr Herz schlug immer schneller in ihrer Brust. Darüber hinaus konnte Felina nichts hören. Kein leises Piepen oder Brummen von Maschinen und Geräten, niemand der sich hinter Spiegelwänden unterhielt. Letzteres konnte sie von ihrer Position am Boden nicht ausmachen, genauso wenig wie Überwachungskameras.

Felina war offensichtlich alleine.

Was wollten sie hier nur mit ihr tun?

Nochmal atmete sie tief ein, versuchte etwas Anderes zu riechen als das widerwärtige Desinfektionsmittel, von dem ihr ganz schlecht wurde. Da war noch etwas… eine Ahnung von Fell. Felinas Magen zog sich zusammen. Hatten sie etwa auch die anderen geschnappt? Ursyn, Lycan oder - bitte nicht - Canys?

Ein Wimmern löste sich aus ihrer trockenen Kehle und sie schloss wieder das Auge. Sie hatten sich mit ihrem Plan so viel Mühe geben, vor allem Ursyn. Ohne ihn hätten sie nie die Chance auf Flucht gehabt. Er hatte die Lücke in der Überwachung gefunden, die diese Bastarde nach der Änderung der Sicherheitsprotokolle übersehen hatten.

Protokolle, die nur geändert worden waren, weil…

Nein, dachte Felina und zwang ihre Gedanken fort von diesen düsteren Erinnerungen. Sie hatte unzählige solcher Erinnerungen, sie quälten sie oft nachts, doch diese eine war besonders grausam. Und Felina wollte nicht in den letzten Minuten ihres Lebens ausgerechnet daran denken.

Bevor sie ihrem Leben ein Ende bereitete wollte sie angenehme Gedanken haben. An ihre Familie, an die wenigen

Augenblicke des glücklichen Zusammenseins, an die Wochen in Freiheit, auch wenn sie entbehrungsreich und vergangen waren.

Wie sollte sie es anstellen ihr Leben auszuhauchen?

In ihrer Zelle gab es nichts außer der Matte, auf der sie lag. Nochmal wagte sie einen Versuch den Kopf zu heben und sich umzuschauen - und entdeckte erst da die Kanüle, die in ihrem Vorderbein steckte. Eine Stelle war kahlrasiert worden und eine große Nadel, die mit einem Schlauch samt halbleerem Infusionsbeutel verbunden war steckte in ihrer Ader.

Ein Gedanke formte sich in ihrem Kopf und ihr drehte sich der Magen um. Sie konnte sich die Kanüle ziehen und mit ihren Zähnen die Vene weiter aufreißen. Schwankend zwischen Grauen und Hoffnung auf Frieden legte sie ihren pochenden Kopf zurück auf die Matte.

Was sollte sie nur tun?

Sie hatte es doch ihren Geschwistern versprochen. Geschworen hatten sie es sich gegenseitig. Nie, niemals wieder würde ConPharm sie lebend in die Hände bekommen. Sie würden nur als Leichen wieder in die Labore zurückkehren. Und sollte eine Flucht nicht gelingen, so musste Felina genau das tun.

Während sie noch mit sich rang zuckten ihre Ohren. War da ein Geräusch gewesen? Ein dumpfes Pochen. Ihr wurde erneut schwindlig, als sie den Kopf hob um auch mit dem anderen Ohr besser hören zu können. Doch, sie hatte es sich nicht eingebildet.

Nur Sekunden später hörte sie etwas entfernt das Schaben einer sich öffnenden Tür und Schritte, die näherkamen.

Felina ignorierte die Schmerzen in ihrem Körper, rappelte sich auf und presste sich in die hinterste Ecke ihrer Zelle. Sie machte sich so klein wie möglich, auch wenn ihre Rippen und vor allem die Schusswunde an ihrer Hüfte sie beinah umbrachten.

Sie würde niemals ihren Kerkermeistern liegend gegenübertreten, zumindest nicht, wenn man sie zuvor nicht festgekettet hatte. Daher biss sie die Zähne zusammen und drückte sich in die Ecke.

Nun wurde die Tür direkt zu ihrem Verließ geöffnet und der Schein einer Taschenlampe schwenkte durch das Dämmerlicht. Die Schritte wurden lauter, näherten sich ebenso wie der tanzende Lichtkegel.

Die Ohren angelegt, die Lefzen erhoben und die Krallen ausgefahren kauerte sich Felina noch tiefer in die Ecke und wartete auf ihre Wärter. Wartete darauf die nächste Gelegenheit zu nutzen wieder zu entkommen.

Oder den letzten Schritt zutun und sich die Pulsadern aufzubeißen. Denn wieder hier zu sein, das war kein Leben. Das war endlose Folter.

Der Lichtkegel war nun kleiner geworden, die Schritte lauter und jeden Augenblick musste es soweit sein. Nur noch einige Herzschläge…

Ein Mann trat in ihr Sichtfeld – immer waren es Männer gewesen, die die schlimmsten Experimente gemacht hatten. Neues Adrenalin wurde in Felinas Blutbahn gepumpt und ließ für einige Augenblicke sogar den Schmerz in den Hintergrund treten.

Mit einem Laut der Überraschung blieb er vor ihrem Käfig stehen und sah sie an, das Licht der Taschenlampe blendete sie kurz, ehe er den Strahl auf ihre Brust richtete und sie mit ihrem einen Auge wieder etwas sehen konnte.

Ihn sehen konnte.

Er sah gar nicht so aus wie die Wissenschaftler, die sie bisher gesehen hatte. Keine weiße oder grüne Kleidung, die unförmig an den schmalen oder fetten Körpern hing.

Nein, dieser Mann trug Turnschuhe, verwaschene Jeans und einen weißen Pullover, dessen Ärmel er bis über die Ellenbogen hochgekrempelt hatte. Er sah fit aus, hatte leicht gebräunte Haut. Ganz so, als würde er nicht nur tagein tagaus in einem Labor vor Blut- und Gewebeproben sitzen, die er zuvor aus ihrem Körper geschnitten hatte.

Sein Haar war eigenwillig gewellt, die Farbe konnte sie im Zwielicht nicht ausmachen. Ebenso wenig wie die Farbe seiner Augen. Nur dass sie dunkel waren, vielleicht auch weil seine Pupillen vor Überraschung geweitet waren. Er war jung, doch das hatte nichts zu bedeuten. Alt oder jung, so viele verschiedene Menschen hatten Felina und ihren Geschwistern schon wehgetan.

Eine neuerliche Welle von Desinfektionsmittel schwappte über ihre Geruchsnerven und riss sie aus ihren verrückten Gedanken.

Sie kauerte sich zusammen, bleckte die Zähne und fauchte.

„Hey Goldstück, ganz ruhig", sagte der Mann und hob die Hand, die nicht die Taschenlampe hielt.

Felina knurrte nur noch bösartiger. Diejenigen, die ihr Kosenamen gegeben hatten, waren die schlimmsten gewesen.

„Eigentlich solltest du noch betäubt sein", sagte er ruhig, völlig unbeeindruckt von ihrem Knurren.

Innerlich musste Felina bei seinen Worten höhnisch grinsen. Der Neuling hatte sich wohl in der Dosierung geirrt. In ihren Organismus waren in ihren dreiundzwanzig Lebensjahren schon so viele Narkose- und Betäubungsmittel gepumpt worden, dass eine normale Dosis nicht mehr lange hielt. Ihr Körper hatte gelernt es schneller abzubauen.

Der Mann, der von ihrem inneren Monolog nichts ahnte, neigte den Kopf zur Seite als würde er nachdenken. Er murmelte etwas vor sich hin, das sie selbst mit ihrem ausgezeichneten Gehör nicht verstehen konnte. Offenbar war er mit der Situation überfordert, was Felina stutzig machte.

„Was mach ich denn jetzt mit dir?", fragte er und seufzte.

Als er so ausatmete trug der Luftstrom einen neuen Geruch zu ihr hinüber. Unwillkürlich und trotz der Schmerzen in ihrem Brustkorb atmete Felina tiefer ein, erhaschte frische Minze und warme Haut... und die Katze in ihr wurde ganz aufgeregt.

Was zur Hölle?!

Dieser Mann war der Feind, er wollte sie foltern, sezieren und wer weiß welche Grausamkeiten noch! Sie konnte sich nicht wünschen sich an seinen Beinen zu reiben, seine Hand in ihrem Fell zu haben und seinen Geruch direkt von seinem Hals einzuatmen! Das war Irrsinn!

Gestresst von dem verrückten Gebaren ihrer Katze knurrte Felina nur noch lauter.

„Ganz ruhig, Goldstück“, sagte er sanft. „Du solltest dich nicht bewegen, es ist mir ein Rätsel wie du das überhaupt schaffst. Wenn du dich nicht wieder hinlegst werden die Klammern rausfallen und du verblutest mir hier. Dann wäre doch alle Arbeit umsonst gewesen.“

Alle Arbeit, alle Arbeit?!

Dieser sadistische Mistkerl! Betörender Geruch oder nicht, wenn Felina könnte würde sie ihm auf der Stelle die Kehle durchbeißen! Sie war keine *Arbeit*, sie war ein fühlendes Wesen und sie hatte frei sein dürfen! Niemals, niemals, niemals wieder würde sie für kranke Experimente und Forschungen herhalten!

Eine Sekunde der Wehmut mischte sich in ihren rasenden Zorn. Sie dachte an ihre Geschwister, die sie nun nie wiedersehen würde. An Ursyns treue Augen, Lycans beschützende Art und Canys Sanftheit, die in den letzten Jahren immer mehr aus ihr heraus gefoltert worden war.

Es tut mir leid, dachte sie bitter. Sie wandte den Blick von dem fremden Wissenschaftler ab, schloss ihr Maul um den Infusionsschlauch und zog kräftig daran. Heißer Schmerz schoss in ihre Gliedmaßen und Blut pulste heiß und schwallartig aus der offenen Vene.

Doch das reichte noch nicht, sie biss auch in den anderen Vorderlauf. Ein Jaulen löste sich aus ihrer Kehle, während sie ihr eigenes Blut schmeckte. Ihr hektischer Herzschlag beförderte das Blut schnell aus den Wunden, so dass sich nach wenigen Sekunden bereits eine Lache unter ihr bildete.

Wie durch Watte hörte sie den Ausruf des Mannes: „Nein, was machst du denn da?!“

Euch einen Strich durch die Rechnung, dachte Felina grimmig. Sie hob den Kopf und sah zu dem Mann, wurde wieder geblendet von der Taschenlampe und schloss das eine Auge. Ihr Körper begann schon sich leicht anzufühlen, die ersten Anzeichen des massiven Blutverlusts.

Sie hörte wie der Mann hektisch nach etwas kramte, hörte

ein Klirren und ein Schaben... und fühlte dann einen Stich in der Seite.

Verwirrt und desorientiert sah sie hoch und erkannte, dass der unbekannte Mann zu ihr in den Käfig gekommen war. Er kniete neben ihr und sah sie mit erschrockenem Gesichtsausdruck an. Jetzt konnte Felina auch erkennen, dass seine Augen braun waren. Ein warmes Dunkelbraun.

Aber war er denn verrückt? Sie war bereits zu benebelt um ihm zu schaden, doch warum war er das Risiko eingegangen? Hatte er solche Angst vor dem Leiter des Labors, wie Felina diesen hasste? Und was hatte er mit ihr gemacht?

Immer verschwommener wurden Felinas Gedankengänge. Etwas in weiter Ferne lockte sie, versprach ihr ewigen Frieden und sie stürzte sich mit Begeisterung hinein. Dieses Mal, dieses Mal würde es zu Ende sein.

Kapitel 3

Acht Stunden zuvor

Die Stille zwischen ihnen war so dicht und zäh, als würde Vincent durch Sirup waten. Keiner sprach ein Wort. Es waren keine mehr nötig, alles war gesagt worden. Dennoch hatte er das Gefühl die Leere zwischen ihnen füllen zu müssen.

Dieses Gefühl hatte er seit mehr als sechs Monaten und hatte es doch in dieser Zeit nicht geschafft. Irgendwann hatten Laura und er sich auseinandergelebt. Vincent hatte nie verstanden wie das passieren konnte, hatte gedacht er würde nie in so eine Situation kommen, wenn er so etwas erzählt bekommen hatte. Mochte er auch eher der schweigsame und ernste Typ sein, er hatte Probleme nie totgeschwiegen.

Andererseits hatten sie auch keine echten Probleme gehabt. Kein Fremdgehen, keine dramatischen Streitgespräche, keine Differenzen über Wahl- oder Sportergebnisse. Es war einfach schleichend… aus gewesen. Wie ein Feuer, das langsam erstickte.

Es war ein Gefühl von Versagen. Hätte er nicht doch mehr tun sollen? Öfter mit Laura ausgehen? Ihr mehr Geschenke machen? Ja, in fünf Jahren Beziehung hatte sich der Alltag eingeschlichen, aber doch glaubte Vincent nicht, dass es mit Kinobesuchen und Blumen anders ausgegangen wäre.

Laura hatte es vor einer Woche, als sie ihm verkündet hatte, sie würde zu ihrer Cousine nach Chicago ziehen, treffend beschrieben. Sie hatte ihn mit ihren dunkelbraunen Augen angesehen und gesagt: „Vincent, das mit uns funktioniert nicht mehr. Wir haben uns beide weiterentwickelt und das in verschiedene Richtungen. Obwohl ich dich sehr gern habe, Liebe ist das nicht mehr. So kann und will ich nicht weitermachen."

Sie hatte nicht getobt, nicht geweint, sondern die Worte

einfach nüchtern ausgesprochen – und hatte damit das gesagt, was sein Unterbewusstsein bis dahin nicht hatte formulieren können.

„So, das war die letzte", verkündete Laura und riss ihn aus seinen Gedanken. Der Kofferraum ihres alten Chevrolets war bis zur Oberkante gefüllt. Vincent half ihr die Klappe zu schließen.

„Vielen Dank für deine Hilfe."

„Keine Ursache", sagte er. Es hatte ihm wirklich nichts ausgemacht. Sein bester Kumpel Sam hatte das nicht verstehen können, wie gelassen er die Trennung nahm. Erst am vergangenen Abend, als sie sich auf ein Bier verabredet hatten, hatte er nur mit dem Kopf schütteln können.

Wieder kehrte Stille zwischen ihnen ein und dieses Mal war sie unangenehm und kratzig wie ein Wollpullover. Auch Laura schien sich unwohl zu fühlen, sie zwirbelte eine Strähne ihrer hellen Haare zwischen den Fingern.

„Fahr vorsichtig", sagte Vincent schleppend.

„Mach ich." Sie lächelte unsicher und trat einen halben Schritt auf ihn zu. „Kann ich nochmal eine Umarmung haben?"

Statt einer Antwort zog Vincent seine nunmehr Ex-Freundin in seine Arme, legte den Kopf auf ihren Scheitel und versuchte den Hauch Wehmut zu ignorieren, der sich in seiner Brust bildete. Es war das letzte Mal, dass er sie so halten würde.

„Es tut mir leid", hörte er Lauras Stimme gedämpft an seiner Brust.

„Mir auch."

„Ich wünschte, es wäre anders gelaufen."

„Ich weiß", erwiderte er und rieb ihr über den Rücken. „Du kannst dich immer melden, wenn du mal etwas brauchst. Ja?"

Laura löste sich von ihm und dieses Mal war ihr Lächeln fast wieder so wie Vincent es kannte: Offen und voller Leben. „Danke. Ich wünsche dir alles Gute."

„Danke, ich dir auch."

Sie lösten sich voneinander, Laura ging zur Fahrerseite des Wagens, stieg ein und fuhr davon.

Einfach so.

Vincent zwang sich sich umzudrehen und zurück ins Haus zu gehen. Er würde sicher nicht weiter hier auf dem Bordstein stehen wie ein ausgesetzter Hund.

Doch er ging nicht zurück ins Obergeschoss, sondern bog links ab in die Praxis. Er hatte zu arbeiten, seine Zeit mit sinnvolleren Aufgaben zu füllen als auf der Couch zu sitzen und bei einem Bier – oder mehreren – weiter darüber zu grübeln, warum alles so gelaufen war und nicht anders.

„Hey Vince, alles okay?“, begrüßte ihn die freundliche Stimme seiner Assistentin. Evelyn kam hinter dem Empfangstresen vor und musterte ihn kritisch. Ihren grauen Augen entging nie etwas und auch jetzt musste Vincent ihr gar nicht antworten.

Sie stieß ein Seufzen aus und zog ihn ungefragt in eine lockere Umarmung. Mit ihren eins siebzig war sie gerade noch klein genug, dass Vincent seinen Kopf auf ihrem Scheitel ablegen konnte. Fast wie eben bei Laura, doch diesen Gedanken schob Vincent entschieden von sich.

Als sich Evelyn wieder von ihm löste fragte sie: „Bist du sicher, dass du heute Nachmittag noch arbeiten willst? Ich könnte die Termine auch verschieben, wenn du möchtest.“

„Damit ich Zeit zum Trübsal blasen habe?“, erwiderte Vincent und schüttelte den Kopf. „Nein, danke. Da beschäftigte ich mich lieber mit Ms Richfields depressivem Dackel.“

Ein Grinsen bildete sich auf Evelyns Gesicht, das ihre Augenwinkel in kleine Falten legte. Man konnte seine resolute Assistentin locker fünf Jahre jünger schätzen, wenn sie so grinste.

„Das kannst du tatsächlich haben, sie hat vor zehn Minuten angerufen und nach einem Termin verlangt.“

Ein genervtes Stöhnen entwich Vincent, was Evelyn nur zum Lachen brachte. „Komm, ich mach uns einen Kaffee, bevor wir wieder öffnen.“

„Das wäre wunderbar“, antwortete Vincent und folgte

Evelyn in die kleine Kaffeeküche.

„Darf ich fragen wo Laura jetzt hinzieht?"

„Nach Chicago, zu ihrer Cousine." Vincent verschränkte die Arme vor der Brust und lehnte sich an den Kühlschrank, während er Evelyn beim Kaffeemachen beobachtete.

„Gleich so weit weg?"

„Scheinbar ist es ihr hier zu ruhig geworden." Vincent zuckte mit den Schultern und fügte hinzu: „Mit ein Grund, warum es nicht mehr klappen wollte. Ich will hier nicht weg und sie..."

„Vince, hör sofort auf", forderte seine Assistentin und warf ihm einen strengen Blick zu. „Du bist ein Sahneschnittchen und jede junge Frau kann sich glücklich schätzen sich dich unter den Nagel zu reißen."

Diese Aussage brachte ihn zum Lachen und er schüttelte den Kopf. „So wie du?"

„Erstens bin ich vierzig und damit viel zu alt für dich", informierte Evelyn ihn grinsend, „und zweitens bin ich sehr glücklich verheiratet."

„Wie geht es Diana eigentlich? Hat sie immer noch so viel Stress im Büro?"

Die Kaffeemaschine erwachte gurgelnd und zischend zum Leben und über die Geräuschkulisse antwortete Evelyn: „Zum Glück nicht mehr. Letzte Woche haben sie das Projekt endlich abschließen können."

„Das wird sicher auch Grace glücklich machen", fügte er hinzu und dachte an die Tochter der beiden.

„Wo denkst du hin?", lachte Evelyn. „Sie ist mitten in der Pubertät, da macht sie gar nichts glücklich. Aber ja, sie ist nicht mehr ganz so zickig wie noch vorletzte Woche. Dafür hat sie gestern herausgefunden, dass ihr Schwarm eine neue Freundin hat. Von daher, es wird nie langweilig..."

Grinsend reichte sie ihm seine Tasse Kaffee und sie gingen zurück in den Empfangsraum, um dort am Tresen weiter zu plaudern. Sie hatten noch etwa zwanzig Minuten, bis die Praxis wieder öffnete. Vincent war sehr stolz auf die Räumlichkeiten, die er von seinem Onkel Brian zusammen mit dem ganzen Komplex übernommen hatte.

Sein Onkel, der seinen Ruhestand mit seiner Frau in einem Wohnmobil genoss, mit dem sie durch alle Staaten tingeln wollten, hatte schon vor zwanzig Jahren eine alte Holzfabrik gekauft. Alle Maschinen waren damals schon versteigert gewesen, so dass es eigentlich nur noch eine große, kahle, zugige Halle gewesen war.

Brian hatte über die Jahre mit viel Geld und Schweiß eine Zwischendecke eingezogen, um im Erdgeschoss seine Tierarztpraxis samt OP-Raum sowie mehrerer Zwinger und Käfige einzurichten, während im Obergeschoss vier Wohnungen entstanden waren. Drei davon hatte er vermietet und in der größten war er mit seiner Frau selbst eingezogen.

Jetzt allerdings bewohnte Vincent diese Wohnung - seit dreißig Minuten wieder alleine. Von den restlichen Wohnungen war eine an einen Trucker vermietet, der jedoch eher sporadisch hier war. Die Miete kam jedoch immer pünktlich, da war es Vincent egal.

Die zweite bewohnte eine Frau Mitte fünfzig und die vierte stand im Augenblick leer. Etwas, worum Vincent sich auch noch kümmern sollte, aber im Augenblick nicht die nötige Energie dafür auftreiben konnte.

Später vielleicht, dachte er und nahm seine Tasse mit in sein Behandlungszimmer. Bei dieser Gelegenheit könnte er auch gleich nach einem Partner suchen, denn die Praxis bot ausreichend Platz für zwei Tierärzte. Genügend Patienten gab es in der Region auch, vor allem seit sein ehemaliger Mentor vor zwei Jahren endgültig in den Ruhestand gegangen war. Viele seiner Patienten nahmen den längeren Weg in Kauf, weil Vincent ihnen von seinem Mentor empfohlen worden war.

Seufzend ließ sich Vincent an seinem Schreibtisch nieder, loggte sich wieder ins System ein und checkte seinen Terminkalender. Er wollte einfach nur sein Soll für heute erfüllen und sich nicht mit diesen eher kleinen Problemen beschäftigen.

Ein ruhiger Nachmittag war genau das, was er brauchte.

Und genau das, was Vincent nicht bekommen sollte.

Kurz vor Feierabend platzte Evelyn in den Behandlungsraum, einen beunruhigten Ausdruck in den grauen Augen. Sofort war Vincent in Alarmbereitschaft und ließ von der Schildkröte ab, die die Besitzerin mit Verdacht auf Legenot vorbeigebracht hatte.

„Was ist?"

„Die Polizei hat gerade angerufen", erzählte Evelyn. „Sie haben auf einem Highway einen schwerverletzten Puma gefunden. Es muss wohl sehr schlecht um ihn stehen."

Scheiße, dachte Vincent und Adrenalin schoss durch seine Blutbahnen. Er ließ die Spritze sinken, die er gerade aufgezogen hatte und sah zu der älteren Dame, deren Augen groß wie Untertassen waren. „Tut mir leid Ms Norton, den Rest der Behandlung wird Evelyn übernehmen."

„O-okay", stammelte sie, doch das bekam Vincent nur am Rande mit. Er schnappte sich seine gepackte Arzttasche, die er für solche Fälle immer unter seinem Schreibtisch verwahrte, nahm seine Regenjacke von der Garderobe und folgte Evelyn aus dem Behandlungsraum.

Die Sonne schien draußen und es waren keine Wolken zu sehen, doch die Regenjacke sollte auch kein Wasser abhalten. Das Blut war es, was Vincent sich später von der Jacke waschen wollte.

„Hast du mir die genaue Position und die Nummer des Officers?"

Wortlos gab Evelyn ihm einen Zettel. „Sei vorsichtig", beschwor sie ihn, woraufhin er ihr ein schnelles Lächeln schenkte.

„Bin ich immer." Er atmete tief durch und fügte hinzu: „Würdest du bitte Ian anrufen?"

„Aber natürlich." Sofort griff sie nach dem Telefon, hielt aber inne bevor sie wählte. „Nachdem ich Ms Nortons Schildkröte die Calciumspritze gegeben habe sage ich alle Termine ab und bereite den OP-Raum vor."

„Du bist die Beste."

„Ich weiß – und jetzt ab mit dir“, verlangte Evelyn mit einem schiefen Lächeln.

Mehr Aufforderung brauchte Vincent nicht. Schnellen Schrittes verließ er die Praxis, stieg in seinen Jeep und tippte die Koordinaten in sein Navi ein. Ein Fluchen kam ihm über die Lippen als er sah, dass er fast dreißig Minuten benötigen würde. Aber Ian würde fast doppelt so lange brauchen. Sie konnten nur hoffen, dass die Raubkatze so lange durchhielt.

Vincent war schon längst auf der Straße, während er per Freisprechanlage die Nummer des Officers wählte. Es klingelte nicht einmal, da nahm schon jemand ab und meldete sich mit einem schnarrenden „Wilson?“

„Hallo Mr Wilson, hier spricht Vincent Osborn.“

„Gott sei Dank, der Tierarzt.“ Die Erleichterung des Mannes war mit Händen zu greifen. „Sind Sie schon auf dem Weg?“

„Ja, bin ich. Meine Assistentin hat mir die Koordinaten gegeben und Ihre Telefonnummer. Wie genau haben Sie den Puma gefunden?“

Vincent konnte den Mann tiefdurchatmen hören, ehe er sagte: „Wir haben einen Anruf bekommen, dass am Highway ein großer Tierkadaver liegt. Wir räumen sowas lieber fort, bevor Bären oder andere Tiere sich darüber hermachen und die den Straßenverkehr behindern. Als wir aber nähergekommen sind, haben wir gesehen, dass die Katze noch atmet.“

„Ist die Atmung gleichmäßig? Können Sie mir die Verletzungen beschreiben?“

„Ja… sie atmet gleichmäßig. Man kann es deutlich sehen.“

„Und die Verletzungen?“

Vincent hörte Kleidung rascheln und leise Schritte, Officer Wilson näherte sich wohl dem Puma. „Oh Mann, da ist so viel Blut. Ähm… das meiste ist an der Hüfte. Sieht mir nach einer großen Fleischwunde aus. Vielleicht wurde der Puma angefahren, aber es hat niemand gemeldet. Und, ähm… die Vorderpfoten sind auch blutig. Das ist wirklich viel Blut“, wiederholte der Officer.

„Okay“, murmelte Vincent und strich sich durch die Haare. Er hatte mittlerweile die Ortschaft hinter sich gelassen und fuhr durch die dichtstehenden Wälder. „Ich brauche noch zwanzig Minuten. Würden Sie bitte eine Thermodecke über das Tier ausbreiten? Ansonsten halten Sie sich bitte davon fern, falls es doch noch aufwacht.“

„Machen wir.“ Man hörte Officer Wilson murmeln, er gab die Anweisung an seinen Kollegen weiter. Dann war seine Stimme wieder klar als er sagte: „Doc... ich will den Puma nicht erschießen müssen.“

„Das müssen Sie auch nicht“, erwiderte Vincent und versuchte seine Stimme beruhigend klingen zu lassen. Aus Erfahrung wusste Vincent, dass die Raubkatze eher sterben würde als plötzlich aufzuwachen und die Menschen anzufallen. Diese Aussicht gefiel ihm gar nicht und er hatte so ein Gefühl, dass es Officer Wilson auch nicht passte.

Darum sagte Vincent: „Ich beeile mich. Wenn Sie Ihren Kollegen sagen könnten, dass sie mir keinen Strafzettel wegen Geschwindigkeitsübertretung machen sollen, wäre ich Ihnen sehr dankbar.“

Ein zittriges Lachen war zu hören, ehe der Officer antwortete: „Bauen Sie einfach keinen Unfall.“

Kapitel 4

Fünfzehn Minuten später sah Vincent, dass Officer Wilson bezüglich der Blutmenge nicht übertrieben hatte. Das konnte er selbst aus dem Fahrzeug heraus sehen. Es grenzte an ein Wunder, dass der Puma nicht längst gestorben war. Wider aller Erwartungen hob und senkte sich seine Flanke unter der goldfarbenen Folie tatsächlich in gleichmäßigem, wenn auch langsamen Rhythmus.

Vincent hatte Sorge, dass er mit dem Beutel Kochsalzlösung, den er in seiner Notfalltasche hatte, überhaupt auskommen würde. Ein so großer Volumenverlust in der Blutbahn konnte leicht zum Kreislaufzusammenbruch führen.

Er musste sich beeilen.

Staub wirbelte um seinen Jeep, als er hinter dem Polizeiwagen ausstieg. Sofort öffneten sich Fahrer- und Beifahrertür und zwei Officer kamen ihm entgegen. Der hagere Mann Mitte fünfzig, der auf dem Fahrersitz gesessen hatte, ergriff als erster das Wort.

„Dr. Osborn, Gott sei Dank sind Sie da", sagte er und Vincent erkannte ihn an der Stimme als Officer Wilson. Er deutet auf sich und seinen Kollegen und sagte: „Harry Wilson und das ist mein Partner Bruce Yates." Der jüngere Mann mit der dunklen Haut, nur ein paar Jahre älter als Vincent, tippte sich an die Mütze.

Vincent erwiderte den wortlosen Gruß und sagte gleich: „Lassen Sie uns zu dem Puma gehen."

Die beiden Männer warfen sich einen unbehaglichen Blick zu, ehe sie nickten. Sie gingen an dem Streifenwagen vorbei und sofort sahen sie das Tier vor sich. Von nahem sah das dunkelrote Blut, das den Staub des Straßenrands tränkte, noch viel grotesker aus.

Mit wenigen Schritten war er bei dem Tier, zog die Thermodecke herunter und ein leiser Fluch kam über seine Lippen. Es sah wirklich äußerst schlecht aus, das Fell war von Blut und Schmutz verklebt. Die von Officer Wilson beschriebene Wunde an der Hüfte war ein einziges Schlachtfeld.

„Bleiben Sie bitte hinter mir", wies Vincent die Männer an und öffnete seine Tasche.

„Sie sind der Boss Doc", antwortete Officer Wilson.

Vincent streifte sich seine Regenjacke über, gefolgt von Einweghandschuhen. Er zog eine Spritze mit Betäubungsmittel auf und hielt sie einsatzbereit in einer Hand. Erst dann begann er mit der anderen vorsichtig die Fleischwunde an der Hüfte des Pumas zu untersuchen. Dabei achtete er ganz genau auf die Reaktion des Tiers. Wachte es auf? Wenn es auch nur einmal zuckte würde er ohne zu zögern die Betäubung injizieren. Doch solange sich das vermeiden ließ würde Vincent so arbeiten. Der Kreislauf des Tiers war schon schwach genug, einen weiteren Dämpfer durch ein Narkosemittel würde es vielleicht nicht verkraften.

Aber der Puma rührte sich kein Stück, so dass Vincent die Spritze in die Brusttasche seiner Jacke steckte und mit beiden Händen das dichte, blutgetränkte Fell zur Seite strich.

Verdammt, dachte Vincent und sein Mut sank, das Tier tatsächlich retten zu können.

„Das ist ganz offensichtlich eine Schusswunde. Die Wundränder sind aufgeplatzt und sehen fransig aus. Das kommt niemals von einem Zusammenstoß mit einem Auto."

„Übermütige Jäger", knurrte Officer Wilson.

„Wahrscheinlich." Vincent versuchte den Zorn zu ignorieren, der in ihm aufkommen wollte. Stattdessen griff er in seine Tasche und zog das spezielle Klammergerät heraus, mit dem er die Wunde zutackern würde. In der Praxis würde er die Klammern wieder entfernen müssen um Schmutz und das Projektil zu entfernen, aber bis dahin musste er die Blutung so gut es ging stoppen. Und die Stelle war zu ungünstig gelegen für einen einfachen Druckverband.

Er goss eine großzügige Menge Desinfektionsmittel über die Wunde und setzte die erste Klammer – den Blick immer auf die rundlichen, schwarzgeränderten Ohren der Großkatze gerichtet. Doch auch jetzt gab sie keinen Mucks von sich, blieb vollkommen reglos liegen. Das Knacken des Geräts in Vincents Hand war das einzige Geräusch.

Sobald das erledigt war widmete sich Vincent der ebenfalls blutigen Vorderpfote. Die Ballen der linken Pfote waren geschwollen und sahen gerötet aus, was Vincent stutzig machte. Als er danach griff fühlte sie sich heiß an, selbst durch die Schicht Latex seiner Handschuhe.

Das ist eine alte Verletzung, dachte er und empfand noch größeres Mitleid für das Tier. Es hatte sich offensichtlich etwas in die Pfote getreten und hatte demnach ein Handicap gehabt, als es vor den Jägern hatte fliehen müssen.

Immerhin musste er sich nicht gleich um diese Verletzung kümmern. Stattdessen begann er den Nacken, Brustkorb und Rücken des Pumas abzutasten. Rippen schienen keine gebrochen zu sein, wobei Vincent das in seiner Praxis mit dem Röntgengerät noch überprüfen wollte. Ansonsten konnte er einige Schnittwunden ertasten, die zum Glück nicht tief waren und auch nicht stark bluteten. Bei dem staubig-schmutzigen Fell des Pumas waren sie auf den ersten Blick nicht erkenntlich gewesen.

Soweit so gut, dachte er und nahm die Hände von der großen Katze. Noch immer atmete sie zwar flach, aber gleichmäßig. Ein echter Kämpfer. Das weckte ein wenig Hoffnung in ihm. Vielleicht konnte er es wirklich schaffen.

„Okay“, seufzte Vincent und ließ sich auf die Hacken zurücksinken. Er warf einen Blick zu den Officers und sagte: „Nun brauche ich Ihre Hilfe.“

„Was sollen wir machen Doc?“ Dieses Mal sprach der jüngere der beiden, Officer Yates. Seine Stimme war tief und doch konnte Vincent das Zittern darin hören. Ihm war ebenso unwohl bei einem verletzten Raubtier zu sein wie seinem Partner.

Kluge Männer.

„Wir müssen den Puma in meinem Kofferraum bringen. Folgen Sie mir, wir holen das Tragetuch.“ Mit diesen Worten stand er auf, schnappte sich seinen Koffer und ging zusammen mit den beiden Männern zu seinem Jeep. Dort öffnete er die Heckklappe und zog einen Beutel aus schwarzem Kunststoff heraus.

Er entfaltete ihn und erklärte: „Wir werden den Puma vorsichtig draufziehen und ihn dann gemeinsam zum Auto tragen. Je weniger wir dabei schaukeln desto besser."

„Alles klar Doc", sagte Officer Wilson, sein Partner nickte mit ernstem Gesicht.

Keine fünf Minuten später standen sie wieder an der geöffneten Heckklappe von Vincents Jeep. Der Puma hatte sich zu ihrem Glück, ohne auch nur eine Bewegung zu machen, transportieren lassen. Dennoch war Vincent froh um das stabile Gitter, das die Fahrerkabine vom Kofferraum abtrennte. Sollte das Tier je aufwachen würde ihm das die nötige Zeit verschaffen an den Straßenrand zu fahren und aus dem Auto zu springen. Doch er schätzte, dass das nicht nötig sein würde.

Halb kletterte er neben die Raubkatze, griff nochmals nach seiner Tasche und zog den Kochsalzbeutel heraus. Mit einem Einwegrasierer entfernte er das dicke Fell an der rechten Vorderpfote, band sie ab und setzte die Kanüle in die aufgestaute Vene. Den Beutel hängte er an das Gitter, die Nadel fixierte er mit zwei Heftstreifen auf der kahlrasierten Stelle.

Und weil der Teufel ein Eichhörnchen war, zog er die vorbereitete Betäubungsspritze aus der Brusttasche und drückte sie in den Infusionsbeutel. So verdünnt würde es den Kreislauf des Tiers nicht übermäßig belasten, aber auch sicherstellen, dass der Puma leicht sediert war.

„So, das war's fürs Erste", sagte Vincent und sprang aus dem Kofferraum. Die beiden Officer sahen ihn mit einer Mischung aus Verwunderung und Erleichterung an.

„Das war klasse Arbeit Doc", meinte Officer Yates, ein schiefes Lächeln im Gesicht.

Vincent zuckte mit den Schultern, zog sich Jacke und Handschuhe aus und deponierte beides neben seiner Tasche, bevor er die Heckklappe schloss.

„Ist nicht mein erster Einsatz bei größeren Tieren, wobei ich so etwas auch noch nie erlebt habe.“ Weswegen ich auch Ian brauche, dachte er und hoffte, dass sein Mentor schon die Hälfte der Strecke hinter sich gebracht hatte.

Vincent zog sein Portemonnaie aus der Gesäßtasche und reichte Officer Wilson seine Visitenkarte. „Hier sind meine Kontaktdaten. Ich denke Sie wollen sich sicher wegen einer Anzeige der Wilderer bei mir melden?“

„Ja, genau. Wenn Sie die Munition sicherstellen könnten, wäre das sehr hilfreich.“ Der Officer nahm die Karte und steckte sie in seine Brusttasche.

Officer Yates fügte hinzu: „Sie sollten wohl besser los, sonst war Ihre Arbeit noch umsonst.“

„Danke, das wollte ich auch gerade sagen.“ Vincent reichte den Beamten die Hand, verabschiedete sich und sprang in seinen Jeep. Mit einer Mischung aus Eile und Vorsicht, um seinen Patienten nicht zu sehr durchzuschütteln, fuhr er zurück zur Praxis. Mittlerweile hatte es angefangen zu dämmern, doch hinter den Fensterscheiben war noch Licht.

Kaum hatte er den Motor abgestellt kam Evelyn auf ihn zugelaufen.

„Ian ist sofort losgefahren“, verkündete sie ihm. „Wo ist der Puma? Wie schlimm sind die Verletzungen?“

Vincent stieg aus dem Wagen und schlug die Tür zu. „Im Kofferraum, die Details erzähl ich dir auf dem Weg. Wir müssen uns beeilen, er hat viel Blut verloren.“

Und genauso machten sie es: Vincent setzte seine Assistentin mit knappen Worten ins Bild, während sie zu zweit den immer noch schlafenden Puma in die Praxis und den OP-Raum brachten. Wie nicht anders zu erwarten war, hatte seine Assistentin alles vorbereitet, so dass sie gleich loslegen konnten.

Dreißig Minuten später hörten sie eine Tür schlagen und jemand rief: „Vincent? Evelyn?“

„Im OP-Raum“, antwortete Vincent, seine Worte durch den Mundschutz gedämpft. Als er den Kopf hob sah er einen großen, hageren Mann mit Glatze und rotem Storchenbiss auf der Wange im Türrahmen stehen. Vincent war noch nie so froh gewesen den, zuweilen hemdsärmeligen, Tierarzt in Ruhestand zu sehen.

„Gott sei Dank bist du da", kam es von Evelyn und sie hörte sich an, als wäre Ian Sawyer die Antwort auf all ihre Gebete. Statt ihn wie sonst zur Begrüßung zu umarmen, reichte sie ihm die Flasche mit Handdesinfektion, ein paar Latexhandschuhe und einen OP-Kittel.

„Ich bin so schnell gekommen wie ich konnte. Wie steht es um den Patienten?" Ian desinfizierte seine Hände, zog Handschuhe und Kittel an, während er nähertrat.

„Tausend Dank Ian", kam es auch von Vincent.

„Ja ja", winkte Ian ab und fuhr in seiner gewohnt effizienten Art fort: „Für das ist später noch Zeit. Es ist Arbeit zu erledigen."

Gleich darauf begann der alte Tierarzt Fragen zu stellen, erkundigte sich nach der Menge der Infusionsbeutel und setzte seine Lesebrille auf. Parallel untersuchte er vorsichtig den Puma. Es war wirklich ein großes Tier, das vormals goldfarbene Fell war nicht nur struppig und schmutzig, sondern auch von altem und neuem Blut verklebt. Auch hatte Vincent deutlich die Knochen unter dem Fell ertasten können, was auf eine schlechte Ernährung schließen ließ.

„So ein armes Ding", murmelte Ian und hob den Blick zu Vincent. „Wir dürfen nicht scheitern."

Mit diesen Worten wandte sich Ian zu Evelyn, bat sie um das Operationsbesteck und beugte sich mit Vincent zusammen über das verletzte Tier.

Es sollte zwei Stunden dauern, bis sie fertig waren - und der Puma lebte widererwarten immer noch.

„Was für ein zähes Mädchen", sagte Evelyn und strich dem Tier über das staubig-schmutzige Fell am Hals. Bei der OP, bei der Vincent und Ian in mühevoller Kleinarbeit die Schrotkugeln aus der Hüfte der Großkatze gezogen hatten, hatten sie das Geschlecht des Tiers bestimmen können.

Mit einem Seufzen, weil ihm alles wehtat, zog sich Vincent

Handschuhe sowie OP-Hemd aus. „Ja, eine echte Kämpferin."

„Du hast hervorragende Arbeit geleistet", sagte sein Mentor an seiner Seite. Auch er wirkte erschöpft, doch er lächelte. Er klopfte ihm auf die Schulter.

„Dank deiner Unterstützung", erwiderte Vincent.

„Immer gerne, das weißt du."

Alle drei sahen sie auf ihren Patienten. Die große Wunde an der Hüfte war wieder geklammert und unter einem dicken Verband verschwunden. Es war ihnen gelungen das Schrot zu entfernen ohne dabei noch mehr Schaden anzurichten.

Die entzündete Pfote hatten sie ausgewaschen und mit Blauspray behandelt. Das Breitbandantibiotikum, das Vincent dem Tier ohnehin an den Tropf gehängt hatte, würde sich hoffentlich um den Rest kümmern.

„Komm, wir bringen sie in den Zwinger", sagte er und stieß sich vom OP-Tisch ab. Evelyn und Ian nickten und zu dritt bugsierten sie den Puma in einen der großen Käfige, die eigentlich für Hunde gedacht waren. Sie waren stabil gebaut und Vincent schätzte, dass sie auch einem verwundeten und benebelten Puma standhalten würden. Zumal er die Infusionslösung abermals mit einem Sedativum versetzt hatte. Je länger die Katze schlief und sich nicht bewegte, desto besser.

„Danke Ian, dass du gekommen bist", sagte Vincent, nachdem sie die Gittertür geschlossen hatten. Er drehte sich zu seinem alten Freund und lächelte ihn müde an. „Vielleicht hätte ich es auch alleine geschafft, aber ich habe mich dennoch wohler gefühlt mit dir an meiner Seite."

„Das Angebot steht immer", erwiderte der pensionierte Tierarzt und klopfte ihm väterlich auf die Schulter.

„Dir auch vielen Dank Evelyn." Vincent legte seiner Helferin einen Arm um die Schultern. Auch sie sah müde und abgekämpft aus. „Du warst großartig."

„Vincent hat Recht", kam es von Ian, „du hast hervorragende Arbeit geleistet."

„Gern geschehen."

„Es tut mir leid, wenn-", setzte Vincent an, doch Evelyn schnitt ihm das Wort ab.

„Hör bloß auf dich zu entschuldigen. Diana und Grace kommen auch einmal sehr gut ohne mich zurecht. Außerdem habe ich etwas Spannendes zu erzählen, wenn ich jetzt nach Hause gehe. Ganz zu schweigen davon, dass schon fertiggekocht ist und ich mich einfach nur noch an den Tisch setzen muss." Sie grinste und zwinkerte ihm zu.

„Okay", erwiderte er und lächelte, ehe er den Blick zurück auf ihre Patientin richtete. Die Flanken hoben sich gleichmäßig. Es war ein schönes Tier, trotz seines schlechten Allgemeinzustands. Vincent schätzte, dass das Fell einen schimmernden Goldton hatte, wenn es nicht gerade verschmutzt war.

Die Brust und das Kinn waren heller gefärbt, um die Augen hatte die Katze schwarze Ränder wie mit einem Kohlestift gezogen. Ebenso an den Ohren und der Schwanzspitze. Bronzefarbene Augen hatte Vincent bemerkt, während er in den vergangenen Stunden unter anderem den Pupillarreflex kontrolliert hatte. Wirklich ein schönes Tier.

„Was macht ihr jetzt?", wollte Evelyn wissen.

„Duschen, schnell etwas essen und dann jede Stunde nach ihr sehen." Vincent konnte nur hoffen, dass der Puma überlebte. Am nächsten Morgen, wenn sich der Zustand der Großkatze gebessert hatte, würde er bei der zuständigen Behörde anrufen und einen Transport in eine der Auffangstationen organisieren.

Vincent seufzte leise und wandte sich an seinen Mentor. „Ian, ich hoffe du bleibst über Nacht."

„Das Angebot nehme ich gerne an", antwortete der ältere Mann mit einem Lächeln, dass das Feuermal auf seiner rechten Wange verzog. „Ich bin einfach zu alt um bei Dunkelheit so eine Strecke zurückzulegen."

Alle drei lachten sie, denn Ian mochte in Pension und siebzig Jahre alt sein, doch er war in bester Verfassung. Nur seine Augen ließen ihn langsam im Stich, was die Brille in seiner Brusttasche bewies, die er bei der OP getragen hatte.

„Mein Gästezimmer steht dir jeder Zeit zur Verfügung", sagte Vincent lächelnd. „Hol Cooper rein, dann gehen wir nach oben."

„Er wird sich freuen dich zu sehen."

Gemeinsam verließen sie den Zwingerbereich, löschten das Licht und schlossen die Tür. Evelyn verabschiedete sich von ihnen, Vincent und Ian befreiten den rotbraunen Mischlingsrüden aus Ians Auto und gingen gemeinsam in Vincents Wohnung, die sich über der Praxis befand.

Was für ein langer Tag, dachte Vincent müde, während er zwei Portionen eingefrorener Lasagne zum Auftauen in die Mikrowelle schob.

Und es würde eine verdammt lange Nacht werden.

Kapitel 5

12 Stunden später

Zitternd und mit kaltem Schweiß auf der Haut presste Vincent die Hände auf die offenen Wunden des Pumas.

Was zur Hölle hatte das Tier getan?!

Es hatte sich nicht nur die Kanüle aus dem Bein gezogen, sondern sich mit voller Absicht in den anderen Vorderlauf gebissen. Ganz so, als wüsste es, dass es dadurch eine massive Blutung auslöste. Ganz so... als würde es Selbstmord begehen wollen.

War das möglich? Oder wurde Vincent selber vielleicht verrückt?

Es war kurz vor sechs Uhr am nächsten Morgen und das achte Mal, dass er nach der Großkatze sehen wollte. Er hatte schon Hoffnung gehabt, denn der Puls des Tiers war die ganze Nacht über gleichmäßig gewesen und die Wunden hatten nicht erneut geblutet. Auch den Infusionsbeutel hatte er einmal getauscht, so dass zumindest das verlorene Flüssigkeitsvolumen ausgeglichen gewesen war.

Jetzt allerdings war Vincent der Verzweiflung nahe. Mit fast allem hatte er gerechnet, aber nicht damit. Niemals das hier. Wie konnte es sein, dass ein Tier so etwas tat?

Andererseits konnte Vincent sich darüber später noch Gedanken machen – nachdem er die Blutungen gestoppt hatte. Mit rasendem Herzschlag und ungutem Gefühl ließ er die Pfoten des Pumas los, rannte zu dem Materialschrank außerhalb des Käfigs und zerrte mehrere Mullbinden heraus. Mit den Zähnen befreite er einige aus der sterilen Verpackung, während er zu der wieder betäubten Katze ging und einen Druckverband um die neuen Wunden legte.

Doch das reichte nicht aus. Als er begann mit den Händen den schlaffen Körper abzutasten, fühlte er eine Beule unter dem Verband an der Hüfte – und ahnte schreckliches. Durch die Bewegung musste sich die Wunde wieder geöffnet und zu innerlichen Blutungen geführt haben.

„Scheiße!", fluchte Vincent. Er musste die Katze nochmals operieren.

Mit weichen Knien stand er auf, verließ den Zwinger und wusch sich das Blut von den Händen, bevor er mit ausholenden Schritten hoch in seine Wohnung lief und schwungvoll die Tür aufstieß.

„Ian!", rief er, stürmte in das Gästezimmer und hätte sich vielleicht für sein rüdes Verhalten geschämt, wenn ihm die Angst und der Stress nicht so im Nacken sitzen würden.

Sein Mentor war schon wach, saß mit einem Buch in der Hand auf dem Gästebett. Seine braunen Augen musterten ihn alarmiert. „Was ist passiert?"

Vincent fasste das Unglaubliche, das er gerade beobachtet hatte, in knappe Worte zusammen. Zum Glück verstand Ian sein Gestammel sofort.

„Ruf Evelyn an", forderte er und gemeinsam verließen sie die Wohnung, den aufgeregt um sie herumrennenden Cooper ließen sie dort zurück. Auf dem Weg angelte Vincent nach seinem Smartphone und wählte Evelyns Nummer. Nach nur wenigen Freizeichen nahm sie ab, ein deutliches Indiz dafür, dass sie bereits aufgestanden war. Zum Glück musste Vincent nicht viel sagen, sie verstand sofort und versprach ihm sich zu beeilen.

Hoffentlich, dachte er, als er auflegte und mit Ian an seiner Seite in den OP-Raum eilte. Sie brauchten wieder sterile Tücher, OP-Besteck, das Überwachungsgerät für die Vitalwerte und weitere Beutel mit Elektrolyten. Vincent wurde ganz schlecht bei dem Gedanken, dass die Großkatze kaum noch eigenes Blut in den Adern hatte, sondern gefühlt die Hälfte davon aus Kochsalzlösung bestand.

Doch einen anderen Volumenersatz hatte er nicht um den hypovolämischen Schock zu verhindern. Bluttransfusionen für Tiere waren heikel und Spenderblut war nur in großen Tierkliniken oder in Zoos vorrätig. Darauf konnte er also nicht bauen.

Mit Ians Hilfe verfrachtete er den wieder sedierten und noch immer blutenden Puma von den Zwingerräumen zurück in den OP.

Eine gefühlte Ewigkeit später kam Evelyn und sie durchliefen dieselbe Prozedur wie einige Stunden zuvor. Doch Vincent und Ian konnte nicht so schnell arbeiten wie es nötig war und die Prognose für das Überleben der Großkatze wurde von Minute zu Minute schlechter.

Die Blutung an der Hüfte hatte er schnell beheben können, es war lediglich eine Naht gerissen. Doch die Verletzungen an den Vorderläufen waren schwerwiegender. Vor allem die Bisswunde, die der Puma sich selbst zugefügt hatte, war tief und hatte mehrere Gefäße durchtrennt.

Verbissen arbeiteten sie weiter. Sie durften nicht versagen.

Ian fühlte sich viel älter als er war.

Nach der gestrigen Autofahrt, die er mit einem mulmigen Gefühl hinter sich gebracht hatte, und der anstrengenden OP war dieser neuerliche Adrenalinrausch fast zu viel für ihn. Dennoch würde er nicht aufgeben, genauso wenig wie seine beiden Mitstreiter.

„Gott sei Dank bist du da", sagte Evelyn. Die taffe Frau warf ihm einen kurzen Blick zu, voller Erleichterung.

„Evelyn hat Recht", murmelte Vincent neben ihm, die Augen fest auf das malträtierte Tier vor sich gerichtet. Dunkles Blut verunzierte den grünen Stoff seines OP-Kittels und ließ Vincent noch müder aussehen. Unter seinen Augen lagen Schatten und sein Haar, das aufgrund seiner leichten Wellen ohnehin immer ein wenig unordentlich aussah, stand ihm noch wirrer als sonst vom Kopf ab. Er hatte wohl in der Nacht nur wenig Schlaf bekommen, in den Abschnitten zwischen den Kontrollbesuchen bei ihrem Patienten.

„Es grenzt an ein verdammtes Wunder, dass sie noch lebt", brummte er und machte sich ebenfalls wieder an die Arbeit.

„Du hattest Recht", kam es von Vincent. „Wer so einen

Überlebenswillen hat sollte nicht sterben müssen."

Dann sagte niemand von ihnen mehr etwas und sie arbeiteten die kommenden zwei Stunden Hand in Hand. Wie auch am Vorabend half die Tatsache, dass sie sich schon so lange kannten und Vincent ein schlauer Kerl war. Andererseits hätte Ian nie einen Idioten unter seine Fittiche genommen.

Die Gefäße, Sehnen und Muskeln wieder korrekt miteinander zu verbinden verlangte ihnen dennoch alles ab. Doch sie schafften es. Es war fast so, als würde der Körper des Pumaweibchens unter ihren Händen heilen, obwohl er so geschwächt war. Wirklich äußerst ungewöhnlich. War das am Vortag auch schon so gewesen?

Dennoch machte Ian sich Sorgen. Der immense Blutverlust, den sie nur notdürftig mit Kochsalzlösung hatten ausgleichen können, stellte noch immer ein massives Risiko dar. Es war gut möglich, dass der Kreislauf des geschwächten Tiers es nicht verkraftete und doch noch zusammenbrach.

Ian hoffte, dass das nicht geschehen würde.

Die letzte Naht zu setzen überließ er Vincent. Er streifte sich die Handschuhe und den Kittel ab und massierte sich die Lendenwirbel.

„Mein Rücken bringt mich um", stöhnte Ian und ging zur Zimmertür, wo Evelyn mit einer Kaffeetasse auf ihn wartete. Die blonde Assistentin lächelte ihn mit einer Mischung aus Erschöpfung und Erleichterung an. Sie war vor einer halben Stunde aus dem OP gegangen, als sich herausgestellt hatte, dass Ian und Vincent alleine zurechtkommen würden.

„Ich habe mir erlaubt Cooper herunterzuholen", sagte Evelyn. Ian bemerkte Schatten unter ihren Augen, dabei war es erst halb zehn am Vormittag. „Er träumt friedlich unter meinem Schreibtisch."

„Oh, vielen Dank. Solange er bei einer schönen Frau sein kann ist er glücklich."

„Der ein oder andere Hundekuchen hat auch dazu beigetragen", erwiderte sie mit einem Grinsen, welches Ian nur zu gerne erwiderte.

„Hättest du für mich auch einen Hundekuchen?“, kam es von Vincent. Der Mann Ende zwanzig streckte sich und man hörte deutlich einige Knochen knacken. „Ich komme um vor Hunger.“

Evelyn schüttelte den Kopf und antwortete: „Das ist doch nichts Richtiges zum Essen. Ich habe vorhin Sandwiches bestellt, die warten in der Küche auf euch.“

Ein sehnsüchtiges Seufzen entwich Vincent, er streifte sich das OP-Hemd ab und verließ den Raum. Neugierig und weil sich sein eigener Hunger noch in Grenzen hielt, trat Ian wieder an den OP-Tisch, auf dem noch immer die sedierte Großkatze lag.

Das rechte Vorderbein zierte eine lange Naht, vom ersten Gelenk bis fast zum Ellenbogen. Die Haut war gerötet und sah geschunden aus, doch es blutete nicht mehr. Vorsichtig berührte Ian den Ballen mit dem Zeigefinger und spürte die Wärme darin. Ein gutes Zeichen. Auch die Ohren fühlten sich warm an.

„Ich kann immer noch nicht glauben was sie sich angetan hat.“ Mit einem fragenden Blick drehte sich Ian zu Evelyn um, deren nachdenklicher Blick auf der Patientin ruhte.

Ian sah Vincent an, der mit einem Teller und einem bereits halbverzehrten Sandwich zu ihnen stieß. „Wie meint Evelyn das?“

„Was denn?“

„Dass der Puma sich selbst verletzt hat“, kam es von der Tierarzthelferin.

Ein Prickeln lief Ians Rückgrat hinunter. „Ich hatte dich so verstanden, dass sie randaliert hat und sich dabei die Verletzungen zugefügt hat, oder nicht?“

„Nein“, sagte Vincent und legte sein halbaufgegessenes Frühstück zur Seite, als hätte er keinen Appetit mehr. „Nein, sie hat sich die Vorderläufe selbst aufgebissen.“

„Bist du dir sicher?“, fragte Ian eindringlich, machte sogar einen halben Schritt auf seinen Protegé zu. „Hat sie das schon gemacht als du in den Zwinger gekommen bist? Oder erst als sie dich gesehen hatte?“

„Erst als sie mich gesehen hatte. Es... es war vollkommen verrückt. Als würde sie es mit Absicht tun."

„Als wollte sie sich umbringen?", fragte Ian zaghaft – und ein alarmierender Gedanke kam ihm.

Da lag ein weiblicher Puma auf dem Tisch.

Ein weiblicher Puma, der – so verrückt es auch klang – versucht hatte Selbstmord zu begehen, als er in einem Käfig aufgewacht war.

Ein angeschossener, weiblicher, offensichtlich hochintelligenter Puma.

„Heilige Scheiße", entwich es Ian schwach. Mit der Hand, die nicht die Kaffeetasse hielt, umfasste er Evelyns Arm. „Ich muss ganz dringend telefonieren!"

„Ähm, auf meinem Schreibtisch liegt das Mobilteil", antwortete die Tierarzthelferin perplex.

Ian nickte, warf einen letzten Blick auf den bewusstlosen Puma, bevor er sich das Telefon schnappte und den Raum verließ. Seine Hand zitterte, während er die Nummer wählte. Cooper, der mit verschlafenem Blick unter dem Schreibtisch hervor getrottet kam, drückte sich an sein Bein, während Ian auf das Klingeln lauschte.

„Hallo, hier bei Moore und Bishop", meldete sich eine tiefe, bekannte Stimme am anderen Ende der Leitung. Endlich!

„Lycan, du bist es Junge", sagte Ian etwas außer Atem. Seine Vermutung, sein Verdacht brachten ihn mehr durcheinander als er gedacht hätte. „Ist Aleydis da? Du musst sie unbedingt ans Telefon holen."

„Okay. Geht es dir gut? Ist etwas passiert?"

„Mit mir ist alles in Ordnung, aber du musst sofort deine Schwester an den Apparat holen", verlangte er eindringlich.

Schritte waren zu hören, dann ein Rascheln und ganz dumpf Lycans Stimme, der sagte: „Es ist Ian, er klingt aufgeregt und nervös."

„Hallo Ian, ich bin's. Was ist passiert?"

Erleichterung erfasste Ian. „Aleydis, du musst unbedingt

zu mir kommen. Ein junger Kollege hat mich gestern angerufen und um Hilfe bei der Behandlung einer Großkatze gebeten."

Ian konnte überraschtes Luftschnappen hören und vermutete, dass Aleydis ihn auf Lautsprecher gestellt hatte. Umso besser, wenn ihre Geschwister und vielleicht auch Rafael zuhörten.

„Eine Großkatze?", fragte die schwarze Timberwölfin, die er schon seit ihrer Geburt kannte.

„Ja genau", antwortete Ian sofort. „Ein Puma. Sie wurde mit einer Schusswunde an der Hüfte und stark abgemagert am Straßenrand gefunden." Den Rest verschwieg er ihr lieber, denn sie würde sich auch so schon genug Sorgen machen. Denn Aleydis war nicht dumm, sie konnte genauso wie er eins und eins zusammenzählen.

Und doch musste Ian es aussprechen. Kurz sah er sich um, doch er war noch immer alleine in dem Vorraum. Erst jetzt fügte er mit einem unglücklichen Seufzen hinzu: „Aleydis, ich glaube dabei handelt es sich um Felina."

Stimmengewirr, überraschte Ausrufe und ein deutliches Knurren waren von der anderen Seite zu hören und nun hatte Ian keinen Zweifel mehr daran, dass alle drei Geschwister zuhörten.

„Wo?", verlangte Aleydis sofort zu wissen und Ian gab ihr die Adresse durch.

„Wir kommen sofort", hörte er Lycan sagen, ehe die Verbindung getrennt wurde.

Kapitel 6

Es herrschte Hektik und kontrolliertes Chaos, nachdem Aleydis das Telefonat mit Ian beendet hatte.

„Felina ist angeschossen worden?!", fragte Lycan und sah sie mit schreckgeweiteten, eisblauen Augen an. Auch Aleydis' Wölfin war ganz dicht unter ihrer menschlichen Haut, kratzte von innen dagegen und wollte raus. Wollte zu ihrer verletzten Schwester.

„Ian hat sich um sie gekümmert", sagte sie rau. An diesen Gedanken klammerte sie sich fest. Ian würde alles in seiner Macht stehende tun um ihre Schwester gut zu versorgen. Er war sehr erfahren, er konnte das. Er *musste.*

Das Telefon noch immer umklammert atmete Aleydis tief durch und sah in die Runde. Sie hatte gar nicht bemerkt, dass Rafael seinen Arm um ihre Schulter gelegt hatte. Wölfin und Frau gleichermaßen lehnten sich an ihn, um nicht doch noch die Kontrolle zu verlieren.

„Meint ihr es waren… die Männer in Schwarz?", fragte Nim zaghaft. Die schüchterne Programmiererin sah sie mit großen blauen Augen an, ihre Wangen waren ganz blass geworden. Es war gerade einmal eine Woche her, dass auch Nim mit den Männern und Frauen in Schwarz Bekanntschaft gemacht hatte. Unwissentlich hatte sie das Sicherheitssystem für ConPharm vor Jahren programmiert gehabt und als es von einer anderen Firma überarbeitet und fehlerhaft zurück an den Konzern gegeben worden war, hatte Nimué die Lücken wieder schließen sollen.

Doch in der Zwischenzeit hatte sie Lycan, Canys und Aleydis kennengelernt und herausgefunden was für Gräueltaten der Pharmakonzern dort in seinen kanadischen Laboren verübt hatte. Und welchen Anteil sie und ihre Arbeit daran gehabt hatte. Also hatte sich Nim geweigert die neue Programmierung durchzuführen – mit der Konsequenz, dass ConPharm seine Auftragsmörder zu ihr geschickt hatte.

Den Anschlag eines Heckenschützen hatten sie nur knapp verhindern können. Der mittlerweile vollständig verheilte Streifschuss an Canys' Schulter bewies, wie brenzlig es gewesen war. Unerwartete Hilfe war von Scott Hewlett gekommen, dem soziopathischen Söldner, der Aleydis' Elternhaus zerstört hatte. Und damit Mörder ihrer Eltern war.

Der Gedanke an ihn… nein, damit konnte sich Aleydis im Augenblick nicht beschäftigen. Wichtig war nur, dass er sie und ihre Geschwister nicht an ConPharm verraten würde. Warum auch immer.

Den zweiten Anschlag auf Nim, einen Entführungsversuch, hatten Aleydis und Lycan ebenfalls vereiteln können. Nachdem Nim die Programmierung überarbeitet hatte, jedoch das eigentliche Sicherheitsleck weiter offengelassen hatte, waren sie alle der Meinung gewesen, dass sie nun in Ruhe nach den fehlenden beiden Hybriden suchen konnten.

Doch das schien ihnen nicht vergönnt zu sein.

Aleydis griff über den Tisch und legte eine Hand auf Nims Unterarm. „Wir werden sehen."

„Ihr wollt dorthin fahren?"

„Auf jeden Fall", kam es sofort von Lycan. Er gab Nim einen Kuss auf die Stirn und murmelte: „Wir werden vorsichtig sein."

„Es gibt noch andere Gründe, warum Wildtiere angeschossen werden", warf Rafael ein.

„Egal wer oder was es war", sagte Aleydis, „wir werden es herausfinden. Und auch, ob der Puma wirklich Felina ist."

„Hoffentlich", kam es leise von Canys, ihre wolfsgoldenen Augen sahen besorgt zu Aleydis.

„Wir werden sehen", wiederholte sie, richtete sich auf und sagte mit fester Stimme: „Okay, wir machen nun Folgendes..."

Exakt dreißig Minuten nachdem das Telefon geklingelt hatte saßen die drei Geschwister und Rafael im Auto und fuhren los. Sie würden etwa zweieinhalb Stunden bis zu der von Ian genannten Adresse benötigen und Aleydis wusste, dass sie jede einzelne Minute davon verfluchen würde.

Nim hatte sich bereiterklärt in St. Mary zu bleiben, nicht nur weil sie den noch übrigen Platz für Felina benötigen würden, sondern auch um Beth, Mika und Zoe zu informieren. Dafür war keine Zeit mehr gewesen. Sie alle wollten unbedingt los um zu überprüfen, ob Ians Vermutung korrekt war.

„Meint ihr sie ist es wirklich?", hörte Aleydis ihre jüngere Schwester von der Rückbank fragen, die Worte zaghaft. Man musste kein Genie sein um zu begreifen, dass Canys zwischen Hoffnung und Vorsicht schwankte.

„Ian hätte uns nicht angerufen, wenn er nicht einen starken Verdacht hätte", antwortete Ally. Sie drehte sich halb um, während Rafael den Wagen bereits auf den Highway lenkte. Sie sah zwischen Lycan und Canys hin und her, aus den menschlichen Gesichtern der beiden schauten ihr deren Wölfe entgegen und auch Aleydis' tierische Hälfte saß ganz dicht unter der Oberfläche.

„Ally hat Recht", fügte Lycan hinzu. Er griff nach der Hand der sanftmütigen Timberwölfin. „Wir werden es sofort wissen, wenn wir dort sind."

Canys nickte langsam, ihre Augen wechselten von Wolfsgold wieder zu Flaschengrün. „Ich hoffe so sehr, dass sie es ist."

„Ich auch", sagte Aleydis und drehte sich wieder nach vorn. Sie spürte Rafaels Blick auf sich und griff nach seiner Hand, die er auf ihren Oberschenkel legte. Fest verschränkte sie ihre Finger mit seinen.

Zitternd vor Anspannung stieg Canys aus dem Auto. Sie waren nach einer gefühlten Ewigkeit auf einen Parkplatz vor einer großen Halle in der Kleinstadt Browning abgebogen. Das Gebäude sah auf den ersten Blick aus wie eine Lager- oder Fabrikhalle, doch als sie es jetzt besser sehen konnte erkannte sie das Schild einer Tierarztpraxis und Gardinen an den Fenstern im ersten Stock.

Vielleicht hätte sie sich länger mit dem Gedanken beschäftigt, warum es Wohnungen in so einer Art Gebäude gab, doch in ihrem Kopf herrschten ganz andere Fragen.

War es wirklich Felina, die dort drin lag? War sie in ihrer Tiergestalt angeschossen worden? Lebte sie überhaupt noch oder war sie an ihren Verletzungen gestorben? Die letzte Frage drohte sie schon seit mehr als einer Stunde in den Wahnsinn zu treiben.

Canys war froh, dass Lycan, Ally und Rafael ebenso schnell aus dem Wagen gestiegen waren wie sie, denn der Drang einfach in diese Praxis zu stürmen und nach ihrer vermeintlichen Schwester zu suchen war mittlerweile übermächtig.

„Lasst uns reingehen“, sagte Aleydis und ging voran. Canys warf ihrem Bruder einen kurzen Blick zu. Lycan griff nach ihrer Hand und gab ihr damit den nötigen Rückhalt. Ihre Wölfin tänzelte nervös in ihrem Kopf, winselte und schwankte zwischen Furcht und Hoffnung.

Schweigend und mit eiligen Schritten gingen sie zu dem Eingang, öffneten die Tür und wurden von einer Duftwelle aus Desinfektionsmittel überschwemmt. Canys würgte, denn es war dasselbe Mittel wie es auch bei ConPharm benutzt worden war. Auch Lycan an ihrer Seite hustete und wurde blass um die Nase. Dennoch gingen sie weiter.

„Hallo?“, rief Aleydis, als sie einen Raum mit einem Empfangstresen erreicht hatten. Niemand war zu sehen, doch Canys meinte leise Stimmen zu hören. Tatsächlich kam aus einem Nebenraum eine Frau, etwas älter, blond und mit einem kleinen Höcker auf der Nase, als wäre diese einmal gebrochen worden. Sie brachte den Geruch nach Eukalyptus mit sich.

„Tut mir leid, wir haben heute geschlossen“, sagte sie und sah zwischen ihnen hin und her.

Rafael trat vor und antwortete: „Ian hat uns angerufen.“

„Oh. Ich hätte nicht gedacht, dass Sie so viele sein würden.“ Die Frau blinzelte, einen überraschten Ausdruck in ihren grauen Augen. Sie wollte noch etwas hinzufügen, doch da betrat Ian den Raum und in die Gruppe kam wieder Bewegung.

Lycan und Aleydis traten zu dem alten Tierarzt, der deutliche Augenringe hatte und sie mit ernstem Gesichtsausdruck ansah. Dicht hinter ihm folgte Coop. Der Jagdhundmischling kam sofort zu Canys gerannt und schmiegte sich an ihre Beine. Mit zittrigen Händen strich sie ihm über den Kopf und folgte ihren Geschwistern, während Rafael im Hintergrund blieb.

„Ian, wo ist sie?", fragte Aleydis eindringlich und Lycan wollte wissen: „Können wir zu ihr?"

„Folgt mir", sagte der alte Mann lediglich.

Sie gingen einen kurzen Flur entlang, durch eine breite Tür und hinein in einen großen Raum, der noch widerwärtiger nach Desinfektionsmittel stank als die übrige Praxis. Dort, auf einem Metalltisch unter einer Wärmelampe, lag eine große Katze. Das rötliche Licht schien auf das schmutzigbraune Fell, das an mehreren Stellen großflächig geschoren worden war. Die Hüfte war verbunden, ebenso wie beide Vorderläufe. In einem davon steckte ein dünner Schlauch, der mit einem halbleeren Infusionsbeutel verbunden war.

Canys und Lycan traten gleichzeitig an den OP-Tisch, atmeten tief ein und Canys entfuhr ein Wimmern. Zaghaft, als könnte sie sie weiter verletzen, legte sie eine Hand zwischen die Ohren des Pumas. Ihre Kehle war wie zugeschnürt und ihre Wölfin heulte traurig in ihrem Kopf. Schwach, fast nicht wahrnehmbar unter dem Geruch von Blut, Minze, Kiefernholz und Desinfektionsmittel konnte sie einen Hauch Passionsfrucht wahrnehmen.

„Oh, Lina", kam es rau von Lycan. Flüche waren zu hören, sowohl von Ian als auch von Rafael.

„Sie ist es?", fragte Aleydis sofort, die Stimme leise aber deswegen nicht weniger eindringlich. Canys brachte nur ein schnelles Nicken zustande. Tränen stiegen ihr in die Augen und sie strich weiter zaghaft über den Kopf ihrer jüngsten Schwester. Sie traute sich gar nicht die Wunden näher zu betrachten, die Felina überall hatte.

„Sie kennen diesen Puma?", kam es von einer männlichen Stimme, die Canys zusammenzucken ließ. Erschrocken und mit dem bitteren Geschmack von Galle auf der Zunge drehte sie sich zur Tür um. Dort stand, neben der blonden Frau, ein Mann mit dunkelbraunen Augen. Sein Blick maß sie alle mit einer gewissen Skepsis. Er war jung, etwas kleiner als Lycan und schien körperlich fit.

Und obwohl Canys umgeben war von ihren Geschwistern, Rafael und Ian und ganz genau *wusste*, dass sie alle sie beschützen würden und sie selbst auch nicht wehrlos war, drohte sie panisch zu werden. Nur weil dort ein fremder Mann stand – und es überall nach dem widerlichen Desinfektionsmittel roch. Ihre Wölfin verknüpfte dies mit der Hölle der Laboratorien und wollte sie zwingen zu fliehen.

Nein, dachte Canys und zwang sich neben dem bewusstlosen Puma stehen zu bleiben.

Dennoch standen ihr alle Haare am Körper zu Berge, denn die Stimmung im Raum war auch jenseits ihrer eigenen Stressreaktion extrem angespannt. Unsicher sah sie zu Aleydis. Ihre älteste Schwester hatte sich halb vor sie gestellt, versperrte dem Mann damit auch den Blick auf Felina. Canys konnte ihren Gesichtsausruck nicht erkennen, doch sie ahnte sehr genau was Ally dachte.

Was sich jeder von ihnen dachte: Was konnten, was durften sie diesen beiden Menschen erzählen?

Halb war Canys froh, dass sie diese Entscheidung nicht treffen musste.

„Ja, wir kennen den Puma", kam es schließlich von ihrer Alpha.

Man konnte deutlich sehen, dass der Mann noch etwas sagen wollte, doch bevor er den Mund öffnete sagte Ian: „Sollten wir uns nicht alle erst einmal vorstellen?"

Die dunklen Augen des fremden Mannes, der nach Minze und etwas Trockenem roch, huschten zu dem alten Tierarzt.

„Aber natürlich", sagte er langsam und löste die vor der Brust verschränkten Arme. Er trat näher in den Raum und ein leises Knurren erklang. Canys konnte nicht sagen ob es von Lycan oder Aleydis kam. Der Mann schien es nicht gehört zu haben, denn er streckte ohne eine Miene zu verziehen Ally die Hand hin und sagte: „Ich bin Vincent Osborn und habe den Puma behandelt."

„Aleydis Moore", sagte die schwarze Timberwölfin und schüttelte seine Hand. Der Reihe nach stellten sich alle vor und Canys versuchte sich an einem Lächeln, als der Tierarzt auch ihr die Hand schüttelte. Die blonde Frau mit dem Namen Evelyn Porter war die Helferin des jungen Mannes, von ihr fühlte sich Canys nicht so eingeschüchtert. Wobei das kaum eine Rolle spielte, denn ihre Wölfin war nahe an ihrer Belastungsgrenze.

Es war der Geruch nach Desinfektionsmittel und Blut.

„Was genau ist dem Puma zugestoßen?", fragte Lycan. Auch er hatte eine Hand in Felinas Fell, seine Finger verschwanden fast in dem Goldbraun an ihrer Schulter.

Das Läuten eines Telefons durchschnitt die Stille und versetzte Canys' Herz einen weiteren Tritt. Evelyn Porter entschuldigte sich und verschwand aus ihrem Sichtfeld.

Canys' Aufmerksamkeit wandte sich sofort wieder zu dem Tierarzt. Vincent Osborn strich sich durch seine braunen, unordentlichen Haare und seufzte tief, während er ihre sedierte Schwester ansah. „Gestern Nachmittag habe ich einen Anruf von zwei Officers erhalten, die das verletzte Tier am Straßenrand gefunden haben. Sie wollten es erst fortschaffen, da sie es für tot hielten, doch das war ein Irrtum. Die Schusswunde an der Hüfte war sehr ernst, doch der Puma lebte noch."

„Und was ist mit den Wunden an den Vorderläufen?", wollte Aleydis wissen.

„Die hat sie sich selbst zugefügt", kam es von dem Tierarzt. Er hatte die Augenbrauen zusammengezogen und schüttelte den Kopf. „Ich habe heute früh nach ihr gesehen und da hat sie sich den Infusionsschlauch gezogen und angefangen ihre Pfoten aufzubeißen. Vielleicht ist sie tollwütig."

Die letzte Aussage hatte sofort heftigen Protest von Lycan und Aleydis zur Folge. Die Stimmung im Raum wurde wieder angespannter.

„Sie ist nicht tollwütig", kam es auch von Ian. Der alte Tierarzt hatte sich zwischen den jungen Mann und den Rest gestellt, ganz so als wolle er als Puffer fungieren. An Ally gewandt sagte er: „Sie ist erstmal außer Gefahr, aber sie hat sehr viel Blut verloren. Den Volumenverlust konnten wir ausgleichen, doch ihr fehlen Nährstoffe und vor allem rote Blutkörperchen."

Aleydis drehte sich sofort zu Canys und Lycan um. „Sie braucht eine Bluttransfusion."

„Wir haben alle dieselbe Blutgruppe", kam es von Canys. „Das habe ich in den Unterlagen gelesen. Ich kann-"

„Nein, kannst du nicht." Sanft strich Lycan ihr über die Wange, sein vertrauter Duft nach frischem Schnee, Wachholder und zartem Holunder verdrängte für einen Augenblick alle anderen Gerüche.

„Du bist noch nicht wieder ganz genesen. Lass mich und Ally das machen, ja?"

Sie sah zu ihm auf, bemerkte den eisblauen Ring um seine Pupille und obwohl ihre Wölfin ihrer jüngeren Schwester unbedingt helfen wollte, helfen musste, nickte sie. Ja, ihr Bruder hatte Recht. Eine Blutspende würde ihren Organismus noch zu sehr belasten.

„Okay", kam es von Aleydis. Sie wandte sich an Vincent Osborn, der Felina das Leben gerettet hatte. „Wir brauchen zwei Kanülen und zwei leere Infusionsbeutel. Bitte."

„Sie bekommen von mir gar nichts", erwiderte der Tierarzt, „bevor Sie mir nicht erklären woher zur Hölle sie diese Katze kennen und wie Sie auf die verrückte Idee kommen eine Blutspende zwischen Mensch und Tier wäre eine gute Idee."

„Weil es keine Spende zwischen Mensch und Tier ist", antwortete Aleydis bedächtig. „Es ist eine Spende zwischen Geschwistern."

Kapitel 7

Als Felina dieses Mal erwachte, fluchte sie in Gedanken.

Wieder empfingen sie Schmerzen, somit war sie nicht tot. Warum zur Hölle konnte, durfte sie nicht einfach sterben? Hatte sie denn nicht dieses kleine bisschen Frieden verdient? Am liebsten hätte sie geweint, doch das hatte sie selbst unter der schlimmsten Folter nicht getan und würde nun nicht damit anfangen.

Es würde eine weitere Gelegenheit geben. Ganz bestimmt.

Also musste sie wieder herausfinden wo sie war und was die Sadisten von ConPharm mit ihr angestellt hatten. Wieder lag sie auf weichem Untergrund, doch dieses Mal schien es hell um sie zu sein.

Felina öffnete ein Auge und versuchte sich umzusehen, doch ihre Sicht war stark verschwommen. Also konzentrierte sie sich auf ihre übrigen Sinne – und die spielten ihr eindeutig einen Streich. Denn ihre Ohren sagten ihr, dass direkt neben ihr jemand ganz entspannt atmete. Etwas weiter entfernt, wahrscheinlich in einem anderen Raum, unterhielten sich mehrere Personen. Ihre Worte konnte Felina nicht verstehen, doch die Stimmung des Gesprächs war sorgenvoll und angespannt.

Und mit ihrer Nase musste definitiv etwas nicht stimmen. Sie versuchte ihr weiß zu machen, dass neben dem Desinfektionsmittelgestank frischer Schnee und Wacholder sowie cremiges Karamell in der Luft lagen. Witterungen, die ganz eindeutig zu zwei ihrer Geschwister gehörten.

Ein hässlicher Gedanke machte sich in Felina breit. Was, wenn Lycan und Canys auch geschnappt worden waren?

Ohne dass sie es verhindern konnte entriss sich ihrer rauen Kehle ein klägliches, raues Maunzen. So unwürdig ihrer ansonsten stolzen Katze und doch aus dem tiefsten Kern ihrer zweiteiligen Seele. Frau und Puma fühlten bei diesem Gedanken gleichermaßen Verzweiflung.

„Lina?", hörte sie dann auch noch Lycans hoffnungsvolle Stimme. Wieder öffnete sie die Augen und dieses Mal konnte sie etwas erkennen: Ein Mann mit weißem Haar und dunkelgrauen Augen beugte sich über sie, ein wehmütiges Lächeln im Gesicht.

„Hey Schlafmütze", sagte er zu ihr und in den Worten lag so viel Zuneigung, dass es Felina fast das Herz zerriss.

Lycan!, dachte sie und maunzte nochmals, da ihr Tier keine Worte bilden konnte. Sie wollte sich aufrichten, doch er drückte sie sanft, aber bestimmt zurück. Erst jetzt bemerkte sie den Infusionsschlauch, der in ihrem Vorderlauf steckte. Dunkelrote Flüssigkeit befand sich darin und in dem Beutel, mit dem er verbunden war. Irgendwer hatte ihr eine Bluttransfusion verpasst.

Lycans Worte holten ihre Aufmerksamkeit zu ihm zurück. „Ganz langsam, spar deine Energie."

Felina blinzelte und erkannte, dass Lycan statt der reinweißen Einheitskleidung, die sie in den Laboratorien bekommen hatten, normale Kleidung trug: Ein eisblaues T-Shirt und Jeans. Sein Gesicht sah nicht ausgezehrt aus und auch seine Haut hatte etwas Farbe abbekommen. Ganz so, als wäre er gut genährt und an der frischen Luft gewesen.

War sie doch nicht wieder bei ConPharm gelandet?

Als hätte er ihre Gedanken gehört sagte Lycan sanft: „Du musst keine Angst haben, wir sind nicht bei ConPharm. Wir sind in einem kleinen Ort in der Nähe des Glacier Nationalparks. Du bist in Sicherheit, alles ist gut."

Entspannung durchflutete Felinas Körper, so heftig, dass ihre Glieder anfingen zu zittern und sie für einige Herzschläge die Schmerzen vergaß. Sie ließ ihren Kopf zurück auf die weiche Unterlage sinken und schloss die Augen. Badete in dieser kurzen Erleichterung. Sie war in Sicherheit und einer ihrer Brüder war bei ihr.

„Lycan?", hörte sie eine Frauenstimme. Canys' Stimme.

Sofort schlug Felina wieder die Augen auf und tatsächlich,

da war auch schon ihre ältere Schwester zu ihr herangetreten. Goldgelb waren ihre Augen, als sie sie mit Tränen darin ansah. Ihre Hände strichen sanft durch das Fell an Felinas Nacken. Ihr Duft nach Karamell streichelte Felinas Nase.

„Hey kleine Schwester." Sie beugte sich tiefer, Strähnen ihres blonden Haars rutschten aus ihrem Zopf und strichen über ihre Ohren, als sich Canys' Stirn an Felinas drückte. Ein Flüstern, voller Emotionen: „Wir hatten so schreckliche Angst um dich. Du wärst fast gestorben."

Zaghaft begann Felina zu schnurren, wollte nicht, dass ihre Schwester so traurig klang. Sie hatte zwar nie den ausgeprägten Beschützerinstinkt wie Ursyn und Lycan gehabt, doch auch sie wollte die sanftmütige Wölfin vor Schmerzen bewahren. Egal ob körperlich oder seelisch.

Daher breitete sich ein Glücksgefühl in ihrer Brust aus, als sie sah wie wohlgenährt und entspannt ihre Schwester aussah. Ihr Haar glänzte im Licht, ihre Wangen waren ein wenig gerötet und auch sie trug alltägliche Kleidung. Nur hing diese nicht wie früher lose an ihrem viel zu schmalen Körper. Canys war noch immer schlank und feingliedrig, doch sie war eindeutig besser in Form.

So viele Fragen ballten sich in ihrem Kopf zusammen, doch sie vergaß sie alle als sich eine nahe Tür öffnete und drei Fremde hereinkamen. Sie brachten ebenso unbekannte Witterungen mit in den Raum: Jasmin, Zedernholz, Kiefer und noch einige, die Felina auf die Schnelle nicht benennen konnte.

Aber das war auch gleichgültig. Die eben noch trotz der Schmerzen empfundene Entspannung und Freude wichen Misstrauen. Ein tiefes Brummen bildete sich in ihrer Kehle, vibrierte durch ihren gesamten Körper.

Zwei Männer – ein älterer mit Glatze und einem roten Feuermal auf der Wange und ein jüngerer, mit muskulösem Körperbau und stechend grünen Augen – kamen zusammen mit einer Frau, die nur wenige Jahre älter als Felina sein konnte und sie mit hellbraunen Augen musterte.

Felina kannte weder die Männer noch die Frau. Obwohl,

diese Gesichtszüge… sie hatten etwas seltsam Vertrautes. Aber statt sie zu beruhigen machte es sie nur noch argwöhnischer.

Umso überraschter war sie, als sie sah wie Canys sich umdrehte und sich an die Frau mit dem langen, dunklen Pferdeschwanz schmiegte. Als würde ihre Wölfin dieser Fremden vollkommen vertrauen.

Was zum Teufel war hier los?

„Hallo Felina“, sagte die Frau und schenkte ihr ein Lächeln. „Ich weiß du bist noch benebelt von den Medikamenten und dem Blutverlust, aber du musst dir keine Sorgen machen. Deine Wunden sind gut versorgt worden und sobald du etwas Ordentliches gegessen hast wird auch der Heilungsprozess schnell voranschreiten.“

„Ally wird dich mit Essen vollstopfen. Tag und Nacht“, sagte Lycan und hatte dabei ein deutliches Lachen in der Stimme.

Ally? Diesen Namen hatte Felina noch nie gehört. Warum scherzte ihr Bruder mit ihr?

Wer waren die fremden Männer, die nur dastanden und sie mit einem dümmlichen Lächeln beobachteten? Wo genau war sie? Was war hier eigentlich los?

Sie brauchte Antworten!

Also richtete sie sich auf, ungeachtet der Protestrufe aus mehreren Kehlen, drehte sich zu Lycan und starrte ihn auffordernd an. Hob eine Augenbraue und hoffte, dass er begriff was sie ihm sagen wollte. Denn wandeln konnte sie sich unter keinen Umständen. Sie war so schwach, dass sie damit tatsächlich riskieren würde nicht mehr aufzuwachen.

„Ja natürlich, tut mir leid Lina“, sagte Lycan und klang ehrlich betrübt. Gut so.

Ihr Bruder warf einen Blick zu Canys und der Frau, die er mit Ally angesprochen hatte. „Wo sollen wir anfangen zu erklären?“

„Ich bin Subjekt 0“, sagte die Frau gerade heraus.

Was?!

Obwohl ihr schwindlig und übel dabei wurde drehte sie

ruckartig den Kopf zu der jungen Frau. Jetzt wurde ihr auch klar warum deren Gesichtszüge ihr so vertraut vorkamen: Sie sahen Felinas eigenen und auch denen von Canys ähnlich. Die Stellung der Augen, der Schwung der Oberlippe... Ja, eine Blutsverwandtschaft würde das erklären.

Diese Frau, diese Fremde mit dem Namen Ally – das sollte ihre älteste Schwester sein? Die erste Hybridin, die designt und geboren worden war? Selten hatte sich Felina so dringend gewünscht sich zu wandeln und sprechen zu können wie jetzt.

Zum Glück fuhr Ally, das Subjekt 0, fort: „ConPharm hat das Haus unserer Eltern im Wald in die Luft gesprengt und sie getötet. Ich konnte fliehen, doch ihre Kopfgeldjäger waren mir dicht auf den Fersen. Bei meiner Flucht bin ich Rafael begegnet und... naja, wurde verletzt."

Sie sah zu dem Mann mit den grünen Augen hinüber, der sie mit einem liebevollen Lächeln bedachte. War da etwas zwischen den beiden? Der Gedanke verstörte und faszinierte Felina gleichermaßen. Aber sie konnte sich nicht weiter damit beschäftigen.

„Nachdem ich mich bei Rafael erholt hatte, haben wir von dem Leiter des Suchtrupps von ConPharm erfahren, dass es noch andere Hybride gibt. Dass meine Geschwister leben."

„Bis zu diesem Tag wusste Aleydis nichts von uns", fügte Lycan hinzu. Felina sah ihn an, hob eine Augenbraue und er lächelte wehmütig. „Ja, scheinbar haben unsere Erzeuger entweder nicht gewusst, dass ConPharm uns hat austragen lassen oder sie haben es Ally ebenfalls nicht erzählt."

Felina stieß ein Schnauben aus, Zorn wallte in ihrem Inneren auf. Es überrascht sie kein bisschen, dass niemand sich wirklich Gedanken über sie gemacht hatte. Nun, zumindest ohne dabei gleichzeitig an Skalpelle und Fesseln zu denken. Sie waren Gegenstände gewesen, die man nach Belieben benutzen konnte.

„Vor ungefähr drei Wochen", fuhr die Frau mit den hellbraunen Augen fort, „sind Rafael und ich im Wald dann über

Lycan und Canys gestolpert. Die beiden waren ebenfalls verletzt, wenn auch nicht so schwer wie du."

Felina drehte sich der Kopf, hinzu kam das immer heftigere Pochen ihrer Wunden. Sie sah zu Lycan auf, der ihr leicht zunickte. So waren sie auf sie gestoßen? Dieses mysteriöse Subjekt 0, über das die Wissenschaftler nach dem schrecklichen Vorfall mit ihr so oft geredet hatten?

„Vor zwei Wochen hatten wir eine Spur von Ursyn", hörte sie Canys sagen, Trauer in der Stimme. „Doch wir haben sie verloren und keine Ahnung wo er stecken könnte."

„Aber wir geben nicht auf", fügte diese Ally hinzu, kam zu ihnen herüber und strich Canys sanft über die Wange. Ein Brummen löste sich aus Felinas Kehle. Sie hasste es, wenn jemand fremdes sie oder ihre Geschwister berührte, doch ihre ältere Schwester schmiegte sich in die Berührung der Frau. Genoss sie offenbar.

Felina konnte es noch immer nicht verstehen.

Lag es an ihren Verletzungen? Am Blutverlust? Hatte sie sich vielleicht Hirnschäden bei dem Sturz zugezogen? Oder warum störte nur sie sich an dieser schwarzhaarigen Frau?

Wieder fühlte sie Lycans Hand an ihrem Nacken, sein Geruch nach frischem Schnee durchtrennte den Nebel in ihren Gedanken. „Es ist alles in Ordnung, du bist in Sicherheit."

„Aleydis beschützt uns, genauso Rafael", fügte Canys hinzu und deutete dabei auf den jüngeren der beiden Männer, die noch an der Türschwelle standen. „Und Ian ist auch ein Freund."

Das klärte auch die Namensfrage des zweiten Menschen.

Sie war also umgeben von ihren Geschwistern, einer Frau, die behauptete auch Teil ihrer Familie zu sein und zwei Menschen, die ihnen freundlich gesinnt waren. Dennoch wollte Felinas Katze sich nicht beruhigen und da sie im Moment die Oberhand hatte war es für ihre menschliche Seite schwierig die ängstliche Aggressivität des Tiers zu kontrollieren.

„Ich gehe und hole die Shakes", verkündete der Mann, der Rafael hieß, und riss Felina aus ihrem Gedankenkarussell. Sie sah ihm misstrauisch hinterher, wie er sich entfernte.

„Das wird dir schmecken", sagte Canys und lächelte sie zaghaft an. „Außerdem haben sie viele Kalorien, die dein Körper schnell aufnehmen kann."

„Sobald du dich wandeln kannst werden deine Verletzungen auch schneller heilen", fügte Aleydis - Ally - hinzu. Obwohl Felina lieber in ihrer tierischen Gestalt war, da sie in ihr wehrhafter und nicht so leicht zu verletzten war, fehlte es ihr doch zu sprechen. Fragen zu stellen und Antworten zu fordern.

Ihre Augen wanderten zu der mittlerweile leeren Blutkonserve, von dort zurück zu ihren bandagierten Vorderpfoten - und ihr wurde eiskalt. Um ein Haar wäre sie gestorben, gleich zweimal. Der bittere Gedanke, dass sie sich selbst vollkommen grundlos getötet hätte schnürte ihr die Kehle zu. Vorsichtig versuchte sie an dem Verband zu zupfen, um das ganze Ausmaß des Schadens zu sehen, doch sanfte Hände drückten ihre Schnauze fort.

Jasmin und der Duft nach Wald umhüllten sie und als sie aufsah begegnete ihr ein hellbrauner, von goldenen Ringen um die Pupillen durchwirkter Blick.

„Nicht, der Verband muss noch dranbleiben", sagte die fremde Frau, die ihnen doch so ähnlich sah. Ohne darüber nachzudenken zog Felina ihren Kopf von ihrer Berührung fort, drückte sich dabei näher an Lycan. Etwas Dunkles huschte durch Aleydis' Augen, doch das war Felina egal. Sie allein bestimmte wer sie wann und wie berühren durfte. Die Gefühle anderer Personen waren ihr dabei scheißegal.

Und in diesem Raum durften nur Canys und Lycan sie uneingeschränkt anfassen.

Schritte waren zu hören und Felinas Muskeln spannten sich wieder an. Sie hörten sich anders an als von dem Mann, der eben gegangen war. Etwas leichter und gleichmäßiger. Egal wer da kam, er hatte kein verletztes Bein.

Tatsächlich war es ein Mann, der kurz darauf hereinkam und sich neben den Alten mit dem Feuermal stellte. Obwohl Felina nicht wusste wer er war, erkannte sie ihn wieder. Auch wenn das letzte Mal, als sie ihn gesehen hatte, Düsternis geherrscht hatte.

Es war der Mann mit der Taschenlampe, den sie fälschlicherweise für einen Mitarbeiter von ConPharm gehalten hatte. Im hellen Licht der Nachmittagssonne konnte sie erkennen, dass er dunkelbraune Augen und braunes Haar hatte. Letztes war eigenwillig gewellt, war etwas länger und sah aus als hätte er sich öfter mit den Händen hindurchgefahren. Der weiße Pullover war verschwunden und durch ein dunkelgrünes Shirt ersetzt worden, dass seinen schlanken Oberkörper umspielte.

Aus dem Kaleidoskop an Gerüchen im Raum stach der nach Minze und trockener Holzspäne in ihre Nase. Das musste wohl von diesem Mann kommen. Sie beobachtete ihn genau während er näherkam und schwankte zwischen Misstrauen und etwas… anderem. Ihre Katze wollte schnurren, doch Felina verbot es ihr.

„Hallo Vincent", sagte Aleydis. Die Stimmung veränderte sich im Raum und Felina stellte unwillkürlich das Nackenfell auf. Sie spürte den berechnenden Blick des Mannes, der Vincent hieß und ihr offenbar das Leben gerettet hatte, auf sich.

„Ich hätte gerne die versprochenen Antworten", sagte er mit tiefer Stimme. Skepsis und Unzufriedenheit waren ihm deutlich anzuhören. Gefühlsregungen, die Felina durchaus nachvollziehen konnte. Dennoch ging ihr seine Forderung gehörig gegen den Strich.

Sie stieß ein Knurren aus und drehte sich zu Lycan, vertraute darauf, dass ihr Bruder abermals die stille Botschaft in ihrem Blick verstand.

Sag ihm nichts!, versuchte sie ihm mitzuteilen. Wusste er denn nicht wie gefährlich das war? Was wenn ConPharm herausfand, dass dieser Tierarzt ihnen geholfen hatte, nur weil er nicht den Mund hatte halten können? Sie kannten ihn nicht, sie konnten ihm nicht vertrauen!

„Es ist in Ordnung Lina", sagte Lycan und strich vorsichtig über ihren Kopf. „Wir können ihm vertrauen."

„Er weiß schon grob bescheid und den Rest hat er sich sicher schon zusammengereimt", ergänzte Aleydis, die ihre älteste Schwester sein sollte. Subjekt 0, die erste von ihnen. Die, die nicht unter lebenslanger Folter gelitten hatte.

Waren sie denn alle verrückt geworden? Felina konnte nicht anders als noch lauter zu knurren.

Sie heftete ihren Blick auf den Mann mit dem Geruch nach Minze. Er war mittlerweile auf einen knappen Meter an sie herangetreten – für Felinas Geschmack viel zu nah. Er müsste sich nur ein Stück nach vorne beugen, einen Schritt tun und schon könnte er nach ihr greifen.

Ihr Knurren wurde zunehmend bösartig.

„Lina, hör auf damit", forderte Canys. Irritiert sah sie zu der Wölfin auf, die sonst nie einen so bestimmenden Ton anschlug. Tatsächlich hatte sie einen unzufriedenen Ausdruck in den flaschengrünen Augen, über denen sie die Augenbrauen zusammengezogen hatte.

Nur mit Mühe brachte Felina die Katze dazu das Knurren einzustellen, doch sie tat ihren Unmut darüber mit einem deutlichen Schnauben kund.

„Sie versteht Sie?", fragte der Mann namens Vincent, deutliche Überraschung klang aus seiner Stimme.

Canys lächelte und sagte: „Natürlich versteht sie mich."

„Sie hat wie meine anderen Geschwister und ich einen sehr hohen IQ", fügte Aleydis hinzu.

„Sie alle wollen mir also immer noch weiß machen, dass dieses Tier ein… ein Wer-Puma ist? Wie in diesen seltsamen Romanen mit Vampiren und Gestaltwandlern? Dass sie sich bei Vollmond in einen Menschen verwandelt und allergisch gegen Silber ist?"

„Wo haben Sie denn diese verrückten Ideen her?" Ihre vermeintlich älteste Schwester hatte die Augenbrauen hochgezogen und schüttelte entschieden den Kopf: „Vollmond und Silber haben auf uns genauso wenig oder genauso viel Einfluss wie auf jeden gewöhnlichen Menschen auch."

„Nämlich gar keinen", ergänzte Lycan. Ihr Bruder hatte

den Mund zu einem schiefen Grinsen verzogen. Ja, das entsprach in etwa seinem Humor. Und wenn sie ehrlich war, auch ihrem. Dieses Mal war Felinas Schnauben belustigt. Anders ließ sich diese verrückte Situation auch nicht ertragen.

Unzufrieden über den Spott, der ihm entgegenschlug, fragte der Mann mit dem Duft nach Minze: „Was dann? Weil ganz ehrlich, eine bessere Erklärung fällt mir nicht ein. Oder Sie alle sind doch verrückt."

„Nein, sind wir nicht", erwiderte Lycan. „Unsere DNA wurde mit der von Tieren gekreuzt, so dass wir sowohl menschliche als auch tierische Gestalt annehmen können."

„Ja klar", schnaubte Vincent. Er sah zwischen ihnen hin und her, ein selbstgefälliges Lächeln auf dem Gesicht. „Wenn das so ist, dann würde ich das gerne sehen. Los, verwandeln Sie sich."

„Wie Sie wünschen." Mit diesen Worten schob Aleydis den Ärmel des schwarzen Pullovers, den sie trug, nach oben und streckte dem ungläubigen Mann den Arm entgegen. Ein tiefer Atemzug... und erst passierte nichts. Doch dann begann die glatte Haut seltsam zu zittern, die Muskeln zuckten und es war ein leises Schmatzen zu hören, als sich die Finger wie im Zeitraffer verkürzten. Schwarzes Fell, mit dunkelgrauen Strähnen durchsetzt, brach hervor. Mit jedem Augenblick wurde der menschliche Arm mehr zum Vorderlauf eines Wolfs.

Felina starrte, ebenso wie jeder andere im Raum auch, auf die Wolfstatze am Arm einer vormals menschlichen Frau.

„Heilige Scheiße!", entfuhr es dem Mann namens Vincent und er wich zurück, als würde er einem Monster gegenüberstehen.

Wie ironisch, dass in Felinas bisherigen Leben immer die Menschen die wahren Monster gewesen waren. Die Frage war nur: Gehörte dieser Vincent auch zu ihnen?

Kapitel 8

„Was sind Sie?!"

„Ich bin kein Gegenstand, Mr Osborn", beschied Aleydis ihm kühl, ihre Augen hatten von hellbraun zu goldfarben gewechselt. Es war unverkennbar, dass ihre innere Wölfin gerade dicht an der Oberfläche saß. Das Gold sah fast so aus wie bei Canys, was bei Felina ein eigenwilliges Gefühl in der Magengrube verursachte. Ihre Katze hatte noch immer Schwierigkeiten sie als das Familienmitglied zu sehen, das sie offensichtlich war.

„Wir sind Hybride", kam es von Lycan, auch sein Tonfall war vermeintlich emotionslos - doch das Eisblau in seinen Augen machte deutlich, dass er alles andere als ruhig war.

Der Mann mit den unordentlichen Haaren und den braunen Augen schluckte sichtbar, sein Gesichtsausdruck schwankte zwischen Überraschung und Ungläubigkeit. Seine Witterung ließ jedoch nicht darauf schließen, dass er sich fürchtete. Der meist saure, scharfe Geruch von Angst fehlte.

„Und wie Sie sehen ist es kein Hirngespinst von uns, dass dieser Puma auch gleichzeitig ein Mensch und unsere Schwester ist." Aleydis atmete tief ein und aus, ihr Arm begann sich zurück zu wandeln. Kurz darauf deutete nichts mehr darauf hin, dass ihre schlanken Finger eben noch Wolfstatzen gewesen waren.

„Das ist absolut verrückt", murmelte der Tierarzt und fuhr sich durch die Haare. Er zuckte kurz zusammen, als der alte Mann ihm auf die Schulter klopfte.

„Das dachte ich anfangs auch. Und nein, du wirst nicht verrückt, falls das deine nächste Frage gewesen wäre."

Schön wärs, dachte Felina und stieß ein Schnauben aus.

Schritte wurden außerhalb des Zimmers laut und sowohl Canys als auch Felina zuckten zusammen, als der Mann mit den schwarzen Haaren zurück in den Raum kam. Auf einem Tablett balancierte er drei Gläser und eine Schale. Mit ihm zusammen kam ein süßer Duft hereingeweht, der Felina das Wasser im Mund zusammenlaufen ließ.

Ohne zu blinzeln beobachtete sie, wie Aleydis die Schale vor ihr auf dem Bett abstellte, um anschließend zwei der Gläser an Lycan und Canys weiterzureichen, ehe sie selbst eines nahm. Die Dankesworte an den Menschen bekam Felina gar nicht mit, zu sehr war sie damit beschäftigt an der dicken Flüssigkeit zu schnuppern.

„Trink ruhig", hörte sie Lycan neben sich. Als sie zu ihm aufsah lächelte er sie an. „Das ist eine Mischung aus Sahne, Proteinpulver und noch ein paar Zutaten. Sie hat viele Kalorien." Anschließend setzte er das Glas an und auch Canys auf ihrer anderen Seite nippte sichtlich glücklich an dem Getränk.

„Wie wäre es, wenn wir einen Kaffee trinken?", brach Ian, der alte Mann mit dem Feuermal, die Stille. Er sah zwischen den Menschen hin und her und setzte hinzu: „Dann können sich die Geschwister in Ruhe unterhalten."

„Ich muss ohnehin telefonieren", sagte der mit Namen Rafael. Mit einem Lächeln kam er nochmals zu Aleydis und gab ihr einen schnellen Kuss. Felinas Augen huschten zu Vincent Osborn und sie bemerkte, dass er sie wie gebannt anstarrte. Ihrer Katze gefiel das gar nicht, sie kniff die Augen zusammen und brummte tief in der Kehle – daraufhin zuckte der Tierarzt zusammen.

Eine kleine Welle der Befriedigung durchfuhr sie und sie öffnete grinsend das Maul. Für einen Außenstehenden musste es wie eine Drohgebärde aussehen, denn nun mischte sich doch ein Hauch Angst in das Kaleidoskop der Gerüche im Raum. Nur von wem genau sie kam konnte Felina nicht bestimmen.

Es war ihr auch einerlei, viel wichtiger war für sie, dass die Menschen endlich gingen. Schweigend und nacheinander verließen die Männer den Raum. Erst als sie fort waren und das Schlagen einer Türe zu hören gewesen war, erlaubte Felina sich von dem Inhalt der Schale zu kosten.

Cremig, süß und nussig schmeckte die Flüssigkeit und Felina schloss für einen Moment die Augen. Als sie sie wieder öffnete begann sie in großen Schlucken zu trinken, genoss das Gefühl ihres sich füllenden Magens. Ihr ausgezehrter Organismus stürzte sich regelrecht auf die Kalorien.

Innerhalb weniger Minuten war die Schale komplett geleert und Felina leckte sie sauber, um auch den letzten Tropfen zu erwischen. Erst dann sah sie wieder auf, begegnete drei interessierten Augenpaaren: Flaschengrün, eisblau und hellbraun. Ihre Geschwister.

Canys, die ihren eigenen Shake bereits geleert hatte, nahm die Schüssel fort und stellte sie auf einen Beistelltisch neben dem Bett. Sie kam zurück, setzte sich neben sie und strich ihr über den Kopf. Ein Schnurren bildete sich in Felinas Kehle, hervorgerufen durch das satte Gefühl und die Berührung ihrer Schwester.

„Pumas sind die einzigen Großkatzen, die sowohl schnurren als auch miauen können", kam es von Aleydis. „Dafür können sie nicht brüllen, wie Löwen oder Tiger." Die Wolfshybridin saß auf einem Stuhl nahe dem Bett und nippte noch an ihrem Energiedrink. Ihre Augen waren nachdenklich auf Felina gerichtet.

„Dabei ist das Schnurren nicht ausschließlich ein Laut des Wohlbehagens, wie viele glauben. Katzen schnurren auch wenn sie große Schmerzen haben, quasi um sich selbst zu beruhigen. Mehrere Studien haben herausgefunden, dass die Frequenz des Schnurrens gebrochene Knochen schneller heilen lässt."

Irritiert über diesen kleinen Vortrag zog Felina eine Augenbraue hoch.

Ein raues Lachen von Lycan. „Woher weißt du denn das?"

„Ich habe mich in die Physiologie von Pumas und Grizzlys eingelesen, nachdem ich von euch erfahren hatte." Aleydis zuckte mit den Schultern, ihre Augen ruhten wieder auf Felina. Diese verfluchte zum wiederholten Mal, dass sie nicht sprechen konnte. Andernfalls hätte sie ihrer ältesten Schwester eine bissige Antwort gegeben. Wut über die unterschiedlichen Kindheiten die sie hatten, über diese Ungerechtigkeit, sammelten sich in Felinas Kehle. Ihr Schwanz begann unruhig hin und her zu zucken, schlug auf die Bettdecke, so dass ein dumpfes Klopfen zu hören war.

„Ally ist großartig", kam es unnötigerweise von Canys. Felina zwang sich den Blick von der ältesten Hybridin zu nehmen und die andere Wölfin anzusehen. Diese fuhr mit einem Lächeln fort: „Sie weiß so viel, besorgt uns nicht nur Pässe und alles mögliche, was wir für ein normales Leben brauchen, sondern sie und Rafael lassen auch ihr Haus umbauen, damit wir alle dort leben können."

„Wenn ihr wollt", ergänzte Aleydis. Ihr Blick huschte zu Lycan und ein Grinsen bildete sich auf ihrem Gesicht, das sehr wölfisch aussah. „Euer Bruder hat sich ja schon ein neues Zuhause ausgesucht."

„Gar nicht", murmelte er und seine Wangen röteten sich zu Felinas Überraschung. Was sollte das bedeuten? Und warum wurde er so verlegen?

Auf ihr fragendes Maunzen antwortete er lächelnd: „Canys spricht von Nimué, meiner Gefährtin."

Gefährtin?! Wie bitte?

Ihr Bruder hatte eine… eine Beziehung mit einem Menschen? Die Rasse, die ihnen bisher immer wieder und wieder und wieder Schmerzen zugefügt hatten? Die sie bei lebendigem Leib aufgeschnitten hatten um zu beobachten wie ihre Organe funktionierten? Die ihnen Messsonden ins Hirn und in alle möglichen Körperöffnungen geschoben hatten? Manchmal auch nur zum Spaß?!

Ein bösartiges Brummen löste sich aus Felinas Kehle und sie starrte den Polarwolf an. Wie konnte er nur?!

„Nim ist nicht so", sagte er, die Augenbrauen zusammengezogen. Er hatte offenbar erraten, was sie gedacht hatte. Wahrscheinlich, weil er genau dieselben Alpträume in seinem Kopf hatte wie sie. Wie Canys. Wie Ursyn.

„Lycan hat Recht", fügte die braune Timberwölfin mit den

sanften grünen Augen hinzu. „In der normalen Welt sind die meisten Menschen so wie Rafael, Ian und Vincent: Nett und hilfsbereit. Und Nim ist die süßeste und schüchternste Frau, der ich je begegnet bin. Du wirst sie sicher mögen, wenn du sie kennenlernst."

Ungläubig sah Felina zwischen Lycan und Canys hin und her. Meinten sie das ernst?

Andererseits, warum sollten sie sie anlügen? Sie waren ihre Familie, die einzigen Individuen auf der Welt, die sie niemals hintergehen würden. Denen sie ihr Leben anvertrauen konnte. Und wenn sie ehrlich mit sich war, dann ertappte sie sich dabei, dass sie es glauben wollte. Sie wollte an eine Welt glauben, die nicht nur aus Sadisten bestand.

Felina legte den Kopf auf Lycans Schenkel und atmete tief durch. Roch frischen Schnee, Wacholder und Holunder – und fragte sich unweigerlich, ob dieser neue Geruch in der Witterung ihres Bruders von dieser Frau stammte.

Du warst schon immer der normalste von uns, dachte sie und verfluchte abermals die Tatsache sich nicht verständlich zu machen.

Lycan war von ihnen allen noch am… menschlichsten geblieben. Über die Jahre hinweg hatten Ursyn, Canys und Felina immer mehr und mehr von dieser Menschlichkeit verloren. Ihr ältester Bruder war so schweigsam und in sich gekehrt geworden, dass sie seine Stimme fast ein Jahr nicht gehört hatten, bevor er ihnen von der Sicherheitslücke erzählt hatte.

Canys hingegen wäre einfach in den nächsten Monaten verschwunden, ihre Persönlichkeit war schon seit Jahren immer weiter ausgemerzt worden. Mit jedem grausamen Experiment, mit jeder Bestrafung war das Licht ihres Geistes aus ihren Augen gewichen.

Und Felina selbst war immer aggressiver und widerspenstiger geworden. Sie und ihr Puma hatten sich gewehrt, mit allem was ihnen zur Verfügung gestanden hatte. Lycan hatte sich anfangs auch verweigert, doch auch er war irgendwann zu schweigender Kooperation übergegangen, um unnötige

Schmerzen zu umgehen.

Dumm nur, dass den kranken Wissenschaftlern auch dann die Foltermethoden nicht ausgegangen waren.

Ihre Augen huschten zu Aleydis, die die Stille brach als sie sagte: „Sobald du dich erholt hast wirst du selbst sehen, dass du jetzt in Sicherheit bist. Ich werde niemals wieder zulassen, dass dir oder den anderen ein Leid geschieht. Das verspreche ich dir."

Felina hielt den Blick der Wölfin, der Frau - und ertappte sich dabei, dass sie ihr glauben wollte. So dringend glauben wollte, dass es ihr beinah die Kehle zuschnürte.

Doch die Katze in ihr mahnte sie zur Vorsicht. Zu oft hatte man sie gelinkt, ihr die Hoffnung genommen um sie zu brechen. Und weil sie das endlich selbst sagen wollte atmete sie tief durch und leitete die Wandlung ein. Die ersten Sekunden waren es reine Wonne, ehe der Schmerz einsetzte.

„Lina, nein!", kam es von Canys, die als erste bemerkte was sie vorhatte. „Du bist zu schwach, bleib eine Katze!"

„Bei deinem schlechten Zustand würden deine Wunden wieder aufreißen und dieses Mal können wir dich wahrscheinlich nicht mehr zusammenflicken."

„Canys und Aleydis haben Recht, hör sofort auf damit", setzte Lycan hinzu. Er griff in das Fell in ihrem Nacken, schüttelte sie einmal kurz, um seinen Worten Nachdruck zu verleihen. Sie drehte den Kopf zu ihm, fauchte ihn an - und hörte doch auf ihn.

Denn ihre Gestalt hatte sich noch nicht begonnen zu verändern, da war sie schon außer Puste und schmeckte Blut auf der Zunge. Ganz zu schweigen von der Schusswunde an ihrer Hüfte. Es war fast so wie damals, als man ihr glühende Eisenstäbe auf die Haut gedrückt hatte um anschließend den Heilungsprozess zu beobachten.

Unzufrieden und wütend auf sich, die Situation und die ganze Welt, überließ Felina dem katzenhaften Teil ihrer Seele wieder die Kontrolle.

Morgen aber, versprach sie sich selbst in Gedanken, während sie vorsichtig ihren Kopf auf den bandagierten Vorderpfoten ablegte. Morgen würde sie sich wandeln und endlich die Fragen stellen können, die ihr auf der Seele brannten.

„Ich kann immer noch nicht glauben, was ich da eben gesehen habe."

Ein belustigtes Schnauben erklang neben Vincent und er drehte seinen Kopf zu dem alten Tierarzt, der mit ihm zusammen auf der Dachterrasse des Gebäudes saß. Beide hatten sie eine Tasse Kaffee in der Hand, obwohl Vincent ein Bier oder etwas Härteres viel lieber gewesen wäre. Doch er konnte schlecht am frühen Nachmittag anfangen zu trinken.

Obwohl ihm daraus wahrscheinlich niemand einen Strick drehen würde, der dasselbe gesehen und erfahren hatte wie er.

„Das ging mir anfangs auch so", erklärte Ian und klopfte ihm auf die Schulter. „Es ist hart zu erkennen was für Verrücktheiten es in der Welt gibt."

„Damit hätte ich niemals gerechnet. Ihr Arm..." Vincent fluchte verhalten und schüttelte den Kopf. Selbst wenn er alt und senil werden würde, diesen Anblick würde er niemals vergessen können. Er hatte sich in seine Netzhaut und sein Gehirn eingebrannt.

„Aleydis und ihre Geschwister sind etwas ganz Besonderes - und schweben gerade deswegen in großer Gefahr." Die letzten Worte hatte der pensionierte Tierarzt mit unheilvoller Stimme gesprochen. Vincent warf ihm einen Blick zu und erkannte eine Härte in den braunen Augen, die er dort noch nie gesehen hatte.

„Was?"

„Solltest du auch nur ein Wort über das verlieren was du vorhin gesehen und erfahren hast, dann werde ich dich ohne mit der Wimper zu zucken erschießen und im Wald vergraben. Glaub mir, ich kenne genügend abgeschiedene Plätze, wo dich niemand finden kann."

„Du drohst mir?", fragte Vincent. Er schwankte zwischen

Überraschung, Unglauben und ja... tatsächlich einem mulmigen Gefühl.

„Ja. Auch Evelyn sollte lieber nichts hiervon erfahren." Ian seufzte und fügte hinzu: „Es gefällt mir nicht, aber ich meine die Drohung wortwörtlich todernst. Aleydis und ihre Geschwister liegen mir sehr am Herzen. Ich bin es ihren Eltern schuldig, dass ich alles in meiner Macht stehende tue um sie zu beschützen."

Neugier regte sich in Vincent. „Was haben ihre Eltern damit zutun? Kennst du sie? Sind sie verantwortlich für ihre Andersartigkeit?"

„Das sollen sie dir selbst erklären", wiegelte Ian ab. „Ich will nur sichergehen, dass du den Mund halten kannst."

Vincent stieß ein Schnauben aus. „Als ob mir das jemand glauben würde."

„Du verstehst das nicht. Es geht um viel mehr als nur darum, dass hier irgendwelche Geschichten im Umlauf sind. Wenn auch nur ein winziges Gerücht von irgendwelchen Werwölfen oder was auch immer durchsickert, dann wird das für die Geschwister lebensbedrohliche Folgen haben."

„Könntest du bitte mal Klartext reden?", forderte Vincent. „Diese Hinweise und Halbaussagen bringen mich nicht weiter."

Ian sah ihn an, Gramesfalten um den Mund. Als er schließlich seufzte sackten seine Schultern hinunter und er lehnte sich auf dem Gartenstuhl zurück, als würde alle Kraft ihn verlassen. Irritierender Weise sah er mit einem Mal viel älter aus.

„Bis auf Aleydis wuchsen alle anderen in einem Labor eines großen Konzerns auf. Dort wurden seit früher Kindheit Experimente an und mit ihnen gemacht. Und nicht die schöne Art von Experimenten, wenn du verstehst was ich meine. Sie wurden regelrecht gefoltert, sowohl in menschlicher als auch in tierischer Form, um die kranke Profitgier des Konzerns zu befriedigen. Vor einigen Wochen konnten sie endlich fliehen. Lycan und Canys waren schon in einem schlechten Zustand, als sie bei Aleydis ankamen, doch Felina hatte es um einiges schlimmer erwischt. Du hast gesehen in welch schlechtem Gesamtzustand sie ist, auch ohne die Schusswunde."

„Aber warum hat sie sich die Pfoten… oder eher Arme aufgebissen?"

„Weil sie lieber tot wäre als wieder zurück in die Laboratorien zu gehen. Lycan hat mir vorhin kurz erklärt, dass das Desinfektionsmittel, das du benutzt, identisch ist mit dem bei ConPharm. In einem Käfig aufzuwachen, noch benebelt vom restlichen Narkosemittel, ist es nur verständlich, dass Felina dachte sie sei wieder in ihrem Gefängnis."

„Sie wollte Selbstmord begehen?", brachte Vincent leise heraus. Ihm lief eine Gänsehaut den Rücken hinunter, er fasste seine Kaffeetasse unwillkürlich fester. Wie grausam mussten ihre Erinnerungen sein, dass sie sich selbst so etwas antat? Dass das die bessere Alternative war, statt weiterzuleben?

Andererseits, wer war er um darüber zu urteilen?

Dennoch stellte sich in seinem Kopf alles quer bei dem Gedanken, dass er in den vergangenen knapp vierundzwanzig Stunden kein Wildtier behandelt hatte, sondern eine zumindest halbwegs menschliche Frau. Das war Fantasy oder Science Fiction. Es konnte nicht real sein.

Und doch hatte er gesehen, wie sich ein normaler Arm vor seinen Augen in eine Wolfstatze verwandelt hatte. Also ließ das nur zwei Möglichkeiten offen: Es war Wirklichkeit oder Vincent wurde verrückt. Da aber sowohl Ian als auch dieser Rafael dasselbe gesehen hatten und noch wichtiger, das Gesehene auch glaubten, war er wohl nicht übergeschnappt.

„Muss ich mir nun Sorgen machen, dass ich meinen ehemaligen Schüler verscharren muss?"

„Ich werde nichts erzählen", schwor er.

„Wirklich? Nicht einmal deinem Kumpel, wenn ihr ein paar Bier zu viel hattet?" Vincent sah zu dem alten Mann, erwiderte seinen kühlen Blick.

„Ja, auch dann."

„Gut." Ein kurzes Nicken des alten Tierarztes, bevor er

von seinem Kaffee trank.

Sie saßen einige Minuten schweigend zusammen, nur umgeben von dem gelegentlichen Geräusch vorbeifahrender Autos und Vogelgezwitscher. Es erschien Vincent so surreal, dass sie hier in dieser vermeintlich friedlichen Szene saßen, während gerade einmal ein paar Meter unter ihnen eine Gruppe von... Gestaltwandlern, oder wie auch immer sie sich nannten, saßen und einem vermeintlichen Puma eine Bluttransfusion gaben.

Konnte das wirklich sein?

Andererseits... wenn er so darüber nachdachte, dann hatte der Puma ihn mit einer fast schon berechnenden Intelligenz angesehen. Es waren unbestreitbar die Augen einer Raubkatze gewesen, die Iriden in einem satten Bronzeton und kein Weiß darin, und doch war etwas anders gewesen. Auch die Reaktionen der Großkatze waren so menschlich gewesen, sie hatte genau verstanden was um sie herumgesprochen worden war.

Nicht zu vergessen der unnatürlich veränderte Unterarm der Frau mit Namen Aleydis.

Dennoch sträubte sich noch ein kleiner Teil von Vincent gegen diese offensichtlichen Tatsachen. Denn der Gedanke, dass irgendein namenloser Konzern derart mit menschlicher DNA herumexperimentiert und tatsächlich Wesen erschaffen hatte, die weder das eine noch das andere waren, bereitete ihm ein extrem schlechtes Gefühl. Das waren Grenzen, die man nicht übertreten sollte.

Vincent wusste aber auch, dass einige Akademiker und Wissenschaftler das anders sahen. Schon in seiner Studienzeit hatte er sich mehrere Debatten mit Mitstudenten und auch Professoren geliefert, wo die moralischen Grenzen bei der Forschung lagen. Ob man diese nicht aufheben musste, um wahrhaftig Neuland zu betreten.

Doch das was mit den Geschwistern geschehen war... nein, das lag für Vincent definitiv weit außerhalb des legitimen Rahmens. Besonders wenn man Ians Andeutungen über grausame Versuchsreihen hinzunahm.

Er trank seinen Kaffee aus und rollte die leere Tasse zwischen den Händen.

„Was passiert als nächstes?“

„Ich weiß es nicht genau.“ Er hörte Ian tief ein- und ausatmen. „Aber wahrscheinlich wird Aleydis ihre Schwester so bald wie möglich mitnehmen wollen.“

„Ich würde davon abraten, sie übermäßig zu bewegen“, warf Vincent ein. Sein Mentor seufzte und nickte zustimmend, er musste ihm nichts über aufplatzende Nähte oder Entzündungen erzählen, die bei übermäßiger Anstrengung oder viel Bewegung drohten.

Im Umkehrschluss bedeutete das wohl, dass er auf unbestimmte Zeit neue Untermieter haben würde. Untermieter, die nur dem Äußerlichen nach gewöhnliche Menschen waren.

Kapitel 9

Tiefe Atemzüge neben ihr weckten Felina aus ihrem Schlaf. Satter Karamell, der ferne Duft von Wald umgaben sie und sie gestattete sich einen Augenblick in dem berauschenden Glücksgefühl zu versinken, dass das Wissen ihre Geschwister bei sich zu haben und in Freiheit zu sein mit sich brachte.

Doch es war schnell verflogen, denn ihre Verletzungen pochten noch immer und sie waren längst nicht vollzählig. Ursyn war noch irgendwo dort draußen, vielleicht ebenso in Schwierigkeiten wie es Felina, Lycan und Canys gewesen waren.

Oder vielleicht hatten es die Häscher von ConPharm bei ihm geschafft ihn in die Finger zu kriegen. Dann jedoch... Felina presste die Kiefer aufeinander. Nein, daran wollte sie nicht denken. Er lebte, er war der Zähste von ihnen allen.

Felina schlug die Augen auf und sah sich um, doch bis auf Canys war das Zimmer leer. Am vergangenen Tag hatte sie die Einrichtung nicht weiter beachtet - ihre gesamte Aufmerksamkeit war von anderen Dingen beschlagnahmt gewesen - dass sie sich erst jetzt richtig umsah.

Neben dem breiten Bett mit dem dunklen Überwurf, auf dem sie lag, gab es einen kleinen Nachttisch, einen Stuhl an einem Schreibtisch und eine große Regalwand. Diese war jedoch leer. Sie sah sich weiter um und konnte bis auf die Gardinen, die vor den Fenstern hingen, nichts an Einrichtung entdecken. Felina hatte keine Erfahrungen mit gewöhnlichen Behausungen, doch allgemein sah das Zimmer seltsam verwaist aus.

Das ist aber egal, dachte sie sich. Was zählte war, dass sie alleine und somit unbeobachtet war. Das wiederum bedeutete, dass sie sich endlich wandeln konnte.

Vorsichtig erhob sich Felina, kämpfte die ersten Herzschläge gegen den Schwindel und die Schmerzen in ihren Beinen an. Sie würde sich wandeln, komme was da wolle. Aber sie würde es nicht auf dem großen Bett tun, wo ihre Schwester es mitbekommen würde.

Also ignorierte sie so gut wie möglich das Hämmern der Schusswunde, ging zur Bettkante und stieg langsam, ein Bein nach dem anderen, hinunter auf den Boden. Der Untergrund fühlte sich wattig und schwammig unter ihren Pfoten an, obwohl es feste Holzdielen waren. Für einige Atemzüge lehnte sich Felina gegen das Bett, um ihr Gleichgewicht wieder zu finden.

Erst als das Wummern und Rauschen in ihren Ohren nachgelassen hatte legte sie lauschend den Kopf zur Seite. Mit geschlossenen Augen versuchte sie verräterische Geräusche jenseits der angelehnten Zimmertür aufzuschnappen. Doch da war nur, ganz in der Ferne, das Geräusch von Vögeln und vorbeifahrenden Autos zu hören.

Auch ihre Nase meldete ihr lediglich die Witterungen ihrer Geschwister, den Jasmingeruch von Aleydis, Kardamom von Rafael, von Ian Kiefernholz. Und ganz darunter… ja, da roch sie den Duft von Minze und Holzspänen. Vincent, der Tierarzt.

Vielleicht hätte sie sich entspannen können, dass sie keinen ihrer früheren Peiniger wittern konnte, doch an ihr selbst haftete immer noch der Nachhall von Desinfektionsmittel. Ein weiterer Grund, warum sich Felina wandeln wollte: Um duschen zu können und diesen Gestank endlich los zu werden. Sich im Pelz ordentlich zu waschen und das mit Verletzungen war ein Ding der Unmöglichkeit.

Und jetzt war die Gelegenheit dazu wieder Frau zu werden. In den kommenden fünfzehn Minuten würde sie ungestört sein. Die Verbände an ihrem Körper waren elastisch und nicht zu fest, so dass sie sie nicht vorher abmachen musste. Außerdem hatte sie Erfahrung damit sich mit Wunden und Verbandsmaterial zu wandeln. Es war noch unangenehmer als sonst, aber im Augenblick nicht zu ändern. Zumal sie mit Zähnen und Krallen auch kaum die Bandagen abbekommen würde.

Also atmete Felina tief ein und leitete die Wandlung ein.

Die ersten Sekunden war es pure Wonne, Frau und Katze in perfekter Harmonie. Dann rauschten die ersten Schmerzwellen durch ihren Körper und vertrieben jedes Wohlgefühl. All ihre Nervenenden wurden in Flammen gesetzt, sie kniff die Augen zusammen und versuchte weiter zu atmen. Außer ihren harschen Atemzügen war nichts zuhören, während sich der Puma langsam zurück in ihr Innerstes zog.

Das Fell verschwand unter der Haut, ihre Schnauze zog sich zurück, während ihre Gliedmaßen sich in komplett andere Proportionen zwangen. Auch ihr Rumpf veränderte sich, ihr Brustkorb wurde erst breiter und dann flacher. Doch die Wandlung ihrer Hüfte und ihrer Extremitäten war das, was Felina dann doch ein leises Wimmern entlockte.

Die Verbände hielten zwar wie von ihr vorhergesehen, doch die medizinischen Klammern an der Schusswunde gruben sich tiefer in ihr Fleisch, rissen daran und fielen teilweise ab. Durch den Schleier aus roher Pein hoffte Felina inständig, dass die Wunde nicht aufplatzen und wieder bluten würde. Für gewöhnlich schlossen sich oberflächliche Verletzungen durch die Wandlung, auch Knochenbrüche und innere Verletzungen wurden in ihrer Heilung beschleunigt, aber bei ihrem allgemein schlechten Gesundheitszustand war es möglich, dass das dieses Mal nicht funktionierte.

Keuchend und von eiskaltem Schweiß bedeckt kniete Felina nach einer gefühlten Ewigkeit als nackte Frau auf dem Fußboden. Ihre Sicht war noch verschwommen, ihre Ohren wie belegt. Die Synapsen hatten sich noch nicht wieder ordentlich verbunden - oder es kam daher, dass Felina kurz davor stand das Bewusstsein zu verlieren.

Nein, dachte sie und biss die Zähne zusammen. Und tatsächlich, nach einer weiteren Minute ließen der Schwindel und die Übelkeit nach. Was ihr blieb waren die Schmerzen in ihren Unterarmen und die Qual in ihrer Hüfte und der Taille.

Vorsichtig setzte sie sich hin und warf einen Blick auf die Schusswunde. Die Verbände verdeckten sie weiterhin, doch das Weiß war von kleinen roten Flecken verunziert. Mit zitternder Hand strich sie darüber, zuckte zusammen, weil neuer Schmerz durch ihren Körper schoss.

„Das war unverantwortlich", hörte sie eine bekannte und doch unbekannte Stimme hinter sich. Im Türrahmen stand, die Arme vor der Brust verschränkt, Aleydis und sah sie mit undefinierbarem Gesichtsausdruck an. Wenn Felina raten müsste würde sie sagen, dass sie unzufrieden war.

Sie schluckte um ihre trockene Kehle zu befeuchten und antwortete: „Ich musste, ich brauche Antworten."

Rascheln hinter ihr, gefolgt von einem harschen Atemzug. Kurz darauf war Canys an ihrer Seite, ihre Augen schwankten zwischen Wolfsgold und Flaschengrün.

„Lina! Geht es dir gut? Was ist mit den Verletzungen?" Ihre ältere Schwester sah zu Aleydis und fragte: „Hat es ihr geschadet? Kannst du sie untersuchen?"

„Wenn sie mich lässt", entgegnete die andere Frau und kam in den Raum hinein. Einen Meter vor ihr kniete sie sich hin, auch ihr Blick war Wolfsgold. „Darf ich?"

Am liebsten hätte Felina die Frage verneint, doch sie war nicht dämlich. Ihre Abneigung sich von jemand anderen als ihren Geschwistern berühren zu lassen – und diese Wolfshybridin gehörte für sie *nicht* dazu – durfte ihr nicht im Weg stehen. Canys und Lycan vertrauten Aleydis und sie würde ihr die medizinische Hilfe zukommen lassen, die sie benötigte.

Denn sie fühlte deutlich, dass die Wunde an ihrer Hüfte noch immer blutete.

Also nickte sie lediglich und versuchte das Knurren ihrer Katze nicht in ihrer menschlichen Kehle widerhallen zu lassen. Mit Argusaugen beobachtete sie, wie die Ältere nach ihren Armen griff und erst auf der linken, dann auf der rechten Seite den Verband abnahm. Die Wunden darunter waren von dünner, rosafarbener Haut überzogen und zu Felinas Erleichterung nicht länger blutig.

„Sehr gut", murmelte auch Aleydis. „Da reichen wasserfeste Pflaster um zu verhindern, dass du die neue Hautschicht versehentlich verletzt."

Als sie ihre Augen auf den blutigen Verband an Felinas Hüfte richtete seufzte sie tief. „Das sieht hingegen weniger gut aus."

Felina zwang sich zu erwidern: „Einige Klammern sind verrutscht oder herausgefallen."

„Das dachte ich mir schon. Lass mich meine Tasche holen, damit ich dich notfalls gleich wieder zusammenflicken kann." Mit einem kurzen Lächeln stand Aleydis auf und verließ den Raum.

„Das war wirklich unvernünftig", murmelte Canys neben ihr. Sie hatte sich zu ihr auf den Boden gesetzt, sah mit ihrem zu zwei Zöpfen gebundenem Haar und dem kurzen Schlafanzug unerträglich jung aus. Andererseits wirkte Canys gesund: In ihren Augen war Leben und ihre Wangen wirkten nicht länger hohl und eingefallen, so wie die meiste Zeit in den Laboratorien.

„Ich wollte mit Lycan und dir sprechen", zwang sich Felina zu antworten, obwohl ihre Kehle noch immer trocken und wund war. „Und eine richtige Umarmung könnte ich auch vertragen."

Sofort legte Canys ihre Arme um Felinas Schultern, zaghaft und vorsichtig um sie nicht zu verletzen. Der warme Karamell ihrer Witterung linderte den Stress von Felinas tierischer und menschlicher Seite. Ihre Pulsfrequenz näherte sich einem normalen Bereich.

„Wir hatten solche Angst um dich", gestand Canys leise, so dass selbst Felina es mit ihrem verbesserten Gehör kaum verstand.

„Ich habe mir auch Sorgen gemacht", erwiderte sie und drückte Canys soweit es möglich war an sich.

„Ursyn ist immer noch dort draußen."

„Ich weiß." Felina atmete langsam ein, ließ ihre angespannten Nerven von Canys' Duft umspielen.

Ihre Schwester löste sich ein Stück von ihr, die Augen der

Wölfin sahen ihr aus einem menschlichen Gesicht entgegen. „Aleydis wird nichts unversucht lassen, bis wir auch ihn gefunden haben."

Ungewollt zogen sich Felinas Mundwinkel nach unten. „Ich weiß nicht, ob ich ihr vertrauen kann."

„Warum nicht?" Echtes Unverständnis sprach ihr aus dem Gesicht der anderen entgegen, als wäre sie niemals auf diesen Gedanken gekommen. Doch Felina ging es genau umgekehrt - sie begriff nicht, warum sich Canys und Lycan so einfach auf diese Fremde verlassen konnten.

„Egal was die Gene sagen, sie ist nicht unsere Schwester", sagte Felina.

„Lina, dass-"

„Nein Canys", unterbrach sie die andere. „Versuch nicht mich vom Gegenteil zu überzeugen. Du hast deine Meinung und ich habe meine. Ich nehme jetzt ihre Hilfe an, auch die ihrer Menschen-Freunde, doch mehr auch nicht. Ich... ich kann nicht."

Die blonden Brauen über den mittlerweile wieder grünen Augen zusammengezogen betrachtete Canys sie eingehend. Felina erwiderte ihren Blick ohne zu blinzeln und wie zu erwarten war, seufzte die Wölfin und schlug die Augen nieder. Für den Moment hatte sie die Diskussion für sich entschieden, doch sie gab sich nicht der Illusion hin, dass Canys das Thema auf sich beruhen lassen würde.

Als sie nun das Wort wieder an Felina richtete, sprach sie etwas ganz anderes an.

„Oh, deine Haare", murmelte Canys und berührte zögerlich die langen, goldbraunen Strähnen. Für gewöhnlich fielen sie in großen Wellen bis zu ihrer Taille. An der Länge hatte sich auch nichts geändert, doch statt glänzend und weich zufallen waren sie nahezu komplett verfilzt. Kein Wunder, war der Pelz ihres Pumas doch auch in bemitleidenswertem Zustand gewesen.

Felina fühlte einen kleinen Stich in der Brust. Ihr Haar war das einzige an ihr, bei dem sie ein wenig eitel war. Sie liebte die weiche Textur, wie es sich lockte und das Licht golden reflektierte. Im Goldbraun waren hellere und dunklere Strähnen verborgen, ganz so wie im Pelz ihrer Katze.

„Das bekommen wir wieder auseinander", kam es von der Tür. Aleydis kam wieder auf sie zu, dieses Mal mit einer großen Tasche in der Hand. In ihren braunen Augen lag ein warmes Lächeln, das Felina dennoch nicht erwidern konnte.

Ebenso sagte sie nichts zu der Aussage der anderen Frau. Ja, ihr Haar war ihr wichtig, doch viel dringender als die Knoten zu lösen wollte sie duschen und den ekelhaften Chemiegeruch von ihrer Haut schaben.

Daher fragte sie nur: „Wo ist das Badezimmer?"

„Zeige ich dir gleich, sobald ich mir deine Hüfte angesehen habe."

Widerstrebend, auch wenn sie wusste, dass es nötig war, löste sich Felina von Canys und sah dabei zu wie Aleydis sich an dem Verband zu schaffen machte. Tatsächlich hatten sich einige der metallischen Klammern, mit der die Schusswunde verschlossen gewesen war, gelöst oder waren an eine ganz andere Stelle gewandert.

Es war unangenehm und ihre Katze fauchte innerlich, doch während der Behandlung zuckte Felina weder zusammen noch gab sie einen Laut von sich. In all den Jahren der Gefangenschaft hatte sie weit schlimmeres ertragen müssen. Und so misstrauisch sie Aleydis gegenüber war, musste sie zugeben, dass sie sehr sanft und umsichtig mit ihr umging.

Nach zehn Minuten war sie fertig – und Felina schweißbedeckt. Ihr Körper zitterte und an den Rändern ihres Sichtfelds waberten schwarze Flecken.

„Ich hole Lycan, der trägt dich ins Badezimmer", sagte Aleydis, schloss die Tasche und verließ nach einem letzten Lächeln auf Felina das Zimmer.

Die Tür hatte sich kaum geschlossen, da flüsterte es an ihrer Seite: „Sie weiß, dass du ihr misstraust und es tut ihr weh."

„Das kann ich nicht ändern", antwortete Felina hart. So hart, wie ihr Leben sie gezwungen hatte zu werden. Sie liebte Canys, Lycan und Ursyn mit jeder Faser ihrer zweigeteilten

Seele. Für sie würde sie durch jedes Höllenloch kriechen, das die Welt für sie bereithielt. Darüber hinaus war sie nur sich selbst verpflichtet.

Und da es im Moment Canys und Lycan gut ging, sie nicht wusste wo Ursyn war, musste sie allen voran nach sich selbst schauen. Sie musste duschen, essen und ihrem Körper heilen lassen.

Die Bedürfnisse anderer Leute, egal wer sie behaupteten zu sein oder für sie getan zu haben, waren nicht Felinas Angelegenheit.

Kapitel 10

„Du warst sechzehn, als wir das das letzte Mal gemacht haben."

Über das Rauschen des Wassers und das Wummern ihres Pulsschlags in ihren Ohren hörte Felina die belustigte Stimme ihres Bruders.

„Hm", murmelte sie und schmiegte sich näher an ihn. Weil ihre Beine sie niemals tragen würden, auch ohne die Schusswunde an ihrer Hüfte, hatte Lycan sich kurzerhand mit ihr zusammen unter die Dusche gestellt. Dass seine Shorts und das T-Shirt dabei komplett durchweichten war ihm egal.

Felina war ihm sehr dankbar dafür, denn so wurde sie endlich den Gestank los, der an jedem Quadratzentimeter ihrer Haut haftete. Zudem sickerte das warme Wasser in ihre verkrampften Muskeln, wärmte sie bis in ihren Kern hinein. Es war das schönste Gefühl seit Monaten.

Felina legte den Kopf in den Nacken und betrachtete Lycans Profil. Seine hellen Haare, die exakt dem Fell seines Polarwolfs entsprachen, hingen ihm in dicken Strähnen im Gesicht und verdeckten halb seine dunkelgrauen Augen. Er erwiderte ihren Blick mit einem sanften Lächeln.

„Alles gut?"

„Ja. Kannst du mir die Haare waschen?"

Er grinste sie an, bückte sich vorsichtig und setzte sie auf dem kühlen Boden der Duschkabine ab. Das Wasser ließ er weiterlaufen, während er mit einer Hand eine Shampoo-Flasche griff. Ein neutraler, sauberer Geruch erfüllte die feuchtwarme Luft. Felina schloss die Augen, während Lycan begann ihr Haar einzuschäumen. Parallel verteilte Felina den Schaum auf ihrer Haut.

„Au", knurrte sie, als Lycan abermals an einer der verfilzten Stellen an ihrer Kopfhaut zog.

„Tut mir leid Lina, ich bekomm sie nicht auseinander."

„Macht nichts“, seufzte sie. „Erstmal reicht es mir, dass sie sauber sind.“

„Der Desinfektionsgeruch ist auf jeden Fall weg“, antwortete Lycan, sie hörte ihn leise schnüffeln und musste grinsen.

„Das heißt, ich stinke nicht mehr?“

„So in der Art“, sagte er belustigt. Er nahm den Duschkopf, spülte den Schaum von ihrem Körper und stellte anschließend das Wasser ab. Es dauerte nicht lange, bis Lycan mit einem großen Handtuch zu ihr zurückkam, doch in der kurzen Zeit hatte Felinas Körper angefangen zu zittern. Sie musste um einiges mehr an Gewicht verloren haben als sie bisher gedacht hatte, wenn sie so schnell fror.

Andererseits hatte sie großen Hunger und hatte sich trotz schwerer Verletzungen gewandelt, was ihren Kreislauf zusätzlich belastet hatte.

„Ich hasse es so hilflos zu sein“, beschied sie Lycan.

„Das weiß ich.“ Seine Worte waren sanft, ebenso wie seine Hände, während er sie auf der geschlossenen Toilette absetze. Felina trocknete sich vorsichtig ab, in der Zeit entledigte sich Lycan der nassen Kleidung. Seine Haut war immer noch teilweise von Narben verunstaltet, dort wo selbst ihr schnellerer Metabolismus nicht hatte mithalten können, doch ansonsten war er in guter körperlicher Verfassung. Straffe Muskeln zeichneten sich an Brust und Schultern ab, ebenso an den Beinen.

„Wie schlimm stand es um euch? Wie wurdet ihr verletzt? Du siehst sehr gesund aus, aber Canys ist noch so zierlich.“

Ihr Bruder, der mit einem Handtuch um die Hüften vor ihr auf dem Boden kniete und ihr beim Abtrocknen half, sah mit eisblauen Augen zu ihr auf.

„Sie war fast so schlimm verletzt wie du, mich hatte es nicht ganz so heftig erwischt.“ Er seufzte tief und fügte hinzu: „Wir hatten solchen Hunger, dass ich Canys überredet hatte einen Hirsch zu attackieren. Im Nachhinein eine meiner dümmsten Ideen, denn das Tier war gesund und sehr wehrhaft. Wäre ich Aleydis nicht zufällig begegnet, dann wären wir innerhalb weniger Tage gestorben.“

Ein eiskalter Schauer lief Felinas Rücken hinunter, ihre Katze sträubte das Fell und fauchte in ihrem Kopf. Der Gedanke die beiden verloren zu haben… Nein, den wollte sie nicht zu Ende führen. Auch die Ängste bezüglich Ursyn drängte sie zurück.

Schweigend trockneten sie sich weiter ab und Lycan half ihr in ein T-Shirt und kurze Shorts zu schlüpfen. Beides war aus weichem Stoff und weit genug, so dass es nicht an ihren Verletzungen scheuerte.

„Ich fühle mich wie nach einem Marathon", keuchte Felina und rieb sich über die schweißnasse Stirn. Ihr Herz klopfte unregelmäßig in ihrer Brust und in ihren Ohren war ein fernes Rauschen. Wenn sie nicht aufpasste würde sie in Ohnmacht fallen.

„Wir besorgen dir schnell etwas zu essen", sagte Lycan und beugte sich zu ihr hinunter. Wie schon zuvor legte sie die Arme um seine Schultern und ließ sich von ihm hochheben. Sie öffneten die Tür des Badezimmers, kühle Luft mit den unterschiedlichsten Gerüchen schlug ihnen entgegen.

Da war Karamell, Jasmin, Kardamom, Kiefer, warmes Fell und ein Hauch Minze.

Das Klacken von Krallen und Pfoten auf dem Boden war zu hören, als ein Hund auf sie zugestürmt kam. Er war groß, hatte rotbraunes Fell und schien sich sehr zu freuen sie zu sehen. Mit heftig wedelndem Schwanz und raushängender Zunge tänzelte er vor ihnen und stieß ein freudiges Wimmern aus.

„Das ist Cooper", erklärte Lycan mit einem Lächeln in der Stimme. „Er gehört Ian, dem älteren Tierarzt, der geholfen hat deine Verletzungen zu versorgen."

„Er scheint dich zu mögen."

„Ich bin okay, aber in Canys ist er ganz vernarrt." Als hätte der Hund die Worte ihres Bruders verstanden, kläffte er einmal und rannte auf die zierliche Wölfin zu. Mittlerweile hatten sie einen großen Wohn- und Essbereich erreicht.

Und nicht nur Canys erwartete sie dort, die tatsächlich von dem Rüden angehimmelt wurde, sondern auch Aleydis und die beiden Männer, Rafael und Ian.

„Guten Morgen“, grüßte der jüngere der beiden Menschen. Seine grünen Augen blickten freundlich, doch Felinas Katze sträubte dennoch das Fell. Sie nickte ihm lediglich zu.

Vorsichtig ließ Lycan sie auf ein dunkelgraues Sofa nieder. Ihre Hüfte pochte heftig und auch ihre Arme fühlten sich gleichzeitig taub und kribbelig an.

„Wie geht es dir?“, fragte Canys von der anderen Seite des Sofas.

„Hungrig.“

„Das ändern wir jetzt“, erwiderte Aleydis. Sie kam von der Küchenzeile herüber und drückte ihr eine dampfende Schale sowie ein großes Glas in die Hand. Der süßlich-cremige Geruch verriet Felina, dass es sich um dasselbe Getränk handelte, das sie schon am vorigen Abend zu sich genommen hatte.

„Ein Shake und Porridge“, informierte die andere Frau sie, ehe sie sich auf einen Sessel ihr gegenübersetzte. Lycan hatte neben ihr Platz genommen, seine Witterung aus frischem Schnee, Wacholder und Seife beruhigte etwas ihren schnellen Herzschlag.

Doch viel mehr wurden ihre Geruchsnerven von dem Duft des Essens betört. Felinas Magen verkrampfte sich vor Hunger und ihr lief das Wasser im Mund zusammen. Dieses Mal trank sie von dem Shake ohne zu zögern, leerte ihn zur Hälfte und genoss das Gefühl etwas Nahrhaftes zu sich zu nehmen.

„Du wolltest Fragen stellen“, meldete sich Aleydis wieder zu Wort. „Was für welche?“

Felina erwiderte ihren Blick. Was wollte sie alles wissen?

Die Informationen, die sie bisher erhalten hatte, machten ihr die Wahl nicht einfacher. Eher im Gegenteil. Die genauen Umstände, wie Canys und Lycan Aleydis gefunden hatten, wie es den beiden davor ergangen war, wieso Aleydis vorher nichts von ihnen gewusst hatte.

Was war mit denen, die sie designt hatten?

Felinas Katze sträubte das Fell und fauchte in ihrem Kopf. Sie war allgemein unruhig, da sie die Anwesenheit von

Rafael und Ian stresste. Aber diese Frage… ja, darauf wollte sie zuerst eine Antwort haben.

„Wo sind die, die uns gemacht haben?"

Etwas huschte durch die hellen Augen der anderen. „Sie wurden getötet, im Auftrag von ConPharm."

„Wann?"

„Kurz nach unserer Flucht", kam es von Canys. Sie sah betrübt aus, was Felina nicht verstehen konnte. Tat es ihr leid, dass sie entkommen waren und deswegen diese beiden Menschen hatten sterben müssen?

„ConPharm hat Söldner zu dem Haus im Wald geschickt, in dem unsere Eltern und ich gelebt hatten", erzählte Aleydis. „Es war sehr isoliert, wir hatten keinerlei Kontakt zur Außenwelt. Die Söldner haben das Haus in die Luft gesprengt, nur ich habe überlebt und konnte fliehen."

Unsere Eltern, dachte Felina abfällig. Ihr Magen hob und senkte sich bei diesem Gedanken. Nein, diese Menschen… diese kranken Wissenschaftler waren nicht ihre Eltern.

Wenn es nach Felina ging hatte sie überhaupt keine Eltern. Weder diese Verrückten, die mit ihrem eigenen Erbgut herumgespielt hatten noch die namen- und gesichtslose Frau, die sie neun Monate in ihrem Leib ausgetragen hatte.

Nein, dachte Felina wütend.

„Und nachdem dein hübsches Zuhause nicht mehr war, dachtest du, dass du mal nach uns suchen könntest? Weil du sonst nichts anderes vorhattest? Dachtest du es könnte lustig werden?"

„Felina!", kam es anklagend von Lycan, doch sie ignorierte ihn.

Stattdessen beobachtete sie genau Aleydis, registrierte die Anspannung in ihren Schultern und den verkniffenen Zug um ihren Mund. Ah, offenbar hatte sie genau ins Schwarze getroffen.

„Ich wusste bis vor wenigen Wochen nichts von euch", widersprach sie. Log sie.

„Ja klar", höhnte Felina.

Von der Seite hörte sie Canys' zaghafte Stimme. „Sie sagt

die Wahrheit."

„Das stimmt", fügte auch Lycan hinzu. Seine dunkelgrauen Augen waren sturmumwölkt. „Ally ist in dem festen Glauben aufgewachsen das einzige lebende Exemplar des Highborn-Projekts zu sein."

„Und ihr habt das einfach so akzeptiert?", fragte Felina und sah zwischen ihren beiden Geschwistern hin und her. „Und dass diese... diese Leute, die uns zusammengerührt haben, ihr nichts gesagt haben?"

„Ja", kam es schlicht von ihrem Bruder. „Es gibt keinen Grund, weswegen wir Ally misstrauen müssen. Sie ist unsere Familie."

„Wir drei sind eine Familie", kam es rau von Felina. Sie ließ die halbgeleerte Schale auf ihren Schoß sinken. Druck baute sich hinter ihren Augen auf, schnürte ihre Kehle zu.

„Alle anderen sind eine Gefahr – die hier sind eine Gefahr!", platzte es aus ihr heraus. Mit einer ausholenden Geste deutete sie auf die beiden Männer, die nicht weit von ihr entfernt an dem kleinen Esstisch saßen. „Macht es euch nicht verrückt, dass sie euer Geheimnis kennen? Und dieser andere Tierarzt weiß es auch! Ganz zu schweigen von den restlichen Horden, denen ihr es erzählt habt!"

„Lina", kam es warnend von Lycan, Eisblau war in seinen Augen zu sehen. „Ich verstehe warum dich das unter Stress setzt und ich habe anfangs auch so reagiert. Aber dann habe ich begriffen, dass in der normalen Welt die Menschen freundlich und hilfsbereit sind."

„Und es sind keine ‚Horden', die es wissen", fügte Aleydis hinzu. Doch statt sie zu beruhigen waren die Worte der Frau wie Öl, das in das Feuer in Felinas Innerem gegossen wurde. Sie starrte zu Aleydis hinüber und erwiderte verächtlich: „Dir vertraue ich genauso wenig wie den Menschen. Du weißt nichts von dem, was wir anderen unser ganzes Leben ertragen haben."

Canys schnappte hörbar nach Luft und von ihrem Bruder kam ein Knurren, doch Felina sah nur die Frau mit den schwarzen Haaren an. Ihre Katze hatte nicht dasselbe Problem wie ihre beiden Geschwister, dass sie sich von der Dominanz der anderen Hybridin einschüchtern oder gar niederstarren ließ.

„Du hast Recht", sagte die Frau mit den wolfsgoldenen Augen. Ihre Worte waren ruhig, beherrscht und ein krasser Gegensatz zu Felinas hitziger Aussage. Irrationaler Weise setzte gerade diese Ruhe ihre Katze noch mehr unter Stress. Jedes Haar begann sich an ihrem Körper aufzustellen, so angespannt war die Stimmung im Raum.

„Hat sie nicht", knurrte Lycan. Er sah zwischen ihr und der Älteren hin und her, bevor er seinen hellen Blick bei ihr hielt. „Du bist wütend und verletzt, darum verstehe ich deine Reaktion. Aber für die Zukunft: Sprich nie wieder so mit Ally, hast du verstanden?"

„Du stellst dich auf ihre Seite?!"

„Ich stelle mich auf niemandes Seite. Aber es ist nicht in Ordnung Aleydis so anzufahren, als könnte sie etwas dafür wie ihr Leben oder das von uns verlaufen ist."

„Ohne sie hätten wir es nie geschafft", flüsterte Canys. Ihre Augen waren kugelrund und zeigten eindeutig den Stress ihrer Wölfin. Es machte Felinas eigene Anspannung nicht besser. Dennoch wollte - nein, konnte sie sich nicht entschuldigen.

Ein Räuspern, bei dem Felina so stark zusammenzuckte, dass sie um ein Haar die Schüssel hätte fallen lassen. Es war von dem jüngeren Menschen gekommen. Er stand abseits, zusammen mit dem alten Tierarzt, hatte die Arme vor der Brust verschränkt und musterte sie der Reihe nach, bis schließlich seine Augen bei Aleydis hängen blieben.

„Ich denke, wir sollten euch drei ein wenig Zeit alleine geben", schlug Rafael vor.

„So hatte ich mir das nicht vorgestellt."

Ian war Rafael und Aleydis aus der Wohnung gefolgt, die Treppe hinunter und hinaus in den Herbstsonnenschein. Rafael griff nach ihr und zog sie in eine feste Umarmung, die

die junge Frau dringend gebrauchen konnte. Ian würde sich zumindest so fühlen, nach so einem desaströsen Gespräch.

Er selbst schwankte zwischen Wut und Verständnis, wollte die zweite Schwester von Aleydis abwechselnd schütteln und trösten. Wissentlich oder nicht, Felina hatte genau in die schwachen Punkte von Aleydis gestochen.

Als sie sich von Rafael wieder löste und ihm zuwandte, sahen ihre Augen schon nicht mehr so niedergeschlagen aus. So skeptisch Ian anfangs dem Ex-Seal gegenübergestanden hatte, so sehr vertraute er ihm nun. Er liebte Aleydis aufrichtig und machte sie glücklich.

Auch wenn das im Augenblick außerhalb seiner Möglichkeiten lag, ebenso außerhalb von Ians. Selbst Cooper, der sie begleitet hatte, presste sich dicht an das Bein von Aleydis, als würde auch er spüren, dass sie Zuspruch gebrauchen konnte.

„Ich will sie mit nach Hause nehmen. Ganz egal ob sie selbst das will oder nicht." Die Augen der jungen Frau wurden bei diesen Worten goldfarben.

„Aleydis", sagte Ian und fasste sie an den Schultern. Die schlanken Muskeln waren verkrampft, passend zu den zusammengezogenen Augenbrauen und dem verkniffenen Zug um ihren Mund. Hätte er sie nicht schon ihr ganzes Leben lang gekannt, dann wäre ihm spätestens jetzt aufgefallen, wie unzufrieden und verstimmt sie war.

Er seufzte und fügte hinzu: „Das weiß ich, aber es geht noch nicht. Du hast selbst gesehen wie labil ihr Zustand ist. Selbst euer Stoffwechsel kann solch eine Verletzung nicht einfach wegstecken."

„Ja."

„Ian hat Recht", fügte Rafael sanft hinzu. „Außerdem denke ich, dass du hier bei Vincent bessere Möglichkeiten hast sie zu behandeln als Zuhause."

„Ja, ich weiß", brummte Aleydis und hörte sich dabei ganz so an wie ihre Wölfin. Coop, der das ebenfalls bemerkt hatte, stupste ihre Hand an, was Aleydis ein kurzes Lächeln entlockte.

„Du musst ihr Zeit geben. Sicher nicht mehr als ein paar

Tage", versicherte ihr Ian. „Ich denke nicht, dass Vincent etwas dagegen hat euch noch ein wenig hier zu behalten."

„Wir fragen ihn gleich", fügte Rafael hinzu.

Ein Nicken von Aleydis, ehe sie tief einatmete. Mit jedem Herzschlag wurden ihre Augen wieder menschlicher, bis sie das gewöhnliche Hellbraun angenommen hatten. Ian wusste wie schwer es ihr fiel, er konnte ihren inneren Konflikt nachvollziehen. Sie hatte endlich ihre Geschwister, ihre Familie gefunden und musste nun in einer Umgebung ausharren, in der sie sie nicht optimal beschützen konnte.

Und Schutz war etwas, dass die jüngeren Hybride dringend nötig hatten.

„Emilia und Steven hätten das nicht tun dürfen." Ein saures Gefühl sammelte sich in Ians Magengegend, während er hinzufügte: „Es war unverantwortlich und leichtsinnig von ihnen die vier Embryonen einfach zurückzulassen. Ich weiß nicht wie sie damals darauf kamen, dass das eine gute Idee war. Es war sonst nicht ihre Art Dinge unerledigt zu lassen."

„Ja, da hast du Recht. Ich habe auch schon öfter darüber nachgedacht, warum sie das getan hatten." Sie schüttelte den Kopf. „Wir werden es nicht mehr erfahren."

„Nein", murmelte Ian. Er rieb nochmals über ihre Schultern und entschied sich das Thema zu wechseln. „Ich würde wieder zurück nach Hause gehen. Hier kann ich nichts mehr tun und ich denke, dass es deiner Schwester mehr hilft Ruhe zu haben als noch einen Menschen, der um sie herum ist."

Aleydis sah ihn mit einem schiefen Lächeln an. „Da hast du sicher recht."

„Außerdem kannst du mich jeder Zeit anrufen, wenn du mich brauchst, ja?"

„Danke Ian", murmelte sie und umarmte ihn.

Kapitel 11

„Du hast dich unmöglich benommen", knurrte Lycan. Er hatte die hellen Brauen über den Augen zusammengezogen, die eindeutig die Farbe seines Wolfes hatten. Ja, selbst ohne ihn schon ihr ganzes Leben zu kennen, wusste Felina, dass er verärgert war.

Was sie jedoch überraschte waren die Worte ihrer sonst so sanften Schwester. „Du wirst dich bei ihr entschuldigen."

„Werde ich nicht", erwiderte Felina. Sie hatte mittlerweile aufgegessen und stellte die leere Schale auf den niedrigen Tisch vor dem Sofa. Die Bewegung setzte ihre Nervenenden in Brand, doch den Schmerz ignorierte sie.

„Und wie du das wirst", verlangte Canys. „Du bist unfair zu ihr gewesen. Ally ist genauso deine Schwester wie ich es bin."

„Ist sie nicht. Sie gehört nicht zu uns, war nicht mit uns in diesen Laboren. Sie mag rein genetisch mit uns verwandt sein, aber das macht sie noch lange nicht zum Teil meiner Familie."

„Du bist irrational", schnaubte ihr Bruder und verschränkte die Arme vor der Brust.

„Ich bin vorsichtig."

Canys seufzte und erwiderte: „Nein, du bist wütend und unsicher, weil du verletzt bist."

Darauf antwortete Felina nichts. Es war nichts Schlechtes in ihren Augen daran, dass sie nicht schnell vertraute. Diese Vorsicht war nur berechtigt, wenn sie daran dachte welches Grauen auf der Welt lauerte.

Was ihre Wut anging…

Ja, die brodelte in ihrem Inneren. Felina klammerte sich an ihren Zorn, wie sie sich schon über so viele Jahre an das Leben klammerte. Denn Wut war besser als Tränen, besser als

Trauer, besser als Angst. Sie hielt sie am Leben und hatte dafür gesorgt, dass sie sich selbst nicht verloren hatte in der Hölle der Laboratorien. Auch wenn es oft ausweglos gewesen war.

Aber in einem aussichtslosen Kampf war aufgeben der höchste Verrat - und Felina hatte sich geschworen niemals aufzugeben. Und es hatte sich ausgezahlt, denn nun war sie frei. Es hatte sie vieles gekostet, doch sie würde alles noch einmal genauso machen. Ungebeten wanderten ihre Gedanken zurück zu dem Tag, an dem es zum ersten Mal wirkliche Hoffnung für sie und ihre Geschwister gegeben hatte...

Fast geräuschlos öffneten sich die Riegel an ihrer Tür, die sie in dem kahlen, weißen Raum gefangen hielten. Die ersten Herzschläge machte sich Panik in Felina breit, flutete ihren Körper mit Adrenalin. Würden sie wiederkommen und sie holen? Was würden sie heute mit ihr anstellen? Sie hatte sich noch immer nicht von dem Zwischenfall von vor einigen Wochen erholt, bei dem alles so unsagbar schiefgelaufen war.

Ein Knirschen der Lautsprecher, das in Felinas empfindlichen Ohren klingelte.

„Auslauf", beschied ihr eine tiefe Stimme. Sie gehörte zu einem der Pfleger, wenn man sie denn so nennen konnte. Sadistische Unmenschen, das waren sie. Aber jetzt kümmerte sich Felina nicht darum, denn die Möglichkeit ihre Zelle zu verlassen brachte wieder Leben in ihren erstarrten Körper.

Vielleicht würde sie sogar ihre Geschwister sehen?

Mit vorsichtigen Bewegungen rutschte sie von dem Futon, stand auf und ging zu der Tür. Tatsächlich stand sie einen Spalt offen und Felina stieß sie langsam auf. Der Gang dahinter - grell erleuchtet, weiß und kahl, wie alles in den Laboren - war verlassen. Nur das rote Blinken der Überwachungskameras an der Decke war zusehen.

Ihre Katze fauchte unglücklich in ihrem Kopf, warnte sie vor einem möglichen Attentat. Sie wollte sie zurück in die vermeintliche Sicherheit ihres Zimmers drängen und hungerte doch gleichzeitig nach dem winzigen Stück Freiheit, das dieser Auslauf versprach.

Wir könnten unsere Geschwister sehen, versuchte Felina den Puma zu überzeugen. Das letzte Mal hatte man Lycan kurz nach dem Vorfall zu ihr gelassen, damit er darauf achtete, dass sie bei Bewusstsein blieb und nicht an ihrem Erbrochenen erstickte.

Sie hoffte ihn zu sehen oder Canys oder Ursyn. Egal wen, Hauptsache jemanden, der ihr freundlich gesonnen war. Letztendlich war es diese Sehnsucht, die Frau und Katze teilten, die Felina über die Schwelle treten ließen. Mit kleinen Schritten ging sie den Flur entlang, bis sie zu einer weiteren offenen Tür kam.

Dahinter, das wusste sie, war eine Art Saal. Zehn mal zehn Meter, weißgekachelt und mit am Boden befestigten Sitzgelegenheiten, an den Wänden ebenfalls Überwachungskameras. Es war das größte Areal, das hier in den Laboren zur Verfügung stand und in dem sie sich aufhalten durften.

Felina betrat den Raum und ihre Geruchsnerven wurden sofort von einer Welle aus herb-süßem Ambra überschwemmt.

„Ursyn“, sagte sie und rannte die letzten Meter, ungeachtet der Schmerzen in ihren Rippen und ihrem Rücken.

Ein großer Mann mit dunkelbraunen Locken, der bis eben mit dem Rücken zu ihr mitten im Raum gestanden hatte, drehte sich zu ihr um. Grün-braune Augen sahen sie an, ein verhaltenes Lächeln darin. Ohne zu zögern fing er sie auf, als sie sich in seine Arme warf.

Felina zitterte so heftig, dass sie einige Minuten nicht sprechen konnte. Sie hatte ihn vermisst, mehr noch als sie die anderen beiden vermisst hatte. Ursyn war ihr ähnlicher, sein inneres Tier passte eher zu Felinas. Was nicht hieß, dass sie mit den Wolfshybriden nicht ebenso eng verbunden war.

Aber mit Ursyn… da war es enger.

„Wie geht es dir?“, brachte sie schließlich heraus, lehnte sich ein Stück zurück, um ihm in die Augen sehen zu können. Sofort wurde die Freude, die eben noch darin gestanden hatte, komplett von kalter Leere verschlungen.

„Haben sie dich wieder gequält?“

Dieses Mal schüttelte Ursyn den Kopf, aber eine wirkliche Erleichterung war das für Felina nicht. Abermals schmiegte sie sich an ihn. Immerhin schien er genug zu essen bekommen zu haben, sein großer Körper fühlte sich fest an, sie konnte keine hervorstehenden Knochen fühlen.

Nicht selten machten sich die Wissenschaftler und Pfleger einen Spaß daraus ihnen zu wenig zu essen zu geben. Dabei kamen Felina und Canys noch ganz gut weg, denn obwohl auch sie einen hohen Nährstoffbedarf hatten, hatten sie im Gegensatz zu ihren Brüdern weniger Muskelmasse zu versorgen.

Lycan hingegen mit seinen eins fünfundachtzig und vor allem Ursyn mit fast zwei Metern Körpergröße, litten immer sehr unter dieser Mangelernährung.

„Weißt du ob die anderen auch noch kommen? Oder waren sie vorher da?“

Ein Seufzen von ihrem ältesten Bruder, gefolgt von einem Kopfschütteln.

„Okay“, Felina atmete tief ein, versuchte sich an einem Lächeln. „Ich habe dich sehr vermisst.“

Ursyn strich ihr mit einer Hand, die fast so groß war wie die Pranke seines Bären, sanft über die Wange, ehe er sich tiefer beugte um seine Stirn an ihre zu legen. Felinas Katze rieb sich von innen gegen ihre Haut, freute sich ebenso sehr wie ihre menschliche Seite, ihren Bruder zu sehen. Kontakt mit jemandem zu haben, der ihr nicht schaden wollte.

Der sie berührte, um ihr Zuneigung zu schenken. Nicht um ihr zu schaden, sie aufzuschneiden, ihr unaussprechliche Dinge anzutun und…

Unwillkürlich schloss sie ihre Arme fester um die Taille des großen Mannes. Nein, sie würde den kostbaren, friedlichen Moment nicht mit solchen Erinnerungen und Gedanken entweihen.

Auch Ursyn zog sie ein wenig näher zu sich, seine leicht raue Wange legte sich an ihre und sie konnte seinen Atem an ihrem Hals spüren.

Und dann, ganz unverhofft und überraschend, hörte sie seine Stimme. Es war kaum mehr als ein Wispern. Ein Hauchen, das nur sie und ihre anderen Geschwister wegen ihres exzellenten Gehörs verstehen, die Mikrofone in den Wänden jedoch nicht aufschnappen konnten.

Ursyns tiefe Stimmlage verstärkte noch diesen Effekt.

Und war Felina nicht schon überrascht genug, dass ihr Bruder überhaupt etwas sagte, so brachten seine Worte sie vollständig aus dem Konzept.

„Ich weiß wie wir fliehen können."

Eine Berührung an ihrem Arm riss Felina aus der Vergangenheit zurück in die Gegenwart. Canys' grüne Augen sahen sie besorgt an, es waren ihre schlanken Finger auf der unverletzten Haut ihres Oberarms.

„Felina, du musst keine Angst mehr haben. Bei Aleydis und Rafael sind wir in Sicherheit."

Ihre Katze quittierte die Worte ihrer Schwester mit einem Knurren, welches sich selbst durch Felinas menschliche Kehle zwängte. Weil sie wusste, dass sie drei bei dieser Diskussion auf keinen gemeinsamen Nenner kommen würden, fragte sie: „Wie konntet ihr zwei euch nach der Flucht finden?"

Einige Augenblicke herrschte Stille, sie fühlte die Blicke der beiden Wölfe auf sich. Sie waren nicht dämlich und wussten genau, dass sie so versuchte das Thema zu wechseln. Schließlich kam ein Seufzen von Lycan, er stand auf und ging zu der kleinen Küchenzeile. Von dort kam er mit einem Apfel zurück, den er ihr in die Hand drückte.

„Iss, dann erzählen wir."

Ein Lächeln verzog Felinas Lippen, bevor sie in die feste Frucht biss. Ihr Körper zog die Nährstoffe auf wie ein ausgetrockneter Schwamm. Sie würde wohl vierundzwanzig Stunden nonstop essen können und hätte damit noch immer nicht das riesige Defizit aufgefüllt, das ihr Organismus hatte.

Sie hörte aufmerksam zu, als Lycan davon zu erzählen begann wie er in der verregneten Nacht, die sie für ihre Flucht auserkoren hatten, durch die Dunkelheit gehetzt war, in dem Bemühen so viel Strecke wie möglich zurückzulegen.

Canys nickte bestätigend und auch Felina stimmte ihm zu, dass es ihr ebenso ergangen war. Keinem von ihnen schienen die Häscher von ConPharm bei ihrer Flucht wirklich dicht auf den Fersen gewesen zu sein. Was Felinas Gedanken wieder zu ihrem fehlenden Bruder brachte. Ob sie ihn verfolgt hatten? In der Annahme, dass sein Bär langsamer sein würde?

„Aber wie habt ihr euch gefunden?“, wiederholte Felina. Sie hatte den Apfel mittlerweile komplett gegessen, den Rest süßen Safts von den Fingern geleckt.

Ein Seufzen von Canys, ehe sie antwortete: „Wir hatten einen Denkfehler gemacht.“

„Aleydis hat uns darauf aufmerksam gemacht, als wir ihr von unserer Flucht erzählt hatten“, fügte Lycan hinzu. Falten hatten sich um seinen Mund und zwischen seinen Augenbrauen gebildet. „In unserer Tierform sind wir unterschiedlich schnell und konnten so in den Stunden nach der Flucht unterschiedlich weite Distanzen zurücklegen. Bei Canys und mir sind sie ähnlich, daher war der Radius, in dem wir uns suchen mussten, kleiner.“

Die Wölfin nickte unglücklich. „Du hast wahrscheinlich die weiterste Strecke zurückgelegt, Ursyn weniger und daher standen von Anfang an eure Chancen schlechter euch gegenseitig oder uns zu finden.“

Wut über diese Ungerechtigkeit, über ihr Versagen sammelte sich in Felinas Magengrube, zog ihn hart um die Nahrung darin zusammen. Das Polster neben ihr senkte sich, als sich ihre ältere Schwester daraufsetzte. Ganz locker legte sie die Arme um Felina, hüllte sie nicht nur in Wärme, sondern auch den weichen Duft nach Karamell ein, der ganz Canys gehörte.

„Wir finden ihn, ganz sicher“, murmelte sie dicht an ihrem Ohr. Felina legte ihre Hände auf die Unterarme ihrer Schwester, drückte kurz zu und versuchte nicht an die vielen Schicksale zu denken, die ihrem fehlenden Familienmitglied wiederfahren konnten.

„Das wichtigste ist jetzt, dass du dich erholst", sagte Lycan sanft. Felina wollte etwas erwidern, aber wie sich herausstellte war ihr Bedürfnis nach Schlaf ebenso hoch wie das nach Nahrung, denn von einer Sekunde zur anderen fielen Felina die Augen zu. Als hätte man einen Lichtschalter umgelegt schlief sie einfach ein.

Und weil das Leben einmal gnädig zu ihr war, träumte sie nichts.

Kapitel 12

Nicht in der Lage sich zu konzentrieren speicherte Vincent die Daten und schloss das Programm. Es war Samstagvormittag und er hatte vorgehabt Schreibarbeiten zu erledigen, die in den vergangenen Wochen liegengeblieben waren, doch er brachte einfach nichts zustande.

Was wohl damit zutun hatte, dass er einen Haufen Verrückte in seinem Haus beherbergte. Noch nie war er so froh, dass seine anderen beiden Mieter keine Stubenhocker waren. So musste er ihnen nicht erklären, warum in der leeren Wohnung kurzfristig so viele Menschen eingezogen waren.

Wobei... wirklich komplett menschlich schienen nur zwei von ihnen zu sein.

„Oh Mann", seufzte Vincent und fuhr sich durch die Haare. Er bekam immer noch nicht das Bild des seltsam deformierten Arms dieser Aleydis Moore aus dem Kopf. Und wie völlig selbstverständlich Ian und der andere Mann, Rafael, damit umgingen. Nach dem Gespräch mit seinem ehemaligen Mentor auf dem Dach, hatte Vincent die halbe Nacht wachgelegen und nachgedacht.

Es wollte einfach nicht in seinen Kopf, dass dieser Puma eine Frau sein sollte. Der Körper der Großkatze war ganz genauso aufgebaut gewesen, wie der jedes anderen Pumas. Vincent war bei Leibe kein Experte, doch er hatte schon den ein oder anderen Vertreter dieser Art näher zu Gesicht bekommen.

Der einzige echte Unterschied waren die Augen gewesen. Möglich, dass er sich das im Nachhinein nur einbildete, doch jetzt erschien es ihm als wären sie voller Intelligenz gewesen. Da war *mehr* gewesen als nur der Verstand einer Raubkatze. Aus den bronzefarbenen Tiefen hatte ihn ein intelligenter Geist angesehen.

Würde er je wieder ein Tier behandeln können ohne sich

zu fragen, ob es ein genetisch manipuliertes Mischwesen war?

Bei diesem Gedanken musste er grinsen und schüttelte den Kopf. Das war doch alles verrückt und wenn er sich weiter solchen Fantasien hingab, dann war auch er nicht mehr ganz bei Trost.

Schritte aus dem Flur rissen ihn aus seinen Gedanken und kurz darauf standen drei Gestalten bei ihm im Büro.

„Guten Morgen", grüßte er die drei. Cooper drückte sich zwischen den Beinen seiner Gäste hindurch und kam zu ihm gelaufen.

„Guten Morgen Vincent", erwiderte Ian, Aleydis und Rafael nickten ihm zu. „Wir würden gerne mit dir besprechen wie es weitergeht."

Anspannung kam in Vincents Körper, er nickte lediglich.

Ian schenkte ihm ein halbes Lächeln und sagte: „Ich würde jetzt abreisen, da ich euch keine große Hilfe mehr bin. Außerdem bin ich zu alt um auf einer Couch zu schlafen."

„Vielen Dank nochmal, dass du gestern gekommen bist", sagte Vincent sofort, doch sein Mentor schüttelte nur den Kopf.

„Du hast richtig gehandelt und ich freue mich darüber, dass ich dir helfen konnte. Auch wenn die Umstände einmal nicht so dramatisch sind, kannst du mich jederzeit wieder kontaktieren."

„Das werde ich." Vincents Blick fiel auf das Paar. „Was ist mit euch? Ich würde davon abraten deine... Schwester zu transportieren. Auch wenn es nur eine kurze Strecke ist."

„Dasselbe hat Ian auch gesagt", antwortete Aleydis, einen unzufriedenen Ausdruck im Gesicht. „Von daher wollten wir dich bitten, uns noch ein wenig länger bei dir aufzunehmen. Nur solange, bis Felina über den Berg ist."

„Natürlich", sagte Vincent – und war überrascht von sich, wie leicht ihm diese Zustimmung über die Lippen gekommen war. Hatte er nicht eben noch darüber nachgedacht einen Haufen Irrer bei sich im Haus zu haben? Andererseits war es unsinnig Furcht oder gar Ekel vor ihnen zu empfinden. Die Geschwister hatten unbestreitbar eine sehr harte Zeit durchgemacht und Vincent kostete es nichts, ihnen hier die Möglichkeit zu geben sich zu erholen. Es war ja schließlich nicht für immer, sondern nur für ein paar Tage.

„Vielen Dank", sagte Aleydis, dieses Mal lag ein Lächeln in ihren hellbraunen Augen. „Wir entschädigen dich natürlich für deine Ausgaben, auch die der letzten Tage wegen Felina."

„Das ist nicht nötig", wollte Vincent widersprechen, doch die junge Frau schüttelte entschieden den Kopf. „Doch, das ist es. Ich werde sicher noch die ein oder anderen Utensilien von dir benötigen und obwohl ich deine Gastfreundschaft und Hilfe sehr schätze und deswegen ewig in deiner Schuld stehen werde, will ich mich nicht deswegen an dir bereichern."

Er wollte nochmals etwas dagegen sagen, aber wurde dieses Mal von Rafael aufgehalten. Der Mann, der wohl etwa in seinem Alter war, aber zehn Zentimeter größer und breitere Schultern hatte, grinste ihn an und sagte: „Lass es einfach. Wenn sie sich einmal etwas in den Kopf gesetzt hat gibt man besser nach."

„Hey", brummte die Wolfsfrau und warf ihrem Partner einen Blick unter zusammengezogenen Augenbrauen zu. „Beschwerst du dich gerade, dass ich immer versuche mich durchzusetzen?"

„Du hast eine dominante Ader, darüber müssen wir nicht diskutieren."

„Ja, aber du lässt es klingen, als würde ich keine anderen Meinungen und Wünsche gelten lassen."

„Gib zu, du bist-"

„Kinder", ging Ian dazwischen, ein belustigtes Funkeln in den braunen Augen. „Ich denke das reicht jetzt. Vincent wird das Geld stillschweigend annehmen und damit machen was er möchte, nicht wahr Junge?"

„Sicher", bestätigte Vincent und grinste. Es war amüsant und sehr aufschlussreich gewesen, diese kleine Diskussion mitzubekommen. Sie war so… normal gewesen. Es gab sicher Millionen von anderen Paaren auf der Welt, die sich genauso kabbelten wie Aleydis und Rafael.

„Schön." Ein Seufzen von der jungen Frau mit dem schwarzen Haar. „Wir gehen mal wieder hoch. Felina dürfte sich mittlerweile wieder beruhigt haben."

„Wenn sie dir nochmal solche Gemeinheiten an den Kopf wirft schüttle ich sie kräftig", brummte Rafael und verschränkte die Arme vor der Brust.

Erst wollte sich Vincent Ian zuwenden, ihm eine gute Heimfahrt wünschen, als ihm die Bedeutung der Worte des anderen Mannes aufging. Etwas wie Aufregung und ja, Neugier durchflutete seinen Körper und er setzte sich aufrechter hin.

„Wie? Sie spricht?"

„Ja", kam es missmutig von Rafael, wofür Aleydis ihm einen tadelnden Blick zuwarf. Als sie sich wieder Vincent zuwandte erklärte sie: „Sie war heute Morgen so unvernünftig sich zu wandeln. Bei unserem anschließenden Gespräch hat sie sehr deutliche Worte gefunden."

Vincents Puls kletterte nochmals in die Höhe. „Sie ist jetzt ein Mensch?"

Ein Nicken von allen dreien.

Auf Aleydis Gesicht erschien ein halbes Lächeln. „Willst du sie kennenlernen?"

„Wenn es in Ordnung wäre", sagte Vincent sofort - und hatte ein kleines bisschen ein schlechtes Gewissen, weil er so neugierig war. Wobei Neugier schon nicht mehr der richtige Ausdruck war. Er brannte regelrecht darauf, die Frau zu sehen, die er als Puma behandelt hatte. Wirre Fragen wirbelten durch seinen Kopf, zum Beispiel ob er etwas von dem Tier in der Frau erkennen würde. Hatte sie in ihrer menschlichen Form dieselben bronzefarbenen Augen? Wie hatten sich die Verletzungen bei dieser… Wandlung verhalten und wo lagen sie nun an ihrem Körper?

„Na dann komm", forderte Aleydis ihn auf.

Das musste sie ihm nicht zweimal sagen. Er schaltete seinen Computer aus, folgte den dreien aus seiner Praxis und gemeinsam verabschiedeten sie Ian und Cooper. Der Rüde sah tatsächlich etwas traurig aus, als sein Besitzer ihn von Aleydis fortlotste.

Bevor Vincent sich abhalten konnte hörte er sich fragen: „Weiß der Hund, dass du auch... anders aussehen kannst?"

„Natürlich", entgegnete Aleydis, ein Lächeln in den hellen Augen. „Coop liebt mich, egal in welcher Form. Er benimmt sich dann nicht anders."

Da ist so verrückt, dachte Vincent. Sie warteten vor der Tür, bis der alte Tierarzt vom Parkplatz gefahren war, ehe sie schweigend zurück ins Haus und die Treppen hinauf ins Obergeschoss gingen. Mit jedem Meter wurde Vincent nervöser und ja, aufgeregter.

In der Wohnung angekommen wurden sie von Lycan und Canys begrüßt – doch Vincents gesamte Aufmerksamkeit galt der Person, die mit geschlossenen Augen auf der Couch neben ihrem Bruder lag. Vincent hätte selbst dann gewusst, wer diese junge Frau war, wenn er nicht nach dem Ausschlussprinzip hätte vorgehen können.

Obwohl sie Jeansshorts und ein T-Shirt trug, welche den Verband an ihrer Hüfte verbargen, sah er deutlich die beiden großen, weißen Pflaster an beiden Unterarmen der jungen Frau. Sie sah sehr dünn aus, als hätte sie nicht genug zu essen bekommen. Genau wie ihre Schwester.

Zudem war sie klein, vielleicht einen Meter sechzig. Goldbraune Locken fielen ihr in feuchten Wellen über die Schulter, eine tanzte im Strom ihres ruhigen Atems. Sein Blick glitt über ihr Gesicht und entdeckte ein kleines Muttermal auf ihrem linken Wangenknochen. Vincent ertappte sich bei dem Wunsch ihre Augen zu sehen, herauszufinden ob sie tatsächlich dieselbe Farbe hatten wie die der Großkatze.

Aleydis' Stimme riss ihn aus seinen Tagträumen und er fühlte ein schlechtes Gewissen in sich aufsteigen, dass er ihre Schwester so unverhohlen angestarrt hatte.

„Ist sie ohnmächtig geworden?", fragte Aleydis, deutliche

Besorgnis in der Stimme.

„Nein, alles gut", erwiderte ihr Bruder sofort. Ein Lächeln trat auf sein Gesicht und erreichte die grauen Augen. „Sie ist nur mitten im Satz eingeschlafen."

„Oh." Die Anspannung wich aus den Schultern der Frau. Auch der Knoten in Vincents Magen löste sich auf. Er versuchte sich einzureden, dass das eine ganz normale Reaktion darauf war seine... Patientin bewusstlos vorgefunden zu haben.

„Hey Vincent", sagte Canys und lächelte schüchtern. Sie sah, obwohl sie größer als die bewusstlose Frau neben sich war, zerbrechlicher aus. Ihm war schon am vergangenen Tag aufgefallen wie zierlich sie war. Sie war auf eine elfenhafte Art hübsch, doch Vincent musste ständig gegen den Drang ankämpfen ihr ein Erdnussbuttersandwich in die Hand zu drücken.

Genau wie ihrer Schwester, die am vergangenen Tag noch ein Puma gewesen war.

Sein Leben war so dermaßen verrückt geworden.

Kapitel 13

„Du willst zu dieser Menschenfrau zurück?"

Ein Ausdruck, so hart und kalt, wie Felina ihn noch nie bei ihrem Bruder gesehen hatte, legte sich über Lycans Augen.

„Ich liebe dich Lina, aber wenn du noch einmal dieses Wort gegenüber Nim benutzt, dann sind wir die längste Zeit Verwandte gewesen."

„Du stellst sie wirklich über mich? Über deine Familie?"

„Nein", sagte er und wirkte mit einem Mal traurig. „Aber die Loyalität meines Wolfs gehört unbestreitbar Nim. Und du bist im Augenblick noch zu gefangen in der Vergangenheit, um das zu verstehen."

Schmerz breitete sich in Felinas Brust aus, gepaart mit Frustration. Menschen hatten sie verletzt, sie eingesperrt, sie gefoltert und versucht sie in willenlose Marionetten zu verwandeln. Wie konnte Lycan das so einfach hinter sich lassen? Natürlich wurde Felina von der Vergangenheit verfolgt – sie machte ihr gesamtes Leben aus.

Die Katze in ihrem Kopf hatte das Fell gesträubt und knurrte tief. Ihr gefiel es zudem nicht, dass da eine neue Komponente in Lycans Witterung war. Das war ihr erst aufgefallen, als sie an ihn gelehnt aufgewacht war. Zuvor hatte ihre Katze gedacht, dass der Geruch zu all den anderen, unbekannten in der Wohnung gehörte.

Aber nein, zu dem frischen Schnee und dem Wachholder hatte sich hartnäckig ein gehöriger Anteil Holunder gemischt.

Felina gefiel das gar nicht.

Das war *sie*.

„Du würdest mich verstoßen?", zwang sie sich zu fragen, die Kehle eng vor widersprüchlichen Emotionen.

Ein Seufzen von Lycan, ehe er sie fest in die Arme schloss.

Sie saß auf dem Bett, in dem sie am Morgen als Puma aufgewacht war. Canys hielt sich mit Aleydis und ihrem Menschengefährten im Wohnzimmer auf.

„Ich würde dich niemals verstoßen", murmelte Lycan in ihr Haar. „Denn ich weiß, dass du eigentlich nicht so verbittert bist."

Menschen haben mich so werden lassen, dachte sie, sprach es aber nicht aus. Sie hatte Angst, dass jedes weitere Wort von ihr die Situation noch angespannter werden lassen könnte. Um das zu riskieren war sie viel zu froh darüber, Lycan und Canys endlich wieder in ihrer Nähe zu wissen.

Nun, zumindest Canys. Lycan würde in wenigen Minuten mit Rafael zurück in die Ortschaft fahren, in der sie lebten. Und seine Gefährtin, die nach Holunder roch. Diejenige, bei der ihr Bruder einen warmen Ausdruck in die Augen bekam, wenn er nur ihren Namen nannte.

Das war nicht richtig. Das war gefährlich.

Dennoch wechselte Felina das Thema und fragte: „Wann sehen wir uns wieder?"

Lycan löste sich von ihr, ließ aber weiter seine Arme locker um ihre Taille liegen. „Ally sagt, dass du noch nicht transportiert werden kannst, daher bleibt sie zusammen mit Canys vorerst hier. Wenn du dich soweit erholt hast, dass keine Gefahr mehr für dich besteht, dann kommt ihr nach."

„Kannst du nicht doch auch bleiben?"

„Du kannst Ally vertrauen, wirklich." Er seufzte und sie sah das Eisblau seines Wolfs in seinen Augen. „Wenn nicht ihr, dann trau doch wenigstens Canys' und meinem Urteilsvermögen. Wir vertrauen Aleydis und Rafael unser Leben an. Sie sind Familie."

„Okay", zwang sich Felina zu sagen, auch wenn sie es nicht so meinte. Lycan wusste das, aber er sagte nichts dazu. Stattdessen gab er ihr einen Kuss auf die Stirn, wünschte ihr gute Besserung und verließ das Zimmer. Felinas Katze brüllte in ihrem Kopf, verstand nicht warum ihr geliebter Bruder sie zurückließ. Es war schwer dem Tier die menschlichen Beweggründe zu erklären. Seine Gedanken waren einfacher, direkter. Mit komplexen Vorgängen konnte es nichts anfangen.

Und im Augenblick begriff es nur, dass sie verletzt waren und Lycan sie im Stich ließ. Wäre sie nicht so schwach und vor allem in der Lage gewesen zu laufen, sie wäre ihm sofort hinterher geeilt.

Felina krallte die Hände in die weiche Tagesdecke auf dem Bett, als sie das Geräusch einer sich schließenden Tür hörte. Panik wollte in ihr aufwallen und hätte die Kontrolle übernommen, wenn nicht in diesem Moment Canys in das Zimmer gekommen wäre. Sie hatte einen großen Becher in der Hand und kam mit einem Lächeln auf sie zu.

„Hier, dieses Mal mit Schokoladengeschmack."

Mit einem gemurmelten Dank nahm Felina das Getränk entgegen und zog gierig an dem Strohhalm. Ihre Katze ließ sich von der Reichhaltigkeit ein wenig besänftigen. Sie brauchten jede einzelne Kalorie um so schnell wie möglich gesund zu werden. Nicht mehr so hilflos und geschwächt zu sein wie im Moment.

„Ally ist nochmal runter zu Vincent." Sie setzte sich zu ihr auf das Bett und lächelte. „Er war vorhin kurz da um nach dir zu sehen, als du uns auf dem Sofa eingeschlafen bist. Er scheint nett zu sein."

„Wie schaffst du es diesen Menschen zu vertrauen?", fragte Felina zaghaft.

Canys war von ihnen schon immer die verletzlichste gewesen. Nicht, weil sie eine schwache Persönlichkeit gehabt hatte, sondern weil ihr ganzes Wesen niemals dafür ausgelegt gewesen war in der sprichwörtlichen Hölle zu existieren. Die Wölfin war fürsorglich, liebevoll und sanft. Sie würde sich ohne zu zögern für jeden den sie liebte opfern, doch für sich selbst zu kämpfen hatte sie noch nie gekonnt.

Felina, Lycan und Ursyn hatten ihr nicht immer helfen können. So isoliert, wie sie die meiste Zeit voneinander gelebt hatten.

Jetzt hier zu sein und das Licht in Canys' grünen Augen

zu sehen, in denen so viel Lachen und Leben steckte wie seit sicher fünfzehn Jahren nicht mehr, heilte einige von Felinas eigenen seelischen Wunden. Doch bei weitem nicht alle.

Wie schaffte sie es also diesen Fremden so einfach zu vertrauen?

Etwas huschte durch Canys' Augen und der goldene Ring ihrer Wölfin legte sich um ihr Pupillen. Ihr Geruch zeigte keine Spur von bitterer Angst, nur warmes Karamell.

„Weil die Menschen, die wir unser ganzes Leben gekannt hatten, keine richtigen Menschen waren. Das waren Monster. In der richtigen Welt sind sie anders, hier quält dich niemand mit Elektroschockern oder ähnlichem."

Felinas Magen krampfte sich zusammen, sie musste die Lippen aufeinanderpressen um sich nicht zu übergeben. Wenn die Elektroschocker noch das Schlimmste gewesen wäre, was ihre Foltermeister für sie bereitgehalten hätten, dann wäre Felina froh gewesen.

Sie zuckte zusammen, als sie die Hand ihrer Schwester auf ihrem Bein spürte. Felina war unendlich dankbar für diese Berührung, die sie im hier und jetzt erdete statt sie zurück in den Strudel ihrer höllischen Vergangenheit abdriften zu lassen.

„Rafael würde uns niemals etwas antun. Genauso wenig Nim und alle anderen in St. Mary. Auch Ian und selbst Vincent stehen auf *unserer* Seite. Vertrau mir."

„Lycan hat etwas Ähnliches gesagt", zwang sich Felina zu erwidern.

Canys nickte, ein kleines Lächeln auf ihrem Gesicht. „Und er hat ebenso Recht wie ich. Würdest du mir einen Gefallen tun?"

„Alles", sagte sie ohne zu zögern.

„Gib ihnen allen eine Chance." Ihre ältere Schwester hatte sofort bemerkt, wie sich heftiger Widerwillen in Felina bei dieser Forderung gebildet hatte und fügte hinzu: „Eine echte Chance, hörst du? Gib ihnen und vor allem Ally die Möglichkeit zu beweisen, dass sie dein Vertrauen wert sind."

„Ich habe Angst." Die Worte waren kaum mehr als ein

Hauchen auf Felinas Lippen, ihre Erinnerungen versuchten sich gewaltsam in den Vordergrund ihres Bewusstseins zu drängen.

„Das macht nichts“, sagte Canys und rutschte näher zu ihr, hüllte sie mit ihrem vertrauten Duft ein. „Ich habe auch noch vor so vielen Dingen Angst. Wir können zusammen mutig sein.“

Kapitel 14

Nachdenklich studierte Scott den Blogeintrag, den sein Technikexperte an ihn weitergeleitet hatte. Es war ein kurzer Text, strotzend vor überschäumenden Emotionen und garantiert die Hälfte davon gelogen, und doch… Etwas klingelte in Scotts Hinterkopf und er hatte über die Jahre gelernt darauf zu hören.

Das hier war nicht nur einer dieser Beträge, mit denen sich die Amateure gegenseitig imponieren wollten. Kein digitaler Schwanzvergleich, wie man sie millionenfach in den diversen Foren fand. Nein, das hier war ein Hinweis.

„Vielen Dank Clark“, sagte er. „Du informierst mich, wenn der Algorithmus wieder etwas ausspucken sollte?“

„Klar“, kam die Stimme des Technikers durch die Leitung. Im Hintergrund hörte man, wie immer wenn man mit ihm telefonierte, das unablässige Klackern einer Tastatur. „Aber lohnt sich das denn noch? Ich dachte, du wolltest den Auftrag nicht weiter verfolgen.“

Ein Lächeln machte sich auf Scotts Gesicht breit, man hörte es auch in seiner Stimme, als er antwortete: „Eigentlich nicht, aber tu mir trotzdem den Gefallen und lass dein kleines Programm weiterlaufen. Ich bin neugierig.“

„Und pedantisch und ein verdammter Kontrollfreak.“ Clark seufzte. „Ich setz es dir auf die nächste Rechnung.“

„Tu das.“

„Es gibt erfreulichere Dinge, die du mit so viel Geld anstellen kannst, das weißt du?“

Scott lachte bei dem süffisanten Tonfall des anderen Mannes und antwortete: „Ja, ich habe da mal was läuten hören. Da es aber mein Geld ist, kann ich damit machen was ich will.“

„Ja natürlich.“

„Bis zum nächsten Mal.“

„Bis dann Scott." Schon klickte es in der Leitung und das dumpfe Freizeichen war zu hören. Eine der Eigenschaften, die Scott so sehr an Clark schätzte - neben seiner Hackerexpertise - war seine Konzentration aufs Wesentliche. Und natürlich seine Verschwiegenheit. Bei ihm musste er sich als letztes Sorgen machen, dass er die Ergebnisse seiner Arbeit einfach so an eine dritte Partei weiterreichte, wenn das zuvor nicht explizit vereinbart worden war.

So etwas wie Ehre oder auch nur die Einhaltung von Absprachen waren in ihrer Branche unglaublich selten und daher umso wertvoller. Scott wusste wovon er sprach. Hatte er doch nicht erst kürzlich einen seiner Kollegen in einem Laugenfass zur letzten Ruhe gebettet.

Wobei das Ableben von Jace ihm wirklich keine schlaflosen Nächte bereitete. Da hatte Scott genügend eigene Alpträume in petto.

Nachdenklich drehte Scott sein Smartphon ein den Händen hin und her, während er wieder den Forenbeitrag durchlas, den Clark geschickt hatte. Auch beim dritten Mal lesen, sagte ihm sein Instinkt noch, dass das eine echte Spur war.

Das Vieh war riesig! So einen großen Puma habe ich noch nie gesehen. Ich hatte ihn mit einer Ladung Schrot erwischt, doch er ist einfach weiter gerannt. Und gerissen war der Bastard auch noch, hat einen unserer Hunde ausgetrickst, so dass er einen Abhang hinuntergefallen ist. Aber das Mistvieh hat bekommen was es verdiente, denn es ist ebenfalls gestürzt. Schade eigentlich um das Fell, das hätte ich mir zu gerne vor den Kamin gelegt.

„Sehr reißerisch", murmelte Scott und lächelte. Herauszufinden, wo genau dieser Mann mit seinen Kumpels zur Jagd gewesen war dürfte ein Leichtes sein, dafür brauchte man keine Hacker-Erfahrung. Tatsächlich benötigte Scott keine dreißig Minuten - und war sich nur noch sicherer, dass er den richtigen Riecher gehabt hatte.

Er würde das komplette Patronenmagazin seiner Glock

fressen, wenn es sich bei dem Puma nicht um die fehlende Schwester von Aleydis Moore handelte. Auf den Gedanken folgte sogleich die Frage, ob die Großkatze überlebt hatte. Scott hatte gelernt erst dann vom Tod eines anderen auszugehen, selbst wenn es nur ein Tier war, wenn man den geöffneten Leichnam vor sich liegen hatte.

Mit dem Standort des Jägers, der den Beitrag verfasst hatte, durchforstete er die Pressemitteilungen der örtlichen Polizei und der Tierschutzorganisationen, fand einen entsprechenden Eintrag über einen verletzten Puma und über einen kleinen Umweg die Adresse des einzigen praktizierenden Tierarztes in dieser Gegend.

„So so", sagte Scott und grinste.

Neugier machte sich in ihm breit und es juckte ihn regelrecht in den Fingern einen Abstecher in diesen winzigen Ort zu machen, in dem sich wahrscheinlich die dritte Moore-Schwester aufhielt. Oder wahlweise einen Abstecher zu den anderen drei Hybriden zu machen.

Mit den Fingern trommelte Scott auf der Oberfläche des kleinen Schreibtischs seines Motelzimmers und dachte nach. Es gab so viele Möglichkeiten.

Kapitel 15

Es war kurz vor ein Uhr mittags und Felina fühlte sich wie durch den Fleischwolf gedreht.

Mit zusammengebissenen Zähnen saß sie auf der Bettkante, fühlte wie Schweißtropfen an ihrer Wirbelsäule hinunterliefen und ihre Gliedmaßen zitterten. Ihre Ohren waren dumpf, als wäre sie unter Wasser und die Sicht drohte ihr zu verschwimmen.

Ihr Körper zeigte ihr überdeutlich, dass sie viel zu schwach war um alleine aufzustehen.

Also schluckte sie ihren Stolz hinunter und rief: „Canys? Könntest du mir helfen?"

Sofort erklangen von der Tür her Schritte, leise gemurmelte Worte, dann näherte sich jemand. Doch statt ihrer Schwester betrat Aleydis den Raum. Jasmin, Waldluft und Kardamom begleiteten sie, als sie sich ihr näherte.

„Canys kann gerade nicht, vielleicht kann ihr dir stattdessen helfen?"

Lüge, dachte Felina und musterte die andere skeptisch. Ihre Katze hatte das Fell gesträubt, war ebenso unschlüssig was sie mit dieser Hybridin anfangen sollten, wie ihre menschliche Seite. Doch sie hatte es versprochen.

Also schluckte sie ihren Widerwillen hinunter und sagte: „Ich würde gerne zu euch rüberkommen. Aber meine Hüfte..."

„Du solltest dich auch noch nicht alleine bewegen", erwiderte Aleydis und stellte sich dicht vor sie. „Komm, ich zieh dich hoch und stütze dich."

Das Knurren des Pumas drohte durch Felinas Kehle zu rutschen, es kostete sie einiges an Anstrengung ruhig zu bleiben. Langsam ließ sie ihre Finger in Aleydis' wartende Hände gleiten, fühlte die Kraft in ihnen und war ein wenig überrascht von den leichten Schwielen, die sie ertasten konnte.

Mit einem sanften, aber kraftvollen Ruck zog Aleydis sie auf die Füße. Ganz dicht standen die beiden Frauen beieinander, ihre Oberkörper berührten sich beinahe. Der Geruch von Jasmin und Waldluft verstärkte sich. Felina war bis eben nicht aufgefallen, dass die andere fünf Zentimeter größer als sie war.

Mit einem unsicheren, ambivalenten Gefühl in der Magengrube erwiderte Felina den Blick aus hellbraunen Augen. Maserungen aus dunklerem Braun durchzogen die Iris, die vollkommen menschlich wirkte. Felina wusste jedoch, dass die Wölfin der Hybridin goldene Augen hatte. Wie Canys' Wölfin.

Noch immer hielten sie sich an den Händen. Die Situation war aufgeladen, wenn auch nicht mit Aggression.

„Ich sollte mich für mein Verhalten heute Morgen entschuldigen", murmelte Felina. Etwas Dunkles huschte durch den Blick der anderen.

„Du hast viel durchgemacht." Aleydis fasste ihre Hände ein wenig fester, einen Mundwinkel zu einem halben Lächeln erhoben. „Du brauchst Zeit dich zu erholen und alles zu verarbeiten."

Darauf erwiderte Felina nichts. Sie fürchtete, dass sie nur wieder böse Worte finden würde, wenn sie den Mund öffnete. Stattdessen nickte sie und ließ es zu, dass Aleydis an ihre Seite trat, einen Arm um ihre Taille schlang und sie gemeinsam das Zimmer durchquerten. Felina stützte sich mit mehr als der Hälfte ihres Gewichts auf Aleydis, doch diese beschwerte sich nicht.

So schafften sie es mehr schlecht als Recht in den großen Wohn-Essbereich, wo Aleydis sie auf einen Stuhl setzte.

„Was macht die Hüfte?"

„Schmerzt", antwortete Felina mit zusammengebissenen Zähnen. Sie würde nicht so weit gehen zu sagen, dass sie nicht schon Schlimmeres ausgestanden hatte, doch sie wäre auch unendlich froh, wenn das Pochen und Brennen sofort aufhören würde. Sie atmete tief ein, um sich nicht von dem

Schmerz begraben zu lassen. Klammerte sich an den Geruch nach gebratenem Fleisch, Brot und geröstetem Gemüse - zusammen mit den Witterungen der beiden Frauen.

„Aber es ist nichts aufgerissen? Blutet? Soll ich es mir ansehen?"

„Nein."

Canys stand, mit einem Geschirrtuch über der Schulter, in der Küche und beobachtete sie mit gerunzelter Stirn. Man musste kein Genie sein um zu erkennen, dass sie absichtlich Aleydis geschickt hatte und dass sie sich Sorgen um Felina machte.

„Spiel nicht die Heldin", wies ihre Schwester sie an.

„Es sind nur normale Schmerzen", informierte Felina sie, bevor sie Aleydis ansah. „Wirklich."

„In Ordnung." Die Wölfin wollte ansetzen noch etwas hinzuzufügen, doch da klopfte es bereits an der Tür. Unwillkürlich zuckte Felina zusammen, ihre Katze fauchte in ihrem Kopf.

Aleydis erhob sich und lächelte: „Das muss Vincent sein."

„Ich will ihn nicht hier haben", sagte Felina hart. „Er ist ein Mensch, er kennt unser Geheimnis. Wer versichert uns, dass er nicht schon längst anderen davon erzählt hat? Dass er nicht die Männer von ConPharm damit auf unsere Spur gebracht hat?"

„Die meisten Menschen sind in ihrem Kern gut", sagte Aleydis geduldig.

„Ally hat Recht. Vincent ist vertrauenswürdig." Canys trat neben sie und legte ihr eine Hand auf die Schulter, die Wärme und das leichte Gewicht vermochten es nicht Felina oder ihre Katze zu beruhigen.

Aleydis neigte den Kopf zur Seite und musterte sie. „Canys hat Recht. Außerdem hat er dir das Leben gerettet, zweimal."

„Da dachte er aber auch noch, dass ich ein gewöhnliches Tier bin - kein krankes Gen-Experiment, das aus dem Hochsicherheitslabor ausgebrochen ist."

„Du bist viel mehr als das“, erwiderte Aleydis, einen goldenen Ring um die Pupillen. Ohne ein weiteres Wort ging sie zur Wohnungstür und öffnete sie.

Verdammte dominante Wölfin, knurrte ihr Puma.

Sie ballte die Hände zu Fäusten, den Blick starr auf ihren Lebensretter und Gastgeber gerichtet. Felina wusste, dass ein gewisses Maß an Dankbarkeit angebracht war, doch sie konnte sich beim besten Willen nicht dazu zwingen.

„Hey Vincent“, hörte sie Aleydis von der Tür, dicht gefolgt von der tiefen Stimme des Tierarztes: „Hallo Ally, danke für die Einladung.“

„Ist doch selbstverständlich, komm rein. Das Essen ist schon fertig.“

Die Anspannung in Felinas Innerem steigerte sich und ließ ihre Muskeln verkrampfen. Sie roch zuerst die Witterung des Mannes - Minze und Holzspäne - ehe er in ihr Blickfeld trat. Ein Prickeln lief über ihre Haut, als hätte man den Pelz des Pumas in die falsche Richtung gebürstet.

Im hellen Tageslicht und ohne den Cocktail aus Schmerz- und Betäubungsmittel in ihrem Blutkreislauf musste sie das Bild korrigieren, das sie von dem Mann im Gedächtnis behalten hatte. Er wirkte jünger, vielleicht fünf oder sechs Jahre älter als Felina.

Außerdem kam er ihr nicht mehr ganz so groß vor, was natürlich daran lag, dass sie nicht mehr auf dem Boden vor ihm kauerte, sondern an einem Tisch saß. Dennoch würde er mindestens zwanzig Zentimeter größer sein als sie, wenn sie nebeneinanderstehen würden.

Auch sein Haar war heller, die braunen Strähnen wellten sich eigenwillig. Irritierenderweise machte ihn diese Unordentlichkeit nahbar, fast schon sympathisch. Ein völlig verrückter Gedanke.

Aleydis kam mit dem Mann an den Tisch und sagte: „Vincent, darf ich dir offiziell meine Schwester Felina vorstellen?“

Dunkelbraune Augen musterten sie interessiert. Felina, die gelernt hatte, dass jegliches Interesse an ihrer Person unweigerlich Schmerzen nach sich zog, knurrte tief in der

Kehle.

„Lina“, sagte Canys neben ihr anklagend, aber Felina ignorierte sie. Starren war unhöflich, das wusste selbst sie. Zudem war es in der Natur ein Indiz für Aggression und Herausforderung.

„Tut mir leid“, sagte der Tierarzt und hob seine Hände, als wolle er einen möglichen Angriff abwehren. „Das war unhöflich von mir.“ Er lächelte, wobei sich zwei Vertiefungen in seinen Wangen bildeten. Eine Frau in den Laboren hatte das auch gehabt. Jedoch war deren Lächeln stets höhnisch und schadenfroh gewesen. Niemals so... offen wie das des Menschen vor ihr.

„Es freut mich dich kennenzulernen und dass du wieder auf den Beinen bist“, fügte Vincent hinzu und trat an sie heran, streckte ihr die Hand entgegen.

Felina würde sich eher die ihre abkauen als ihn freiwillig zu berühren. Sie starrte auf seine schlanken, aber offenbar kräftigen Finger. Sie erkannte dünne, silbrige Linien auf seinem nackten Unterarm. Kratzspuren, wie interessant. Ihre Raubkatze bleckte die Zähne. Sie selbst hatte bei einigen ihrer Kerkermeister ähnliche, wenn auch größere Narben hinterlassen. Die Revanche dieser Männer war selbstverständlich heftiger ausgefallen.

Ein Räuspern riss sie aus ihren Gedanken, sie sah wieder in Vincents braune Augen. Auf die kurze Distanz konnte sie helle Sprenkel in ihnen erkennen.

Aleydis, von der das Räuspern gekommen war, sagte: „Du darfst das nicht persönlich nehmen.“

„Kein Problem“, erwiderte er und ließ die Hand sinken. Sein Blick huschte zu Canys, das Lächeln vertiefte sich - und Felina gefiel das gar nicht. „Vertrauen zu fassen ist nicht leicht.“

„Am Anfang nicht“, bestätigte Canys.

„Das kommt mit der Zeit“, schaltete sich Aleydis ein, bevor sie zu der offenen Küche hinüberging. „Warum setzt ihr euch nicht schon und ich bringe das Essen?“

„Es riecht wirklich lecker. Was gibt es denn?“ Mit diesen

Worten ließ der Tierarzt sich gegenüber von Felina auf einem Stuhl nieder, Canys setzte sich zu ihrer Linken. Am liebsten hätte Felina die Hand ihrer älteren Schwester genommen, um den Aufruhr in ihrem Inneren zu beruhigen. Ihre Katze hatte nicht aufgehört zu knurren, das Adrenalin in ihrem Blut schaffte es sogar die Schmerzen in ihrer Hüfte zu dämpfen.

„Chili con Carne", sagte Aleydis und stellte einen großen Topf mitten auf den Tisch. Ungefragt nahm sie zuerst Felinas Teller und füllte ihn bis zum Rand. Bei dem herzhaften Geruch der Mahlzeit zog sich Felinas Magen erwartungsvoll zusammen, obwohl sie noch immer sehr angespannt wegen der Anwesenheit des Tierarztes war.

Sie konnte sich gerade noch zurückhalten, bis alle etwas zu essen vor sich hatten, ehe sie auch schon den ersten Löffel in ihren Mund schob. Eine Flut an Gewürzen, der Geschmack von Fleisch und Bohnen, überschwemmte ihre Zunge. Es war eigentlich verrückt, dass sie nach dem reichhaltigen Frühstück und dem zusätzlichen Shake, den Canys ihr nach dem Aufwachen in die Hand gedrückt hatte, schon jetzt wieder so hungrig war.

Durch den Genuss des Essens abgelenkt bemerkte sie erst, dass jemand sie angesprochen hatte, als Canys sie zaghaft anstupste.

„Vincent hat dich etwas gefragt", sagte sie mit einem Lächeln. Sofort huschte Felinas Blick zu dem Mann, in dessen Augen ein Lächeln stand.

„Ich wollte wissen wie es deiner Hüfte und den Unterarmen geht." Er sah kurz zu den Pflastern an ihren Armen, bevor er ihr wieder ins Gesicht sah. Felinas Rücken lief eine Gänsehaut hinunter. Sie wollte sich nicht mit ihm unterhalten, wollte nicht in seiner Gesellschaft sein, wollte nicht in diesem Haus sitzen.

Aber sie hatte es Canys versprochen und so schluckte sie langsam, ehe sie erwiderte: „Gut."

„Das freut mich." Sein Lächeln vertiefte sich. „Ich hoffe es bleiben keine Narben zurück. Bei meinen sonstigen Patienten ist das nicht so schlimm, meist wächst Fell darüber und verdeckt meine Unfähigkeit schöne Nähte zu setzen."

Felina, die nicht wusste wie sie darauf reagieren sollte, zuckte mit den Schultern. Dass bei ihr unter bestimmten Umständen auch Fell die Narben verdeckte brauchte sie ihm nicht zu erklären. Er wusste es bereits. Und ihm zu sagen, dass es auch nicht die ersten sichtbaren Verletzungen auf ihrer Haut waren, wollte sie nicht.

„Die Chancen stehen gut, dass nachher nichts mehr zu sehen ist", schaltete sich Aleydis ein – und Felina war ihr tatsächlich dankbar. Die ungeteilte Aufmerksamkeit dieses Mannes... sie war ihr unangenehm, jedoch auf eine neue Art und Weise. Vielleicht lag es daran, dass ihm die Kälte fehlte, die die Wissenschaftler und Pfleger bei ConPharm immer ausgestrahlt hatten.

Vincent drehte sich zu der dunkelhaarigen Wölfin und fragte: „Wie das?"

„Wir haben einen sehr schnellen Stoffwechsel. Dadurch benötigen wir zwar mehr Kalorien als gewöhnlich, können aber auch Verletzungen innerhalb kurzer Zeit heilen lassen."

„Brüche brauchen kaum einen Monat, bis sie verheilt sind", bemerkte Canys. Ihr Blick huschte zu ihrem linken Arm und sie fügte hinzu: „Ich hatte mir vor drei Wochen Elle und Speiche angebrochen. Vor vier Tagen konnte ich die Schiene schon weglassen."

Felinas Katze maunzte mitleidig in ihrem Kopf, als sie das hörte. Gebrochene Knochen waren immer besonders lästig gewesen. Anders als bloße Fleischwunden hatten sie fixiert und eingegipst werden müssen. Ein Umstand, den Felina immer gehasst hatte.

Das Gespräch am Tisch begann sich weiteren medizinischen Themen zuzuwenden. Der Minzgeruch des Tierarztes wehte mit jeder seiner Bewegungen zu ihr herüber, kitzelte sie in der Nase. Felina war froh, dass sie nur dasitzen und zuhören musste und alle anderen das Reden übernahmen. Selbst Canys stellte eifrig Fragen, wenn auch mit ihrer ihr eigenen, schüchternen Art. Schon nach wenigen Minuten zeigte sich deutlich, dass sie auf diesem Gebiet um ein mittlerweile breites Wissen verfügte.

Der schmerzhafte Stich in Felinas Brust, dass sie so viel verpasst hatte und im Gegensatz zu ihrer Schwester und ihrem Bruder noch einen weiten Weg vor sich hatte, ließ ihren Appetit versiegen. Dennoch zwang sie sich weiter zu essen, kaute mechanisch auf dem reichhaltigen Eintopf und führte ihrem Körper die nötige Energie zu.

Doch mit Genuss, den sie noch vor wenigen Minuten verspürt hatte, hatte es nichts mehr zu tun.

Konnte, nein wollte sie sich denn so sehr in die Welt der Menschen integrieren? Neues Wissen aufnehmen wie Canys oder sich gar durch eine Beziehung so verletzlich machen wie Lycan?

Weder ihre menschliche noch ihre tierische Seite wussten Antworten auf diese Fragen.

Kapitel 16

Das Flimmern des Fernsehers und die Sprecherstimme der Dokumentationssendung erfüllten Vincents Wohnzimmer. Er sah wohl in Richtung des Geräts, beobachtete die verschiedenen Bilder von Landschaften überall auf der Erde, doch die Informationen kamen nicht in seinem Gehirn an.

Vielleicht hätte er sich darüber Sorgen gemacht, wenn seine Gedanken nicht mit komplett anderen Dingen beschäftigt waren. Dingen, die es eigentlich nicht geben sollte, die unmöglich sein sollten und doch nur wenige Meter den Flur hinunter in seinem Haus wohnten.

Mit einem Seufzen stand er auf, ging in die Küche und holte sich ein Bier. Er konnte immer noch nicht ganz glauben, dass er nicht nur Untermieter hatte, die nicht ganz menschlich waren, sondern dass er an diesem Tag sogar mit ihnen zu Mittag gegessen hatte. Und das verrückteste war, dass man den drei Frauen nicht das Geringste von ihrem tierischen Genmaterial angemerkt hatte.

„Das ist so verrückt“, murmelte er und nahm einen Schluck von dem kühlen Getränk. Dennoch war dieses Erlebnis ebenso durchgeknallt wie spannend gewesen. Er hatte schon nach kurzer Zeit gemerkt, dass Aleydis Moore einen außergewöhnlichen Verstand und viel medizinisches Wissen hatte. Doch ihr Gespräch bei dem Essen hatte ihm offenbart, dass sie ihn bei weitem in den Schatten stellen konnte. Nicht nur veterinärmedizinisch.

Auch ihre jüngere Schwester Canys hatte brillante Fragen gestellt, hatte aufmerksam zugehört und Vincent würde seine rechte Hand darauf verwetten, dass sie sich alles sofort eingeprägt hatte. Äußerst faszinierend.

Aber bei weitem nicht so wie die dritte der Schwestern: Felina, der eben noch verletzte Puma und nun die verletzte junge Frau. Die Farbe ihrer Augen war ein Schiefergrau – und nicht der intensive Bronzeton, den der Puma gehabt hatte. Aber Vincent war sich sicher einen hellen Ring dieser besonderen Farbe um ihre Pupillen wahrgenommen zu haben, als er sie zu lange angesehen hatte.

Im Nachhinein war ihm das unangenehm und seine Eltern hätten ihm sicher die Ohren lang gezogen, eine Frau so offen anzustarren, aber Vincent hatte in diesem Moment nicht viel gedacht. Und wenn, dann nicht an Etikette und gutes Benehmen.

Nein, er war restlos von dieser Frau fasziniert gewesen, die er als Großkatze in seine Praxis getragen hatte.

Die schiefergrauen Augen hatten ihn mit derselben Intensität angesehen wie die eines Raubtiers. Dunkle Ringe hatten die Wangen darunter verunstaltet, hatten fast das kleine Muttermal verdeckt, das sie auf dem linken Wangenknochen hatte.

Goldbraunes Haar war zu einem unordentlichen Knoten in ihrem Nacken zusammengenommen gewesen, einzelne Strähnen hatten ihr Gesicht umrahmt. Schon am Morgen war ihm aufgefallen wie klein und zierlich sie im Schlaf ausgesehen hatte. Fast verletzlich. Doch sich der wachen Felina gegenüber zu sehen hatte diesen Eindruck komplett getilgt.

Wie kann es sein, fragte er sich, dass so ein wildes Biest unter ihrer Haut leben konnte? Wie konnte es sein, dass ihre Augen so kalt und leer werden konnten?

Doch dann waren in denselben Augen, in ihrer ganzen Körperhaltung, so viel Kampfgeist und Widerwillen zu lesen gewesen. Vincent war fast froh gewesen um ihre Verletzungen, die sie daran gehindert hatten, ihn mit ausgefahrenen Krallen anzuspringen.

Wortwörtlich.

Vincent nahm es ihr nicht übel. Nicht bei dem, was er bisher erfahren hatte. Er bekam noch immer nicht dieses Bild aus dem Kopf, wie der halb sedierte Puma sich erst die Infusionsnadel herausgerissen und anschließend die eigenen Vorderbeine aufgebissen hatte. Auch jetzt noch schlug sein

Herz bei dem Gedanken daran höher und kalter Schweiß bildete sich auf seiner Haut.

Wie grauenvoll musste das Leben dieser Frau und auch das ihrer Geschwister gewesen sein, wenn Selbstmord die beste Variante war?

Plötzliche Unruhe kam über Vincent, er ging hinüber zur Couch und schnappte sich seinen Laptop. Mit dem Gerät auf dem Schoß loggte er sich ins Internet ein und tippte den Namen der Firma in die Suchmaschine, die diese Gräueltaten begangen hatte.

Wie erwartet war der Internetauftritt von ConPharm übersichtlich und freundlich gestaltet. Reklame-Menschen lächelten ihm entgegen, vermeintliche Patientenkommentare dankten dem Unternehmen überschwänglich für die Medikamente, die ihre Leben verändert oder gar gerettet hatten.

Der Konzern deckte so gut wie jede Sparte an pharmazeutischen Produkten ab, die es gab. Von Impfungen, Alltagsmedikamenten und Immuntherapien bis hin zu Krebsmitteln war alles vertreten. Der Geschäftsführer rühmte sich damit, dass ConPharm seit mehr als zehn Jahren Marktführer war.

Vincents Mundwinkel zogen sich unwillkürlich nach unten, als er die Artikel über ihre bahnbrechenden und fortschrittlichen Forschungsmethoden las, die sie in ihren hochmodernen Laboren in Calgary anwandten. Auch hier wären sie Spitzenreiter, entwickelten so viele und auch so innovative Verfahren und Medikamente wie kein anderes Unternehmen.

„Ja klar", brummte er und wechselte zu der Seite der Kooperationspartner. Ein namhaftes Unternehmen reihte sich an das nächste, natürlich waren auch Regierungsbereiche dabei, mehrere Zulieferer und Rohstoffhersteller. Das Who-is-Who der ganzen Branche.

Er wollte schon weiterklicken, da fiel ihm ein Name auf.

„LufriaCorp", sagte er und versuchte dahinter zu kommen, warum es da bei ihm klingelte. Vincent öffnete ein zweites Browserfenster und gab den Namen ein. Nach wenigen Klicks war ihm auch klar, warum ihm diese Firma etwas sagte: Dabei handelte es sich um eine tiermedizinische Einrichtung, deren Logo auch einige der Geräte in seiner Praxis zierte.

Scheinbar belieferten sie auch ConPharm. Neugierig geworden, begann Vincent die Referenzen des Unternehmens zu durchforsten, die Presseartikel... und stieß auf Gold: In einem Fachartikel wurde die hervorragende und ertragreiche Zusammenarbeit der beiden Konzerne gepriesen. Welch bahnbrechende Fortschritte sie in der Versuchsmedizin erzielt hatten. Erst vor ein paar Monaten wurde ein Durchbruch in der Mikroimplantationstechnik bei Tieren berichtet, den Lufria zusammen mit ConPharm erzielt hatte.

Vincent atmete tief durch und fuhr sich mit beiden Händen durch die Haare. Das war ja mal was. Er griff nach seinem Bier, unschlüssig was er mit dieser Information anfangen sollte und ob er wirklich mit so wenigen Details gleich das Schlimmste annehmen konnte.

Andererseits wäre es ein heftiger Zufall, wenn diese Firma nichts von den speziellen Versuchsobjekten des Pharmakonzerns wusste, oder nicht? Am nötigen Schweigegeld sollte es ihnen nicht gemangelt haben. Zumal die Patente, die sich daraus ableiten ließen, sicher mehrere Milliarden einbringen würden. Beiden Firmen.

Mit den Fingern einer Hand trommelte Vincent auf dem Gehäuse des Laptops, das Geräusch hallte laut in seinem Inneren wider. Ein Gedanke formte sich in seinem Kopf. Verrückt, gefährlich und doch konnte er ihn nicht verwerfen.

Bevor er es sich anders überlegen konnte, öffnete Vincent sein Mailprogramm, tippte einen kurzen Text herunter, überflog ihn um sicherzustellen, dass er keine verräterischen Details enthielt, und schickte die Nachricht fort.

Ob er den Moore-Geschwistern davon erzählen sollte?

„Nein“, murmelte er. Nein, es wäre wohl besser, wenn er das so lange für sich behielt, bis er eine Antwort von LufriaCorp erhalten hatte. Dennoch kreiste diese Frage weiter in Vincents Kopf, bis das Telefon klingelte und ihn zusammenzucken ließ.

„Verdammt“, murmelte er, stellte den Laptop zur Seite und griff nach dem schmalen Gerät. „Osborn?“

„Hey Vincent“, drang die Stimme seines besten Freunds Sam durch die Leitung. „Wie geht's?“

„Bestens.“

„Bist du sicher?“ Man hörte den anderen Mann seufzen, ehe er hinzufügte: „Ich will nur sichergehen, dass du nicht in deiner Bude hockst und dich betrinkst. Du weißt schon, weil Laura doch gestern ausgezogen ist.“

Vincent blinzelte langsam. War das wirklich erst gestern gewesen? Irgendwie kam es ihm vor, als wäre seither eine Ewigkeit vergangen. Als wäre der Mann, der sich mit der Trennung von seiner langjährigen Freundin auseinandersetzen musste ein ganz anderer als der, der eine Puma-Hybridin zusammengeflickt und diese nun zusammen mit ihrer Familie in seinem Haus beherbergte.

„Ähm… nein, alles in Ordnung. Hatte gestern und heute noch viel in der Praxis zutun und bin jetzt zu platt um auf dumme Ideen zu kommen.“

„Bist du sicher? Soll ich nicht doch lieber vorbeikommen?“

„Nein!“, entwich es Vincent sofort und er verzog das Gesicht, weil das Wort ihm so heftig herausgeplatzt war. Mit einem etwas gequälten Lachen fügte er hinzu: „Nein, danke Sam. Ist nicht nötig. Außerdem sieht meine Wohnung nach gestern noch ziemlich unordentlich aus.“

„Als ob mich das je gestört hätte“, gluckste Sam. Ja, sein bester Freund war tatsächlich sehr gut darin Chaos zu übersehen. Wie man in seiner Werkstatt, die er zusammen mit der Tankstelle im Ort betrieb, deutlich sah. Trotzdem fand er in dem Saustall immer alles wieder, was an ein Wunder grenzte.

„Trotzdem, ich will das lieber vorher in Ruhe in Ordnung bringen. Du weißt schon, die letzten Reste beseitigen.“ Das war nicht einmal gelogen. Es gab noch einige Kisten mit Sachen, die Laura nicht mitgenommen hatte und die Vincent lieber entsorgen wollte. Erinnerungsstücke, die ihn nur bedrücken würden, wenn er sie weiter herumstehen hatte.

Ein Seufzen von Sam, ehe er sagte: „Okay, wie du willst. Aber es bleibt am Mittwoch bei einem Bier in der Bar?"

„Natürlich", erwiderte Vincent und grinste. Bis dahin würde sich sicher sein verrücktes Leben wieder in geordneten Bahnen befinden. Hoffte er zumindest. Sie plauderten noch eine Weile, verabschiedeten sich und Vincent saß einige Augenblicke mit dem Telefon in der Hand auf dem Sofa.

War das eben wirklich eine gute Idee gewesen?

Vincents Nachricht an Lufria war allgemein gehalten gewesen, würde sicher keine Aufmerksamkeit erregen. Sie hatten keinen Anhaltspunkt, dass er etwas über die Hybrid-Geschwister wusste. Somit konnte auch nichts zu ConPharm durchsickern und damit die Geschwister in Gefahr bringen.

Das war etwas, das Vincent auf keinen Fall riskieren wollte. Ganz abgesehen davon, dass Ian seine Drohung wahr machte und ihn irgendwo im Wald verscharrte. Aleydis, Canys, Felina und auch ihr Bruder Lycan waren nicht mehr oder weniger wert als jeder andere Mensch, auch wenn ihre DNA artfremdes Material aufwies. Sie waren intelligente, fühlende und hochkomplexe Individuen und es war eine hochgradig kriminelle Tat sie wie Tiere einzusperren und Experimente an ihnen durchzuführen.

Dennoch… er wollte mehr wissen. Wollte mehr tun. Er wollte, dass diese Frau mit den kämpferischen Augen sich niemals wieder genötigt fühlte sich selbst zu verletzen.

Kapitel 17

Am nächsten Morgen beobachtete Felina ganz genau, was Aleydis tat. Es war kurz nach Sonnenaufgang, sie hatte wie ein Stein geschlafen und fühlte sich um einiges besser. Einen dieser Shakes in der Hand, dessen Geschmack sie mittlerweile liebte, sah sie der Wölfin beim Verarzten ihrer Wunden zu.

Die Blessuren an ihren Unterarmen sahen schon gut aus, die Fäden waren gezogen und die noch frischen Narben wurden von zwei Pflastern abgedeckt. Ihre Hüfte allerdings… da sah die Haut noch gerötet und geschwollen aus.

„Keine Entzündung", verkündete Aleydis, nachdem sie sich die Klammern in ihrer Haut genauer angesehen hatte. „Ich tupfe dir eine Salbe drauf, die den Heilungsprozess unterstützt und wir verbinden alles nochmal. Wenn es so weiter geht wie bisher, dann bist zu in zwei Tagen über den Berg."

„Und wir können nach Hause gehen?", kam es von Canys, die jeden von Aleydis Schritten ebenso wie Felina genau beobachtet hatte. Die grünen Augen ihrer Schwester strahlten regelrecht vor Freude.

„Ja, ich denke schon." Aleydis' Blick huschte zurück zu Felina. „Die Autofahrt wirst du dann problemlos meistern können."

„Okay", murmelte Felina. Sie wusste nicht, was sie davon halten sollte. Sie wollte nicht hierbleiben, doch der andere Ort war ihr sogar noch fremder. Die einzige Aussicht, die sie zuversichtlich stimmte war, dass Lycan dort sein würde.

Schweigend legte Aleydis einen neuen Verband an die Hüfte, ging das Frühstück zubereiten und überließ es Canys Felina in neue Kleidung zu helfen. Anschließend legte sie ihr einen Arm um die Taille und einen auf ihre Schulter, um Felina hinüber zum Esstisch zu führen.

Völlig außer Atem ließ sich Felina dort auf einen Stuhl fallen und brummte: „Ich hasse es so schwach zu sein."

„Es wird besser", beschwichtigte sie Canys. „Nur noch ein paar Tage."

„Ich kann es kaum erwarten."

„Wir haben noch Glück", sagte Aleydis, während sie einen großen Berg Toast mitten auf den Tisch stellte und sich setzte. „Gewöhnliche Menschen werden von solchen Verletzungen nicht nur sehr viel länger außer Gefecht gesetzt, sondern können auch bleibende Schäden davontragen."

„Ist es so bei deinem... Gefährten gewesen?" Das Wort rutschte kratzig und ungewohnt durch Felinas Hals. Sie war immer noch unschlüssig, was sie Aleydis gegenüber empfinden sollte. Wobei sie Canys recht geben musste, wenn auch widerwillig. Diese Wolfshybridin sorgte sich sehr um sie und ihre anderen Geschwister. Und ja, sie war unbestreitbar im selben egoistischen, kranken Experiment entstanden wie sie.

Aber dennoch war es schwer für Felinas menschliche und tierische Seite zu akzeptieren, dass auch Aleydis ihre Schwester war.

Bei ihrer Frage hatte sich ein Lächeln auf dem Gesicht der anderen Frau breitgemacht und Gold färbte den Bereich um ihre Iris. „Du hast Rafaels verletztes Knie bemerkt?"

Zur Antwort nickte Felina lediglich, sie hatte schon einen halben gebutterten Toast vernichtet.

Von Canys war ein leises Kichern zu hören, bei dem Felinas Katze ganz selig in ihrem Inneren wurde. So ein Lachen sollte jeden Tag über die Lippen ihrer Schwester kommen. Unbeschwert und fröhlich, so wie die Wölfin in ihrem Kern war.

„Er wird nicht erfreut sein, dass du es auch gleich gesehen hast. Lycan, Canys und ich haben es auch sofort bemerkt", antwortete Aleydis noch immer lächelnd. „Er hat sich vor einigen Jahren bei einem Helikopterabsturz sehr schwer verletzt, unter anderem wurde das Knie zertrümmert. Daher macht es ihm öfter Probleme."

Sie frühstückten in angenehmem Schweigen und hatten

ihr Mahl fast beendet, als Aleydis sich leise räusperte. Ihr Gesichtsausdruck war ernst, als sie sagte: „Wir müssen dich noch über einiges aufklären, das du noch nicht weißt."

Sofort zog sich Felinas Magen schmerzhaft zusammen. Kam sie nun doch vom Regen in die Traufe? War es zu viel verlangt endlich einmal Ruhe zu finden?

„Was denn?", fragte sie langsam.

Aleydis atmete tief durch, warf Canys einen kurzen Blick zu, ehe sie anfing zu erzählen.

Und was sie zu erzählen hatte.

Felina konnte nichts weiter tun als sie anzustarren, die Hände um ihren Teebecher geschlossen und versuchen zu verarbeiten was die andere Hybridin ihr da sagte.

Angefangen bei der Tatsache, dass ihre Erzeuger von bezahlten Mördern von ConPharm getötet worden waren und Aleydis selbst nur knapp entkommen war. Nur um dann kurz darauf doch von einem dieser Männer in Schwarz aufgespürt zu werden - der offenbar ein kranker Irrer war, denn statt Aleydis auszuliefern hatte er ihr geholfen mehr über ihre Geschwister herauszufinden.

Wenige Wochen später waren Lycan und Canys zu ihr gekommen. Lycan hatte sich mit dieser Menschenfrau eingelassen ohne zu wissen, dass es sich dabei um eben jene Person handelte, die die Sicherheitssysteme in den Laboren konzipiert hatte.

Das hatte er verschwiegen, dachte Felina und der Puma in ihrem Kopf knurrte.

Nim, wie die Frau hieß, war kurz darauf ebenfalls im Auftrag von ConPharm durch zwielichtige Handlanger bedroht und sogar entführt worden. Dabei war Canys abermals verletzt worden und auch der kranke Irre war wieder auf der Bildfläche aufgetaucht, hatte ihnen abermals geholfen.

„Was stimmt nicht mit diesem Scott Hewlett?!", entwich es Felina. Ihr Puma hatte mittlerweile sein komplettes Fell gesträubt, die Ohren angelegt und schlich fauchend in ihrem Kopf herum. Er knurrte ihr zu, sie müsse diesen Mann suchen und zur Strecke bringen, denn er war nicht nur wegen seines Wissens und seiner Fähigkeiten gefährlich, sondern ganz offenbar auch nicht richtig im Kopf.

„Ich habe keine Ahnung“, seufzte Aleydis. „Meine Wölfin kann ihn nicht leiden, auch wenn er uns noch so oft geholfen hat.“

„Er ist eine Bedrohung“, knurrte Felina.

„Aber eine, die wir kennen. Außerdem hat er mehrfach bewiesen, dass er uns nicht verraten wird. Was auch immer der Grund dafür ist, er wird nicht zulassen, dass ConPharm uns in die Hände bekommt.“

Felina schnaubte und fügte hinzu: „Du verstehst sicher, dass mich das nicht sonderlich beruhigt.“

„Ally hat aber Recht“, mischte sich Canys ein. „Er mag nicht vertrauenswürdig sein, aber immerhin ist er nicht auf der Seite von ConPharm.“

„Das ist so verrückt“, murmelte Felina und trank einen weiteren Schluck Tee. Sie hatte sich irgendwie vorgestellt, dass die Welt außerhalb der Labore, weit weg von Menschen, friedlicher wäre. Einfacher. Sie hatte angenommen, dass sie mit ihren Geschwistern im Wald leben konnte, fernab von jeglicher Zivilisation und all den Menschen, die ihr eh nur böses wollten.

Nun musste sie feststellen, dass es kein schwarz oder weiß gab, sondern Millionen von Schattierungen aus grau dazwischen. Überwältigt von dieser scheinbaren Aussichtslosigkeit fragte sie leise: „Wie sollen wir es nur schaffen nicht aufzufallen? Was wenn wir uns verraten und sie uns doch holen kommen?“

Ein Knurren erklang, tief und bösartig. Felina sah hoch und begegnete Aleydis' Blick. Das Hellbraun ihrer Augen wurde mit jedem Herzschlag mehr zu wölfischem Gold. Es bestand keinerlei Zweifel, dass beide Teile ihrer Persönlichkeit im Moment höchst aufmerksam waren.

„Ich bin nicht mit dir aufgewachsen, aber ich werde für dich töten und wenn nötig an deiner Stelle sterben.“ Sie sah zu Canys hinüber und fügte hinzu: „Für jeden von euch. Ihr seid meine Familie und niemand tut meiner Familie etwas an und überlebt das."

Ein Zittern lief durch Felinas Körper bei diesen Worten, die mit so viel Intensität und Ehrlichkeit gesprochen worden waren. Selbst ihre Katze gab ihre abwehrende Haltung auf, sah die andere Hybridin wirklich an und überlegte, ob sie nicht doch von ihrem Blut war.

Es war offensichtlich, dass Aleydis Moore bereit war alles zu tun für diejenigen, die sie als ihre Familie ansah.

„Mach langsam, hörst du?", rief Canys ihr hinterher.

Felina reagierte nicht darauf, zog die Tür hinter sich ins Schloss und hoffte, dass ihre Schwester ihr dieses winzige bisschen Freiraum nun zugestand. Ja, sie sorgte sich um sie und wollte, dass sie sich schonte, doch noch eine Minute länger im Bett oder auf der Couch zu liegen hätte nur dazu geführt, dass ihr Puma ihr von innen die Haut blutig kratzte.

Und diese Musik… sie war zu verlockend.

Sie hatten das Frühstück beendet gehabt, als unvermittelt süße Klänge die Luft erfüllt hatten. Unruhig und neugierig hatte Felina ihnen sofort nachgehen wollen und nach einer schier endlosen Diskussion mit Aleydis und Canys war sie nun auf dem Weg. Sie hatte ihnen hoch und heilig versprochen, dass sie das Gebäude nicht verlassen würde.

Also schob sie sich nun langsam, so dass es fast eine Beleidigung für ihre Katze war, den Flur entlang. Beide Hände an der Wand um ihre verletzte Hüfte so wenig wie möglich zu belasten. Doch so sehr sie sich auch schonen wollte, so sehr musste sie sich auch bewegen. Es war paradox.

Zudem drängte sie das neugierige Tier in ihrem Inneren diesen Klängen nachzugehen. Musik war so selten in ihrem Gefängnis gewesen wie Gnade, eine nette Geste. Nur vereinzelt hatte Felina etwas anderes als das Piepsen der Überwachungs- und Laborgeräte gehört, die Stimmen der Wissenschaftler, die Schmerzensschreie von sich oder ihren Geschwistern.

Doch die wenigen Gelegenheiten… Weil sie ohnehin verschnaufen musste lehnte sich Felina mit der Schulter an die kühle Wand und schloss die Augen, ein leichtes Lächeln auf dem Gesicht. Sowohl Katze als auch Frau mochten das An- und Abschwellen der Klänge, die Rhythmik und die Stimmungen. Es war ein Stück mit Gesang, doch um die Worte zu verstehen war Felina noch zu weit entfernt.

Mit einem tiefen Atemzug setzte sie ihren Weg fort. Die Musik lockte sie zu einer Treppe, an deren Ende sich eine schmale Tür befand. Licht fiel durch einen dünnen Spalt und ließ Felinas Herz höherschlagen. Ging es dort etwa nach draußen? Auf eine Art Dach?

Sie hatte schon einige Wochen in Freiheit verbracht, war durch die Wälder gestreift und hatte den Sonnenschein sowie den Regen auf ihrem Fell genossen und doch erfasste sie jedes Mal neue Aufregung, wenn die Sonne über ihr aufging und sie ungehindert in dem warmen Licht baden konnte.

Die Treppenstufen vor ihr stellten sich jedoch als echte Herausforderung dar. Es waren zehn Stück und doch fühlte sich Felina nach der Hälfte bereits völlig erschöpft. Doch sie wollte sehen woher diese Musik kam, die sie lockte und ihr Blut singen ließ.

Schwer atmend, einen Hauch von Blutgeschmack auf der Zunge, stieß sie die Tür auf und trat tatsächlich hinaus auf ein flaches Dach. Der Boden war mit Kies ausgeschüttet, der warm und staubig roch. Hinzu kamen Gerüche von Vögeln, Autoabgasen und Minze. Mit einer Hand hielt sich Felina an der Türzarge fest und verfluchte sich. Sie wusste, wen sie hier finden würde, noch bevor ihre Augen den Mann auf einem Stuhl entdeckten, der mit dem Rücken zu ihr saß.

Mit nacktem Rücken. Gesund und mit leichter Bräune schimmerte die Haut seiner Schultern im hellen Sonnenlicht. Der Duft nach Holzspänen gesellte sich zu dem von frischer Minze, strich wie eine Berührung über Felina.

Ein kleines Gerät neben Vincent Osborn war die Quelle der schönen Töne, doch das beachtete Felina nun kaum noch. Viel eher focht sie innerlich einen Kampf mit sich aus, ob sie wieder verschwinden oder hinaus in den Sonnenschein treten sollte. Sie wollte nicht zurück in die Wohnung, zurück zu den Erwartungen von Canys sich mit Aleydis zu verstehen. Aleydis selbst natürlich, deren Wölfin so dominant war und die ihre Katze gleichzeitig gegen sich aufbrachte und sie auch für sich einnahm.

Dann war da dieser Mann… dieser Tierarzt, der sie gerettet hatte und ihr nun eine Zuflucht bot. Felina wusste nicht, was sie von ihm halten sollte. Ihre Katze mochte seinen Geruch, wenn er nicht gerade mit dem des widerlichen Desinfektionsmittels verwoben war.

Die Frau in Felina hielt das Tier dagegen für völlig übergeschnappt. Vincent war im Augenblick noch nett und hilfsbereit, doch er war ein Mensch. Früher oder später würde er sein wahres, hässliches Gesicht zeigen und ihnen in den Rücken fallen. Mehr als ein Pfleger hatte versucht sich mit netten Taten bei ihr einzuschmeicheln, sie in trügerischer Sicherheit zu wiegen, nur um später ihr Zutrauen auf widerwärtige Art zu missbrauchen.

Sie zu missbrauchen.

Jedes einzelne Mal hatte es etwas in Felina zerbrechen lassen, bis nichts mehr von ihrem Vertrauen übrig war. Nur auf ihre drei Geschwister hatte sie sich verlassen können.

Er ist anders, raunte ihr ihr Puma zu.

Nein, hielt Felinas menschliche Seite dagegen. In ihrem Kopf begann ein regelrechtes Tauziehen um die Kontrolle, um die Entscheidung was sie nun tun sollten. Ihre Schläfen begannen zu pochen, so etwas hatte sie das letzte Mal vor vier Jahren erlebt, als sie unbedingt dem einen Wissenschaftler hatte vertrauen wollen - damals war die Situation aber umgekehrt gewesen: Der menschliche Teil hatte Vertrauen schenken wollen, der tierische hatte Blut gefordert.

Der Zwist in ihrem Inneren eskalierte in einem Maunzen, das sich durch ihre menschliche Kehle drängte - ausgerechnet in dem Moment, als die Musik eine kurze Pause machte und der Tierarzt sie hörte. Seine Schultern spannten sich an und er drehte sich zu ihr um. Überraschung zeichnete sich auf seinem Gesicht ab.

„Hallo Felina, du bist ja schon auf den Beinen."

Unfähig sich zu rühren, da die Muskeln in ihren Beinen verkrampften, hielt sich Felina weiter an der Türzarge fest.

Ein leichtes Zusammenziehen der Augenbrauen war bei dem Mann zu sehen. „Stimmt etwas nicht? Benötigst du oder die anderen beiden Hilfe?"

Mit größter Anstrengung schaffte es Felina den Kopf zu schütteln. Das Stirnrunzeln blieb und Vincent erhob sich von seinem Stuhl. Er hatte kurze Hosen an, die seine leicht gebräunten Beine ab den Knien zeigten. Ihr erster Eindruck, dass er körperlich fit war, bestätigte sich bei dem Anblick der Brust- und Armmuskulatur.

„Sicher, dass nichts ist?", fragte Vincent und Felinas Blick huschte zurück zu seinen Augen. Sie nickte.

„Ähm…" Ein leichtes Lächeln verzog seinen Mund. „Möchtest du dich zu mir in die Sonne setzen? Das ist wahrscheinlich besser für deine Hüfte, wenn du nicht wieder zurück ins Haus gehen möchtest."

Wieder existierten in ihrem Inneren zwei unterschiedliche Meinungen, wie sie auf das Angebot des Tierarztes reagieren sollte. Und wieder setzte sich der Puma durch, obwohl Felina sich im Augenblick in menschlicher Gestalt befand.

Langsam, bedacht nicht in der Hüfte einzuknicken, ging sie über den Kies zu dem Tierarzt. Dieser hatte, kurz nachdem sie sich in Bewegung gesetzt hatte, einen zweiten Stuhl herbeigeholt und neben den ersten gestellt. Für Felinas Geschmack viel zu dicht, doch das ignorierte sie. Sie war mittlerweile völlig außer Atem und hätte wahrscheinlich auch mit dem nackten Boden vorliebgenommen.

„Danke", sagte sie, etwas unwillig, als sie bei Vincent Osborn ankam und sich langsam hinsetzte. Ihre Muskeln zitterten und ihre Lungen brannten. Vielleicht hatte sie es doch ein wenig übertrieben. Felina versuchte sich zu entspannen, den Schmerz in ihrer Hüfte wegzuatmen, der mittlerweile in ihren Oberkörper und ihr Bein ausstrahlte. Es half sich darauf zu konzentrieren und nicht auf den Menschen, der nur halbbekleidet neben ihr saß und nach Minze und warmer Haut roch.

Aber irgendwie wollte das nicht so richtig funktionieren. Immer wieder kreisten ihre Gedanken um den Tierarzt. Würde er sie tatsächlich nicht verraten? Was dachte er über sie und ihre Geschwister? Hielt er sie für Monster, Launen der Natur, missglückte Experimente verrückter Wissenschaftler?

Oder war es möglich, dass sie in seinen Augen so etwas wie… Lebenswert waren?

Bereute er es schon, dass er ihr in ihrer Puma-Gestalt das Leben gerettet hatte? Warum hatte er sich überhaupt mit einem Tier so viel Mühe gegeben? In den Laboren war man immer sehr bemüht gewesen Felina und ihre Geschwister am Leben zu halten, selbst wenn man sie oft genug mit den Experimenten an den Rand des Todes gebracht hatte.

Aber sie mussten leben, denn nur so konnte ConPharm Geld mit ihnen verdienen. Mehr als einmal hatte Felina die Wissenschaftler belauscht, die sich hinter den Spiegelwänden unterhalten hatten. Sie hatten nie herausgefunden, dass sie und die anderen sie hören konnten. Meist waren ihre Gespräche nicht sonderlich interessant oder hilfreich gewesen.

Doch in der monotonen, zermürbenden Langeweile in ihren Zellen hatte Felina ihnen immer aufmerksam zugehört. Es war besser gewesen als die Wand anzustarren oder ihren Puma zu besänftigen, der ausbrechen und frei sein wollte.

So hatte sie mitangehört, wie ihre Foltermeister sich darüber unterhalten hatten, welchen monetären Wert die Hybrid-Geschwister hätten. Einer von ihnen hatte höhnisch gelacht und gesagt, dass an dem Betrag so viele Nullen dran wären, dass er nicht einmal den Namen für die Zahl wusste.

Ehrfurcht hatte in der Stimme seines Gesprächspartners mitgeschwungen und daraus hatte Felina geschlossen, dass sie und die drei anderen sehr, sehr wertvoll für ConPharm waren.

Was sie wieder zurück zu Vincent brachte und der Frage, warum er seine Zeit und seine Ressourcen für ein vermeintliches Wildtier aufgewendet hatte. Eines, das ohnehin schlechte Überlebenschancen gehabt hatte. Was sprang für ihn dabei raus?

Geplagt von dieser Neugier wandte Felina den Blick zu Vincent - nur um festzustellen, dass er sie beobachtet hatte. Ihr Puls schnellte in die Höhe.

„Was?", fragte sie und versuchte gar nicht erst zu verbergen, wie wenig ihr seine Musterung gefiel.

Ein Lächeln ließ wieder die Vertiefungen in seinen Wangen erscheinen, über die sich gleichzeitig eine zarte Röte legte. „Tut mir leid, ich mache das wirklich nicht mit Absicht. Das einzige, das ich zu meiner Verteidigung sagen kann ist, dass ich jemandem wie dir noch nie begegnet bin."

„Das glaube ich sofort", murrte sie.

„So meinte ich das nicht." Das Lächeln verschwand von seinem Gesicht. „Ich meine damit, dass du wahrscheinlich eine der zähesten und stärksten Personen bist, die ich je kennengelernt habe."

Felina blinzelte ihn langsam an, fühlte wie ihre Katze dicht an die Oberfläche kam. Sollte das etwa… ein Kompliment gewesen sein? Perplex sah Felina ihn an, wusste nicht was sie darauf erwidern sollte.

Daher entschied sie sich für sicheres Terrain und fragte: „Warum hast du dem Puma geholfen?"

„Du meinst dir?"

„Damals dachtest du ja noch, dass es sich um ein gewöhnliches Tier handelt."

Er neigte den Kopf zur Seite, so dass die Sonne sein unordentliches Haar schimmern ließ. „Weil es mein Job ist."

„Aber es stand schlecht um den Puma", bohrte Felina weiter, unzufrieden mit seiner nüchternen Antwort. Sie wollte, hoffte auf… sie wusste es auch nicht genau. „Wäre es nicht logischer gewesen, das Tier sterben zu lassen und deine Ressourcen und Fähigkeiten für andere Arbeiten aufzusparen?"

„Oh Mann, das hört sich aber kalt an", erwiderte Vincent und schüttelte lächelnd den Kopf.

„Es wäre logisch gewesen", beharrte Felina.

Vincent stützte sich auf die Armlehne seines Stuhls und

beugte sich damit mit seinem Oberkörper näher zu ihr. Neuerlicher Minz- und Holzspänegeruch rollte über Felina hinweg. Sie wusste nicht, ob sie sich zurückziehen oder ebenfalls ein wenig in seine Richtung lehnen sollte. Es war verrückt.

„Okay, es wäre logisch gewesen. Aber deswegen bin ich nicht Tierarzt geworden. Ich bin Tierarzt um Tieren zu helfen - egal ob es ein verschnupfter Kanarienvogel oder ein angefahrenes Wildtier ist. Ich wusste, dass ich die Schusswunde des Pumas verarzten und so sein Leben retten konnte. Der einzige Moment, in dem ich wirklich gezweifelt hatte die Großkatze zu retten war der, als sie angefangen hatte sich die Vorderbeine aufzubeißen."

Härte war in seine braunen Augen getreten, die Felinas Katze das Nackenfell sträuben ließen. Vincent Osborn schien verärgert darüber zu sein, was sie getan hatte.

„Warum ärgert dich das?", fragte sie gerade heraus, unfähig sich davon abzuhalten.

Ein kurzes Blinzeln. „Selbstmord kann nicht die Lösung sein, niemals."

„Beurteilte keine Situation in der du noch nie gewesen bist", erwiderte Felina mit einem kalten Lächeln. „Meine Geschwister und ich haben diese Hölle nicht überlebt und sind ihr entkommen, um dann doch wieder in ihr zu landen."

Schweigend sah Vincent sie an, musterte ihr Gesicht und Felina fragte sich, was er sah. Eine junge Frau, mit einigen Blessuren und zehn Pfund zu wenig? Oder konnte er hinter die Fassade blicken und das Monster erkennen, zu dem sie gemacht worden war?

„Wirst du es noch einmal tun?" Sein Blick wanderte zu den Pflastern an ihren Unterarmen.

„Wenn ich muss", antwortete Felina ruhig, strich mit einem Zeigefinger über das glatte Material. „Ich will es nicht. Ich will leben, unbedingt. Ich bin in die Freiheit entkommen um mir all die Dinge zu nehmen, von denen sie sagten, dass ich sie nicht haben kann."

„Und das wäre?", hörte sie ihn leise fragen.

Felina sah auf, warf dem Tierarzt einen kurzen Blick zu,

ehe sie ihn über die sonnige Dachterrasse schweifen ließ. Sie konnte einige Baumkronen erkennen, deren Blätter zwischen grün, rot und gelb changierten. Darüber der blaue Himmel und Vögel, die über sie hinwegflogen. Sie hörte den Wind rauschen, fühlte den Luftzug auf der Haut und spürte gleichzeitig die Wärme der Sonne. Sie atmete tief ein und nahm so viele Gerüche wahr, die rein gar nichts mit den Laboren zutun hatten.

Sie atmete tief ein und antwortete: „Jeden Tag den Wind und die Sonne auf meiner Haut spüren. Ich will die Möglichkeit haben überall hinzugehen. Ich will mit meinen Geschwistern zusammen sein können, wann immer ich möchte."

Felina ließ den Kopf in den Nacken fallen, drehte ihn zu Vincent und sah ihn unter halb geschlossenen Augenlidern an. „Ich will mir den Sternenhimmel ansehen und jedem dieser glitzernden Punkte einen Namen geben. Ich will so viel Schokolade essen bis es mir schlecht wird und Musik so laut hören, dass sie mir in den Knochen dröhnt und mein Blut zum Singen bringt. Ich will all das und noch so viel mehr tun ohne jemals wieder Angst haben zu müssen in einer grellweißen Zelle aufzuwachen, von Männern auf einen kalten Metalltisch geschnallt und bei vollem Bewusstsein filetiert zu werden."

Kapitel 18

Eine eigentümlich Stille bildete sich nach Felinas Geständnis und sie wünschte halb, dass sie ihre Worte zurücknehmen könnte. Warum hatte sie diesem Menschen, diesem Mann einen so tiefen Einblick in ihre Gedanken gewährt?

Ihre Katze fand nichts Schlimmes dabei und Felina fürchtete, dass das Tier mittlerweile übergeschnappt war. Jedoch nicht durch eine endlose Reihe aus sadistischen Experimenten, sondern aufgrund der Fülle an Möglichkeiten, die sich ihr nun boten.

Felina richtete sich auf und zwang sich von Vincent Osborn wegzusehen, nicht länger den Blick seiner braunen Augen zu erwidern. Sie fürchtete sich darin etwas zu entdecken, das ihr nicht gefallen könnte. Mitleid oder Geringschätzung vielleicht. Nicht einmal ihren Geschwistern hatte sie je diese Wünsche mitgeteilt.

Wie sich herausstellte musste sie auch nicht erfahren, was der Tierarzt dazu zu sagen hatte, denn hinter ihr waren Schritte zu hören, dicht gefolgt von der Witterung aus Jasmin und Waldluft.

„Felina?“, drang Aleydis' Stimme zu ihnen und löste die aufgeladene Stimmung auf. Vorsichtig drehte sie sich um und sah der Frau entgegen, die ihre älteste Schwester war. So sehr sie sich dagegen auch sträuben mochte oder nicht.

Hellbraune Augen sahen sie an, huschten zu Vincent und zurück zu ihr. Ein Lächeln legte sich auf ihr Gesicht und sie kam zu ihnen herübergelaufen. „Hier steckst du also.“

„Ich sagte ja, ich verlasse das Gebäude nicht“, erwiderte sie.

„Das hatte ich auch nicht angenommen.“ Wieder sah Aleydis zu dem Mann ohne Hemd. „Hey Vincent. Alles in Ordnung?“

„Hi Ally", grüßte er und lächelte. „Wir haben uns ein wenig unterhalten."

„Ist das so", murmelte sie und zwinkerte Felina zu. Ein undefinierbares Gefühl breitete sich in ihrem Inneren aus, ihre Katze war unschlüssig ob auf ihre Kosten gerade ein Scherz gemacht wurde oder nicht. Es war so ungewohnt wohlwollenden Spott zu hören. Sie konnte nicht entscheiden ob es ihr gefiel oder nicht.

„Willst du lieber noch ein wenig hier draußen bleiben oder zurück in die Wohnung? Ich kann dir den Shake, den ich für dich gemacht habe, auch herbringen."

„Du lässt mir die Wahl?", rutschte es Felina heraus bevor sie sich zurückhalten konnte.

„Immer", antwortete Aleydis sofort, ein Aufglimmen von Gold in ihrem Blick. „Ich werde deine Wünsche immer berücksichtigen."

Felina war sich sehr bewusst, dass Vincent ihr Gespräch aufmerksam verfolgte, doch es war ihr egal. Frau und Puma waren ausschließlich auf Aleydis konzentriert. Ihre Katze gab ein leises Maunzen in ihrem Kopf von sich, drängte sich dicht an ihre menschliche Haut und wollte dieser Frau nahe sein, die ihr so viel bot und im Gegenzug nichts verlangte.

Dieser Frau, die sie als Familie akzeptiert hatte obwohl Felina sich alles andere als umgänglich und liebenswert gebärdet hatte.

„Ich komme mit rein", sagte sie langsam, die Stimme ganz rau, weil ihr Puma so weit im Vordergrund war.

„Alles klar. Soll ich dir helfen? Wie hat es überhaupt geklappt hierher zu kommen mit deiner Hüfte?" Aleydis streckte ihr eine Hand entgegen und nach kurzem Zögern ergriff Felina sie. Sie unterdrückte ein Ächzen, während die Wolfshybridin ihr half aus dem Stuhl aufzustehen. Erst als sie stand, bemerkte sie, dass auch Vincent aufgestanden war und sie genau beobachtete. Als würde auch er ihr zur Hilfe eilen, wenn sie einknicken sollte.

Warum, das konnte sich Felina beim besten Willen nicht erklären.

„Ich bin an der Wand entlang gegangen“, sagte sie langsam. Ihr Blick lag noch immer auf Vincent. Sie musste zu ihm aufsehen. „Danke für das Gespräch.“

Ein Lächeln trat auf sein Gesicht. „Es war mir ein Vergnügen. Soll ich euch begleiten?“

„Wir schaffen das alleine“, antwortete Aleydis und Felina war ihr seltsam dankbar. Sie wusste immer noch nicht was über sie gekommen war sich bei dem Mann zu bedanken. Nicht für die Behandlung oder die Rettung ihres Lebens, sondern dafür, dass er ihr zugehört hatte. Es ergab keinen Sinn.

Vorsichtig legte Aleydis einen Arm um ihre Taille und gemeinsam gingen sie hinüber zur Tür, die zurück ins Hausinnere führte. Sie hatten gerade die Treppenstufen hinter sich gelassen – bei denen Felina sicher war sie nicht alleine bewältigt zu haben – als Aleydis leise neben ihr sagte: „Vincent ist sehr nett, so wie der Großteil der Menschheit.“

„Das haben Canys und Lycan mir auch schon gesagt“, antwortete Felina ebenso leise.

„Und sie haben Recht.“

„So einfach ist das nicht.“

„Ich weiß“, erwiderte die andere Frau und seufzte, was sie kurzzeitig näher an Felinas Körper drückte. „Es wird leichter werden, mit der Zeit.“

Darauf sagte Felina nichts. Sie wusste nicht was. Eine Antwort wurde ihr zum Glück auch abgenommen, denn kurz vor der Wohnungstür wurde diese von Canys geöffnet. Sie warf nur einen Blick auf Felina und Aleydis und eilte sofort an Felinas freie Seite.

„Hast du es doch übertrieben?“, tadelte sie, doch es war deutlich ihre Zuneigung aus den Worten herauszuhören.

„Eigentlich nicht“, antwortete Felina mit einem Lächeln. Sie verschwieg absichtlich, dass ihre Hüfte sie fast umbrachte und schwarze Flecken an ihrem Sichtfeld tanzten. Sie stützte sich auch schwerer auf die beiden Frauen und war froh, dass sie nur noch wenige Meter zu dem großen Sofa gehen musste. Vorsichtig setzte sie sich dort ab und atmete gegen den Schmerz an.

„Hier, trink das", forderte Canys sie auf. Ohne Widerworte griff Felina nach dem Becher und nahm einen tiefen Zug. Die kühle Flüssigkeit rann angenehm ihre Kehle hinunter und beruhigte ihr stolperndes Herz. Innerhalb einer Minute hatte sie den Becher geleert.

Erst dann sah sie wieder auf und bemerkte, dass Canys neben ihr saß und auf einem Tablet herumtippte. Neugierig wollte sie sich ein Stück zu ihr hinüberbeugen, doch sie hatte sich keinen Zentimeter bewegt, als neuer Schmerz durch ihre Hüfte schoss.

Okay, das war also noch nicht möglich.

Canys, die ihr scharfes Einatmen bemerkt hatte, rückte näher zu ihr und hielt ihr das schmale Gerät hin, so dass sie auf den Bildschirm schauen konnte.

„Das ist ein Geschenk von Ally", sagte sie glücklich. „Sie hat mir alle möglichen Bücher darauf geladen, außerdem steht mir das Material der beliebtesten Studiengänge damit zur Verfügung."

Felina sah von der jüngeren Wölfin zur älteren, Wärme breitete sich in ihrer Brust aus und sie lächelte Aleydis zu, während sie an Canys gewandt sagte: „Du warst schon immer so neugierig."

„Ja, dabei bist doch du die Katze", lachte Canys und das Gefühl in Felinas Brust verstärkte sich noch. Sie schmiegte sich an die Schulter der älteren, unendlich glücklich darüber sie so heiter und gelöst zu sehen. Nicht die winzigste Spur von Bitterkeit lag in ihrer warmen Karamell-Witterung. Ihre grünen Augen funkelten und die sanfte Röte auf ihren Wangen ließ sie gesund aussehen. Zufrieden.

„Danke Aleydis", sagte Felina mit rauer Stimme.

„Gern geschehen." Die andere Wölfin zwinkerte ihr zu, lächelte und sah dann zu Canys. Aus dem Lächeln wurde ein breites Grinsen. „Ich musste irgendwie sicherstellen, dass sie mir nicht dauernd Löcher in den Bauch fragt."

Überrascht und eindeutig empört schnappte Canys nach Luft, griff nach einem Kissen und warf es auf Aleydis. Diese duckte sich schnell weg und lachte, was wiederum Canys zum Glucksen brachte.

„Du bist gemein, so schlimm war ich nicht."

„Soll ich Nim anrufen?"

„Okay... da war ich vielleicht ein wenig zu forsch", wandte Canys ein. Mit blitzenden Augen und noch mehr Rot auf den Wangen sah sie zu Felina und erklärte: „Die Gefährtin von Lycan hatte sich bereiterklärt mir vergangene Woche ein bisschen was über das Schreiben von Computercodes zu erzählen. Aus dem Bisschen sind fünf Stunden geworden."

„Du kannst froh sein, dass Nim so geduldig ist und dich so gerne hat", stichelte Aleydis weiter, was Canys ein Schnauben entlockte.

Felina hingegen kam aus dem Staunen nicht mehr heraus. Sie erkannte ihre Schwester kaum wieder - und sie liebte diese neue Fassette an ihr abgöttisch. Voller Zuneigung und Freude rieb sich der Puma von innen an ihrer Haut, war ebenso glücklich wie die Frau, die gemeinsame Schwester so gelöst zu sehen. Auch ihr Widerwille gegen die Gefährtin ihres Bruders schwand, wenn sie so herzlich und gut zu Canys war, dass diese sich mit ihr so lange unterhalten hatte.

Vielleicht... waren wirklich nicht alle Menschen solche Monster wie die in den Laboren.

„Was lernst du sonst noch?", fragte sie mit rauer Stimme, während sie wieder auf den Bildschirm des Tablets sah. Dort war ein Text abgebildet, die Zeilen eng beschrieben.

„Momentan viel medizinische Themen." Canys atmete tief ein und ihre Stimmung veränderte sich, es war fast so als würde jemand Felinas Fell in die falsche Richtung bürsten, als Canys leise murmelte: „Meistens die Forschungsunterlagen von unseren Eltern und die Testreihen von ConPharm."

„Warum? Warum solltest du das lesen wollen?", fragte Felina und wich unwillkürlich ein Stück zurück.

„Weil ich wissen will, was sie über uns wussten." Die flaschengrünen Augen ihrer Schwester sahen sie mit einer Mischung aus Trotz und Verletzlichkeit an. „Lycan hat genauso reagiert wie du. Ja, es ist nicht leicht das zu lesen. Aber ich will wissen was *sie* über uns wissen. Verstehst du?"

So verrückt und verquer es auch war, Felina verstand es.

„Zuhause habe ich alle Unterlagen auch als Ordner", meldete sich Aleydis zu Wort. „Du kannst sie durchgehen, wenn du möchtest."

„Hast du sie auch alle gelesen?"

Ein Nicken von der Frau mit den schwarzen, von grau durchsetzten Haaren. „Sie sind sehr nüchtern verfasst, wenn dich das beruhigt. Lycan meinte, dass es das für ihn einfacher gemacht hat."

„Was ist mit meinen Berichten? Hast du die auch schon durch?"

„Ja", sagte sie, das Hellbraun ihrer Augen nun ein sattes Gold.

„Hast du auch gelesen, dass sie mir mit neun so viel Adrenalin verabreichten, dass ich in die Wandlung gezwungen wurde? Dabei wäre mein kindlicher Körper beinah von sich selbst zerrissen worden, ich hatte überall am Körper offene Platzwunden. Sie hatten mich in meiner Puma-Gestalt nicht ordentlich versorgen können, so dass ich um ein Haar verblutete wäre."

Wieder ein Nicken von der älteren Frau.

„Und die Tests mit den Augentropfen, die mich haben erblinden lassen?", fragte Felina heftig atmend. „Eine Woche konnte ich nichts sehen, die Tropfen hatten meine Hornhaut verätzt und hätte ich nicht so gute Selbstheilungskräfte, dann wäre ich dauerhaft blind gewesen!"

Plötzlich war es wie ein Damm, der bracht. Felina konnte die Worte nicht aufhalten, sie sprudelten nur so aus ihr heraus. Sie sprach wie unter Zwang, ihre Stimme leise und gehetzt.

Sie sprach von den Teilobduktionen, die sie an ihr bei vollem Bewusstsein vorgenommen hatten. Von den unzähligen Malen, die sie ihr Wunden zugefügt hatten um zu beobachten wie sie heilten, während Felina geknebelt und gefesselt auf den kalten Labortischen gelegen hatte, gebadet in grelles Licht und ihren Blicken schutzlos ausgesetzt.

Von den Experimenten mit irgendwelchen Infusionen,

von denen sie sich hatte stundenlang übergeben müssen oder von denen, die sie in ihrer Wandlung hatten stecken bleiben lassen. Drei Tage hatte sie so in einer schmerzhaften Mischform aus Puma und Frau ausharren müssen, ehe ihr Körper die Droge abgebaut und sich wieder normal zusammengesetzt hatte.

Oder ihrer Weigerung zu Essen und der anschließenden Zwangsernährung, bei der sie ihr eine Magensonde verpasst und über diese gleich weitere Gifte in ihren Organismus eingeschleust hatten, die ihr das Gefühl gegeben hatten, ihre Organe würden sich in ihrem Leib zersetzen.

Erst als ihre Gedanken zu dem grauenhaften Zwischenfall abschweifen wollten, der sie beinah das Leben gekostet und ihnen gleichzeitig die Freiheit ermöglicht hatte, konnte Felina ihren eigenen, grausamen Redefluss stoppen.

Sie hatte gar nicht bemerkt, dass sie nach Canys' Hand gegriffen und ihre Finger fest mit ihren verwoben hatte. Und sie hatte nicht gemerkt, wie ihr Tränen über die Wangen liefen. Als dicke, dunkle Kreise waren sie auf ihrem T-Shirt zu sehen.

„Es… es tut mir leid", krächzte sie und sah zu Canys. Hatte sie ihr damit wehgetan? Sie in ihre eigenen grausigen Erinnerungen gestoßen? Doch ihre Schwester schüttelte nur den Kopf, gab ihr einen Kuss und murmelte ihr beruhigende Worte zu.

Felina zuckte zusammen, als Aleydis sich vor ihr auf den Boden hockte und ihre Hände auf ihre Knie legte – und Felina nicht den Drang verspürte zurückzuweichen. Ihre Katze, obwohl aufgewühlt und noch gefangen im Alptraum ihrer Erinnerungen, schmiegte sich doch in die Berührung der anderen Frau.

Der Kloß in Felinas Hals wurde größer, neue Tränen rannen über ihr Gesicht. So viele Jahre hatte sie nach Berührung, nach zärtlichen Gesten gehungert und war doch immer vor ihnen zurückgeschreckt. Doch nun… Aleydis' Berührung fühlte sich warm und verlässlich an, voller Zuneigung und Sicherheit.

„Entschuldige dich nicht dafür, dass du das mit uns geteilt hast. Es ist wichtig das Gift aus dir herauszulassen, hörst du?"

Ruckartig nickte Felina. Sie fühlte sich ausgelaugt und müde, als hätte sie einen Dauerlauf hinter sich. Wieder rieb Aleydis über ihre Beine.

„Du bist nun in Sicherheit. Du hast Zeit zu heilen, nicht nur deine äußerlichen Wunden. Ich weiß einfach, dass du es schaffen wirst und der Tag wird kommen, an dem du deine Geschichte erzählen kannst ohne zu weinen. Das verspreche ich dir."

Felina schluckte trocken und nickte abermals. Sie würde es schaffen, da gab sie Aleydis Recht. Sie würde all das tun, was sie Vincent gegenüber erwähnt hatte - und noch viel mehr. Sie würde ein richtiges Leben haben. Niemals wieder würde jemand anderes darüber bestimmen als sie selbst.

Aleydis sah in die bronzefarbenen Augen ihrer Schwester, sah die zu winzigen Punkten zusammengezogenen Pupillen und roch scharfe Angst in ihrer Witterung. Die sonst so aromatische Passionsfrucht in Felinas Duft verschwand fast unter der Furcht.

Aleydis' Wölfin knurrte unheilverkündend in ihrem Kopf, forderte sofort das Blut und das Leben all derer, die ihren Geschwistern solches Leid zugefügt hatten. Sie konnte sich nur beherrschen nicht diesem aggressiven Impuls nachzugehen, da sie wusste, dass ihre Schwestern im Augenblick etwas anderes brauchten.

Dennoch änderte es nichts an der blutrünstigen Forderung ihrer Wölfin - wobei sich Aleydis' menschliche Hälfte der tierischen einstimmig anschloss.

Wieder strich sie sanft über die Knie von Felina, versuchte sie mit der zusätzlichen Berührung im Hier und Jetzt zu halten, so wie Canys es tat indem sie die Hand der Jüngeren hielt. Auch in ihren Augen zeigte sich das Tier, ihre Wölfin war sehr dicht an der Oberfläche, doch in ihrer Witterung war nur ein kleiner Hauch Angst. Nicht dieselbe Panik wie bei ihrer Schwester.

Weil es in ihren Augen keinen Sinn mehr hatte, dieses Thema weiter zu verfolgen, da Felina im Augenblick nur Zeit weiterhelfen würde, fragte Aleydis sanft: „Möchtest du etwas essen? Ich habe Teig für Waffeln angesetzt, als du oben auf dem Dach warst."

Schiefergrau zeigte sich an den äußeren Rändern der Iris, als Felina leise ihre Zustimmung murmelte. Nur zu gerne hätte Aleydis sich vorgebeugt und sie in den Arm genommen, ihr einen Kuss auf die Stirn gedrückt und ihrer Katze immer wieder versichert, dass sie sie niemals im Stich lassen würde.

Aber sie beließ es bei einem aufmunternden Lächeln, bevor sie in die Küche ging. Felina mochte sich ihr gegenüber schon viel zugänglicher verhalten, aber Aleydis ahnte auch, dass sie eine so herzliche Zuneigungsbekundung von ihr im Moment noch nicht annehmen würde. Daher war sie sehr froh, dass Canys hier war und Felina die emotionale Wärme geben konnte, die sie von Aleydis noch ablehnte.

Noch, flüsterte Aleydis ihrer Wölfin zu. Das Tier hörte auf an den Ketten zu zerren, brummte nur noch unzufrieden, weil ihre jüngste Schwester so offensichtlich verwundet war, beugte sich aber der Zuversicht von Aleydis' menschlicher Seite. Sie würden beide dafür sorgen, dass Felina und ihre Katze genesen konnten.

Wir geben ihr Essen, sagte Aleydis ihrem zweiten Ich.

Mit wenigen Handgriffen hatte sie den Teig aus dem Kühlschrank geholt, das Waffeleisen aufgestellt und wartete bis es heiß genug war. Währenddessen hörte sie, dass die beiden Frauen sich im Wohnzimmer leise unterhielten. Sie konnte die Worte nicht verstehen, doch die Tonlage war weder ängstlich noch übermäßig angespannt. Ein gutes Zeichen.

Durch das geöffnete Küchenfenster wehte der Geruch von Laub, feuchter Erde und einem Hauch Blumenduft herein. Normale, ungefährliche Witterungen, zu denen sich der süßliche Geruch des backenden Teigs hinzufügte, als Aleydis die erste Kelle in das Waffeleisen schöpfte. Es war ein in ihren

Augen sehr heimeliges Aroma und würde hoffentlich weiter dazu beitragen, dass Felina sich endlich entspannen konnte.

Tatsächlich war die Stimmung zwischen ihnen drei merklich lockerer, als sie sich zum Essen an den Tisch setzten. Aleydis häufte ungefragt beiden Frauen dieselbe, riesige Portion Waffeln auf die Teller und schob ihnen die Sirupflasche zu- woraufhin sie mit einem Grinsen von Canys und einem kleinen, schiefen Lächeln von Felina belohnt wurde.

Es war ihr mehr wert als alles Geld der Welt.

Kapitel 19

Calgary, Kanada

Kühler Herbstwind fegte Scott ins Gesicht und zerrte an seiner Lederjacke, als er aus dem Auto stieg und von dem gesicherten Parkplatz zu dem nicht minder abgeschotteten Gebäude ging. Ein Monument aus weißgetünchtem Stahl und Glas, das Macht und Einfluss repräsentierte wie ein mittelalterliches Schloss. Über den breiten Eingangstüren prangte das Firmenlogo wie das Wappen eines Adelsgeschlechts.

Lächelnd trat Scott über die Schwelle und ging an den Empfang. Schon etliche Meter vor seinem Ziel entdeckte ihn das Sicherheitspersonal - und ein merklicher Ruck ging durch die zwei Männer und die Frau. Oh ja, er hatte bei seinem letzten Besuch bleibenden Eindruck hinterlassen.

„Mr Scott... was für eine Freude Sie wiederzusehen", stammelte einer von ihnen - ein eher schmächtig aussehender Japaner, auf dessen Oberlippe ein feiner Schweißfilm glänzte. Er hatte die Hände hinter dem Rücken gefaltet, so wie seine Kollegen, wahrscheinlich um das Zittern zu verstecken.

Scott ließ sein Lächeln noch etwas breiter werden und erwiderte: „Ebenfalls, Mr Tanaka." Er sah die anderen beiden Sicherheitsleute an, nickte ihnen zu und wandte seine Aufmerksamkeit wieder Mr Tanaka zu. Er hatte eine Frau und drei Söhne. Familie war immer sehr praktisch, wenn es darum ging einen Druckpunkt zu finden.

„Ich möchte Dr. Snyder besuchen", sagte Scott freundlich, was die Männer und die Frau nur noch mehr ins Schwitzen brachten. Oh, er genoss solche Momente. Wenn sein Ruf ihm Tür und Tor öffnete.

„Sehr wohl Sir, einen Moment." Noch während er das

sagte griff Mr Tanaka bereits nach dem Telefonhörer und meldete sein Erscheinen im Labor. Parallel beobachtete Scott, wie die Frau - Ms Bouchard, hatte eine zuckerkranke Mutter - ihm seinen Besucherausweis ausstellte. Der dritte im Bunde, der alleinerziehende Mr Taylor, war weiterhin mit Zittern und Schwitzen beschäftigt.

Immerhin konnte er damit im Augenblick nicht viel falsch machen.

„Dr. Snyder wird Sie gleich abholen", sagte Mr Tanaka vorsichtig.

Scott nickte zufrieden, nahm den Besucherausweis entgegen und pinnte ihn sich vorschriftsmäßig ans Revers. Mit einem letzten Lächeln und Nicken entfernte er sich von dem Tresen. Er wollte nicht riskieren, dass die drei noch einen Herzinfarkt erlitten.

Es dauerte keine fünf Minuten, da erklangen hinter Scott Schritte und er wandte seinen Blick von den millionenschweren Kunstgegenständen ab, die optimal ausgeleuchtet im Foyer aufgestellt waren.

Ein Mann kam auf ihn zu, älter als Scott selbst und doch nicht so alt an Jahren wie der verkniffene Zug um seinen Mund vermuten ließ. Schwarze Haare, fast schon militärisch gestutzt, ebenso wie der Bart. Die Figur eines Marathonläufers, halb verborgen von einem weißen Laborkittel. Dunkelgraue Augen sahen ihm hinter einer rahmenlosen Brille entgegen.

„Scott, was führt dich denn her?", fragte Dr. Glenn Snyder, ein schmales Lächeln auf dem Gesicht.

„Es freut mich auch dich mal wieder zu sehen", entgegnete Scott und schüttelte die dargebotene Hand. Glenns Händedruck war fest und verbindlich, eher ungewöhnlich für einen Akademiker. Andererseits war Glenn schon immer besonders hartnäckig und zielstrebig gewesen.

„Jaja, du weißt schon", sagte Glenn und lächelte ein wenig breiter. „Ich dachte nur nicht, dass du von alleine kommen würdest. Bist du denn nicht mehr sauer mit mir?"

Für einige Herzschläge schwankte Scott zwischen Lüge

und Wahrheit und entschied sich dann zu sagen: „Nein, nicht mehr. Ich denke, du hast deine Lektion gelernt."

„Es waren besondere Umstände."

„Durchaus", sagte Scott und sah seinem Freund in die Augen. „Wie sieht es denn aus, haben deine neuen Bluthunde schon konkrete Spuren?"

„Lass uns das in meinem Büro besprechen", wiegelte Glenn ab. Den Weg dorthin legten sie schweigend zurück. Eine Unterhaltung wäre bei den unzähligen Vereinzelungsanlagen, Sicherheitsschleusen und Desinfektionsstationen auch kaum möglich gewesen. Und während sie all diese Hindernisse überwanden, an zahllosen Überwachungskameras vorbeikamen und einige Meter Flure hinter sich ließen fragte sich Scott ununterbrochen, wie die Moore-Geschwister all diese Hürden hatten überwinden und fliehen können.

Es grenzte an ein Wunder. Zumal vor allem die Bereiche mit der Desinfektion hermetisch abgeriegelt werden konnten. Scott verzog das Gesicht, als er in der letzten davon von oben bis unten mit dem stinkenden Zeug bedampft wurde. Gesund konnte das nicht sein.

Lachend nahm Glenn ihn nach dieser letzten Schleuse in Empfang. „Diese Grimasse ziehst du jedes Mal."

„Es ist auch noch genauso widerwärtig", konterte Scott, wischte sich über das Gesicht und musterte seine Jacke. „Wehe das greift das Leder an."

„Es tötet Bakterien und Pilze, sonst nichts."

Seite an Seite gingen sie den kahlen Flur entlang, an dessen Ende sich Glenns Büro befand. Wie bei Scotts letztem Besuch war es so steril wie eines der unzähligen Labore im Haus, alles in weiß gehalten und mit hellem Licht geflutet. Sie ließen sich an dem kleinen Besprechungstisch in einer Ecke nieder, auf der bereits zwei Tassen und eine Kanne Kaffee bereitstanden.

„Nicht, dass ich mich nicht über deinen Besuch freue", setzte Glenn an, nachdem er ihnen eingeschenkt hatte, „aber da ich dich lang genug kenne und weiß, dass du nie etwas ohne Grund tust, frage ich mich doch, was dich hergeführt hat. Ein nettes Gespräch hätten wir schließlich auch am Telefon führen können."

„Du hast Recht." Lächelnd nahm Scott seinen Kaffee entgegen.

„Und?"

„Ich will die Zellen der... Subjekte sehen."

Überraschung in den grauen Augen seines Freundes, ein sehr seltener Ausdruck. Seine Tasse verharrte auf halbem Weg zu seinem Mund. „Warum denn das?"

„Weil es mich interessiert", sagte Scott und zuckte mit den Schultern. „Du kennst mich, ich bin notorisch neugierig."

„Allerdings." Ein schiefes Lächeln machte sich auf Glenns Gesicht breit. Jetzt, wo Scott ihn von nahem beobachten konnte, stellte er fest, dass der Wissenschaftler einige Gramesfalten zwischen den Augenbrauen und an den Augenwinkeln dazugewonnen hatte, seit sie sich das letzte Mal begegnet waren.

„Was bekomme ich dafür?"

„Oh Glenn", lachte Scott vergnügt. „Sollen wir dieses Spiel wirklich spielen? Bist du bereit dazu? Denn, ich will nicht unhöflich klingen, aber ich kenne so viele schmutzige Geheimnisse von dir, dass wir nicht anfangen sollten über Gefälligkeiten zu diskutieren."

Der Wissenschaftler hob eine dunkle Augenbraue, ehe er neutral fragte: „Du drohst mir?"

„Nein, aber ich weise dich darauf hin, dass es dich nichts kostet mir diese kleine Bitte zu erfüllen. Oder unterhalten wir uns gerade nicht freundschaftlich, sondern geschäftlich?"

Glenn seufzte: „Ich habe immer noch die Hoffnung, dass du uns hilfst die Subjekte wiederzubeschaffen."

„Nein", antwortete Scott kalt. Er hätte lügen müssen wenn er sagte, dass ihn die Hartnäckigkeit seines Freundes in dieser Hinsicht nicht nervte. Es ärgerte ihn sogar maßlos, da Glenn doch genau wusste, dass bei Freiheitsberaubung Scotts moralische Grenze verlief. Eine der letzten, die er noch hatte.

„Schon gut." Glenn lehnte sich zurück, trank von seinem Kaffee und musterte ihn. „Gut, ich sage im Labor bescheid, dass wir einen Gast haben werden."

„Vielen Dank."

„Du bist ein Mistkerl", schnaubte der Wissenschaftler, bevor er tief einatmete und milder hinzufügte: „Wahrscheinlich verstehen wir uns deswegen so gut."

Fünfzehn Minuten und etliche weitere Schleusen später gingen die beiden Männer einen verwaisten Flur entlang. Wenn möglich roch es hier noch stärker nach Desinfektionsmittel - und Scott fragte sich unwillkürlich wie das für die Moore-Geschwister mit ihrem verbesserten Geruchssinn gewesen sein musste, wenn es ihm bei dem Gestank schon Tränen in die Augen trieb.

„War ich in diesem Gebäudeteil schon damals, als ich euer Sicherheitskonzept überprüft habe?", fragte er in die Stille zwischen ihnen hinein.

Glenn warf ihm einen kurzen Blick zu. „Nein. Hier haben nur die direkten Mitglieder des Highborn-Projekts Zutritt. Schon immer."

„Nachvollziehbar."

„Du warst es der uns damals geraten hatte, dass weniger Mitwisser weniger ausplaudern können."

„Ein weiser Rat", erwiderte Scott mit einem kleinen Lächeln.

Sie waren mittlerweile am Ende des Gangs angekommen. Glenn gab einen Code in ein Panel neben der Tür ein, schob seine Brille herunter um den Retinascanner zu bedienen und zog noch seine Karte über ein Lesegerät.

Wie zur Hölle hatten die Moore-Geschwister diese ganze Sicherheitstechnik austricksen können? Scott wusste aus den Unterlagen der betreffenden Nacht, dass sie einen kompletten Stromausfall verursacht hatten – aber dennoch grenzte es an ein Wunder, dass sie sich durch dieses Labyrinth an Gängen und Schleusen gekämpft hatten. Und das innerhalb der wenigen Minuten, die die Notstromaggregate brauchten um in Betrieb zu gehen.

Diese Frage setzte Scott ganz oben auf seine Liste, wenn er

die Geschwister wiedersah. Und er würde sie wiedersehen.

Mit einem dezenten Zischen öffnete sich schließlich die Schiebetür vor ihnen und gab den Blick frei auf einen langen, schmalen Raum. Eine Seite war komplett verglast, während die andere eine einzige Zeile aus Labortischen war mit so vielen seltsamen Gerätschaften, dass Scott für die Hälfte davon nicht einmal einen Namen wusste. Nur zwei Männer waren in dem Raum, hoben kurz den Kopf von ihren Mikroskopen um zu ihnen zu blicken.

Hinter ihnen schloss sich die Schiebetür wieder und Scott konnte nicht gegen das Gefühl ankämpfen eingesperrt zu sein. Jedes Haar an seinem Körper richtete sich auf.

„Das ist das Hauptlabor", erklärte Glenn. „Hier werden alle Proben aufbereitet und einer ersten Untersuchung unterzogen, bevor sie an die Entwicklungslabore weitergegeben werden. Außerdem werden hier die Subjekte beobachtet um die Wirkungsweise der getesteten Substanzen zu überwachen."

Bei seinen letzten Worten winkte Glenn Scott näher an die Glasscheiben. Dahinter war ein Raum zu erkennen, drei mal drei Meter groß, komplett weiß und mit gepolsterten Wänden. Das einzige möbelähnliche Objekt darin war ein Futon auf dem Boden. Mit Glas war eine Nasszelle abgeteilt, mit aus Edelstahl gefertigten Sanitäreinrichtungen.

Glenn machte eine Handbewegung die Glaswand hinunter und sagte: „Die Räume sind alle identisch, befinden sich nebeneinander, so dass wir von hier aus alle vier zeitgleich beobachten können."

„Praktisch", murmelte Scott vor sich hin. Er trat noch näher an das Glas heran, musterte die glatte Fläche. „Das sind Einwegspiegel nehme ich an?"

„Ja. Die Subjekte zeigen sich leidlich unkooperativ, wenn sie meine Mitarbeiter direkt sehen."

Scott murmelte zustimmend. Ihm war schon zuvor aufgefallen, dass Glenn noch so redete, als wären seine kostbaren Subjekte nur kurz ausgeflogen, als würden sie jeden Moment wieder hergebracht werden. Sehr interessant.

Die Hände in den Hosentaschen ging Scott an der Wand entlang. Die erste Zelle war steril und völlig kahl gewesen, doch schon die zweite sah aus wie ein Schlachtfeld: Die Polsterungen waren teilweise oder komplett von den Wänden gerissen worden, die Abtrennung des Nassbereichs wies Risse im Glas auf und der Futon lehnte an der hinteren Wand. Ganz so, als hätte sich der Insasse oder die Insassin dahinter vor den neugierigen Blicken verbergen wollen.

Scott musste ein überraschtes Gesicht gezogen haben, denn Glenn neben ihm seufzte einmal und erklärte dann: „Dieses Chaos ist typisch für Subjekt 4. Wir können es ihr beim besten Willen nicht abtrainieren. Sehr lästig, wenn du mich fragst."

Ohne zu antworten - oder gar zu erwähnen, dass er mit ziemlicher Sicherheit wusste, wo sich die Puma-Hybridin befand - ging Scott weiter. Der dritte Raum war so steril und nichtssagend wie der erste. Doch der letzte... Ein Schauer lief durch seinen Körper, als sein Blick die Wände schweifte.

Die weißen Polsterungen waren ebenfalls zerkratzt so wie in der zweiten Zelle, doch hier war es mit deutlich mehr Methode geschehen. Statt blindwütiger Zerstörung hatte hier jemand ein aufwändiges Muster in die Wände geritzt. Abstrakte Formen, die sich in verschlungenen Linien vom Boden bis etwa zwei Meter Höhe rundherum befanden.

Scott kannte solche Zeichnungen. Er hatte selbst ähnliche angefertigt um nicht den Verstand zu verlieren. Mit einem winzigen Stückchen Holz, zu klein um als Waffe zu dienen, hatte er Stunde um Stunde zugebracht ebensolche Linien, Kreise und Winkel an die Wände und dem Boden anzubringen.

Bilder aus seiner Vergangenheit, dunkel und widerwärtig, drängten sich in sein Bewusstsein.

Sein Herz schlug ihm bis zum Hals, er schmeckte Blut und Galle auf der Zunge. Ein Rauschen trat in seine Ohren, als wären sie mit Watte gefüllt und er würde nur noch sein eigenes Blut in den Adern rauschen hören. Schnell, viel zu schnell war sein Puls. Er meinte sogar feuchten Dreck, Blut und allerlei Körperausscheidungen riechen zu können.

Scott ballte die Hände so fest zusammen, dass sich seine Nägel in die Handflächen bohrten und die Knochen knackten. Der Schmerz half ihm sich aus dem dunklen Morast zurück in das grellausgeleuchtete Labor zu ziehen.

„Welches der Subjekte war das hier?", fragte er und war von sich selbst überrascht wie nüchtern und ruhig seine Stimme klang. Das wollte überhaupt nicht zu dem dunklen Schrecken passen, den er noch versuchte zurück in die Schublade seiner schwärzesten Erinnerungen zu pressen.

„Subjekt zwei, das ältere Weibchen."

Warum wundert mich das nicht?, dachte Scott, ließ nochmal den Blick über die komplizierten Muster schweifen. Wieder sah er das Bild der zierlichen, fast ätherischen Frau vor seinem inneren Auge. Wie erschrocken sie ihn angesehen hatte, als wäre er der Teufel persönlich.

Nun, mit dieser Meinung war sie nicht die erste und sicherlich auch nicht die letzte, aber sie hatte sich so sehr unterschieden von ihrer älteren Schwester und selbst von dem jüngeren Bruder.

Scott kam nicht umhin sich zu fragen, ob da nicht doch eine wilde Seite hinter diesem unschuldigen Gesicht lag. Schließlich hatte sie wie die anderen Hybriden ein Tier in sich verborgen. Aleydis hatte viel von ihrem Wolf, ebenso Lycan und auch die Puma-Hybridin schien sehr viel Wildheit in sich zu tragen. Von dem letzten fehlenden Familienmitglied konnte Scott es nicht sagen. Die Berichte, die er Aleydis hatte zukommen lassen, hatten ihn ebenso wie die stille Wolfshybridin als eher ruhig dargestellt.

Und doch sagte Scotts Gefühl ihm, dass bei dem zweitältesten der Moore-Geschwister die Bezeichnung „ruhig" nicht gleichbedeutend war mit „kooperativ" oder gar „unterwürfig".

Sein Handy vibrierte in seiner Tasche, lenkte ihn von seinen Überlegungen ab. Er zog es heraus und las die kurze Nachricht: *Dritter Reisepass geordert*

Der letzte Rest Anspannung wich aus Scotts Körper, als er begriff was das zu bedeuten hatte. Oh, das war ja so spannend! Mit einem kleinen Grinsen schob er das schmale Gerät zurück in die Hosentasche.

„Gute Nachrichten?", fragte Glenn an seiner Seite.

„Interessante", erwiderte Scott. Damit sein Freund nicht auf die Idee kam weiter zu bohren, fragte Scott: „Habt ihr schon eine Spur zu euren Versuchspersonen?"

„Subjekte", korrigierte Glenn sofort und schob seine Brille höher auf die Nase. Er bedeutete Scott mit einer Kopfbewegung ihm wieder zurück zum Ausgang des Labors zu folgen. „Es sind keine Personen."

Darauf erwiderte Scott nichts. Er hatte so seine eigene Meinung dazu und er glaubte nicht, dass Glenn weiterhin mit ihm plaudern würde, wenn er ihm diese offen mitteilte.

Weil er weiter schwieg fuhr der Wissenschaftler mit einem kleinen, kühlen Lächeln fort: „Und da du dich immer noch nicht an der Suche beteiligen willst, kann ich dir leider auch keine Informationen zukommen lassen."

„Wie schade." Scott erwiderte das Lächeln seines Freundes. „Hättet ihr bezüglich der GPS-Tracker auf mich gehört, dann hättet ihr auch weniger Probleme."

„Das hatten wir", sagte Glenn zu seiner Überraschung.

„Sind sie fehlerhaft?"

„Nein, sie funktionieren einwandfrei. Nur leider haben die Subjekte sie sich herausgerissen, direkt nachdem sie das Gelände verlassen hatten." Unvermittelt lächelte Glenn jedoch und Scott ahnte bereits, dass sein Freund nun ein Ass aus dem Ärmel ziehen würde. Und tatsächlich, was er ihm danach erzählte war wirklich ein Geniestreich. Von einem kranken, widerwärtigen Geist erdacht, aber deswegen nicht minder genial.

Gemeinsam traten sie durch die Schiebetür zurück in den kahlen Gang, machten sich auf den Rückweg zu Glenns Büro. Niemand kam ihnen entgegen. Scott sah den Mann neben sich an, musterte sein Profil und fragte nüchtern: „Könntet ihr eure Experimente nicht einfach erneut zusammenrühren?"

„Nein", sagte Glenn und sah ihn unzufrieden an. „Dafür hätten wir die Aufzeichnungen gebraucht, die du und deine Leute in die Luft gesprengt hattet."

„Stimmt, wie ungeschickt von uns", erwiderte Scott mit einem kleinen Lächeln, was die Miene seines Freunds noch säuerlicher werden ließ.

Doch unvermittelt grinste er und sagte: „Zum Glück haben wir daran gedacht Keimzellen der Subjekte zu sammeln. Meine Kollegen sind schon dabei neue Embryonen zu züchten."

„Waren das nicht Geschwister?", fragte Scott, er konnte einen leicht angewiderten Unterton nicht verhindern. Ungebeten kamen ihm wieder grüne, angstvolle Augen in den Sinn.

Glenn schien diese Vorstellung nicht abzustoßen, was Scott ehrlich gesagt wenig verwunderte. Der Wissenschaftler zuckte nur mit den Schultern und meinte: „Die Originale waren schon Abnormitäten, da macht das keinen Unterschied mehr. Und die Vermischung mit menschlicher DNA würde wahrscheinlich keine befriedigenden Ergebnisse liefern."

„Logisch", murmelte Scott, schob seine Hände tiefer in die Taschen seiner Jeans. Sie waren wieder in Glenns Arbeitsräumen angekommen, unterhielten sich über Nichtigkeiten, ehe Scott sich verabschiedete. Auf dem Weg raus aus dem Hochsicherheitsbereich herrschte Schweigen zwischen ihnen. Es war nicht unangenehm, jeder hing seinen eigenen Gedanken nach.

Glenn dachte vermutlich daran wie er seine Provision trotz dieses Desasters in seiner Abteilung noch retten konnte. Scott hingegen versuchte die leise und doch so penetrante Stimme in seinem Kopf zu ignorieren, die ihn dazu anstiftete seinem Freund zu erzählen, dass er ganz genau wusste wo sich seine kostbaren Forschungssubjekte befanden.

Nein, sagte Scott sich selbst und dieser nervigen Stimme. Abnorm oder nicht, die Moore-Geschwister in die Gefangenschaft dieser Wissenschaftler zurückzugeben stand nicht zur

Diskussion. Sie zurück in diese quadratischen Schachteln zu sperren, die nichts weiter als Gefängniszellen waren.

Scott seufzte, als er die letzte Schleuse passierte. Manchmal wäre sein Leben so viel leichter, wenn er einfach alle moralischen Richtlinien über Bord werfen könnte.

So viel leichter.

Kapitel 20

Browning - später Abend

Fasziniert von einer Dokumentation über den Regenwald in Südamerika saß Felina zwischen Canys und Aleydis auf dem Sofa. Sie wusste wohl was Fernsehen war, verstand wie Monitore funktionierten und mit Kameras hatte sie ohnehin Erfahrungen, doch solche Bilder hatte sie noch nie gesehen.

So lebendig, so viele Farben und Details... es fehlte nur noch, dass sie den feuchten Waldboden und die Witterungen der gezeigten Tiere riechen konnte. Ihre Katze war ganz ruhig und beobachtete gebannt die bunten Papageien, mit zuckender Schwanzspitze und dem Bedürfnis mit den Pfoten nach den Vögeln zu haschen.

Der Tag war so friedlich und ruhig verlaufen, wie Felina zuvor keinen anderen erlebt hatte. Zumindest nicht, dass sie sich erinnern konnte. Sie hatte auf dem Sofa geschlafen, den Kopf auf Canys' Schoß gebettet. Außerdem hatte Aleydis ihre Verbände gewechselt und eine antibiotische Salbe auf ihre Hüfte gestrichen. Die Haut sah ein wenig rot und geschwollen aus.

Nun saßen sie zusammen hier, nachdem Aleydis das Abendessen vorbereitet hatte und sahen fern, so unerträglich normal, dass es Felina nur noch mehr wie ein Traum vorkam.

Ein Traum, aus dem sie unvermittelt von einem schrillen Läuten gerissen wurde.

Felina schreckte hoch, ihr Herz schlug ihr bis zum Hals. Woher war dieses Geräusch gekommen? Ihre Katze fauchte in ihrem Inneren, fuhr die Krallen aus und schwankte zwischen Flucht und Kampf.

„Das war die Türklingel", sagte Aleydis, die dunklen Augenbrauen zusammengezogen. Sie sah von der Tür zu Felina und Canys. „Das gefällt mir nicht. Vincent würde nicht klingeln, Rafael und Lycan sind in St. Mary und hätten garantiert angerufen, ehe sie vorbeikommen würden. Ian ebenso."

„Wer könnte es dann sein?", fragte Felina.

Canys neben ihr räusperte sich und spekulierte: „Vielleicht hat nur jemand die falsche Klingel benutzt?"

„Ich werde nachsehen." Mit diesen Worten erhob sich Aleydis. Felina beobachtete jeden ihrer Schritte ganz genau, hörte wie sie vor der geschlossenen Tür tief Luft holte. Ein unzufriedenes Brummen war von der älteren Wölfin zu hören, ganz offensichtlich konnte sie keine Witterung aufnehmen.

Canys griff nach Felinas Hand und verschränkte ihre Finger miteinander. Ein kurzer Blick bestätigte, dass die Augen ihrer Schwester einen goldenen Ring um die Pupillen zeigten, auch wenn ihre Miene eher entschlossen als ängstlich aussah. Dennoch... Felina konnte eine Spur säuerliche Furcht in dem weichen Karamell wahrnehmen.

Felina konnte es ihr nicht verübeln. Auch ihr Puls war nach wie vor erhöht, ihr Herz pochte gegen ihre Rippen und ihre Haut kribbelte an den Fingerspitzen, als ob der Puma die Krallen ausfahren wollte.

Aleydis griff nach der Türklinke, zog sie auf. Der dabei entstehende Luftzug wehte neue Gerüche in das Zimmer: Eukalyptus, Minze, Staub, etwas herb-aromatisches, ein Hauch Waschmittel, Kaffee und - Felina musste ein Würgen unterdrücken - Desinfektionsmittel.

Auf der Schwelle stand jemand, doch Felina konnte die Person nicht erkennen, da Aleydis sich so im Türrahmen positioniert hatte, dass sie den Blick in die Wohnung komplett abschirmte.

„Hi, ich bin Evelyn, wir haben uns am Freitag kurz kennengelernt."

„Oh, stimmt", kam es von Aleydis. Die Spannung wich aus ihren Schultern und sie trat einen Schritt zur Seite, so dass Felina die Frau sehen konnte. Sie hatte einen schlanken Körperbau, jedoch breite Hüften und das blonde Haar war zu einem Pferdeschwanz gebunden. Felina kam sie wage bekannt vor.

„Möchtest du reinkommen? Gibt es ein Problem?"

„Mehr oder weniger", seufzte die Frau mit dem Namen Evelyn und betrat die Wohnung. Der Geruch nach Eukalyptus und Desinfektionsmittel wurde stärker. Graue Augen huschten zu Canys und Felina und die Frau lächelte. „Hallo ihr beiden. Canys, nicht wahr?", fragte sie an Felinas Schwester gewandt, die nickte und sie ebenfalls begrüßte.

Aleydis schloss die Tür zur Hälfte und sagte: „Das ist Felina, auch eine Schwester von mir."

„Arbeitet sie auch für die Tierschutzorganisation?"

„Ja", log Aleydis, ein kleines Lächeln auf dem Gesicht. „Sie hat uns mit dem Puma geholfen, den du und Vincent versorgt habt."

„Ganz offensichtlich war das Tier nicht sehr dankbar", meinte Evelyn und deutete auf die Pflaster an Felinas Armen.

Ein Grinsen breitete sich auf Felinas Gesicht aus. „So könnte man es sagen." Der besagte Puma hatte sich in ihrem Kopf wieder beruhigt, schnaufte sogar belustigt. Diese Frau war offenbar auf ihrer Seite, sie hatte geholfen Felinas Leben zu retten. Und sie wusste nichts von der wahren Verbindung zwischen ihr und der Großkatze. Das beruhigte sie zusätzlich.

„Hoffentlich heilt das bald, Kratzer von Katzenkrallen können sich böse entzünden."

„Ich pass schon auf sie auf", antwortete Aleydis. Sie neigte den Kopf zur Seite und fragte: „Was ist es denn, wofür du unsere Hilfe brauchst?"

Evelyn seufzte und sagte mit einem schiefen Lächeln: „Uns ist ein Patient abgehauen und wir können ihn nicht finden."

„Was denn für ein Patient?", fragte Aleydis.

„Otis", sagte Evelyn. „Ein Langhaarkater, der offenbar entschieden gegen Impfungen ist. Ich schwöre, so eine gelenkige

Katze ist mir noch nie untergekommen. Er hat sich aus meinem Griff gewunden, ist aus dem Behandlungszimmer und der Praxis getürmt. Zum Glück war die Haustür verschlossen, aber Vincent, die Besitzerin und ich können ihn nicht finden. Vincent hatte die Idee euch um Hilfe zu fragen, damit wir den Gauner erwischen, bevor er einen Weg raus aus dem Gebäude findet."

„Ihr wollt ihn einsperren?", fragte Canys, einen alarmierten Unterton in der Stimme. Felina konnte sie nur zu gut verstehen.

Evelyn warf ihnen einen überraschten Blick zu - und lachte. „Nein. Er soll nur gegen Katzenschnupfen geimpft werden. Er darf sonst auch raus, aber die Impfung ist wichtig."

Die Anspannung wich aus Felina, auch Canys an ihrer Seite wurde lockerer und der letzte Rest Angst verschwand aus ihrer Witterung. Der Puma in ihrem Inneren hatte neugierig die Ohren aufgestellt.

„Natürlich helfen wir dir. Wo..." Doch weiter kam Aleydis nicht, denn in diesem Augenblick kam ein schwarzer Blitz zwischen Evelyns Beinen hindurchgeschossen und flog direkt auf Felina zu.

Reflexartig fing sie das dunkle Etwas auf - und sah in zwei große, grüne Augen.

„Frr", kam es von der flauschigen Katze und sie schnupperte an Felinas Nase. Man musste kein Genie sein um zu erkennen wer da gerade in ihre Arme gesprungen war.

„Hallo Otis", sagte sie und lächelte, als das Tier anfing zu schnurren. Er wand sich in ihrem Griff und als sie ihn lockerte drückte er sich an ihre Brust und rollte sich auf ihrem Schoß zusammen. Wenn möglich wurde sein Schnurren noch lauter. Felinas eigene Katze gurrte und rieb sich von innen an ihrer Haut.

„Na sowas", kam es überrascht von Evelyn. „Damit hätte ich nun nicht gerechnet. Ms Harrington sagte, dass er eher scheu ist und sich nur ungern von Fremden anfassen lässt."

„Offenbar war das hier Liebe auf den ersten Blick", sagte

Aleydis und grinste breit. Es war offensichtlich, dass sich sowohl die Frau als auch die Timberwölfin über diese Situation amüsierten. Auch Felina fühlte Gelächter in ihrer Brust aufsteigen. Sie hatte einen Arm locker um den Kater gelegt, während sie mit der anderen seine Ohren kraulte. Sein Schnurren wurde noch lauter, er schnaufte glücklich und legte seinen Kopf auf ihre Brust.

„Na schön, ich hole Vincent und Ms Harrington. Am besten verpassen wir ihm die Impfung gleich hier, bevor er wieder ausbüxst." Mit diesen Worten verließ die ältere Blondine die Wohnung und man hörte sie im Treppenhaus rufen.

Die Aufmerksamkeit der drei Schwestern war jedoch bei dem Kater.

„Er ist so hübsch", murmelte Canys und hielt ihre Hand an die Nase des Tiers. Schnell zuckte diese hin und her, bevor er gegen Canys' Finger stupste. Ihre Schwester lachte leise und streichelte ihn unterm Kinn, was ihm ausnehmend gut zu gefallen schien.

Auch Felina mochte es in ihrer Tiergestalt an dieser Stelle gekrault zu werden. Bei den Treffen mit ihren Geschwistern in den Laboren hatte es nur sehr wenige Gelegenheiten gegeben, in denen der Puma mit Lycan, Canys oder Ursyn in Kontakt gekommen war.

Schritte und Stimmen kamen näher und kurz darauf betraten Evelyn, Vincent und eine alte Frau mit Falten und grauem Kurzhaarschnitt die Wohnung.

„Da bist du ja, du Schlawiner", sagte die Frau mit einem schiefen Lächeln. „Es tut mir leid, er hat Ihnen doch keinen Ärger gemacht?"

Felina schüttelte den Kopf, ihr Puma hatte aufgehört zu schnurren, denn die vielen Menschen im Raum machten ihn nervös. Selbst wenn davon nur diese Frau fremd für sie war und sie ihre Schwestern zur Unterstützung hatte.

„Danke, dass du ihn gefunden hast", sagte Vincent und kam mit einem Lächeln auf sie zu. Seine braunen Augen funkelten amüsiert, ganz so als würde er genau wissen, warum der Kater bei Felina so zutraulich war. Sein Geruch nach

Minze wurde stärker, als er sich vor ihr auf ein Knie herunterließ. Felina konnte die Wärme seines Körpers spüren.

Unvermittelt begann der Puma in ihrem Kopf wieder zu schnurren.

Was zur Hölle?!

Sie zwang sich sich zusammenzureißen und murmelte: „Er hat eher mich gefunden."

„Schlauer Kerl", sagte der Mann und strichelte über das dunkle Fell des Tiers. „Kannst du ihn ein wenig mehr festhalten? Dann verpasse ich ihm schnell die Impfung."

Tatsächlich zog er eine kleine Spritze aus dem blauen Kittel, den er trug. Der Geruch von Desinfektionsmittel wurde ein wenig stärker und dennoch blieb Felinas innere Katze entspannt.

Zu perplex um Worte zu finden nickte sie - und Vincent handelte sehr schnell. Er griff in das Fell am Rücken des Katers, zog ein wenig daran und entfernte gleichzeitig mit den Zähnen die Schutzkappe von der Spritze. Keine Sekunde später hatte er die Nadel in Otis versenkt und den Kolben hinuntergedrückt. Der Kater legte nur die Ohren an, blieb aber ansonsten in Felinas Griff ruhig.

„So, fertig", verkündete Vincent und nahm die Schutzkappe aus dem Mund. Er grinste Felina zu, richtete sich auf und wandte sich an die Besitzerin des Katers. „Sie können Ihren kleinen Unruhestifter nun wieder mitnehmen."

„Vielen Dank junge Frau", sagte Ms Harrington. Sie kam auf sie zu und streckte die Hände nach Otis aus. Felina verspürte einen leichten Widerwillen ihr den Kater zu geben, seine lebendige Wärme und das konstante Schnurren hatten sie viel zu sehr beruhigt. Dennoch übergab sie den Kater seiner Besitzerin. Er gab ein leises Maunzen von sich, rieb den Kopf an dem Kinn der alten Frau und schnurrte weiter.

„Du Charmeur", neckte sie ihn, bedankte sich nochmals bei den Schwestern und verließ mit Evelyn zusammen die Wohnung.

Vincent, der noch immer neben dem Sofa stand, musterte Felina. „Wie geht es deinen Verletzungen?"

„Gut", erwiderte sie, obwohl es nicht ganz der Wahrheit entsprach. Das Pochen in ihrer Hüfte war der Beweis, doch das wollte sie ihm nicht sagen.

„Das freut mich." Er schenkte ihr ein Lächeln, ehe er zu ihren Schwestern sah. „Tut mir leid für den kleinen Zwischenfall."

„Keine Ursache", erwiderte Aleydis. „Willst du heute Abend zum Essen kommen?"

Vincent lachte: „Ihr müsst mich doch nicht durchfüttern. Ich kann selbst für mich sorgen."

„Trotzdem möchten wir dich einladen. Wir essen um acht."

„Na schön", gab er nach und verabschiedete sich. Alle drei Schwestern sahen ihm hinterher, während er die Wohnung verließ und die Tür hinter ihm zu schwang, jedoch nicht ins Schloss fiel. Stimmen waren aus dem Treppenhaus zu hören, weibliche als auch männliche, aber so verschwommen, dass man keine Worte verstehen konnte.

„Ich glaube, du hast einen neuen Freund gefunden", sagte Aleydis und drehte sich zu ihnen. Ein breites Grinsen lag auf ihrem Gesicht.

„Meinst du den Kater oder den Tierarzt?", fragte Canys und lachte neben Felina, es war ein warmer und entspannter Laut. Felina grinste vor sich hin, ihr Puma schnurrte in ihrem Kopf ebenso wie der freche Kater vor wenigen Augenblicken auf ihrem Schoß.

Auch Aleydis lachte, während sie sich zur Tür drehte um ihr einen kurzen Stoß zu geben, damit sie zurück ins Schloss fiel. Doch das tat sie nicht.

Stattdessen schwang sie langsam wieder auf und gab den Blick auf einen dunkelhaarigen Mann frei. Er war groß, hatte unter Jeans, weißem Shirt und Lederjacke eine sportliche Figur. Er lächelte, aber in seinen Augen war keine Wärme. Sie waren wie tot. Felina kannte diese Art von Augen und hatte gelernt sich vor ihnen zu fürchten.

„Wie schön Sie so vergnügt zu sehen, Aleydis", sagte der Fremde, der nach Sternanis roch, und betrat die Wohnung.

Kapitel 21

Scott konnte dem Schlag der Hybridin gerade noch ausweichen - was er einzig und allein seinen guten Reflexen zu verdanken hatte, denn sie war unglaublich schnell. Hätte er nicht schon mit etwas in der Art gerechnet, dann hätte sie seine Nase ein zweites Mal gebrochen.

„Was ist denn das für eine Begrüßung?", fragte er und wich noch einen Schritt zurück. Goldgelbe Augen sahen ihn an, Aleydis' Mimik zeigte deutlich, wie wenig sie sich über seinen Besuch freute.

„Macht Ihnen das Spaß?!", konterte sie und ballte die Hände zu Fäusten. „Ständig unangekündigt aufzutauchen wie ein kranker Stalker?"

„Es ist ja nicht so, dass ich Ihre Handynummer hätte um Ihnen Bescheid zu sagen."

„Sie wissen genau wie ich das meine", knurrte Aleydis.

Doch ihr Knurren war nicht das einzige animalische Geräusch in dem geräumigen Zimmer. Ein tieffrequentes Brummen war zu hören und Scott riskierte es seine Augen kurz von Aleydis abzuwenden. Ah, da waren ja die beiden anderen Hybridinnen. Nur ein Dummkopf würde nicht den Schluss ziehen, dass die beiden nicht mit Aleydis verwandt waren.

Scott konnte nicht genau sagen von wem der beiden das Brummen kam, wobei ihm sein Instinkt sagte, dass es von der Frau mit den goldbraunen Locken stammen musste. Diejenige, die einen Puma in sich verbarg: Felina Moore.

Die zweite Schwester, Canys, wirkte wie auch bei ihrem letzten kurzen Zusammentreffen eher einer Panik nahe, als kurz vor einem Angriff. Immerhin hatte sie augenscheinlich an Gewicht zugelegt, ihr Körper sah nicht mehr so ausgemergelt und das Haar nicht mehr so stumpf aus.

Ungefragt wollten sich Bilder von den Zellen in Scotts Gedanken drängen, die er ignorierte. Lieber konzentrierte er sich wieder auf die älteste der Moore-Geschwister, die ihn noch immer angriffslustig anfunkelte.

„Wollen wir uns nicht setzen? Es ist so ungemütlich sich hier steif gegenüber zu stehen."

„Was wollen Sie Mr Hewlett?"

Er seufzte tief. „Scott, bitte."

„Was wollen Sie hier? Sind uns wieder Kollegen von Ihnen auf den Fersen? Neue Handlanger Ihres Arbeitgebers? Oder haben Sie es sich anders überlegt und wollen den Job doch noch zu Ende bringen?"

„Nichts von alldem", sagte Scott ruhig. Doch in seinem Inneren baute sich ein Druck auf, seine Bauchmuskeln zogen sich zusammen. Ja, er war ein gewissenloser Bastard und hatte schon so viel Schlimmes getan, dass es gleich mehrfach für ein Ticket in die Hölle reichte. Und doch begann es ihn langsam aber sicher zu stören, dass Aleydis ständig darauf herumritt.

Außer ihre Eltern zu töten – und das war mehr oder weniger ein Versehen gewesen – hatte er ihr rein gar nichts zu leide getan. Im Gegenteil, er hatte ihr mehrfach geholfen. Wusste der Teufel allein warum genau.

„Was wollen Sie dann hier, Scott?" Die weich gesprochene Frage ließ ihn wieder zum Sofa hinübersehen. Grüngoldene Augen sahen ihn an, sie hatte einen harten Zug um den Mund. Steckte da tatsächlich Courage in dem kleinen Wölfchen? Scott musste ein Grinsen unterdrücken.

„Freut mich, dass Sie fragen Canys", erwiderte er. Sein Blick wanderte zu ihrer älteren Schwester zurück. „Ich war neugierig, nichts weiter. Einer meiner… Mitarbeiter hat mir einen sehr interessanten Foreneintrag von einem Jäger weitergeleitet. Der Mann war einem Puma begegnet, der auf ihn äußerst intelligent gewirkt hatte."

Die dunklen Brauen der Frau zogen sich zusammen. „Reisen Sie all diesen Hinweisen hinterher?"

„Nur wenn sie vielversprechend sind. Bisher lag ich noch

nie daneben."

„Haben Sie auch eine Spur zu Ursyn?", fragte Canys. Ihre Stimme hatte leise, aber fest geklungen. Nur ein Narr würde nicht bemerken wie sehr sie sich um ihren zweiten Bruder sorgte. Dieser enge Zusammenhalt der Hybridgeschwister war mit etwas, das Scott so faszinierte. Da waren sie keine echten Menschen und verhielten sich doch menschlicher als manche, die rein genetisch in diese Kategorie fielen.

„Nein kleine Wölfin, habe ich nicht."

„Sind Sie sicher? Bitte…"

„Bitten Sie mich um nichts, Canys", erwiderte Scott kühl. „Ihnen könnte nicht gefallen was ich als Gegenleistung fordere."

Er sah wie sie schluckte, wie sich ihr zarter Hals bewegte und ihre Augen wieder golden wurden. Er war ein mieser, kranker Bastard und doch schüttelte es ihn regelrecht bei dem Gedanken so ein zartes Wesen zu foltern. Es lag kein Spaß darin, diejenigen zu unterjochen, die schon am Boden lagen.

Unvermittelt wurde seine Sicht versperrt und er sah in ein goldenes Augenpaar, das vor Zorn regelrecht leuchtete.

„Ich muss Sie bitten zu gehen Scott. Dass Sie meine Familie bedrohen hilft nicht meine Wölfin davon zu überzeugen, Ihnen nicht doch einfach die Kehle herauszureißen. Glauben Sie mir, sie hat Erfahrung darin."

„Diese Geschichte würde ich nur zu gerne hören."

„Ein andermal vielleicht", erwiderte Aleydis kalt.

„Ich nehme Sie beim Wort. Aber bevor ich gehe…" Er sah nochmals um sie herum zu den beiden Frauen, ehe er seinen Blick wieder auf die Hybridin vor sich richtete. „Vielleicht interessiert es Sie noch, dass ich heute die Labore von Con-Pharm besucht habe."

Dieses Mal bestand kein Zweifel, dass das Knurren aus drei Kehlen kam. Es war erstaunlich, wie die menschliche Anatomie der Frauen diesen durch und durch animalischen Laut erzeugen konnten. Wäre Scott ein Mann mit korrekt funktionierendem Gefühlsleben gewesen, so wäre in diesem

Augenblick Furcht in ihm aufgestiegen.

„Und?“, presste Aleydis hervor.

„Ich habe mir die Zellen zeigen lassen. Und ich hatte ein sehr interessantes Gespräch mit Dr. Snyder.“

„Dieser miese Bastard!“, keifte die Pumahybridin, die Stimme so tief und brummend, dass man die Worte kaum verstehen konnte.

„Glenn hat seine schlechten Tage, das gebe ich zu.“ Scott atmete tief durch und fuhr an Felina gewandt fort: „Er meinte, dass er neben den GPS-Trackern, die er den vier Geschwistern eingesetzt hatte, bei Ihnen noch ein zweites Gerät implantiert hätte. Eines, um Sie unter Kontrolle zu halten.“

„Ein zweites?!“, fragte sie, die Augen groß vor Überraschung. Und Furcht. Nackte, unverfälschte Furcht.

„Was für ein Gerät?“, wollte Aleydis wissen und Canys schob hinterher: „Wo?“

„Das hat er mir nicht verraten wollen. Ich durfte nicht zu neugierig werden, Sie verstehen?“

Frustriert schnaubte Aleydis, bevor ihr Blick zu ihrer Schwester huschte. Der Ausdruck in ihren Augen änderte sich binnen eines Herzschlags, wurde weich und sorgenvoll.

„Keine Sorge Lina, wir finden dieses Ding.“

Man sah wie die Frau schluckte, ihre Iriden wechselten schnell zwischen dunkelgrau und bronzefarben hin und her. So viel hatte Scott schon über die Hybride gelernt, dass das ein Zeichen höchsten emotionalen Stress‘ war. Was er in diesem Fall nur zu gut nachvollziehen konnte.

Wenn er raten müsste, was genau Glenn und seine Laborfreunde der Frau implantiert hatten, dann würde er auf eine Art Minibombe tippen. Etwas, das entweder nach einer bestimmten Zeit oder per Fernzünder aktiviert werden konnte. Irgendetwas Fieses und Hinterlistiges eben.

Für einen Sekundenbruchteil überlegte er, ob er auch noch verraten sollte, dass ConPharm plante neue Hybride zu züchten. Dass sie bereit waren Inzucht im Reagenzglas zu betreiben, um ihre Forschungen fortzuführen.

Er wollte schon einatmen… doch dann schwieg er. Nein,

dieses eine Geheimnis war für diesen Tag genug. ConPharm würde noch Monate brauchen um diesen Plan durchzuführen. Und wer wusste schon, ob er überhaupt gelingen konnte. Sie hatten, wie sein Freund betont hatte, die Unterlagen der Moores nicht. Es konnte Millionen von Fallstricken bei der Erzeugung solcher Hybride geben, selbst wenn man versuchte sie aus Keimzellen zu reproduzieren.

„Danke Scott." Aleydis' Worte holten ihn aus seinen Gedanken heraus. Sie sah ihn an, mit menschlichen Augen und einem verkniffenen Zug um den Mund. Es freute ihn diebisch wie ungern sie ihren Dank ihm gegenüber ausgesprochen hatte. Als hätte sie Essig trinken müssen.

Dennoch konnte er nicht umhin sie dafür zu bewundern, dass sie es trotzdem getan hatte. Das allein sagte schon sehr viel über den Charakter dieser ungewöhnlichen Frau aus.

„Gern geschehen", erwiderte Scott und lächelte. Er beobachtete interessiert, wie Aleydis zu dem Couchtisch ging und dort etwas auf einen kleinen Block schrieb. Sie riss das Papier ab und kehrte zu ihm zurück.

„Ich mag keine Überraschungen", sagte sie und hielt ihm den Zettel entgegen. Er erkannte eine Handynummer darauf - und konnte nun das Lachen nicht länger zurückhalten.

„Oh Aleydis, ich mag Sie wirklich. So direkt, so kämpferisch. Das gefällt mir."

„Das Kompliment kann ich nicht zurückgeben. Ich kann Sie nicht einschätzen und das mag ich noch weniger als Überraschungen."

Mit einem Grinsen nahm er das Stück Papier und schob es sich in die Gesäßtasche seiner Jeans. Sein Blick wanderte nochmal zum Sofa, zu den jüngeren Schwestern von Aleydis Moore. Beide starrten ihn konzentriert an, deutliche Anspannung in den Schultern.

„Einen schönen Tag noch die Damen", sagte Scott und deutete eine kleine Verbeugung an. „Ich finde selbst hinaus. Wir sehen uns."

Die einzige Antwort war ein Brummen. Er fühlte die Blicke der drei in seinem Rücken, während er zur Tür ging und die

Wohnung verließ. Halb hatte er damit gerechnet, dass eine der Schwestern ihm sprichwörtlich in den Rücken fallen würde. Doch niemand kam ihm hinterher und er verließ unbehelligt das Gebäude und ging zum Parkplatz.

Im Auto holte er den Zettel heraus und speicherte die Nummer in seinem Handy. Anschließend startete er den Motor und machte sich auf den Weg zurück zu seinem Motel, einige Meilen weiter östlich. Scott wollte nicht zu weit weg sein. Nicht, wenn es hier so spannend war.

Kapitel 22

„Vincent!“

Der Ruf seines Namens, atemlos und voller Sorge, riss Vincent aus der Konzentration. Er war dabei gewesen die Rechnungen zu unterschreiben, die Evelyn ihm noch gegeben hatte bevor sie vor wenigen Minuten gegangen war. Er ließ den Stift sofort fallen und verließ sein Büro. Im Vorraum kam ihm schon Aleydis entgegen.

„Was ist passiert?“, fragte er angespannt. Vor nicht einmal einer halben Stunde war noch alles in Ordnung gewesen, was konnte seither geschehen sein?

Mit großen Augen, der lange Zopf ganz zerzaust, als hätte sie sich mit den Händen versucht durch die Haare zu fahren, blieb Ally vor ihm stehen. Ein tiefer Atemzug, dann fragte sie: „Hast du ein Röntgengerät?“

„Hat sich jemand etwas gebrochen?“

„Nein, aber wir müssen etwas suchen.“

Er wollte nochmal nachfragen, verstand beim besten Willen nicht was sie wollte, doch sie schüttelte entschieden den Kopf. „Bitte, ich erklär es dir später. Hast du ein Röntgengerät in der Praxis oder nicht?“

„Ja, habe ich“, antwortete er langsam. Aleydis atmete tief durch, ein Teil der Anspannung wich aus ihrem Körper.

„Wunderbar, ich muss es benutzen. Gleich, bitte. Musst du die Bilder entwickeln lassen?“

„Ähm… nein. Es ist ein digitales Gerät.“

„Sehr gut“, sie musterte ihn. „Komm mit, du musst mir auch noch bei was anderem helfen.“

Sie wollte sich umdrehen und gehen, aber Vincent griff nach ihrem Handgelenk und hielt sie zurück.

„Aleydis, warte doch mal.“ Sie drehte sich zu ihm um. „Ich helfe dir und deinen Geschwistern wirklich gerne, aber erst sagst du mir was hier vor sich geht. Das hört sich für meine

Ohren einfach zu verrückt an, selbst mit dem was ich über euch weiß."

Ein Flackern ging durch Aleydis' hellbraune Augen, tatsächlich legte sich ein Hauch Gold um die Pupillen. Sie atmete tief ein und wieder aus und presste schließlich hervor: „Wir haben eben erfahren, dass man Felina ein Gerät implantiert hat. Es muss sehr klein sein. ConPharm hat es ihr eingesetzt um sie zu kontrollieren."

Sein Magen zog sich zusammen und seine Kopfhaut prickelte unangenehm. Was zur Hölle waren das für kranke Menschen gewesen? Er hatte gewusst, dass Felina und ihren Geschwistern schlimme Dinge angetan worden waren, aber das was Aleydis hier andeutete wies auf eine komplett neue Ebene von Kontrolle hin. Auf Beherrschung, unmenschlichen Zwang.

„Wie bitte? Was für ein Gerät?"

„Wissen wir nicht genau, darum müssen wir es so schnell wie möglich finden und entfernen. Dafür brauchen wir aber ein Röntgengerät."

„Okay", antwortete Vincent ohne zu zögern. Erleichtert lächelte Aleydis kurz und wurde gleich wieder ernst.

„Komm mit, Felina kann noch nicht alleine die Treppen laufen. Würdest du sie runtertragen?"

Vincent nickte und sie setzten sich in Bewegung. Der Weg die Treppe hinauf in den ersten Stock erschien ihm endlos, viel zu lang und bot ihm damit die Möglichkeit sich weiter Gedanken um diese ungewöhnliche junge Frau zu machen, die in der sprichwörtlichen Hölle aufgewachsen war und sich dennoch eigene Träume bewahrt hatte.

So lebhaft, so entschlossen wie sie auf der Dachterrasse davon erzählt hatte was sie alles tun wollte, wie sehr sie sich nach einem freien Leben sehnte, das hatte Vincent seither nicht losgelassen. Immer wieder kamen ihm ihre grauen Augen in den Sinn. Grausame Schatten hatten darin gelauert und doch gleichzeitig so leuchtende Sehnsucht, dass sich sein Herzschlag beschleunigt hatte.

Niemals würde er zulassen, dass dieses Licht in Felinas

Augen erlosch.

„In Vincents Praxis ist ein Röntgengerät", sagte Aleydis, als sie die Wohnung betraten. Dort saßen Canys und Felina auf dem Sofa, beide sahen aus als hätten sie einen Geist gesehen: Die Augen groß und die Gesichter ganz blass.

Nur zögerlich stand Canys auf und half zusammen mit Aleydis der dritten Schwester sich zu erheben. Man musste kein Genie sein um zu erkennen, dass Felina sehr wacklig auf den Beinen war. Sofort ging Vincent auf sie zu, versuchte sich an einem Lächeln.

„Komm, ich helf dir die Treppen hinunter."

Dunkelgraue Augen sahen ihn an, skeptisch und mit einer gehörigen Portion Widerwillen darin, so dass er schon damit rechnete sie würde seine Hilfe ausschlagen. Doch nach einigen Herzschlägen nickte sie.

Vorsichtig trat Vincent neben sie, ging in die Knie und hob Felina hoch. Er hatte es extra so gemacht, dass ihre verletzte Hüfte seinen Oberkörper nicht berührte, um ihr keine unnötigen Schmerzen zu bereiten. Dennoch war sie ganz steif, so würde er riskieren sie unterwegs zu verlieren.

„Leg bitte deine Arme um meine Schultern", sagte Vincent leise. Zögerlich verschränkte Felina die Hände in seinem Nacken und drückte sich damit ein wenig fester gegen seine Brust. Sie war so herzzerreißend leicht und obwohl noch immer all ihre Muskeln angespannt zu sein schienen, war es doch ein eigentümlich wohliges Gefühl Felina so nah bei sich zu haben. Ein blumiger Duft ging von ihrem Haar aus.

„Okay, dann wollen wir mal." Aleydis' Worte rissen ihn aus seinen Gedanken, er fühlte sich unangenehm ertappt. Ohne ein weiteres Wort setzten sie sich in Bewegung, so dass er wenige Minuten später Felina auf dem Behandlungstisch im Röntgenzimmer absetzen konnte. Etwas in ihm, über das er nicht weiter nachdenken wollte, wollte sich weigern die Frau in seinen Armen loszulassen.

Vincent hatte offenbar nicht mehr alle Tassen im Schrank.

„Wo sollen wir anfangen?", kam es von Canys, die auf seiner linken Seite Stellung bezogen hatte. Aleydis auf der anderen seufzte und meinte: „Von oben nach unten würde ich vorschlagen."

„Meinst du man wird dieses... Ding auf den Aufnahmen wirklich sehen?"

Es war das erste Mal, dass Felina etwas gesagt hatte. Ihre Stimme klang fest, doch wenn man genau hingehört hatte, dann hatte man den belegten Unterton herausgehört. Vincents Magen krampfte sich noch ein wenig mehr zusammen. Er hatte das Bedürfnis nach ihrer Hand zu greifen, so wie es ihre Schwester tat, aber er hielt sich zurück. Er ahnte, dass es ihr nicht gefallen würde.

„Ganz sicher", antwortete Aleydis. „Wenn es ein Gerät ist, irgendein Chip oder sonst was in der Art, dann ist Metall darin verbaut und das kann das Röntgengerät auf jeden Fall erkennen."

„Bist du schon mal geröntgt worden?", fragte Vincent.

Felina nickte steif, während Canys antwortete: „Unzählige Male. Auch in diese Röhren haben sie uns immer wieder gesteckt. Manchmal war das unerträglich laut."

„Das muss ein MRT gewesen sein", sagte Aleydis. „Die rotierenden Elektromagnete erzeugen einen teilweise sehr hohen Geräuschpegel. Beim CT werden Röntgenstrahlen verwendet, da hält sich der Lärm in Grenzen."

„Das hier wird leise von statten gehen", fügte Vincent hinzu. Er fragte sich, ob die Geschwister bessere Sinne hatten als gewöhnliche Menschen. Zumindest ließ die eben geführte Unterhaltung darauf schließen.

Felina atmete tief ein und verlangte: „Fangt endlich an."

Vincent nickte und mithilfe von Aleydis und Canys bereiteten sie alles für die ersten Bilder vor. Sie verließen den Raum, Vincent schoss das erste Bild und sie warteten darauf, dass...

„Da!", kam es sofort von Aleydis, als die Aufnahme sich auf dem Bildschirm aufbaute.

„Oh verdammt", entwich es Vincent. Er vergrößerte den

etwa Reiskorngroßen hellen Punkt, der sich direkt im Nackenbereich befand. Je weiter der Zoom sich zog, desto übler wurde ihm.

„Was ist?“, kam es von Felina. Canys eilte aus dem Raum und wenige Augenblicke später kehrte sie mit der jüngsten Schwester zurück. Sie hatte einen Arm um Felinas Taille geschlungen, so dass diese sich auf sie stützen konnte.

„Das sieht nicht gut aus“, murmelte Aleydis, die Augen weiter auf die Aufnahme gerichtet. Sie hob einen Finger und fragte nachdenklich: „Siehst du das? Anhand dieser einen Aufnahme vermute ich, dass sie den Fremdkörper direkt an ihrer Medulla Spinalis platziert haben. Da, zwischen Atlas und Axis.“

„Verdammt“, murmelte Vincent und beugte sich ein Stück nach vorn. „Sieht ganz so aus, als würde es direkt im Canalis Vertebralis stecken.“

„Meinst du es ist genau mittig oder eher dorsal platziert?“

„Das könnte uns nur eine zweite Aufnahme zeigen. Wir sollten sie so positionieren, dass-“

„Hört auf über mich zu reden als wäre ich nicht da!“, schrie Felina.

Vincent zuckte zusammen und sah von dem Röntgenbild zu ihr. Ihre Augen hatten sich von dem dunklen Grau in das leuchtende Bronze verwandelt, das ihrem inneren Tier entsprach. Ein Prickeln lief seine Wirbelsäule hinunter.

„Bitte entschuldige“, sagte er, denn Felina hatte Recht. Es war nicht richtig von Aleydis und ihm sie so auszuschließen, obwohl sie direkt neben ihnen stand und immerhin ihre Patientin war.

„Worüber habt ihr geredet?“, fragte Canys.

Aleydis griff nach der Maus und zoomte das Bild wieder groß. Dann begann sie zu erklären: „Dieser helle Fleck da ist der Fremdkörper, von dem Scott gesprochen hat. Er sitzt zwischen deinem ersten und zweiten Halswirbel.“

„Im Rückenmark?“, hakte Canys nach, woraufhin Aleydis nickte.

Felinas freie Hand flog in ihren Nacken. „Wie ist das dahin

gekommen?!“

„Operativ“, antwortete Vincent.

Felina schluckte, sie hatte die Kiefer fest zusammengepresst und sah ihre Schwester an ihrer Seite an. „Bestimmt kurz nach dem Zwischenfall. Sie hatten noch keine Gelegenheit es mir unter die Nase zu reiben, weil wir kurz danach geflohen sind.“

„Möglich“, murmelte Canys.

„Aber wir haben uns doch diese Ortungsgeräte entfernt“, warf Felina ein. „Die saßen auch im Nacken. Warum habe ich dabei nicht auch dieses Ding entdeckt? Es scheint nicht viel größer zu sein.“

Vincent antwortete: „Weil du so tief niemals mit bloßen Händen kommen kannst.“

„Oder Krallen“, fügte Aleydis hinzu. „Es liegt viel zu tief.“

„Holt es raus, sofort“, verlangte Felina. Sie atmete tief ein und aus, als versuche sie sich zu sammeln. Vincent konnte sich nur ansatzweise vorstellen wie sie sich im Moment fühlen musste. Sein Blick huschte zu ihrer ältesten Schwester - und er sah, dass sie dasselbe dachte wie er.

Dennoch sagte sie: „Wir brauchen mehr Bilder davon. Leg dich nochmal auf die Platte, dieses Mal aber auf die Seite.“ Sofort entfernten sich beide Frauen. Wenige Minuten später hatten sie das zweite Bild geschossen - und Ernüchterung machte sich in Vincent breit. Dass es Aleydis ähnlich erging verriet ihm ihr unterdrücktes Fluchen.

„Und?“, fragte Felina, die mithilfe von Canys wieder zu ihnen gestoßen war.

„Es sitzt exakt mittig“, seufzte Aleydis. „Es ist mir ein Rätsel wie sie es so perfekt im Rückenmark einsetzen konnten ohne, dass du es bemerkt hast. Nach dem Eingriff hätten deine Nerven gereizt oder leicht geschädigt sein müssen.“

„Nach dem Zwischenfall war ich in keiner guten Verfassung. Da wäre sowas sicher nicht aufgefallen.“

„Ein geschädigtes Rückenmark ist aber nichts, was man übersehen kann“, mischte Vincent sich ein. „Das heilt nicht wie eine einfache Fleischwunde. Da bleiben Taubheit oder sogar Lähmungen zurück."

Canys schüttelte den Kopf, einen kalten Ausdruck in den grünen Augen. „Bei uns nicht. Unsere Körper können jede Art von Gewebe schneller heilen, auch Nerven."

„Verdammt", stieß Vincent hervor. Er fuhr sich durch die Haare, seine Gedanken wirbelten in seinem Kopf umher. Da dachte er, er würde das eigenwilligste Geheimnis der Geschwister kennen und doch wurde er immer wieder überrascht.

„Holt es raus", verlangte Felina abermals, die Stimme hart. „Sofort! Ich will, dass du es entfernst."

„Ich kann nicht", antwortete Aleydis.

„Warum nicht?!"

„Weil das danach kein einfacher Nervenschaden mehr wäre", erwiderte sie sanft, was in scharfem Kontrast zu Felinas sichtlicher Aufgewühltheit stand. „Wir haben hier nicht die geeignete Ausstattung für so eine OP und ich kenne zwar den Aufbau unserer Körper bis ins kleinste Detail, aber ich bin keine Chirurgin. Ich müsste regelrecht in deinem Rückenmark wühlen und das würde selbst unsere Wundheilung überfordern. Ich könnte dich im schlimmsten Fall bei dem Versuch töten."

„Hol es raus", verlangte Felina unbeirrt. Sie trat einen Schritt vor, packte ihre Schwester am Kragen ihres T-Shirts. Sie hatte einen wilden Ausdruck in den Augen. „Hol es raus, hol es raus, hol es raus!"

„Ich kann nicht", sagte Aleydis leise, legte die Hände um Felinas Gesicht. „Ich wünschte ich könnte es, aber es geht nicht."

Sekundenlang starrten die beiden Frauen sich an, die Anspannung im Raum ließ Vincents Haare zu Berge stehen. Unvermittelt ließ Felina die Hände sinken - und in diesem Moment sah er das Leben aus ihren schönen Augen weichen, obwohl sie nicht tot war.

Kapitel 23

Stunden später, kurz vor der dunkelsten Stunde in der Nacht, schlüpfte Felina aus dem Schlafzimmer. Sie verursachte kaum ein Geräusch, obwohl ihre Hüfte heftig protestierte. Doch sie biss die Zähne zusammen und schaffte es, den Raum zu verlassen ohne Canys zu wecken.

Das letzte Hindernis auf ihrem Weg raus aus der Wohnung war Aleydis, die auf der Couch schlief. Sanfte Atemzüge waren zu hören, der Geruch von Jasmin, Waldluft und Kardamom erfüllte den Raum. Für einige Herzschläge verharrte Felina vor der Wohnungstür und sah zu der schemenhaften Gestalt, die sie im Zwielicht erkennen konnte.

Sah zu ihrer ältesten Schwester.

Felina hätte nicht gedacht, dass sie diesen Gedanken akzeptieren könnte. Als sie in der Zeit zwischen dem Vorfall und ihrer Flucht die Wissenschaftler von Subjekt 0 hatte reden hören, war sie anfangs verwirrt gewesen. Dann war Wut hinzugekommen auf dieses unbekannte Wesen, das zusammen mit ihnen erschaffen worden war und doch außerhalb dieser Hölle hatte aufwachsen dürfen.

Felina hatte Aleydis nicht als Familie akzeptieren können, hatte sie nicht akzeptieren *wollen.* Aber die Timberwölfin hatte es ihr unmöglich gemacht sie zu hassen. Felina hatte gesehen wie vertrauensvoll sich Lycan und vor allem Canys an diese Frau wandten, die wie sie halb Mensch und halb Tier war. Sie hatte bemerkt wie leidenschaftlich und fürsorglich die Hybridin war, wie sehr sie sich um sie alle sorgte und wie viel Kraft sie darauf aufwendete ihnen zu helfen zu genesen und in Sicherheit zu wissen.

Wie groß der Schmerz in ihren hellbraunen Augen gewesen war, als sie Felina gesagt hatte, dass sie ihr nicht helfen konnte.

Den späten Nachmittag und gesamten Abend hatte Felina

in einer Art Trance verbracht. Sie hatte nichts um sich herum wirklich wahrgenommen, hatte nur auf dem Sofa gesessen und ins Leere gestarrt. Mechanisch hatte sie das Essen vertilgt, das irgendwer ihr in die Hand gedrückt hatte. War es Canys gewesen? Oder Aleydis?

Es hatte keine Rolle gespielt. Auch die Gespräche um sie herum waren nur entferntes Gemurmel in ihren Ohren gewesen. Aleydis hatte telefoniert, mit verschiedenen Leuten. Auch Vincent und Canys hatten sich rege mit ihr und der anderen Person in der Leitung ausgetauscht.

Felina war es egal gewesen.

Der einzige Gedanke, der unablässig in ihrem Kopf gekreist war, der sie blind und taub für ihre Umgebung gemacht hatte, war gewesen, dass sie immer noch eine Gefangene war. Sie mochte den Laboren physisch entkommen sein, doch ConPharm hatte sie nach wie vor in seiner Gewalt. Was auch immer dieser Fremdkörper in ihrem Nacken für eine Funktion hatte, er sicherte ConPharm die Macht über ihr Leben.

Egal ob sie es drin ließen und es irgendwann aktiviert wurde oder ob sie versuchten es zu entfernen.

Jetzt… fühlte es sich so an, als wäre irgendetwas in ihr gestorben.

Felina hatte immer gekämpft, hatte sich bei jeder sich bietenden Gelegenheit gegen die Wissenschaftler und sogenannten Pfleger gewehrt, die ihr unvorstellbares Leid zugefügt hatten. Sie hatte mehr als einmal dafür gesorgt, dass diese Männer und Frauen auch geblutet hatten. Hatte für die wenigen Augenblicke gelebt, in denen einmal sie diejenige gewesen war, die über ihr Schicksal bestimmt hatte.

Letztendlich hatte es sich ausgezahlt, all die Jahre der Folter, der Schmerzen und Erniedrigungen hatten sich gelohnt in dem Augenblick als sie und ihre Geschwister den Laboren entkommen waren. Als sie zum ersten Mal unter freiem Himmel gerannt war, ihr Puma so euphorisch, dass sie nicht einmal die Schmerzen in ihrem Nacken gespürt hatte, wo sie das Ortungsgerät entfernt hatte.

Von dieser Energie war rein gar nichts mehr übrig. Felina fühlte sich so leer, dass es schmerzte. Trotzdem konnte sie nicht schlafen, fürchtete sich davor die Augen zu schließen und von der Leere und Schwärze in sich verschlungen zu werden. Sie fürchtete sich davor von dem Gefängnis zu träumen, das dreiundzwanzig Jahre lang ihr Leben gewesen war.

Ihre Katze wanderte unruhig in ihrem Kopf herum, spürte den gewaltigen Stress ihrer menschlichen Seite, ihre Angst, und drängte sie davonzulaufen. Sie verstand nicht ganz, dass es vor dieser Gefahr kein Entrinnen gab. Sie war in ihnen, man konnte nicht vor ihr fliehen. Dennoch wollte Felina dem Verlangen des Pumas nachgeben. Wenn sie sich in ihren Pelz hüllte, dann war die Welt einfach zu ertragen. Die Denkstrukturen des Tiers waren klarer, es gab nur schwarz und weiß, nur die Gegenwart.

Und in dieser Gegenwart war Felina frei.

Felina atmete tief durch und ging zur Wohnungstür. Ihr Herz klopfte ihr bis zum Hals, während sie die Klinke langsam hinunterdrückte und sich durch den Spalt auf den Flur schob. Erst als sich die Tür wieder geschlossen hatte ohne ein Geräusch zu verursachen und auch aus dem Inneren kein Laut zu hören war, ließ sie die Luft aus ihren Lungen strömen, die sie angehalten hatte.

Als sie wieder einatmete roch sie noch immer schwach die Witterungen ihrer Schwestern - warmes Karamell und die Kombination von Jasmin und Waldluft - aber auch den Minz- und Holzspäneduft von Vincent, durchsetzt mit einem Hauch Desinfektionsmittel und dem fernen Geruch von Laub und Feuchtigkeit.

Langsam setzte sie sich wieder in Bewegung. Ihre Hüfte brannte und pochte, aber Felina ignorierte die Schmerzen. Sie waren erträglich, es waren nicht die schlimmsten in ihrem Leben. Sie brauchte lediglich ein wenig länger als sonst die Treppe hinunter. Der Geruch nach Desinfektionsmittel wurde stärker und sie verzog das Gesicht. Unbeirrt ging sie weiter zu der Eingangstür des Gebäudes.

Kühle, süße Nachtluft schlug ihr entgegen. Neue Gerüche

überspülten ihre Sinne: Feuchte Erde, Herbstlaub und entfernt die Witterungen kleinerer Tiere. Felina sah sich um, konnte niemanden entdecken und begann um das Gebäude herum zu laufen. Sie wusste noch von ihrem kleinen Ausflug auf das Dach, dass sie sich am Waldrand befanden.

Der Puma in ihrem Inneren zerrte immer heftiger an seinen Ketten. Felina spürte schon ihre Fingerspitzen prickeln, als wollten sich die Krallen bereits durch die Haut schieben. Kaum hatte sie die dunkle, unbeleuchtete Rückseite des Gebäudes erreicht zog sie sich das T-Shirt über den Kopf.

Adrenalin flutete ihren Körper, während sie sich vollständig entkleidete und begann die Verbände von ihren Unterarmen sowie von ihrer Hüfte zu lösen. Sich mit Pflastern zu wandeln war unangenehm, außerdem hoffte sie darauf, dass ihre Verletzungen sich weiter schließen oder vielleicht sogar verschwinden würden, wenn sie die Gestalt wechselte. Genügend Nährstoffe hatte sie in letzter Zeit zu sich genommen um diesen positiven Effekt erwarten zu können.

Kühle Nachtluft strich über Felina und verursachte ihr eine Gänsehaut. Ihre Katze brummte in ihrem Kopf und sprengte die Ketten, die die menschliche Seite um sie geschlungen hatte. Mit einem Ächzen ging Felina auf alle viere und streckte sich dem Wandlungsschmerz entgegen.

Obwohl es wie jedes Mal überall wehtat, quälte ihre Hüfte sie am meisten. Felinas Atem ging hechelnd, während sich Hände und Füße in Pfoten verwandelten, ihre Beine kürzer wurden und sich die Gelenke verschoben, ihr Brustkorb und ihr gesamter Kopf seine Form änderten. Es war qualvoll und zur gleichen Zeit befreiend wie nichts sonst auf der Welt.

Als es vollbracht war, wartete Felina darauf, dass ihre Nerven die Verbindungen zu ihren Gliedmaßen wieder knüpften, ehe sie ihren Pelz schüttelte. Ihre Vorderläufe fühlten sich gut an, der Schmerz in ihrer Hüfte verklang zu einem erträglichen Brennen und Pochen. Nichts, was sie nennenswert beeinträchtigen würde.

Sie sah sich um und schnupperte in die Luft. Sie war vollkommen allein.

Für einen Herzschlag, vielleicht auch zwei oder zehn, wollte Felina weglaufen. Sie wollte so schnell und so weit laufen wie sie konnte. Sie wollte diese verstörenden Röntgenbilder hinter sich lassen. Eine leise Stimme in ihrem Kopf flüsterte ihr zu, dass sie in der Wildnis sicherer wäre. Dort würden sie sie niemals finden und die tickende Zeitbombe in ihrem Nacken niemals aktivieren können.

Aber Felina wusste, ihre menschliche wie ihre tierische Seite, dass sie sich damit nur selbst belog. Außerdem war hier ihre Familie, ihre Geschwister, die sie endlich wiedergefunden hatte. Sie konnte sie nicht verlassen.

Also gab sie sich damit zufrieden ein Stück hinter die Baumgrenze zu gehen. Weit entfernte sie sich nicht ehe sie sich einen großen Baum suchte und an ihm hinaufkletterte. Tief gruben sich ihre Krallen in die Rinde, ihre Muskeln spannten sich an und geschickt erklomm sie den hohen Stamm, bis sie einen geeigneten Ast erreichte, auf dem sie sich ausstrecken konnte.

Die Krallen ihrer Pfoten hielten sie an Ort und Stelle, während ihr Schwanz herunterhing und locker hin und her pendelte. Mit halb geschlossenen Augen blendete Felina all ihre Gedanken aus, all ihre Befürchtungen und Ängste, ihre Wut über die Ungerechtigkeit ihres Lebens. Stattdessen konzentrierte sie sich auf die sanften Geräusche der Nacht, die verschiedenen Witterungen in der Luft und das Gefühl ihres Katzenkörpers, der in perfekter Balance auf dem Ast ruhte.

Sie gab sich ganz dem Moment hin, um nicht dem Wahnsinn zu verfallen, der an den Rändern ihres Geistes lauerte.

„Verdammte Scheiße…“

Vincent rieb sich über die trockenen Augen und ließ sich auf seinem Bürostuhl zurückfallen. In seinen Schläfen pochte es und er wusste, dass er kurz davor war heftige Kopfschmerzen zu bekommen. Doch er konnte auch nicht lockerlassen, nicht ins Bett gehen und sich die Ruhe gönnen.

Sobald er wie jetzt die Augen schloss sah er sofort wieder Felina vor sich, die dunkelgrauen Augen ohne Leben und ein

Ausdruck völliger Verzweiflung auf ihrem Gesicht. Und wer konnte es ihr verdenken? Vincent wollte sich nicht einmal vorstellen, wie es sich anfühlte, solch eine Hiobsbotschaft zu erhalten.

Den heftigen Wunsch ihr zu helfen hatte er nicht eine Sekunde in Frage gestellt. Sobald die drei Schwestern zurück in die Wohnung gegangen waren, hatte Vincent sich an seinen Schreibtisch gesetzt und damit begonnen nachzuforschen wie man den Fremdkörper doch noch entfernen konnte.

Stunden später hatte er immer noch keine befriedigende Antwort. Sie würden einen Neurochirurgen benötigen, der zusätzlich noch Erfahrung in der Mikrochirurgie hatte. So jemanden hatte Vincent aber nicht in seinem Bekanntenkreis, nicht einmal in seinem erweiterten. Er war Tiermediziner, seine Berührungspunkte mit der Humanmedizin hatten sich auf ein paar Studentenfeiern seiner Uni beschränkt, auf denen er sich mit angehenden Ärzten amüsiert hatte.

Und selbst zu den spezialisierten Veterinärmedizinern, die sich vielleicht noch mit solchen Operationstechniken bei teuren Rennpferden oder dergleichen auskannten, hatte er keinen Kontakt. Es war so, wie Aleydis ihrer jüngeren Schwester gesagt hatte: Sie würden in ihrem Rückenmark wühlen müssen und sie damit zu neunundneunzig Prozent töten.

Vincent verschränkte die Arme hinter dem Kopf, lehnte sich weiter zurück und starrte an die Decke. War es wirklich erst wenige Tage her, seit Laura ausgezogen war?

Und wie kam es, dass er seiner Exfreundin, mit der er immerhin Jahre seines Lebens verbracht hatte, die er geliebt und mit der er zusammengelebt hatte, weniger hinterhertrauerte als einer Frau, die er kaum kannte? Die rein genetisch kein ganzer Mensch war und deren Schicksal ihm doch so nahe ging? Deren ausdrucksstarke Augen, egal ob dunkelgrau oder bronzefarben, ihn regelrecht verfolgten?

Lag es nur daran, dass er ihr Leben schon einmal gerettet hatte?

Aber allein bei diesem Gedanken sträubte sich alles in Vincent. Nicht nur, dass er sie schon lange nicht mehr als Tier sah, mochte Vincent die junge Frau. Er hatte einen kurzen Blick auf einen faszinierenden Charakter geworfen, so voller Leben und Energie. Wenn Felina und ihre Geschwister es nicht verdient hatten ein freies und glückliches Leben zu führen, dann niemand.

„Es muss doch eine Möglichkeit geben“, murmelte er und setzte sich wieder auf. Er öffnete ein neues Browserfenster und starrte unschlüssig auf den blinkenden Cursor. Aber es wollte ihm nichts einfallen. Frustriert stand Vincent auf und ging zu dem Fenster seines Büros, welches zur Rückseite des Hauses zeigte. Dadurch, dass er nur die kleine Tischlampe angeschaltet hatte, konnte er schemenhaft den Waldrand erkennen. Dunkel und friedlich sah er aus.

„Das ist doch…“, entwich es Vincent und er blinzelte überrascht. Doch nein, seine Augen spielten ihm keinen Streich: Da ging tatsächlich ein großes Tier vom Haus in den Wald hinein. Ein Puma. Vincent würde seine rechte Hand dafür ins Feuer legen, dass es sich dabei nicht um irgendein Puma-Weibchen handelte, sondern um Felina.

Wollte sie weglaufen?

Der Gedanke stellte etwas Eigenartiges mit seinem Herzschlag an, er brachte ihn aus dem Takt und ließ gleichzeitig Vincents Magen unangenehm kribbeln.

Sie war doch noch verletzt, wie hatte sie es da überhaupt geschafft sich zu wandeln? Und wo wollte sie hin? Ohne den Impuls in Frage zu stellen drehte Vincent sich um und machte sich auf den Weg nach draußen. Sein Puls schlug ihm im Hals, während er um das Haus herum und zum Waldrand ging.

Unschlüssig blieb er stehen und lauschte. Jedes noch so leise Geräusch machte ihn ein wenig nervöser. Rein vom Verstand her wusste er, dass es Felina sein musste. Anders war es nicht zu erklären, dass ein ausgewachsener Puma sich hier in der Gegend herumtrieb.

Würde sie ihn erkennen? Waren ihre Gedanken eher die eines Menschen oder eines Tieres? Würden vielleicht sogar die Instinkte der Großkatze überwiegen, so dass sie ihn angriff? Andererseits drängte ihn die Vorstellung, dass sie tatsächlich fortlaufen wollte, dazu weiter zu gehen.

Suchend sah er sich um, wünschte sich er hätte eine Taschenlampe mitgenommen. Der Herbst hatte erst langsam begonnen, so dass die Bäume noch ihr ganzes Laub trugen und somit jegliches Licht vom Sternenhimmel abschirmten. Obwohl sich Vincents Augen soweit an die Dunkelheit gewöhnt hatten, dass er nicht über eine der Wurzeln überm Boden stolpern würde, war er doch vergleichsweise blind unterwegs.

Wie sich aber herausstellte musste er nicht lange nach dem Puma suchen. Vincent ging gerade unter einigen Laubbäumen entlang… als er über sich ein tiefes Brummen hörte. Sofort blieb er stehen und sah nach oben. Ein großer, dunkler Schatten hockte auf einem großen Ast und Vincent konnte regelrecht fühlen wie er angestarrt wurde.

„Hey Felina", sagte er rau und räusperte sich. „Was machst du denn da oben?"

Wieder ein Brummen, dieses Mal tiefer und eindeutig ungehalten.

Das ist so verrückt, dachte Vincent. Hysterisches Gelächter wollte in ihm aufsteigen, dass er tatsächlich nachts mitten im Wald stand und sich mit einem ausgewachsenen, offensichtlich angepissten Puma unterhielt. Als wäre es das Normalste auf der Welt.

Vincent leckte sich über die Lippen und überlegte, was er zu ihr sagen konnte, damit sie von dem Baum herunter kam. Möglichst ohne sich dabei mit ausgefahrenen Krallen auf ihn zu stürzen.

„Hat dich die Wandlung nicht erschöpft? Willst du nicht wieder zurück ins Haus und dich ausruhen?"

Das Brummen, das sie von sich gab, bedeutete ganz eindeutig Ablehnung. Es hörte sich in seinen Ohren sogar fast beleidigt an.

„Wolltest du einen Spaziergang machen?"

Dieses Mal reagierte sie mit einem Schnauben. War das ein

Ja?

„Es ist eine schöne Nacht“, sagte Vincent und sah sich um. Es war tatsächlich eine schöne Nacht, es war noch nicht so kalt, dass er in seinem T-Shirt und den Jeans fror. Als er wieder zu der Großkatze aufsah fügte er hinzu: „Ich würde dich gerne begleiten, wenn du möchtest. Dann wärst du nicht alleine.“

Ein Raunzen erklang von dem Puma, er hatte eine heisere und raue Stimme. Tief war der Klang und rieb über Vincents Haut. Er wünschte sich inständig, dass er sich mit ihr verständigen konnte. Denn ihm gingen langsam die Ideen aus, wie er sie von dem Baum locken sollte.

Wie sich aber herausstellte musste er keine neue Taktik wählen, denn die Großkatze erhob sich von ihrem Ast und kam behände von ihrem Ausguck herunter.

Vincent schluckte - der Puma war groß. Nicht, dass er das nicht schon zuvor gewusst hätte, aber es war etwas ganz anderes ein Tier liegend vor sich zu sehen als ihm tatsächlich gegenüberzustehen. Die Katze hatte ein Stockmaß von mehr als siebzig Zentimeter und reichte ihm damit fast bis zur Hüfte. Vom Kopf bis zur Schwanzspitze maß sie sicherlich an die anderthalb Meter.

Ein beeindruckendes Raubtier, das da auf ihn zulief. Stocksteif blieb Vincent stehen, Schweiß bildete sich auf seiner Haut. Seine Muskeln begannen zu zittern. Der Puma blieb kurz vor ihm stehen, streckte den Hals und schnupperte an seinem Oberschenkel, ganz dicht vor seiner Hand, so dass er den feuchtwarmen Luftstrom ihres Atems spüren konnte.

So verrückt es war - Vincent juckte es in den Fingern über das glatte Fell ihres Nackens zu streichen, das selbst im spärlichen Licht zwischen den Bäumen wie ein Spiegel glänzte. Er hatte die Hand schon ausgestreckt, da wich sie vor ihm zurück, legte die Ohren an und fletschte ihre Zähne. Ihr Knurren ging ihm durch Mark und Bein, es hörte sich ganz so an wie das wilde Tier, das sie im Augenblick war.

„Tut mir leid“, beeilte er sich zu sagen und schob die

Hände in die Hosentaschen, um nicht noch einmal in Versuchung geführt zu werden. Ihre Ohren stellten sich wieder auf, der dunkle Rand verwischte die Konturen mit den Schatten der Nacht.

Vincent atmete langsam ein und versucht seinen Herzschlag zu beruhigen. Und nun?

„Sollen wir einen kleinen Spaziergang machen?"

Kapitel 24

Was tat sie hier bloß?!

Gemächlich ging Felina neben dem fremden und doch eigenartig vertrauten Mann her, spazierte mit ihm durch den Wald. Der weiche Boden machte kein Geräusch unter ihren Pfoten, nur Vincents Schritte waren als leises Rascheln zu hören. Ihre Muskeln arbeiteten harmonisch zusammen, ihr Herz schlug gleichmäßig. Selbst das Pochen in ihrer Hüfte hatte nachgelassen.

Felina war in den Wald gegangen um allein zu sein. Sie hatte nachdenken wollen und Vergessen finden in den simplen Gedankenstrukturen des Pumas. Aber jetzt waren beide Teile ihres Bewusstseins hellwach, konzentriert auf den Begleiter an ihrer Seite.

Dennoch hatte die Katze im Augenblick die größere Kontrolle über ihre Handlungen und so rieb sie ihren Kopf an Vincents Oberschenkel, strich mit ihrem Körper an ihm entlang. Die frisch-herbe Minze seiner Witterung kitzelte ihre Nase und verlockte sie dazu den Geruch direkt von seiner warmen Haut einzuatmen. Vor allem seit der Hauch von Angst verschwunden war und nur noch Minze, Holzspäne und Mann übrig geblieben waren. Selbst das verhasste Desinfektionsmittel konnte sie nicht mehr wahrnehmen.

Wieder rieb sie ihren Kopf an Vincents Bein, spürte die festen Muskeln unter dem Jeansstoff. Ein leises Lachen entwich dem Mann und sie fühlte die zaghafte Berührung seiner Finger im Fell auf ihrem Rücken. Der Puma wollte schnurren - sollte sich das so gut anfühlen?

„Ist das wirklich okay?“, fragte er. Felina sah zu ihm hoch, schnaubte und zwinkerte ihm zu.

Vincent lachte abermals, ließ seine Hand weiter durch ihr dichtes Fell gleiten. „Das ist surreal.“

Wem sagst du das, dachte Felina. Es kostete sie immer

mehr Mühe das wohlige Schnurren zu unterdrücken, das ihre Katze von sich geben wollte. Es war so lange her, dass jemand ihren Katzenkörper berührt hatte ohne ihr schaden zu wollen und der nicht mit ihr verwandt war. Eigentlich… war das noch nie vorgekommen.

Weil der Gedanke ernüchternd und gefährlich für ihren Seelenfrieden war, schob Felina ihn von sich. So wie die Tatsache, dass das Ding in ihrem Nacken sie wahrscheinlich töten würde und dass sie nicht wusste wo ihr ältester Bruder war.

„Keine Sorge, alles wird wieder gut." Vincents Stimme klang ernst und Felina sträubte sich das Fell, weil es fast so war als hätte er ihre Gedanken gelesen. Sie blieb stehen und sah zu ihm auf. Sie waren fast wieder am Haus angekommen.

Vincent fuhr sich durch die wirren Haare und fügte hinzu: „Ich weiß das sagt sich so leicht, aber wir finden eine Lösung."

Sie brummte als Antwort, warf ihm einen Blick zu und wünschte sie könnte mit den Schultern zucken. Felina fiel es schwer positiv zu denken. Es bereitete ihr allgemein Probleme noch irgendeinen zuversichtlichen Gedanken in dem Chaos in ihrem Kopf zu finden.

„Schau nicht so skeptisch", erwiderte Vincent, lächelte und ließ dabei seine weißen Zähne aufblitzen. „Aleydis scheint nicht der Typ Frau zu sein, der einfach aufgibt. Außerdem ist dir bisher nichts geschehen, was meiner Meinung nach nur bedeuten kann, dass das Gerät in deinem Nacken nicht per Fernsteuerung aktiviert werden kann. Oder meinst du nicht, dass sie ansonsten schon längst auf den Auslöser gedrückt hätten?"

Felina gab ein Raunzen von sich. Ja, das hatte sie auch schon gedacht.

Zufrieden nickte Vincent. „Siehst du."

Er war erstaunlich gut darin zu erraten was sie ihm mitteilen wollte.

Das war schockierend für Felina. Denn wenn Vincent das konnte, der sie gerade einmal ein paar Tage kannte und erst seit dieser kurzen Zeitspanne wusste, dass sie gleichzeitig Puma und Frau war, dann bedeutete das, dass die Menschen bei ConPharm auch verstanden hatten was sie ihnen versucht hatte in ihrer Tiergestalt mitzuteilen.

Sie hatten gewusst, dass Felina sie angefleht hatte aufzuhören. Es bedeutete, dass diese Menschen absichtlich ihr Betteln ignoriert hatten. Obwohl Felina schon gewusst hatte, dass diese Männer und Frauen die wahren Monster in den Laboren gewesen waren, bereitete ihr diese Erkenntnis Übelkeit.

Im letzten naiven Bereich ihres Verstands hatte sie noch versucht daran zu glauben, dass die Wissenschaftler manche ihrer Experimente abgebrochen hätten, wenn sie Felinas Tierlaute nur hätten interpretieren können.

Ein Rauschen setzte in ihren Ohren ein und sie spürte ihren Herzschlag in ihrem Hals. Adrenalin rauschte durch ihren Körper, ließ ihre Muskeln zittern. Felina blieb stehen und starrte zu Vincent hoch. Dieser drehte sich zu ihr um und sah sie mit hochgezogener Augenbraue an.

„Stimmt etwas nicht? Habe ich etwas Falsches gesagt?"

Felina hatte nicht einmal mehr die Chance den Kopf zu schütteln. Der menschliche Teil ihrer Seele zerrte an den Ketten und drängte die Großkatze zurück, genauso vehement wie das Tier zuvor die Freiheit für sich beansprucht hatte. Felina brauchte ihren anderen Körper. Sofort.

Sie hörte wie Vincent überrascht einatmete und leise fluchte, als sie sich in die Wandlung begab. Ihre Nerven gerieten in Brand, ihre Knochen, Muskeln, Sehnen und Organe verformten und verschoben sich. Es dauerte nur Minuten, aber Felina erschien es jedes Mal wie Stunden.

Mit einem dünnen Schweißfilm bedeckt kniete sie auf allen Vieren. Die Haut an ihren Unterarmen war vollständig verheilt, nicht einmal Narben waren zu sehen. Vorsichtig strich sie mit den Fingerspitzen über ihre Hüfte. Das Gewebe war empfindlich, fühlte sich unter ihrer Berührung geschwollen und wulstig an. Ja, damit würde sie sich noch einige Zeit herumschlagen müssen.

„Scheiße", hörte sie Vincent fluchen. Felina kauerte noch immer auf dem Boden, ihre Muskeln waren noch steif von der Wandlung und sie wollte nicht sofort wieder umfallen, wenn sie zu früh aufstand. Manchmal kam es vor, dass ihr Körper nicht korrekt reagierte, wenn er von seinem vierbeinigen Dasein zum zweibeinigen wechseln sollte.

Ein Luftzug strich über sie hinweg, ein Rascheln war zu hören und unvermittelt wurde der Geruch von Minze, Holzspäne und warmer Haut intensiver. Sie hob den Kopf und sah, dass Vincent vor ihr auf dem Boden kniete. Er hatte sein T-Shirt ausgezogen und hielt es ihr hin, einen undefinierbaren Ausdruck auf dem Gesicht.

Wortlos sah Felina ihn an, musterte seinen bloßen Oberkörper im Zwielicht der Nacht. Obwohl sie wieder menschliche Gestalt hatte konnte sie bei diesen Lichtverhältnissen trotzdem besser sehen als genetisch-vollwertige Menschen. So konnte sie die Muskulatur erkennen, die sich über die Arme und breiten Schultern hin zu seiner Brust zog.

Felina war sich bewusst, dass sie nackt vor ihm saß. Dass Nacktheit in Gegenwart eines Mannes gefährlich war. Sie wusste zwar aus eigener Erfahrung, dass auch Kleidung niemanden aufhalten konnte, doch es war zumindest die Illusion von Schutz.

Aber Vincent… nein. Ihre Katze bestand darauf, dass sie ihm vertrauen konnte. Die Frau war noch skeptisch, ließ sich aber von dem Puma beeinflussen. Außerdem hatte er bisher nichts getan was ihr Misstrauen rechtfertigte. Im Gegenteil. Das bewies er auch jetzt dadurch, dass er ihr sein Oberteil anbot um sie zu bedecken.

Felinas Blick huschte zurück zu seinen Augen. Langsam streckte sie die Hand nach dem Stück Stoff aus, nahm es an sich und fühlte noch die Restwärme seines Körpers in dem weichen T-Shirt. Ohne ihn aus den Augen zu lassen zog sie es über den Kopf – und war mit einem Mal komplett von Vincents Witterung umhüllt.

Die Katze in ihrem Kopf schnurrte. Sie war in Sicherheit, hier bei ihm.

Aber wie lange noch?

Felina richtete sich ruckartig auf und ihr Puls, der sich eben erst normalisiert hatte, beschleunigte sich wieder.

„Stimmt etwas nicht?", hörte sie Vincent fragen, der ebenfalls wieder stand.

Ja, dachte Felina, bekam den Mund aber nicht auf. Sie fing an am ganzen Körper zu zittern als hätte sie Schüttelfrost. Ihre Atemzüge waren abgehackt und klangen in ihren eigenen Ohren laut. Sie schwankte und wurde von zwei warmen Händen aufgefangen. Kühler Nachtwind strich über ihr Gesicht und erst da bemerkte sie, dass ihre Wangen nass von Tränen waren.

„Alles in Ordnung?", fragte Vincent. Er klang leise, besorgt.

Ruckartig nickte Felina, doch ihr Zittern wurde nur noch stärker. Sie wollte sich zusammenreißen und versagte dabei. „Ich… ich kann es nicht aufhalten. Es tut mir leid…"

„Es ist okay, alles okay." Vorsichtig strich Vincent an ihren Armen auf und ab. „Einfach langsam weiteratmen. Du musst dich für nichts entschuldigen."

Felina nickte hektisch, doch sie konnte sich einfach nicht beruhigen - eher im Gegenteil, mittlerweile klapperten ihre Zähne, so sehr schüttelte es sie. Sie begann zu hyperventilieren, schmeckte Blut auf ihrer Zunge. Alles in ihr war in Aufruhr.

Warum war das Schicksal so grausam zu ihr?!

Womit hatte sie es verdient als Forschungsobjekt geboren, gefangen gehalten und gefoltert zu werden, nur um dann doch nicht frei sein zu können? Obwohl ihr und ihren Geschwistern die Flucht gelungen war?

Es war nicht fair. Es war eine zum Himmel schreiende Ungerechtigkeit. Wie Säure liefen ihre Tränen über Felinas Wangen und fraßen ein Loch in ihre sonst so kämpferische und unbeugsame Natur. Sie hatte so viel gekämpft, hatte sich gegen ihre Peiniger zur Wehr gesetzt, nur um von einem kaum reiskorngroßen Ding in ihrem Nacken ihrer verdienten Freiheit beraubt zu werden.

Warum nur?

Felina konnte auf diese Frage keine Antwort finden, denn mit einem leisen Fluchen überwand Vincent die Lücke zwischen ihren Körpern und schloss sie in die Arme. Locker und so, dass sie sich nicht eingeengt fühlte, zog er sie an seine Brust. Hüllte sie ein mit seiner Wärme, dem Duft nach Minze und Holzspäne. Ihr Gesicht berührte die warme, nackte Haut seiner Brust. Seine Hände strichen über ihren Rücken.

„Sch sch, alles ist gut. Einfach weiteratmen, ich hab dich." Und als wären diese leise gemurmelten Worte irgendein Zauber, verstummten die kreischenden Gedanken in Felinas Kopf. Ihre Katze legte sich ruhig in ihrem Kopf nieder und seufzte leise.

Zaghaft hob sie ihre Arme und erwiderte die Umarmung. Ihre Fingerspitzen prickelten, als sie auf Vincents warme Haut trafen. Sie konnte seinen beschleunigten Herzschlag hören und fühlen. Es war anders diesem Mann nahe zu sein als bei Lycan oder Ursyn. Auch diese hatte sie oft umarmt, immer wenn es ihnen gestattet gewesen war Zeit miteinander zu verbringen.

Aber bei dem Tierarzt nun... Der Puma in ihrem Inneren drängte sich von innen gegen ihre Haut, schnurrte in der Erinnerung von Vincents Fingern in seinem Fell. Mit jedem Atemzug inhalierte Felina aufs Neue seinen Geruch. Er sorgte dafür, dass das Chaos in ihren Gedanken sich legte, das Zittern aufhörte und sie freier atmen konnte.

„Warum tust du das?", fragte sie leise, bevor sie sich zurückhalten konnte.

„Was?"

„Mir helfen, meine Schwestern in deinem Haus wohnen lassen, versuchen eine Lösung für das Ding in mir zu finden, mich trösten."

Felina spürte deutlich, wie Vincent tief einatmete. Sein Körper wurde bei dieser Bewegung enger an ihren gedrückt. Auch seine Arme legten sich für einige Herzschläge fester um ihren Körper. Eigentlich hätte sie das ängstigen sollen. Felina hatte noch nie gut darauf reagiert festgehalten zu werden. Sie konnte die Kraft in Vincents Körper spüren. Aber statt sich aus der Umarmung befreien zu wollen presste sie ihre Wange fester gegen die warme Haut seiner Brust.

„Weil es das Richtige ist", sagte er schließlich. Seine Stimme war so leise, dass selbst Felina mit ihrem besseren Gehör seine Worte kaum verstehen konnte.

Eine eigenartige Ernüchterung wollte sich in ihr breitmachen. Der Puma brummte, war genauso unzufrieden mit seiner Antwort. Sie wollte etwas Anderes hören, wollte mehr hören. Wie kam sie nur auf diese verrückten Gedanken? Niemals zuvor hatte ein Mensch versucht „das Richtige" für sie zu tun. Warum war sie unzufrieden darüber statt sich zu freuen?

„Wir liegen aber nicht in deiner Verantwortung. Du bringst dich außerdem in Gefahr, sollte ConPharm je erfahren, dass du uns hier Zuflucht gewährt hast."

„Das hat Ally mir auch gesagt", erwiderte er zu ihrer Überraschung. Sie hob den Kopf und sah ihn an. Um Vincents Mundwinkel spielte ein kleines Lächeln, seine braunen Augen waren in dem wenigen Licht schwarz.

„Was hast du ihr geantwortet?"

„Dass es mir egal ist. Außerdem wollte ich sichergehen, dass du es wirklich schaffst."

Felinas Verwirrung wurde nur noch größer, ihre Katze strich lauernd in ihrem Kopf hin und her. „Warum?"

Vincent atmete tief ein, sein bloßer Oberkörper rieb bei der Bewegung gegen Felinas. Sie fühlte seinen warmen Atem auf ihren Wangen, wo die Tränen mittlerweile getrocknet waren.

„Zu sehen wie du dir die Vorderbeine aufgebissen hast und später zu erfahren, dass du dich damit hattest umbringen wollen, war glaube ich die schlimmste Erfahrung in meinem Leben. Mir wäre beinah das Herz stehen geblieben." Er zuckte mit den Schultern, wandte den Blick kurz ab, ehe er sie wieder ansah und hinzufügte: „Außerdem… ich mag dich."

Was?

Felina hatte mit vielem gerechnet. Die Möglichkeiten in ihrem Kopf waren schier endlos gewesen, aber diese war nicht darunter gewesen. Warum um alles in der Welt sollte Vincent sie mögen? Sie wusste, dass sie keinen einfachen Charakter hatte. Sie war schon immer die schwierigste aller Geschwister gewesen, selbst jetzt als mit Aleydis noch ein Mitglied hinzugekommen war.

Ally war dominant und sehr fürsorglich, hatte jedoch nicht das Martyrium der Labore durchlebt. Dort war Ursyn der stoische und schweigsame von ihnen gewesen, Lycan hatte sich mehr gewehrt, doch das hatte in den letzten Jahren auch nachgelassen. Canys hatte den Foltermethoden nichts entgegenzusetzen gehabt.

Sie war diejenige, für die Felina sich am aller meisten ein friedliches, glückliches Leben wünschte. Sie brauchte jemanden wie Vincent, der sich um sie sorgte, sie in den Arm nahm um sie zu trösten und ihr sagte, dass er sie mochte und alles gut werden würde.

„Du solltest dich um Canys bemühen", sagte Felina langsam. „Sie ist liebenswert und sanft, nicht so ein Monster wie ich."

„Du bist kein Monster", sagte er mit so viel Entrüstung in der Stimme, dass Felina unwillkürlich lächeln musste. „Wie kommst du auf diese Idee?"

„Sie wollten ein Monster, also beschloss ich ihnen eines zu geben." Sie atmete tief ein und fuhr fort: „Ich hatte nie die Gelegenheit sanft zu sein. Mein Leben bestand aus Blut und Schmerzen, ich habe mich mit allem gewehrt was ich hatte, hatte immer blutige Knöchel oder Krallen. Ich wollte, dass die Menschen Angst hatten mir wehzutun."

„Hatte es funktioniert?", fragte Vincent sanft.

Sie lachte freudlos auf. „Nein."

„Ich weiß es klingt abgedroschen, doch das ist jetzt Vergangenheit. Ich werde dir und deinen Geschwistern dabei helfen dieses Ding zu entfernen, so dass du wirklich frei sein kannst." Unvermittelt legte sich ein Lächeln auf seine Lippen, das ein Kribbeln in Felinas Magen erzeugte. „Ich möchte, dass du laut Musik hören und den Sternen Namen geben kannst.“

Unwillkürlich presste Felina ihre Handflächen fester auf Vincents warmen Rücken. Er hatte es sich gemerkt? Die albernen Träume, die sie ihm aus einem Impuls heraus anvertraut hatte? Der Puma in ihrer Seele maunzte, rieb sich schnurrend von innen gegen ihre Haut. Er flüsterte ihr zu, dass dieser Mann anders war. Dass er sie nicht belog, ihr nichts vorspielte, nicht versuchte ihr Vertrauen zu erlangen um ihr anschließend wehzutun.

Dennoch zögerte Felina, wusste nicht ob sie ihrer Intuition trauen konnte. Das letzte Mal... es war alles so furchtbar schiefgegangen. Sie wollte, konnte so etwas nicht noch einmal durchmachen. Es würde sie zerstören.

Aber ihre Katze ließ nicht locker. Sagte ihr, dass Vincent ehrlich zu ihr war, seine Worte ernst meinte. Er brachte ihr echte Zuneigung entgegen. Eine erschütternde Erkenntnis, die Felinas Puls in die Höhe trieb.

Vincent, der nichts von ihren Gedankengängen ahnte, neigte den Kopf und sagte: „Wir sollten zurück ins Haus gehen, es ist schon sehr spät. Bist du nicht erschöpft von... deinem Ausflug?“

Stumm nickte Felina.

Sie holten ihre Kleidung, die noch an der Rückseite des Gebäudes war, ehe sie in einvernehmlichem Schweigen hineingingen. Felina griff nach dem Saum des Shirts, um es auszuziehen und Vincent zurückzugeben, doch dieser hielt sie zurück.

„Schon okay, gib es mir morgen.“

Etwas Warmes mischte sich in seine Witterung, das ihre Katze tief einatmen ließ. Doch völlig aus dem Konzept wurde sie gebracht, als Vincent ihr mit den Fingerknöcheln über die Wange strich und ihr mit leiser Stimme eine gute Nacht wünschte.

Kapitel 25

Es war früher Morgen, sie hatten gefrühstückt und saßen zusammen im Wohnzimmer und Felina rieb vorsichtig über ihre Hüfte. Die Haut und das Gewebe unter der Kleidung fühlten sich geschwollen und warm an. Doch sie zögerte noch Aleydis davon zu erzählen.

Felina hatte sich in der Nacht ungesehen wieder in die Wohnung und ins Bett schleichen können. Ihre Schwestern hatten nichts von ihrem Ausflug mitbekommen. Noch nicht zumindest, denn Aleydis wollte sie später sicher nochmals untersuchen und da würde ihr auffallen, dass sich Felinas Verletzung verändert hatte.

Äußerlich zumindest. Es musste nur noch das heiße Gefühl und die leichte Steifigkeit im Gelenk verschwinden, dann würde sich Felina endlich wiederhergestellt fühlen. Ihr Gewicht war ebenfalls auf einem guten Weg, was natürlich an den ganzen Lebensmitteln und Shakes lag, die Aleydis ihr unablässig aufzwang.

Mit einem leisen Seufzen schmiegte sich Felina näher an Canys, die zusammen mit ihr auf dem Sofa saß. Sie wollte etwas sagen, sich einfach locker und entspannt mit ihrer Schwester unterhalten in dem festen Wissen, dass sie nicht belauscht, beobachtet und bedroht waren. Doch sie kam nicht dazu, denn ein Klopfen an der Wohnungstür warf ihre Gedanken durcheinander.

Ihr Herz stolperte in ihrer Brust. Wer war das?

Für einige Sekunden ertappte sich Felina dabei, dass sie auf einen Mann mit unordentlichen Haaren, dunkelbraunen Augen und dem Duft von Minze hoffte.

Aleydis, die am Esstisch gesessen und in ihr Tablet gestarrt hatte, erhob sich und ging zur Tür. Man hörte sie tief einatmen... und ein leises Lachen ausstoßen. Schwungvoll öffnete sie und fragte: „Warum habt ihr nicht gesagt, dass ihr kommt?“

„Dann wäre es keine Überraschung mehr gewesen“, erwiderte eine nur zu bekannte, tiefe Stimme.

„Lycan!“, rief Felina und grinste breit. So schnell wie ihre pochende Hüfte es erlaubte erhob sie sich vom Sofa und lief auf ihren Bruder zu. Sie warf sich in seine Arme, atmete tief seinen Duft nach Wacholder, frischem Schnee und Zitrus ein.

„Wir haben Lebensmittel und andere Dinge mitgebracht“, sagte Lycan zu Aleydis. „Würdest du Nim helfen?“

„Natürlich“, erwiderte sie sofort und verschwand im Treppenhaus. Erst jetzt wandte sich Lycan Felina zu, doch das war ihr egal. Sie war so froh ihn wiederzusehen.

„Hey Lina“, murmelte er und küsste sie auf die Stirn. Seine Augen funkelten eisblau, auch der Polarwolf in ihm schien sich zu freuen sie zu sehen. „Wie es aussieht geht es dir schon besser.“

„Ich bin auf einem guten Weg“, erwiderte sie lächelnd. Ihre Katze schnurrte in ihrem Kopf, freute sich ihren Bruder zu sehen. Nun waren sie fast vollzählig, nur Ursyn… Nein, sie würden ihn bald finden. Da war Felina sich absolut sicher. Etwas anderes konnte nicht sein.

Karamell überschwemmte Felinas Geruchsnerven, als Canys ihre Arme um sie beide legte.

„Hallo kleiner Bruder.“

Auch sie bekam einen Kuss von Lycan, der ein warmes Lächeln auf Canys‘ Gesicht zauberte. Dieses Lächeln blieb da auch, als ein zaghaftes Räuspern zu hören war. Alle drei drehten sich gleichzeitig um. Keinen Meter von ihnen entfernt stand eine kleine, sanft gerundete Frau mit blonden Locken und blauen Augen. Sie sah nicht im Entferntesten aus wie eine knallharte Programmiererin, die Sicherheitssysteme für skrupellose Konzerne entwickelte. Viel eher machte sie auf Felina einen freundlichen und gleichzeitig nervösen Eindruck.

„Hallo Nim“, sagte Canys, löste sich von ihnen und ging zu der Fremden. Vertrauensvoll ließ sie sich von ihr umarmen. Sie konnte nur ein paar Jahre älter sein als Canys und

Felina.

So so, das war also die Frau, die das Herz ihres Bruders in Händen hielt.

Lycan, der bemerkt haben musste wie ihre Muskeln sich anspannten, flüsterte leise an ihrem Ohr: „Sei nett."

Felina sah zu ihm. „Bist du dir wirklich sicher mit ihr?"

„Ja. Ich bin ein Wolf und sie ist mein Mond." Tiefe Gefühle schwangen in den Worten ihres Bruders mit. Felina atmete tief durch, roch noch mehr Zitrus und Holunder, beides eindeutig die Witterung dieser Frau, die auch an Lycan haftete. Als hätte sich sein Geruch mit ihrem verwoben.

„Okay", erwiderte sie, trat von ihrem Bruder zurück und ging zu Canys und dieser Nim. Sie streckte die Hand aus und sagte: „Hallo, ich bin Felina. Wenn du meinen Bruder verletzt, dann töte ich dich."

„Lina!", rief Lycan entsetzt und auch Canys schnappte erschrocken nach Luft. Gleichzeitig weiteten sich die Augen der blonden Frau und ein Hauch Furcht mischte sich in ihre Witterung.

Felina, die die Hand nach wie vor ausgestreckt hielt, wandte ihren Blick zu Lycan und sagte: „Ich bin nur ehrlich."

„Du wirst trotzdem nicht meine Gefährtin bedrohen", verlangte er, jeder Zentimeter von ihm pulsierend vor Dominanz. Sein Wolf versuchte sie nieder zu starren, aber Felinas Puma scherte sich einen Dreck darum. Nicht nur, weil sie immun gegen solche Spielchen war, dafür war die Katze in ihr zu unabhängig, sondern auch weil sie es wortwörtlich todernst meinte.

Dennoch sagte sie, nachdem sie wieder zu der Menschenfrau sah: „Wir werden uns sicher wunderbar verstehen, solange du Lycan nichts antust."

Ein frustriertes Brummen war zu hören.

„Danke für die Warnung", murmelte die Frau leise, ihr Blick huschte kurz zu Lycan und dann wieder zu Felina. Vorsichtig griff sie nach deren noch immer angebotenen Hand. „Mein Name ist Nimué, aber alle nennen mich Nim. Was machen deine Verletzungen? Verheilen sie gut?"

„Sind auf einem guten Weg“, antwortete sie, wie auch kurz zuvor Lycan. Schritte wurden auf dem Flur laut und Aleydis betrat mit einem großen Korb die Wohnung, so dass Felina nicht in die Verlegenheit kam das Gespräch am Laufen zu halten.

„Schön, ihr habt euch miteinander bekannt gemacht und es ist kein Blut geflossen.“

„Wenn du wüsstest“, murmelte Canys so leise, dass selbst Felina es kaum gehört hatte. Dennoch stand ein Lachen in den grünen Augen der anderen. Aleydis, die davon nichts mitbekommen hatte, zwinkerte Nim zu und ging mit ihrer Last zur Küchenzeile.

Felina musste gegen den Impuls ankämpfen breit zu grinsen. Auf verquere Art gefiel es ihr und ihrer Katze, dass Aleydis sie für so wehrhaft hielt. Nicht, dass sie Nim grundlos angegriffen hätte. Sie war zwar alles andere als begeistert gewesen von der Beziehung ihres Bruders zu dieser Frau zu erfahren, die für ConPharm gearbeitet hatte, doch sie war nicht ungerecht.

Sie würde, wie angekündigt, Nimué erst das Fleisch von den Knochen ziehen, wenn sie etwas getan hätte, das diese Bestrafung verdiente. Felinas Familie zu gefährden zum Beispiel.

In den folgenden Minuten wurde die Stimmung lockerer und sie unterhielten sich, während sie gleichzeitig ein zweites Frühstück zubereiteten. Wie erwartet drückte Aleydis ihren drei Geschwistern einen Proteinshake in die Hand, für sich selbst und Nim bereitete sie eine Tasse Kaffee zu. Der herbe Duft des Getränks überlagerte in den ersten Minuten, die sie sich an den Esstisch setzten, alle anderen Gerüche.

„Wann kommt ihr nach Hause?“, fragte Lycan, das Glas vor sich schon zur Hälfte geleert.

„Das kommt darauf an“, antwortete Aleydis. Ihre braunen Augen huschten zu Felina, Gold zeigte sich um ihre Pupillen. „Ich würde dich liebend gerne mit nach St. Mary nehmen, am besten sofort, aber dort habe ich keinerlei medizinische Ausstattung und somit noch weniger Möglichkeiten den Fremdkörper zu entfernen." Die Luft zwischen ihnen wurde dick wie Sirup vor Anspannung und Sorge.

„Das kann man doch ohnehin nicht, oder?", fragte Felina leise.

„Zumindest ist mir noch nichts eingefallen."

Felina zuckte mit den Schultern und sagte: „Dann bleibt er eben drin bis ConPharm mir das Hirn sprengt."

Empörte Rufe wurden laut, selbst die Gefährtin von Lycan sah sie geschockt an.

„Sag so etwas nie wieder", forderte Aleydis mit einem Knurren, das ganz eindeutig von ihrer Wölfin kam.

„Wir geben nicht so einfach auf", fügte Lycan hinzu.

„Wie wahrscheinlich ist es, dass wir eine echte Alternative finden?", wollte Felina wissen. Appetitlos schob sie den Shake von sich. Sie hielt den Blick weiter gesenkt und sagte: „Ich will nie wieder das Versuchsobjekt von jemandem sein, nicht einmal für euch."

„So sehen wir dich doch nicht." Canys' Stimme war leise und voller unterdrückter Gefühle, sie legte eine Hand auf Felinas Unterarm und strich sacht darüber. Der Kontakt half Felinas Puma dabei sich zu beruhigen, doch das Knurren ihrer Katze war weiterhin in ihrem Kopf zu hören.

Ein Räuspern erklang und Felina hob den Blick. Es war von Nim gekommen, dem einzigen ganzen Menschen am Tisch. Sie kaute auf ihrer Unterlippe und musterte Felina, bevor sie zu Aleydis sah.

„Wäre das nicht einer dieser besonderen Notfälle, in denen wir das Schlupfloch benutzen sollten?"

„Was für ein Schlupfloch?", fragte Felina.

Lycan war es, der antwortete: „Nim hat in das Sicherheitssystem, das sie für ConPharm überarbeitet hat, eine Art Hintertür eingebaut. Damit haben wir die Möglichkeit uns in das System einzuwählen, ohne dass sie es mitbekommen."

„Aber das ist sehr gefährlich und sollte unser absolut letztes Mittel bleiben", fügte Aleydis hinzu. Vielleicht hätte sich Felina von dieser Aussage verletzt gefühlt, als wäre sie der

Timberwölfin nicht wichtig genug um dieses Wagnis einzugehen, doch sie konnte sie auch verstehen. Sollten sie dieses Schlupfloch leichtfertig einsetzen und damit ConPharm auf ihre Spur bringen, dann wären sie alle verloren.

Nein, das wollte sie nicht.

Nicht einmal, wenn der Preis dafür ihr eigenes Leben war.

„Aber was machen wir dann?" Nims blaue Augen waren bei dieser Frage dunkel geworden, als würde sie sich genauso um Felina sorgen wie ihre eigenen Geschwister.

Aleydis atmete tief ein und antwortete: „Rafael, Ian und ich sind uns sicher, dass das Gerät nicht per Fernsteuerung aktiviert werden kann. Sonst hätte ConPharm das schon längst getan."

Felina nickte - dieselbe Schlussfolgerung hatte Vincent ebenfalls gezogen. Es war logisch, schließlich lag ihre Flucht schon mehr als zwei Monate zurück. Genügend Zeit für die Wissenschaftler zu entscheiden, ob sie Felina endgültig loswerden wollten oder nicht.

„Das heißt wir haben Zeit?", fragte Canys vorsichtig.

Aleydis zuckte mit den Schultern, sie sah nicht glücklich aus. „Wahrscheinlich. Von irgendetwas muss das Ding aktiviert werden können. Es kann aber auch sein, dass es eine Art Zeitschaltmechanismus hat."

„Wie eine tickende Bombe?", fragte Nim alarmiert. Ihre Hand flog zu ihrem Mund und sie starrte Felina erschrocken an. „Tut mir leid, das wollte ich nicht so sagen."

„Du hast aber Recht", erwiderte sie. Ihr Magen zog sich zusammen und sie meinte zu spüren, wie es in ihrem Nacken prickelte und zwickte. Völlig verrückt und doch konnte sie das Gefühl nicht ignorieren. Fahrig strich sie darüber.

Stille senkte sich über den Tisch, nur durchbrochen von dem fernen Geräusch vorbeifahrender Autos und dem leisen Brummen des Kühlschranks. Felinas Katze tigerte nervös in ihrem Kopf hin und her, fuhr immer wieder die Krallen aus und wollte etwas tun. Es war schwer für ihre menschliche Seite der tierischen zu erklären, dass sie im Augenblick nichts an der Situation ändern konnten.

„Was ist mit Ursyn?", fragte Felina in dem Versuch sich selbst und die Aufmerksamkeit der anderen von sich abzulenken. Wenn es schon so aussah, dass es für ihr Problem keine Lösung gab, dann wollte sie zumindest ihren ältesten Bruder noch einmal sehen. Sie wollte ihn in den Arm nehmen und wissen, dass es ihm gut ging.

„Keine neuen Hinweise", sagte Lycan. Eisblau mischte sich in das Grau seiner Augen, das nur etwas heller war als Felinas eigene menschliche Augenfarbe. „Wir haben keine neuen Anhaltspunkte, nichts außer der schwachen Duftspur in dem kanadischen Glacier Park, von dem wir dir schon erzählt haben."

Ein säuerlicher Geschmack breitete sich auf Felinas Zunge aus, ihr Puls schoss in die Höhe und pochte noch heftiger in ihrer Hüfte als ohnehin. Ihre Katze wetzte von innen die Krallen an ihrer Haut. Es war fast so schmerzhaft wie ihre Sorge um ihren ältesten Bruder.

Sie konnte sich vorstellen wie froh ihre anderen drei Geschwister gewesen waren, als sie in den Wäldern auf seine Fährte gestoßen waren. Fast meinte Felina das herbe Ambra zu riechen, das Ursyns großem Körper anhaftete.

„Er könnte mittlerweile hunderte Kilometer weiter weg sein", sagte Aleydis. „Oder immer noch in Kanada, ohne auf unsere versteckten Boxen gestoßen zu sein."

„Zumindest ist er nicht bei ConPharm", warf Canys ein. Felina sah zu ihrer Schwester, in deren flaschengrünen Augen sich goldgelb die Wölfin zeigte.

Auch wenn sie selbst das so sehr hoffte, dass sich all ihre Muskeln verkrampften, musste sie doch fragen: „Wie kommst du darauf?"

„Scott hätte es uns sonst gesagt."

Ein Knurren erfüllte den Raum. Felina würde ihre Hand dafür ins Feuer legen, dass es sowohl von Aleydis als auch von Lycan gekommen war. Das Bild dieses Mannes kam ihr ins Gedächtnis, wie er vollkommen entspannt hier in dieser Wohnung gestanden hatte. Und dass, obwohl er ganz genau gewusst hatte mit wem er es zu tun gehabt hatte.

Einem Haufen genetisch veränderter Monster.

Dennoch war nicht eine Sekunde Angst in seinen Augen zusehen gewesen. Das Dunkelbraun war die meiste Zeit vollkommen emotionslos geblieben, abgesehen von den wenigen Sekunden der Erheiterung. Diese war Felina weit mehr gegen den Strich gegangen als die Kälte davor.

„Dieser Mann ist ein irrer Psychopath", kam es von Nim, was Felina ehrlich überraschte. Die Menschenfrau machte auf sie einen so zarten und zurückhaltenden Eindruck, dass sie solche Worte aus ihrem Mund nicht erwartet hätte.

Nichtsdestotrotz stimmte Felina Nim aus vollem Herzen zu.

„Soziopath, aber wer wird schon kleinlich sein", brummte Aleydis und rieb sich über das Gesicht. „Fest steht, dass wir Scott nicht loswerden. Er klebt an uns, wie Harz im Fell. Aber ich denke, dass Canys recht hat. Er hätte es uns sicher unter die Nase gerieben, wenn ConPharm unseren Bruder in seine Gewalt bekommen hätte."

Felina verkniff es sich zu sagen, dass Ursyn in diesem Fall nicht mehr am Leben war. Sie wusste, dass Canys und Lycan dasselbe dachten.

Aleydis fügte hinzu: „Trotzdem lässt es meine Wölfin beinah Amok laufen, dass er uns *schon wieder* aufgespürt hat und uns auch *schon wieder* geholfen hat. Wir stehen immer tiefer in seiner Schuld und ich komme einfach nicht dahinter, was er mit uns vorhat."

„Er spielt mit uns", brummte Lycan. „Wie eine Katze mit der Maus."

Felina musste unwillkürlich bei diesem Vergleich grinsen, auch wenn das Thema alles andere als amüsant war. Ihre Belustigung verschwand jedoch, als sie sagte: „Er hat sich mit Snyder unterhalten. Wer sagt uns, dass er ihm nicht doch einen Hinweis zu unserer Spur gegeben hat?"

„Hat er nicht", sagte Canys leise, aber bestimmt. Die sanfte Wölfin an ihrer Seite hatte die Hände so fest um ihr leeres Glas gelegt, dass ihre Fingerknöchel weiß hervortraten.

„Canys hat Recht", bestätigte Aleydis.

„Und warum?"

Lycan antwortete mit sarkastischem Unterton: „Weil er ohne Probleme tötet, aber etwas gegen Kidnapping und Freiheitsberaubung hat."

Er ist ein Irrer, dachte Felina. Ein absoluter Irrer und an ihm hing doch so viel. Vielleicht sogar alles. Ein Blick in die Gesichter am Tisch bestätigte ihr, dass sie alle dasselbe dachten.

Aleydis seufzte tief und sagte: „Ich wünschte wirklich, dass Scott unser größtes Problem wäre. Dass nur er zwischen uns und unserer endgültigen Freiheit stehen würde. Aber dem ist nicht so. Wir müssen eine Lösung für das Implantat finden und endlich eine Spur zu Ursyn."

„Wie wollen wir das anstellen?" Lycans Frage hatte ernüchtert geklungen. Ein Gefühl, das Felina nur zugut nachempfinden konnte. Hatten sie überhaupt eine Möglichkeit all diese Probleme zu lösen?

„Gemeinsam", sagte Aleydis fest und sah ihre Geschwister nacheinander an. „Ich werde für meine Familie kämpfen, bis zum letzten Atemzug."

Ein leises Klopfen an der Tür und Vincent hob den Kopf. Auf der Schwelle zu seinem Büro stand Evelyn, die Handtasche über der Schulter und die Autoschlüssel in der Hand.

„Ich treffe mich zum Mittagessen mit Grace und Diana, zur Nachmittagsschicht bin ich pünktlich zurück. Brauchst du irgendwas aus der Stadt?"

Ein Wunder, dachte Vincent, schüttelte aber mit einem kleinen Lächeln den Kopf. So etwas gab es nicht in Läden zu kaufen. Dumm nur, dass er und vor allem seine derzeitigen Untermieter genau so etwas brauchten. Dringend sogar.

„Sag den beiden Grüße."

„Mach ich." Doch statt zu gehen blieb Evelyn in der Tür stehen, einen Ausdruck in den Augen, den Vincent nur zu gut kannte.

„Was?", fragte er gedehnt.

„Willst du dein Sandwich ganz alleine essen?"

„Wäre nicht das erste Mal."

„Hättest du nicht lieber Gesellschaft?"

Vincent seufzte tief und fragte: „Evelyn, auf was willst du hinaus?"

„Ich meine nur..." Sie zuckte mit den Schultern. „Da sitzen drei reizende junge Frauen nur ein Stockwerk über dir."

„Versuchst du mich zu verkuppeln?"

„Sag das nicht so abfällig. Außerdem bin ich nicht blind, weißt du? Ich habe genau gesehen, wie du Felina angesehen hast."

„Laura ist gerade einmal seit ein paar Tagen weg und..."

„Und das Schicksal schert sich einen Dreck um solche Dinge. Ich sage ja auch nur, dass du ein wenig Zeit mit ihr verbringen könntest, bevor sie und ihre Schwestern wieder gehen. Schließlich bleiben sie nicht ewig hier, um die Sache für den Naturschutzbund zu regeln."

Evelyn verschränkte die Arme vor der Brust und hob herausfordernd eine Augenbraue.

Vincent würde am liebsten das Gesicht verziehen bei der Halbwahrheit, die er Evelyn wegen der Anwesenheit der Schwestern erzählt hatte. Andererseits konnte er Aleydis auch völlig verstehen, dass sie nicht mit der Tatsache hausieren gehen wollte, dass sie und ihre Geschwister sich in Tiere verwandeln konnten und somit der Puma gleichzeitig Felina war.

Und dass Vincent diesen verstörend faszinierenden Prozess schon selbst miterlebt hatte.

„Ich denke darüber nach", sagte er, denn anders würde Evelyn nicht lockerlassen.

„Schön", erwiderte sie zufrieden, winkte ihm noch mit ihrem typischen Lächeln zu, ehe sie verschwand. Das Schließen der Praxistür klang überlaut in Vincents Ohren. Mit einem tiefen Atemzug lehnte er sich in seinem Stuhl zurück und starrte weiter zur offenen Tür. Das besagte Sandwich, das im Kühlschrank auf ihn wartete, interessierte ihn kein bisschen.

Das einzige, was ihm seit der vergangenen Nacht – ach, eigentlich seit den letzten Tagen, nicht aus dem Kopf gehen wollte war eine ungewöhnliche Frau mit schiefergrauen, manchmal aber auch bronzefarbenen Augen. Zu sagen, dass er von ihr fasziniert war, wäre noch eine bodenlose Untertreibung. Es ärgerte Vincent ein bisschen, dass ihm Evelyn das angesehen hatte.

Vor allem – und dafür schämte sich Vincent – weil ihm das Bild ihres unbekleideten Körpers nicht aus dem Sinn ging. Natürlich nur kurz nachdem sie sich vor seinen Augen von einem ausgewachsenen Puma in eine Frau verwandelt hatte. Eine nackte Frau. Vincent hatte sich nur am Morgen noch im Spiegel selbst in die Augen schauen können, weil er sich nach den ersten Schrecksekunden an seine Manieren erinnert und ihr sein T-Shirt gegeben hatte.

Allerdings hatte sich das als zweischneidiges Schwert entpuppt, als die nur notdürftig bekleidete Frau sich in seinen Armen wiedergefunden und an seinen bloßen Oberkörper gedrückt hatte. Wie oft passierte einem Mann so etwas schon? Er würde schwer auf ‚niemals' tippen.

Vincent rieb sich übers Gesicht und versuchte sich einzureden keine roten Ohren zu bekommen. Wie ein hormongesteuerter Teenager. Sexuelle Belästigung und sein ungesundes Interesse halfen Felina und ihren Geschwistern im Augenblick nicht weiter.

Um seine Gedanken von dem nackten Körper seiner Patientin abzulenken rief Vincent die Röntgenbilder von Felinas Halswirbelsäule auf seinem PC auf. Die Bilder hatten den gewünschten Effekt: Sie brachten seinen Pulsschlag wieder auf Normalmaß und erstickten jeden unangemessenen Gedanken.

Stattdessen breitete sich das schon bekannte Gefühl von Beklemmung und Ratlosigkeit in ihm aus. Wie konnte man dieses Ding nur entfernen? Es war winzig, kaum größer als ein Reiskorn. Zudem war es mit solcher Präzision platziert worden, dass es wahrscheinlich nur eine Handvoll Mikrochirurgen auf der Welt gab, die überhaupt das Wissen und die Fingerfertigkeit besaßen einen solchen Eingriff durchführen zu können.

Ohne dabei den Patienten zu lähmen oder gar zu töten.

ConPharm musste in der Tat eine beeindruckende Belegschaft haben, die dazu noch so verschwiegen und moralisch flexibel war, dass sie solche Praktiken durchführten und auch geheim hielten. Vincent machte sich nichts vor, da war unter Garantie auch unanständig viel Geld mit ihm Spiel. Die Mitarbeiter mussten viele Nullen auf ihren Gehaltszetteln sehen, um…

Unvermittelt richtete er sich kerzengerade auf. Aber natürlich!

Aufgeregt griff Vincent nach der Computermaus und öffnete eine leere Suchmaske. Wäre doch gelacht, wenn er mit einer einzigen E-Mail nicht die Möglichkeit schaffen konnte mehr herauszufinden. Vielleicht erhielt er eine Telefonnummer und konnte so ein direktes Gespräch führen.

Hoffentlich…

Kapitel 26

Aleydis' Telefonat mit Ian brachte auch keine neuen Erkenntnisse.

„Ihm will auch nichts einfallen", sagte ihre Schwester und legte das Telefon zur Seite. Mit beiden Händen rieb sie sich über das Gesicht und murmelte: „Es ist so ungerecht."

„Ja", antwortete Canys. Sie saß neben ihrer Schwester auf dem Sofa, ihr Tablet auf dem Schoß um einen Artikel über den Aufbau des Rückenmarks zu lesen. Bisher hatte sie nur herausgefunden wie kompliziert und vor allem riskant es wäre den Chip aus Felinas Nacken zu entfernen.

„Was machen wir jetzt?"

„Ich habe keine Ahnung", erwiderte die schwarze Timberwölfin neben ihr.

Canys legte das Tablet zur Seite, leckte sich über die Lippen. „Können wir dann nicht nach Hause gehen?"

Sie vermisste ihr Zuhause, zu dem Rafaels und Aleydis' Haus für sie geworden war. Sie vermisste Lycan, Nim und all die anderen Menschen, die ihre Freunde geworden waren. Sie vermisste auch Zoe und die drei Kinder, die so voller Leben und Vertrauen waren und bei denen ihre Wölfin ganz weich wurde. Vor allem Liv, das etwas ruhigere Zwillingsmädchen mit dem Duft nach Veilchen und Zimt war ihr ans Herz gewachsen. Sogar Beth fehlte ihr, obwohl deren dominante Art ihre Wölfin noch immer ein wenig einschüchterte.

„Ja", antwortete Aleydis und griff nach Canys' Hand, „unter diesen Umständen sollten wir endlich nach Hause gehen."

Ein Lächeln breitete sich auf Canys' Gesicht aus… bis plötzlich ihre Wölfin unruhig wurde, in ihrem Kopf winselte und an ihren Ketten zerrte. Alarmbereit sah sie sich um, atmete tief ein und lauschte - und da hörte sie es: Harsche Atemzüge aus dem Schlafzimmer.

Genau in diesem Augenblick fuhr Aleydis' Kopf hoch und sie fragte: „Hörst du das auch?"

„Lina", antwortet Canys. Zeitgleich mit ihrer Schwester stand sie auf und ging hinüber zur Tür. Sie hatten sie nicht ganz geöffnet, da schlug Canys schon der bittere Geruch von Angst in die Nase, der Felinas Passionsfrucht überdeckte.

„Sie hat sicher einen Alptraum", sagte sie bedrückt.

Und tatsächlich: Felina warf sich von einer Seite auf die andere, ihre Beine hatten sich in der Decke verheddert, ihr Zopf hatte sich gelöst, so dass ihr Haar wirr auf dem Kopfkissen lag. Selbst im wenigen Licht, das vom Wohnzimmer aus in das kleinere Zimmer strahlte, konnte man ihre verkrampften Gesichtszüge erkennen.

Canys trat über die Schwelle und ging auf das Bett zu. Sie wusste genau wie es war noch immer Alpträume zu haben von den Dingen, die in ihrer Vergangenheit lauerten. Auch sie wachte oft genug schweißgebadet auf, mit hektischem Herzschlag und dem Geschmack bitterer Galle auf der Zunge. In den grauenvollen Sekunden der Desorientierung nach dem Erwachen fragte sie sich immer noch, ob sie ihre Flucht und alles danach nur geträumt hatte.

Ob sie doch wieder in der sterilen Zelle in den Laboren aufwachen würde.

„Hey Lina", sagte sie sanft und setzte sich auf die Bettkante. Mit klopfendem Herzen streckte sie die Hand aus um über ihre Wange zu streichen – und zuckte zurück.

„Ally", rief sie alarmiert, wandte den Kopf zu ihr. „Ich glaube, sie hat hohes Fieber. Sie glüht regelrecht."

„Was?" Eilig lief Aleydis zu ihr, man sah die Wölfin in ihren Augen. Sie legte die Hand auf Felinas Stirn und stieß ein Fluchen aus.

„Du hast Recht, sie hat eindeutig Fieber." Ohne zu zögern griff Aleydis nach dem Zaum des T-Shirts der bewusstlosen Frau, zog ihn hoch… und fluchte noch lauter.

Canys sah sofort was ihre Schwester meinte: Die Narbe an der Hüfte war rot, stark geschwollen... und sah anders aus als noch am Vorabend. Wenn sie es nicht besser wüsste würde sie sagen, dass sich Felina in den letzten vierundzwanzig Stunden gewandelt hatte.

Als sie das Aleydis gegenüber ansprach, sagte diese mit einem Seufzen: „Das denke ich auch. Und jetzt wo ich darüber nachdenke fällt mir auf, dass ich mir ihre Verletzungen heute noch gar nicht angesehen hatte. Morgens wurde ich von Nim und Lycan abgelenkt und vorhin, nach dem Abendessen, hat sie mich abgewimmelt."

Eine Mischung aus Frustration und Sorge stieg in Canys hoch. Sie sah von der geröteten Wunde in Felinas Gesicht - sie war nicht aufgewacht. Am liebsten hätte Canys sie gepackt und geschüttelt. Sie hatte schon immer schwierig sein können, selbst wenn ihr Verhalten eindeutig zu ihrem Nachteil gewesen war. In dieser Hinsicht war Felina genauso eigenwillig wie die Katze in ihrem Inneren.

„Ich hätte sie nicht für so unvernünftig gehalten", murmelte Aleydis und riss Canys aus ihren Gedanken.

„Wie meinst du das?"

Aleydis sah sie an, ihr Lächeln war eher resigniert als glücklich. „Ich habe bemerkt, dass sie sich gestern Nacht aus der Wohnung und in den Wald geschlichen hat. Als Puma wohlgemerkt."

„Ach Lina…", seufzte Canys.

„Vincent ist ihr nach."

„Wirklich?"

Ein Nicken von Aleydis, ihr Blick huschte zu der bewusstlosen Frau auf dem Bett. „Das war der Grund, warum ich ihr nicht hinterher bin. Ich bin zwar nicht glücklich darüber, dass sie sich gewandelt hat, weil ihr Körper noch Ruhe und Erholung braucht, aber ihre Katze hatte wohl diesen Ausflug gebraucht."

Canys nickte nur leicht. Niemand von ihnen musste aussprechen, dass sie dieses Gefühl von Getriebenheit schon am eigenen Leib erfahren hatten. Es konnte regelrecht schmerzhaft sein, wenn man das Tier dauerhaft an der Leine halten musste.

„Ich dachte, dass sie sich schon melden würde, wenn die

Wandlungen ihr nicht gutgetan hatten. Aber wie es aussieht ist sie sturer als ich dachte."

„Das ist sie tatsächlich", sagte Canys, schwankend zwischen Zuneigung und Unmut. „Das hier hat aber nichts mehr mit Sturheit zutun, das ist gefährlich."

„Nach ihren Beweggründen können wir sie später fragen. Jetzt ist es wichtig, dass wir die Entzündung aufhalten."

„Wie machen wir das?"

„Indem wir mal wieder Vincent um seinen Feierabend bringen. Wir brauchen mindestens ein Antibiotikum, Schmerzmittel und wenn wir Pech haben muss ich die Wunde nochmal öffnen." Aleydis sah zu Felina, die nichts von ihrer Unterhaltung mitbekommen hatte. „Ich sollte mir für Zuhause dringend mehr medizinisches Equipment zulegen. Auch für später, schließlich können wir nicht zu normalen Ärzten gehen. Wer weiß was die herausfinden könnten."

Ein Kloß bildete sich in Canys' Kehle, denn Ally hatte natürlich recht. Untersuchungen in gewöhnlichen Arztpraxen konnten sie nicht riskieren. Da war es Glück im Unglück, dass sie hier auf Vincents Ausrüstung zurückgreifen konnten. Selbst wenn es nur veterinärmedizinische war, aber andererseits…

Unvermittelt entwich Canys ein Glucksen und sie schlug sich schnell die Hand auf den Mund.

„Was ist?", fragte Aleydis, eine dunkle Augenbraue erhoben.

„Ich musste gerade daran denken, dass wir es mit einem Tierarzt nicht besser hätten treffen können."

Ihre ältere Schwester blinzelte zweimal, ehe sie breit grinste. „Das stimmt allerdings. Meinst du Vincent hat spezielles Antibiotikum für Katzen vorrätig?"

Dieses Mal versteckte Canys ihr Grinsen nicht hinter ihrer Hand. Es war eigentlich nicht richtig Witze zu machen, während es Felina so schlecht ging, aber es tat dennoch gut den Stress in dieser Form loszuwerden. Canys war sich zudem sicher, dass Ally nicht eingestiegen wäre, wenn es ernst um ihre Schwester stehen würde.

So blieb Canys' Stresslevel auf einem erträglichen Niveau, mit dem auch ihre Wölfin umgehen könnte. Sie war sogar ein wenig stolz auf sich und ihre animalische Hälfte, dass sie in der Lage waren solche Situationen zu meistern. Auch sich mit Vincent oder Evelyn, seiner Assistentin, zu unterhalten ohne einen Puls im dreistelligen Bereich zu haben oder den Drang zu fliehen war eine enorme Verbesserung für sie.

Sie würde sicher ihr Leben lang eher zurückhaltend und still sein, nicht so extrovertiert wie ihre Geschwister, doch das war in Ordnung für sie. Es war ihr Charakter. Selbst Ursyn, der auch sehr schweigsam war, war kontaktfreudiger als Canys. Er sagte eben einfach nicht viel, was aber nicht, wie bei ihr, an Schüchternheit oder großer Vorsicht lag.

Es tat Canys' Selbstbewusstsein gut, mittlerweile gelassener bleiben zu können. Für viele mochte das lächerlich erscheinen, schließlich hatte sie Aleydis als ständige Rückendeckung. Aber für Canys war es ein großer Schritt. Selbst als Scott Hewlett sie wieder einmal aufgesucht hatte, war Canys' Wölfin vergleichsweise ruhig gewesen.

Natürlich hatte sie in ihrem Kopf laut geknurrt und an ihrer Kette gezerrt, doch sie war lange nicht in die schmerzhafte Schockstarre verfallen, die bei der ersten flüchtigen Begegnung mit dem dunkelhaarigen Söldner ihre Muskeln versteift und ihr Herz hatte rasen lassen.

Aber im Augenblick waren Gedanken an diesen undurchsichtigen Mann nicht hilfreich.

„Ich hole Vincent", sagte Canys und stand auf. Ihre Schwester hielt sie nicht zurück, doch Canys konnte die ganze Zeit den Blick der anderen in ihrem Rücken spüren. Sie hatte auch ein mulmiges Gefühl zu der Wohnungstür des Tierarztes zu gehen, doch sie zwang sich dennoch einen Schritt vor den anderen zu machen und die Klingel zu drücken.

Es dauerte nur wenige Augenblicke, bis die Tür geöffnet wurde und Vincent sie überrascht ansah. Seine braunen Haare standen ihm wirr vom Kopf ab, als hätte er sie mehrfach gerauft.

„Canys, was gibt's?"

„Hallo Vincent. Es tut mir sehr leid, aber wir brauchen nochmal deine Hilfe. Felinas Hüfte hat sich entzündet, sie hat hohes Fieber und will nicht aufwachen."

Sofort legte sich ein ernster Ausdruck in seine dunklen Augen. „Alles klar, wo ist sie?"

In den folgenden zehn Minuten wiederholte sich auf erschreckend ähnliche Art die Prozedur, die sie schon bei der Entdeckung des Chips durchlaufen hatten: Vincent nahm Felina auf seine Arme, trug sie begleitet von Canys und Aleydis hinunter in seine Praxis und legte sie dort auf einen der Behandlungstische. Der Unterschied war, dass Felina dieses Mal nicht erwachte.

„Ich weiß wirklich nicht, wie wir dir jemals angemessen für deine Hilfe danken können", sagte Canys um sich abzulenken. Ihr Lächeln fiel möglicherweise etwas schiefer aus als beabsichtigt.

Vincent grinste und antwortete: „Indem ihr aufhört euch ständig zu bedanken. Ich komme mir ja schon vor wie ein Heiliger."

„Rafael sagt das auch ständig", kam es von Aleydis. „Ist das so ein Männerding, dass ihr ein Danke nicht annehmen könnt?"

„Keine Ahnung", erwiderte Vincent und zuckte mit den Schultern. Er griff nach einem Gerät auf einem Wagen, schaltete es an und als er seinen Blick wieder zu ihnen wandte war kein Lachen mehr in seinen Augen. „Dann wollen wir mal sehen was da nicht stimmt."

Canys, die mittlerweile den Apparat als Ultraschallgerät identifiziert hatte, fragte: „Warum nehmen wir nicht wieder das Röntgengerät?"

„Weil man damit nur feste Materie sichtbar machen kann wie Knochen oder Metall. Das Ultraschallgerät zeigt auch weiche Strukturen."

„Wie Entzündungsherde", fügte Vincent hinzu. Er hatte mittlerweile ein Handteil des Geräts genommen, Gel darauf gegeben und hob nun vorsichtig Felinas Shirt an. Sein Blick richtete sich auf den Monitor, auf dem schwarz-weißes Rauschen zu sehen war. Canys konnte sich darauf nicht zurechtfinden, doch diese Probleme schienen die anderen beiden nicht zu haben.

„Wie ich mir gedacht habe, da hat sich ein Abszess gebildet." Aleydis deutete mit ihrer anderen Hand auf den Bildschirm des Ultraschallgeräts. In dem undefinierbaren Rauschen war tatsächlich ein kreisförmiger Schatten zu erkennen. Von außen unsichtbar.

Vincent neigte den Kopf, den Blick ebenfalls konzentriert auf die Abbildung gerichtet. „Der liegt nicht tief, den können wir schnell entfernen."

Eigentlich hätten Canys diese Worte beruhigen sollen, doch das taten sie nicht, denn Felina lag noch immer mit geschlossenen Augen auf dem Untersuchungstisch.

„Warum wacht sie nicht auf?"

„Das liegt an dem Fieber", sagte Aleydis. „Sobald wir den Abszess entfernt und ihr das Antibiotikum gespritzt haben, müsste es ihr schnell bessergehen. Entzündungen sind für unsere Körper keine große Sache, das heilt dann schnell."

Vincent sah von Felina zu Canys und nickte bestätigend. „Eine örtliche Betäubung und ein kleiner Schnitt, mehr ist nicht nötig."

Gemeinsam begannen der Tierarzt und Aleydis zu arbeiten. Canys griff nach Felinas Hand und wich nicht von ihrer Seite, auch wenn die sterile Operationsumgebung, gepaart mit dem Geruch nach Blut und Desinfektionsmittel heftig an ihren Nerven zerrte.

Es lauerten so viele ähnliche Situationen in ihren Erinnerungen, als sie von ConPharms Mitarbeitern auf einen Metalltisch geschnallt und in gleißendes Licht gebadet dagelegen hatte, vollkommen wehrlos, um sich aufschneiden zu lassen…

Nein, das hier war anders, sagte sie sich und zwang sich weiter zuzusehen. Die beiden arbeiteten schnell und effizient. Nach wenigen Minuten war der Eiterherd entfernt, die Wunde gesäubert und vernäht. Aleydis verabreichte Felina zusätzlich zum Antibiotikum noch eine zweite Schmerzspritze in die Hüfte, ehe sie die Wunde verband.

„Ich glaube, ihre Temperatur ist schon gefallen", sagte Canys, nachdem sie prüfend ihre Hand auf Felinas Stirn gelegt hatte. Ihre Wölfin seufzte erleichtert und rieb sich dicht an ihrer Haut, als wollte auch sie der kranken Schwester näher sein.

Doch an den Rändern ihres Bewusstseins lauerte weiterhin Dunkelheit, Gefahr. Denn sie konnten nicht alle Gefahrenquellen so einfach aus Felinas Körper entfernen. Eine war noch da. Eine, die ihre Schwester heimtückisch bedrohte.

Es hatte schon etwas von Routine, als Vincent Felina auf die Arme nahm. Ebenso wie die beiden Frauen, die ihn mit Argusaugen dabei beobachteten, wie er mit seiner Last die Praxis verließ, in den ersten Stock ging und die Bewusstlose dort auf dem Bett ablegte. Sie wachte nicht eine Sekunde auf, was vielleicht auch besser war. Mit so einer frischen Naht war es nicht angenehm transportier zu werden, egal wie viel Mühe Vincent sich gegeben hatte sie nicht zu sehr durchzuschaukeln.

„Sie wird sicher die ganze Nacht schlafen", sagte Aleydis an seiner Seite. „Und mit dem Antibiotikum ist bis morgenfrüh das Schlimmste überstanden."

„Hoffentlich", murmelte Canys. Sie hatte die hellen Brauen über den Augen zusammengezogen, kaute auf ihrer Unterlippe.

„Ganz sicher", beruhigte ihre Schwester sie, strich ihr kurz mit den Fingerknöcheln über die Wangen. Es war schön mitanzusehen wie nah sich die Geschwister standen. In solchen Augenblicken wünschte sich Vincent, dass er nicht als Einzelkind aufgewachsen wäre.

„Würdest du noch kurz hier warten?", fragte Aleydis und holte ihn in die Gegenwart zurück. „Ich würde gerne gleich mit Rafael und anschließend mit Ian telefonieren. Und Canys sollte etwas essen."

„Das kann ich doch auch-"

„Nicht später", unterbrach Aleydis die Jüngere, „sondern gleich."

Vincent konnte sich ein Grinsen nicht verkneifen und sagte: „Kein Problem, wirklich."

Aleydis lächelte ihm zu und schob Canys vor sich her aus dem Zimmer. Etwas unschlüssig sah Vincent ihnen hinterher, ehe er seinen Blick auf Felina richtete. Ihre Gesichtszüge waren entspannt, ihr Atem ging gleichmäßig. Nichts war mehr von den harten Linien zwischen ihren Augenbrauen und um ihren Mund zu sehen, die zuvor noch von den starken Schmerzen gekommen waren.

Sie sah friedlich aus, was Vincent beruhigte.

Er griff nach ihrem Handgelenk und legte Zeige- und Ringfinger an die zarte Haut der Innenseite, um ihren Puls zu messen. Es dauerte nur Sekundenbruchteile, da fühlte er ihn ruhig und gleichmäßig pochen. Ein gutes Zeichen.

Und auch dass sie die Augen einen Spalt öffnete und ihn fixierte ließ hoffen.

„Hey Vincent", murmelte Felina und lächelte verträumt.

„Hey", erwiderte er, „alles wird gut, ruh dich aus." Felina nickte. Sie drehte ihr Handgelenk und ehe er es sich versah waren ihre Hände miteinander verschränkt. Vincent konnte einfach nicht anders als mit dem Daumen über ihren Handrücken zu streichen.

Weil es sich so richtig anfühlte, so notwendig, beugte er sich nach vorne und berührte sacht mit den Lippen ihre Stirn. Er redete sich ein, dass er so nur feststellen wollte, ob sie noch Temperatur hatte - hatte sie nicht. Zudem konnte Felina sicher jeden Trost brauchen, den sie kriegen konnte. Sie sollte sich nicht eine Sekunde fragen müssen ob sie noch in den Laboren war, wo sich sicherlich niemand um sie gekümmert hatte.

Vincent wollte, dass sie gesund wurde, nicht nur körperlich.

Trotz seiner rein altruistischen Absichten konnte er sich nicht davon abhalten einen Augenblick über ihrer Stirn zu verweilen, den Mund knapp über ihrer zarten Haut schwebend. Unter dem ihm so vertrauten Geruch nach Desinfektionsmittel und Seife konnte er einen süßen, durch und durch weiblichen Duft ausmachen.

„Vincent", hörte er sie murmeln, wich zurück und sah in Felinas Augen. Man konnte kaum die Farbe ihrer Iris erkennen, so stark waren ihre Pupillen geweitet. Vincent wollte sich weiter aufrichten, sich entschuldigen, aber er war nicht schnell genug. Bevor er genau wusste was sie vorhatte hob Felina den Oberkörper und presste ihren Mund auf seinen.

Es war ein unerwarteter, ungelenker Kuss. Ein Kuss, der ihm durch und durch ging. Ein Kuss, der in der Lage war ihn in seinen Grundfesten zu erschüttern.

Und einer, der viel zu schnell vorbei war. Bevor Vincent reagieren konnte, mehr tun konnte als nur wie erstarrt dazusitzen und den sanften Druck ihrer Lippen zu spüren, ließ sich Felina zurück in die Kissen fallen. Die Augen wieder geschlossen lächelte sie breit, atmete tief ein und sagte verträumt: „Du riechst so gut. Meine Katze würde dir am liebsten über den Hals lecken."

Vincents Bauchmuskeln zogen sich zusammen, in seinem Magen kribbelte es warm. Das Bild in seinem Kopf… er sah nicht den Puma vor sich, sondern die hinreißende Frau, die mit den Lippen über seine Schulter und seinen Hals strich.

Es half nur wenig sich einzureden, dass sie im Augenblick unter dem Einfluss von Schmerzmittel stand. Oder dass seine Gedanken hart an der Grenze zur Perversität vorbeischrammten. Förderlich war auch nicht, dass Vincent Felina schon nackt gesehen hatte.

Er war so ein Lüstling.

Reiß dich zusammen!, schalt er sich. Aleydis und Canys konnten jedem Moment zurückkommen und er wollte nicht erklären müssen, warum er mit einem halben Ständer mit ihrer bewusstlosen Schwester Händchen hielt.

Vincent räusperte sich und begann vorsichtig seine Finger aus Felinas Griff zu lösen. Felina war wenig kooperativ, sie versuchte sogar seine Hand unter ihr Kinn zu ziehen und da wollte Vincent sie im Augenblick nicht haben – so nah an ihrem Dekolleté.

Ihm stand schon der Schweiß auf der Stirn, als er sich endlich befreien konnte. Felina seufzte leise, drehte sich und rollte sich auf ihrer heilen Seite zusammen.

Himmel, er war in ernsthaften Schwierigkeiten.

Umso mehr, da er noch keine Antwort auf seine E-Mail erhalten hatte. Wenn seine Nachricht überhaupt angekommen war. Falls dem nicht so war und es keine andere Möglichkeit gab… dann war Vincent drauf und dran sein Herz an eine Frau zu verlieren, in deren Kopf eine tickende Zeitbombe steckte.

Kapitel 27

Es war kurz nach Mitternacht, als Aleydis von einem leisen Stöhnen geweckt wurde. Sie hatte die ganze Zeit nicht richtig geschlafen, war nur im Dämmerzustand neben Felina gelegen. Vor allem ihre Wölfin hatte sichergestellt, dass sie immer mit einem Ohr auf die Atemgeräusche ihrer jüngsten Schwester achteten.

So war sie innerhalb von einer Sekunde hellwach, setzte sich auf und sah zu der Frau an ihrer Seite. Canys hatte sich, nach einer kurzen Diskussion, bereiterklärt in dieser Nacht auf der Couch zu schlafen. Nicht, weil es Aleydis da zu unbequem gewesen wäre – jedes Bett ohne Rafael an ihrer Seite war nicht das richtige – sondern weil Aleydis besser einschätzen konnte, ob sich Felinas Zustand verbessert oder verschlechtert hatte.

Im dämmrigen Licht, das durch die Fenster hereinfiel, konnte sie Felinas Gesichtszüge erkennen. Sie hatte die Augen geschlossen, die Brauen darüber zusammengezogen und einen angespannten Zug um den Mund. Aleydis streckte ihre Hand aus und legte sie auf ihre Stirn. Kein Fieber.

Dennoch spannte sich Felinas Körper immer weiter an, sie hatte sich zu einer Kugel zusammengerollt. Es war leicht zu erraten, dass sie einen Alptraum hatte. Aleydis wurde das Herz schwer, ihre Wölfin winselte. Sie hatte, seit Lycan und Canys bei ihnen wohnten, begonnen ein psychologisches Fachbuch nach dem anderen zu lesen, vor allem im Bereich Traumata.

Sie wollte sich nicht allein auf ihre Instinkte verlassen, was sie tun und sagen musste, damit sich ihre Geschwister von den Grausamkeiten in den Laboren erholen konnte. Rafael war ihr eine sehr große Hilfe, hatte er doch selbst eine Traumabehandlung inklusive psychologischer Betreuung durchlaufen. Gemeinsam, so hatte er gesagt, würden sie Aleydis'

Geschwistern auch seelisch aus der Gefangenschaft helfen.

Wie sehr Aleydis und ihre Wölfin ihn liebten.

Ein Knurren riss Aleydis aus ihren Gedanken zurück in die Gegenwart.

Wieder streckte sie die Hand nach ihrer Schwester aus, strich über ihre Wange und ihren Oberarm und murmelte beruhigende Worte. Sagte ihr, dass sie in Sicherheit war, dass sie in einem gewöhnlichen Bett lag, umgeben von ihrer Familie. Dass niemand kommen würde um sie zu holen.

Aleydis konnte sich ausmalen, warum Felina schlecht träumte. Sie hatten versucht den Desinfektionsmittelgeruch so gut wie möglich mit feuchten Tüchern von ihrem Körper zu reiben, doch ein Rest hing noch an Felinas Haut.

„Hey Lina, wach auf", sagte Aleydis und benutzte absichtlich den Kosenamen. Sie schaltete die Nachttischlampe an, so dass das Zimmer in sanftes Licht getaucht wurde, ehe sie sich hinunterbeugte und der anderen einen Kuss auf die Stirn gab. „Du bist in Sicherheit, ich passe auf dich auf."

„Ally?", kam es rau von ihr und Aleydis lächelte schief.

„Ja, ich bin's. Alles ist gut, du bist in Sicherheit."

Felina öffnete die Augen, man konnte die reflektierende Schicht auf ihrer Netzhaut glimmen sehen. Sie richtete sich ein Stück auf, nur um das Gesicht zu verziehen.

„Was ist passiert? Mir tut alles weh."

„Deine Hüfte hatte sich entzündet und du hattest hohes Fieber. Vincent und ich mussten die Wunde öffnen und den Abszess entfernen." Sie strich Felina über die Stirn, die Wange, versuchte sie mit der Berührung weiter ins Hier und Jetzt zu holen. „Warum hast du nicht gesagt, dass es dir schlechter ging?"

Sie wandte den Blick ab, ehe sie antwortete: „Ich hatte es übertrieben, wollte es nicht zugeben."

„Du meinst, dass du dich gewandelt und in den Wald gelaufen bist?", fragte Aleydis und hätte um ein Haar gelacht, als Felina sie überrascht ansah.

„Du wusstest davon?"

„Ich schlafe nicht sehr tief, seit wir hier sind", erwiderte sie. „Daher habe ich mitbekommen, dass du dich hinausgeschlichen hast. Ich dachte mir schon, dass die Katze dir keine Ruhe lässt. Glaub mir, auch ich kenne dieses Gefühl. Durch das Fenster habe ich gesehen, wie du in den Wald gelaufen bist."

„Und du hattest dir keine Sorgen gemacht?"

„Doch", sagte Aleydis ernst und griff nach Felinas Händen. Sie hatte schlanke Finger, die im Moment sehr kühl waren. „Ich mache mir quasi vierundzwanzig Stunden lang Sorgen um dich und die anderen. Vor allem um Ursyn. Meine Wölfin würde euch am liebsten die ganze Zeit in ihrer Nähe haben, damit ich auf euch aufpassen kann. Aber ich will euch nicht einsperren. *Niemals wieder* soll jemand euch in eurer Freiheit einschränken, selbst wenn ich diejenige bin."

Aleydis wartete einen Moment, sah das Erkennen in Felinas Augen und ja, vielleicht die aufkeimende Liebe. Es war einer der schönsten Momente.

„Es tut mir leid", murmelte Felina, ihre Stimme ganz rau. „Ich… es… es ist so ungewohnt."

„Ich weiß. Du musst dich nicht entschuldigen, ich bin dir nicht böse." Sie lächelte und sagte: „Du kannst froh sein, dass ich schon Erfahrungen mit nächtlichen Alleingängen habe. Bei Lycan war ich noch weit unentspannter als jetzt."

Auf Felinas Nachfrage begann Aleydis von den beiden Nächten zu erzählen, in denen sich Lycan heimlich in Wolfsform hinausgeschlichen hatte. Und wie sie ihn jedes Mal am liebsten gepackt und geschüttelt hätte.

„Selbst Canys war unzufrieden mit ihm", endete Aleydis mit einem Grinsen, das Felina zaghaft erwiderte.

„Warum ist er denn abgehauen?"

„Wegen Nim", erwiderte Aleydis. „Er und sein Wolf hatten sich nicht von ihr fernhalten können, also ist er zu ihrem Haus geschlichen. Beim zweiten Mal hat sie ihn sogar in seiner Wolfsform gesehen und ihn für einen besonders großen Hund gehalten."

Leises Lachen war von Felina zu hören. Sie saß mittlerweile entspannt mit dem Rücken gegen das Kopfteil des Bettes gelehnt, mehrere Kissen hinter sich, während sie noch immer Aleydis' Hand hielt. Sie bezweifelte, dass die Jüngere das bemerkt hatte, was Aleydis noch glücklicher machte. Sie hatte sich solche Sorgen gemacht, dass Felina sie weiterhin ablehnen würde, wie sie es am Anfang getan hatte. Nur Rafael wusste, wie sehr es sie und ihre Wölfin verletzt hatte.

„Vielleicht wäre ich dir trotzdem hinterher", brach Aleydis das Schweigen, „wenn ich nicht gesehen hätte wie Vincent dir nach ist."

Der überraschte, ja fast schockierte Ausdruck auf Felinas Gesicht brachte Aleydis zum Lachen. Grinsend fügte sie hinzu: „Du magst seinen Geruch, nicht wahr? Deine Katze würde sich am liebsten darin wälzen, ihm ganz nahe sein."

Der kurze Anflug eines Lächelns auf Felinas Gesicht, ganz so als würde sie Aleydis zustimmen wollen, ehe alles Leben aus ihrem Blick wich. Es war fast so als hätte man einen Schalter umgelegt. Gleichzeitig mischte sich so viel Furcht in ihre Witterung, dass sie Felinas Geruch nach Passionsfrucht fast vollständig überdeckte. Aleydis' Brust zog sich zusammen, ihre Wölfin knurrte ganz tief in ihrer Seele.

Gleichzeitig rauschte Adrenalin durch ihren Körper. Hatte sie sich in dem Tierarzt getäuscht? War er nicht der hilfsbereite Mann, der ihr Vertrauen verdient hatte?

Aleydis' Stimme war mehr ein Knurren als verständliche, menschliche Worte, als sie fragte: „Was ist? Hat er dir wehgetan? Etwas gemacht was du nicht wolltest?"

Sollte das der Fall sein, Aleydis würde ohne zu zögern zu dem Menschen gehen und ihm mit bloßen Händen alle Knochen im Leib brechen. Bevor die Wölfin in ihr sich endgültig erheben konnte, das Blut dieses Abschaums fordern konnte, schüttelte Felina langsam den Kopf.

Man sah ihren Hals arbeiten, als sie schluckte, ehe sie wisperte: „Nicht Vincent."

Aber jemand anderes, vollendete Aleydis den Satz in ihren Gedanken. Irgendjemand anderes, dessen Geruch einen ähnlichen Effekt auf ihre Katze gehabt hatte, hatte ihr also etwas angetan.

„Wer?“, fragte sie rau, bemüht ihre Aggression zu zügeln. Wenn es nicht Vincent gewesen war, dann hatte Aleydis nicht die Möglichkeit den Schuldigen zur Rechenschaft zu ziehen. Zumindest nicht im Augenblick. Und ihr Zorn würde es Felina nicht leichter machen sich ihr gegenüber zu öffnen.

Aber das Gift musste abfließen, ehe ihre Wunden heilen konnten. Wie der Abszess in ihrer Hüfte auch verhindert hatte, dass sie gesund wurde. Es wäre sicher nicht mit einem Gespräch getan, das hatte Aleydis seit dem Beginn ihrer Studien gelernt. Aber der Anfang musste gemacht werden.

„Lina, erzähl mir davon“, sagte sie sanft, als ihre Schwester sie weiterhin nur mit schreckgeweiteten Augen ansah. Ihr Blick war zwar auf Aleydis gerichtet, doch sie fokussierte sie nicht. Als würde sie durch sie hindurchsehen.

Als sie sprach, war ihre Stimme kaum mehr als ein Wispern: „In meinen Träumen töte ich ihn jede Nacht.“

„Erzähl mir davon“, forderte Aleydis abermals. Noch immer ging Felinas Blick durch sie hindurch, doch sie leckte sich über die Lippen und begann zu sprechen.

„Sein Name war… Jackson. Er war ein neuer Pfleger, hatte vor sechs Monaten in den Laboren angefangen. Er war anders als die anderen Männer und Frauen, die schon länger dort arbeiteten. Die waren alle kalt, abgestumpft und haben uns nur als Gegenstände behandelt. Jackson aber…“

Felina schloss die Augen, eine Träne rann über ihre Wange und tropfte von ihrem Kinn. Es zerriss Aleydis beinah das Herz, aber sie zwang sich still zu sein. Sie hatte so das Gefühl ihre Schwester würde nicht weitererzählen, wenn sie sie jetzt unterbrach. Also presste sie die Kiefer zusammen, ignorierte das Wüten ihrer Wölfin und wartete.

„Als ich ihm das erste Mal begegnet bin, lag ich angekettet auf dem Untersuchungstisch. Sie hatten mir Knochenmark entfernt und wie es so üblich war, waren die Wissenschaftler gegangen und hatten es den Pflegern überlassen die Wunden zu versorgen. Dann kam er rein und ich weiß noch, dass ich für einen Moment die Schmerzen vergessen habe, als ich seinen Duft nach Ingwer wahrnahm."

Felina atmete tief ein, als könnte sie die Witterung jetzt noch riechen.

„Mein Puma wurde auf einmal ganz ruhig in meinem Kopf, begann sogar zu schnurren. Ich war so perplex... und dann hat Jackson mit mir gesprochen. Niemand sonst hatte je das Wort an uns gerichtet, es wurde nur *über* uns gesprochen, selbst wenn wir zuhören konnten. Jackson aber... er hatte versucht mich zu trösten, war so vorsichtig beim Vernähen der neuen Wunden."

Sie senkte den Blick, ehe sie ihn wieder hob und dieses Mal Aleydis direkt ansah.

„In den folgenden Wochen hat er immer wieder mit mir gesprochen, hat mir sogar Extrarationen Essen zugesteckt. Meine Katze wurde jedes Mal, wenn sie ihn witterte, ganz aufgeregt und hätte sich am liebsten schnurrend auf seinem Schoß zusammengerollt. Und auch meine menschliche Seite mochte ihn. Er war der erste Mensch, der wirklich freundlich zu mir gewesen war. Ich... ich vertraute ihm."

Felina lachte unvermittelt, so kalt, dass es Aleydis eine Gänsehaut verschaffte.

„Aber ich hätte es besser wissen sollen. Alle bei ConPharm waren Monster, Jackson war nur besonders gut darin gewesen das zu verstecken. Er war mit Schuld für den Zwischenfall, wegen dem die Sicherheitsprotokolle geändert worden waren. Im Nachhinein... ja, ich glaube so krank es auch ist, ich bin froh darum."

„Was ist bei dem Zwischenfall passiert?"

„Ich war auf einer Art Liegestuhl fixiert. Die Riemen schnitten tief in meine Haut, wie so viele Male zuvor auch. Die Sedativa ließen langsam nach, ich war so benommen und geblendet von dem grellen Licht der Lampen, dass ich einige Momente brauchte um zu bemerken was anders war: Ich war nackt und meine Beine... sie lagen höher und waren abgespreizt."

Felinas Atmung ging schneller, als sie fortfuhr: „Jackson

kam in den Raum. Ich konnte ihn nicht genau erkennen, doch sein Geruch war da und ich war so erleichtert. Ich flehte ihn an mich loszumachen, mich aus dieser entwürdigenden Lage zu befreien. Er kam weiter auf mich zu, sagte nichts. Er stellte sich zwischen meine Beine, legte seine Hände auf die Innenseiten der Oberschenkel und begann die Haut dort zu streicheln. Ich wand mich und versuchte mich von den Riemen zu befreien, denn der Ausdruck in seinen Augen machte mir Angst."

Aleydis' Magen krampfte sich zusammen und sie schmeckte Galle auf der Zunge. Sie flehte, betete, bettelte darum, dass Felina nicht das sagte, was sie befürchtete – aber ihre Gebete wurden nicht erhört.

„Er sagte mir, dass ich mich entspannen sollte, er würde es schön für mich machen. Ich verstand nicht was er damit meinte und wurde noch panischer, als er begann seine Hosen zu öffnen. Er tropfte kalte Flüssigkeit auf meinen Schambereich und schob seine Finger in mich. Es… es fühlte sich grob und so falsch an. Ich habe ihn angefleht damit aufzuhören, mich in Ruhe zu lassen, aber er machte nur weiter, gab sich etwas von der Flüssigkeit in die Hand und rieb damit über seine Erektion. Aber Jackson grinste nur und versicherte mir, dass es mir schon gefallen würde. Dass ich sicher nicht mehr so kratzbürstig und unkooperativ wäre, wenn er mich nur einmal ordentlich durchgefickt hätte."

Mittlerweile hatte sich Felinas Atmung beschleunigt, ihre Augen waren bronzefarben und zwischen ihren geöffneten Lippen konnte man die Reißzähne des Pumas erkennen. Ihr Griff um Aleydis' Finger war schmerzhaft, aber sie würde sich nicht von ihr lösen.

„Was ist dann passiert?" Die Worte schoben sich schmerzhaft durch Aleydis' Kehle, als würde sie versuchen Glasscherben zu erbrechen.

„Ich habe mich losgerissen", sagte Felina rau. „Ich habe mir eine Schulter ausgekugelt, die Haut an den Handgelenken abgerissen und mir fast die Hüfte gebrochen, doch ich kam von den Fesseln los. Ohne auf die Schmerzen zu achten habe ich mich auf Jackson gestürzt, habe meine Hände um seinen Hals gelegt und seinen Kopf immer wieder und wieder auf den Boden geschlagen, bis sein Hinterkopf nur noch eine breiige Masse war und sich sein Blut über den Fußboden verteilte. Ich habe erst aufgehört als ich die Sirenen erklingen hörte. Ich habe von ihm abgelassen, mir seine Sicherheitskarte geschnappt und bin damit aus dem Raum geflohen."

Felina lächelte, doch es sah aus wie eine verzerrte Grimasse. „Ich schaffte es durch vier Schleusen und habe es in einen Korridor mit Fenstern nach draußen geschafft, bis sie mich erwischt haben. Ich fühle noch immer die Kugeln und Betäubungsspritzen, mit denen sie meinen Rücken durchsiebt haben. Kurz vor der Freiheit, so kurz davor, brach ich zusammen. Ich weiß noch, dass ich dachte zu sterben – aber ich war Irrationalerweise froh darüber. Ich war beinah frei gewesen und es war mir lieber bei dem Versuch zu entkommen zu sterben als auf diesen widerwärtigen Operationstischen."

„Aber du bist nicht gestorben", sagte Aleydis unnötigerweise, jedoch in dem Versuch Felina aus dieser grausamen Erinnerung zu holen. Einer Erinnerung, die andere sicher völlig zerstört hätte.

„Nein, bin ich nicht", erwiderte sie leise. „Sie haben mich gerade noch so wieder zusammenflicken können. Es hatte nicht viel gefehlt und ich wäre tatsächlich gestorben. Andererseits… irgendetwas ist tatsächlich in mir gestorben. Seitdem ist etwas in mir kaputt gegangen, was man nicht reparieren kann." Felina sah zu Aleydis, die Augen schwankend zwischen Frau und Puma. „Ich hasse es Flashbacks von Dingen zu bekommen an die ich mich nicht erinnern will."

Aleydis zog sie sanft, aber bestimmt an ihre Brust, legte die Arme um ihren Körper und strich ihr über das Haar und den Rücken. Versuchte sie mit ihrer Berührung, ihrem eigenen Duft aus der Hölle ihrer Vergangenheit zu ziehen.

„Manchmal sind Erinnerungen die schlimmste Form der Folter." Sie küsste sie auf die Stirn und fügte sanft hinzu:

„Vielleicht geht es im Leben nicht darum die Kratzer zu vermeiden. Vielleicht geht es darum die Narben zu sammeln als Beweis dafür, dass wir gelebt haben. Dass wir überlebt haben."

„Ich habe genug Narben für einhundert Leben", murmelte Felina. Langsam legte sie die Arme um Aleydis' Oberkörper, erwiderte die Umarmung. Diese Geste beruhigte Aleydis' Wölfin ein wenig, die bei Felinas Erzählung heftig an ihren Ketten gezerrt hatte. Sie wollte raus, wollte endlich diese Monster finden und ganz langsam und qualvoll umbringen. Für gewöhnlich war die Wölfin sehr effizient und rational, tötete schnell und ohne Leid zu verursachen, doch in diesem Fall…

Diese Menschen hatten keinen schnellen Tod verdient.

„Jetzt bist du frei und in Sicherheit", sagte Aleydis, versuchte damit auch ihre Wölfin zu beruhigen. Sie konnten Felina das Leben bieten, das sie schon immer verdient hatte. Ihr eben diese Freiheit und Sicherheit schenken. Ihre Rache mussten sie für später aufsparen.

Felina atmete tief ein, schmiegte sich noch ein wenig näher an Aleydis. Ihre Worte waren gedämpft, als sie sagte: „Ich bin froh, dass du hier bist."

„Und ich erst." Sie gab ihrer jüngeren Schwester einen Kuss auf die Stirn. Sie hätte es nun dabei bewenden lassen können, sie hätten das Licht löschen und wieder schlafen können, aber es gab noch etwas, das sie ansprechen musste. Das geklärt werden musste.

„Vincent ist anders als dieser Abschaum."

Augenblicklich verspannte sich Felina, ihre Hände griffen fester in Aleydis' T-Shirt. Da sie still blieb, fügte Aleydis hinzu: „Ich will dein Trauma nicht kleinreden. Du wurdest von jemandem verraten, dem du vertraut hast. Dem sowohl Frau als auch Puma vertraut haben und ich kann mir nicht einmal im Ansatz vorstellen wie schmerzhaft und traumatisch das für dich gewesen ist. Aber Vincent ist anders."

„Garantierst du mir das?", fragte Felina dumpf. „Ich weiß nämlich nicht, ob ich meiner Katze trauen kann."

„Er ist anders“, beharrte Aleydis. „Hast du nicht gemerkt wie er dich ansieht? Als wärst du das Kostbarste auf der Welt für ihn. Er würde sich eher den eigenen Arm abhacken als dir zu schaden.“

Kapitel 28

Felina fühlte sich wie durch den Fleischwolf gedreht, als sie am nächsten Morgen aufwachte. Es war noch sehr früh, durch die Spalten der Vorhänge drang nur schwaches Dämmerlicht. Dennoch konnte sie deutlich die Vögel draußen zwitschern hören. Nicht mehr lange, dann würde die Sonne aufgehen.

Sie atmete tief ein, roch Jasmin und Karamell, und warf einen Blick neben sich um zu erkennen, dass da nicht nur eine ihrer Schwestern lag, sondern beide. Ein Lächeln breitete sich auf ihrem Gesicht aus, als sie sah wie gequetscht Canys zwischen ihr und Aleydis lag.

Aber das Lächeln verging ihr bald, als die Erinnerungen an die vergangene Nacht zurück an die Oberfläche ihrer Gedanken kamen. Wie sie Aleydis von den wohl schlimmsten Stunden in den Laboren erzählt hatte, die sie je hatte erdulden müssen. Es hatte blutigere Experimente gegeben, bei denen sie vor Schmerzen ohnmächtig geworden war und doch war der Vorfall mit Jackson am brutalsten gewesen. Er hatte nicht nur ihrem Körper geschadet, sondern auch ihrer Psyche.

Dadurch, dass sie ihrer ältesten Schwester davon erzählt hatte, waren die Bilder zurück in ihr Bewusstsein gedrungen. Felina klammerte sich an dem Gedanken fest, dass Jackson tot und sie schlussendlich doch entkommen war. Sie war nicht wehrlos.

Um sich weiter von der Dunkelheit in ihrem Kopf abzulenken richtete sie sich auf die Ellenbogen auf und zog ihr Shirt über ihrer Hüfte nach oben. Ein großes Pflaster versperrte ihr die Sicht auf die Verletzung. Felina hatte von der Behandlung nichts mitbekommen. Das letzte, an das sie sich erinnern konnte war, dass sie sich schlapp gefühlt und ins Bett gegangen war. Die Zwischenzeit, bis sie sich nachts mit

Aleydis unterhalten hatte, war ein diffuses Rauschen aus Schmerzen, grellem Licht und dem Geruch nach Minze und Desinfektionsmittel.

Letzteres hing noch immer an ihrer Haut und bereitete ihr eine Gänsehaut.

Rascheln von Stoff und tiefe Atemzüge, ehe Canys neben ihr murmelte: „Wie geht es dir?“

„Besser.“ Felina legte sich zurück auf den Rücken, den Kopf zu der braunen Wölfin gedreht. Canys lächelte, rutschte zu ihr hinüber und legte ihren Kopf auf Felinas Schulter. Warmer Atem strich über ihren Hals, der Geruch nach Karamell verstärkte sich.

„Das ist gut“, murmelte Canys, ein Lächeln in der Stimme. „Bitte hab keinen Rückfall mehr.“

„Ich tue mein Bestes“, erwiderte Felina und drückte einen Kuss auf den blonden Scheitel der anderen.

Wieder raschelte das Bettzeug, man hörte ein tiefes Brummen, bevor Aleydis fragte: „Müsst ihr so laut sein?“

„Wir flüstern“, erwiderte Felina.

Aleydis drehte den Kopf, das Gesicht noch halb im Kissen vergraben. Ein Auge war zu sehen, die Pupille war Wolfsgold. Das lange, dunkle Haar hatte sich halb aus dem Zopf befreit und ließ Aleydis nur noch mehr nach einem missgelaunten Wolf aussehen.

„Ihr schnattert wie eine Schar Gänse.“

Ein Glucksen von Canys, welches ihren zierlichen Körper regelrecht durchschüttelte. „Das passt nicht ganz, meinst du nicht?“

„Das ist mir egal, es ist die Wahrheit.“ Aleydis seufzte, drehte sich auf den Rücken und legte sich einen Arm über die Augen. „Aber wenn ihr schon so fit seid, dann können wir ja aufstehen und uns auf den Heimweg machen.“

„Wir gehen?“, fragte Felina überrascht. Ihre Katze, die bis zu diesem Augenblick in ihrem Kopf noch weiter gedöst hatte, hob nun den Kopf und sträubte das Fell. Felinas menschliche Seite… war unentschlossener, was ihre Meinung zu dieser Aussage war.

„Ja, du bist transportfähig", sagte Aleydis, richtete sich auf und begann ihr Haar zu einem Knoten aufzudrehen. „Für den Chip in deinem Nacken haben wir noch keine Lösung, also gibt es keinen Grund mehr für uns länger hier zu bleiben."

Sie hat Recht, dachte Felina und versuchte damit ihren Puma zu beruhigen, der mittlerweile in ihrem Inneren unzufrieden brummte. Felina meinte sogar fühlen zu können, wie das Tier mit dem Schwanz hin und her peitschte, ein sicheres Zeichen dafür, dass sie schlecht gelaunt war.

„Dir wird es in St. Mary gefallen", sagte Canys an ihrer Seite und stand auf. Sie hielt ihr die Hände hin um ihr aufzuhelfen. Felina versuchte ihre missmutige Katze zu ignorieren, griff nach ihrer Schwester und ließ sich hochziehen. Gemeinsam gingen sie ins Badezimmer, Canys hatte zur Sicherheit einen Arm um Felinas Taille geschlungen, doch sie war sicher genug auf den Beinen um allein unter die Dusche zu steigen.

„Wie geht es dir?", fragte Canys, während sie ihr half in abgeschnittene Jeansshorts und einen Pullover zu schlüpfen. Der burgunderfarbene Stoff fiel locker um ihren Oberkörper, der große Halsausschnitt ließ eine ihrer Schultern unbedeckt.

„Ganz gut."

„Bist du sicher?

Felina lächelte, legte ihre Hände an Canys' Wangen und rieb ihre Nase an der ihrer Schwester. Wie schon als Kinder brachte es die andere zum Lachen.

„Ja, ich bin sicher. Glaub mir, ich werde es nicht riskieren nochmal an der Hüfte genäht zu werden. Irgendwann schafft mein Körper das nicht mehr spurlos heilen zu lassen."

„Okay", sagte sie, ein warmes Lächeln in den flaschengrünen Augen. Eines, das Felina dort schon eine gefühlte Ewigkeit nicht mehr gesehen hatte. Aus einem spontanen Impuls heraus legte sie die Arme um ihre Schwester und zog sie fest an sich, genoss ihre Körperwärme und das satte Karamell ihrer Witterung.

Wortlos erwiderte Canys ihre Umarmung und als sie sich voneinander lösten sah Felina die Wölfin in den Augen der älteren. Gemeinsam verließen sie das Badezimmer und fanden Aleydis in der Küche. Sie trug wie Felina Shorts, hatte die Ärmel ihres dunkelgrünen Pullovers hochgekrempelt und die Haare zu einem hohen Pferdeschwanz gebunden.

Sie deutete mit einer Handbewegung zum Esstisch und sagte: „Trinkt eure Shakes, danach brechen wir auf."

„Du hast schon alles gepackt?", fragte Canys, setzte sich und griff sofort nach dem Glas. Felina bewegte sich langsamer, nicht nur weil sie es nicht wieder übertreiben wollte, sondern weil sich das unwillige Gefühl in ihrem Inneren verstärkte.

„Es war ja nicht viel." Aleydis setzte sich zu ihnen, der Geruch von herbem Kaffee kam von der Tasse in ihrer Hand. Sie hatte ein schiefes Grinsen auf dem Gesicht und fügte hinzu: „Außerdem habe ich Heimweh."

„Nach Rafael?", fragte Canys lächelnd.

„Du hast mich durchschaut", lachte Aleydis, doch es lag eine gewisse Anspannung um ihre Mundwinkel. Ihr Blick richtete sich auf Felina und sie fügte hinzu: „Meine Wölfin ist nicht glücklich, dass wir so weit weg sind von unserem Gefährten und unserem Bruder. In St. Mary sind sie in Sicherheit, aber trotzdem fühlt sie sich besser, wenn sie ein Auge auf sie haben kann."

„Hört sich nach typischem Alpha-Verhalten an", mutmaßte Felina, griff nach ihrem Shake und trank davon.

Aleydis zuckte mit den Schultern. „Ich kann nicht aus meiner Haut."

„Was hält Lycan eigentlich davon?"

„Der und sein Polarwolf haben sich ihr untergeordnet", antwortete Canys mit einem kleinen Lächeln.

„Lass mich bitte nicht wie ein Tyrann klingen", forderte Aleydis grinsend. Canys sah sie mit erschrockenem Ausdruck im Gesicht an, so dass sie lachen musste. „Keine Sorge Kleines, so war das nicht gemeint."

Die beiden Frauen kabbelten sich weiter, während sie alle ihre Getränke leerten, und obwohl es Felinas menschliche und tierische Seite gleichermaßen glücklich machte hier mit ihren Schwestern zu sitzen und den beiden beim Lachen zuzuhören, so konnte sie die Anspannung in ihrem Inneren doch nicht loswerden.

Das Gefühl blieb, während Canys und Aleydis die letzten Spuren ihrer Anwesenheit in dem Appartement beseitigten und Felina von ihnen auf das Sofa verbannt worden war. Es blieb auch, als sie zu dritt in den Flur hinaustraten und die Treppe hinuntergingen – und es wurde noch schlimmer, als sie das Gebäude verließen und zu einem dunklen Jeep auf dem Parkplatz gingen.

Beim Verladen des Gepäcks in den Kofferraum musste Felina die Zähne zusammenbeißen – nicht weil sie Schmerzen hatte, sondern weil ihre Katze so laut in ihrem Kopf knurrte, dass es an ein Wunder grenzte, dass die anderen beiden Hybridinnen es nicht hörten. Mit Zähnen und Krallen kratze der Puma von innen gegen Felinas Haut, wollte sie dazu bringen diesen Ort nicht zu verlassen.

Wollte sie davon überzeugen Vincent nicht zu verlassen.

Du bist verrückt!, sagte sie dem Tier, zerrte an der mentalen Kette in dem Versuch die Katze wieder unter Kontrolle zu bringen. Der Puma hingegen schnaubte unbeeindruckt und schickte ihr das Bild eines gackernden Huhns. Er hielt sie ganz offensichtlich für feige.

Wir gehen mit unserer Familie nach Hause, konterte ihr menschlicher Teil. Die Katze blieb bockig, fauchte und zerrte weiter an seinen Fesseln.

„Lina?"

Canys' fragende Stimme riss Felina aus ihrem inneren Zwist. Mit dem Gefühl ertappt worden zu sein, sah sie zu ihrer Schwester.

„Was gibt's?"

„Ich weiß nicht… du siehst aus, als hättest du Kopfschmerzen."

„Du hast Kopfschmerzen?", kam es sofort von Aleydis, die die letzte Tasche in den Kofferraum gestellt hatte. Mit zusammengezogenen Augenbrauen kam sie zu Felina und Canys.

Sie sah ihr fest in die Augen und fragte: „Was für Kopfschmerzen? Ein Pochen oder ein Ziehen? Eine bestimmte Stelle?"

„Ich habe keine Kopfschmerzen", brummte Felina und konnte nicht verhindern frustriert zu klingen. Sie seufzte tief und fügte hinzu: „Ich liege mit mir selbst im Streit. Meine Katze-"

Weiter kam Felina nicht mit ihrer Erklärung, denn die Eingangstür wurde aufgestoßen und der Mann kam heraus, der Felina diesen Streit mit sich überhaupt erst eingebrockt hatte. Sein Duft nach Minze und Holzspäne strich über ihre Geruchsnerven und ließ ihre Katze zufrieden seufzen. Sie konnte nicht anders als ihn genau zu beobachten, wie er auf sie zulief. Als müsste sie sich jedes Detail genau einprägen.

„Ihr geht?", fragte der Tierarzt, sah zwischen den drei Frauen hin und her, ehe sein dunkelbrauner Blick bei Felina hängen blieb. Es fühlte sich fast an wie eine körperliche Berührung, ihr Puma begann leise zu schnurren. Sie musste die Kiefer fest zusammenpressen und ihre Hände zu Fäusten ballen, um nicht etwas Dämliches zutun.

Wie zum Beispiel zu Vincent zu gehen und sich von ihm umarmen lassen. Eine ferne Erinnerung versuchte sich in den Vordergrund ihrer Gedanken zu drängen. Vincent hatte sich über sie gebeugt, seine Lippen hatten ihre Stirn berührt, bevor Felina ihre Arme um seinen Hals geschlungen hatte und…

Ich werde verrückt!, sagte sie sich. Das konnte sie sich nur eingebildet haben. Ganz sicher.

„Es ist an der Zeit", sagte Aleydis und ließ Felina zusammenzucken. „Felina geht es soweit gut und wir wollen dir nicht länger zur Last fallen."

„Das tut ihr nicht."

„Nett von dir das zu sagen, aber trotzdem können wir nicht länger hierbleiben."

„Was ist mit…" Vincents Blick fiel wieder auf Felina – und er musste nicht weitersprechen. Jeder der Anwesenden wusste ganz genau auf was er anspielte. Kälte sammelte sich in Felinas Magen und sie wehrte sich gegen den Drang sich in den Nacken zu fassen. Sie hatte die kleine Zeitbombe dort beinah vergessen können.

„Dafür finden wir eine Lösung", sagte Aleydis entschlossen. „Aber dafür brauchen wir Zeit und die nötigen Unterlagen."

Canys schnappte nach Luft und zog damit die Aufmerksamkeit aller auf sich. Ihre grünen Augen waren kugelrund, als sie sagte: „Unterlagen! Aber natürlich... Vielleicht steht etwas über den Chip in den Daten, die Scott dir über uns besorgt hat?"

„Das ist eine Möglichkeit!", kam es von Aleydis, in ihren braunen Augen glomm es golden. „Ich habe mich beim Studium eurer Akten hauptsächlich auf die Kindheit und die ersten Wandlungen fokussiert. Mit der jüngsten Vergangenheit hatte ich mich noch nicht befasst."

„Dann solltet ihr wirklich nach Hause gehen", sagte Vincent, ein halbes Lächeln auf dem Gesicht.

Felinas Katze knurrte laut, war mit dem Mann vor ihr überhaupt nicht einer Meinung. Sie wollte ihm sagen... ja was eigentlich?

Zu ihrem Glück übernahm Aleydis das Reden.

„Vielen Dank, für alles. Ohne dich hätte ich eine Schwester verloren, bevor ich sie kennengelernt hatte." Aleydis trat vor und umarmte Vincent - was dem Puma gewaltig gegen den Strich ging. Canys war zurückhaltender, schüttelte dem Tierarzt die Hand und bedankte sich ebenfalls bei ihm. Vincent selbst winkte ab, sagte er hätte nur das Richtige getan.

Als er vor Felina stand verschwand das Lächeln aus seinen Augen, er sagte ernst: „Ich wünschte, ich hätte mehr tun können."

„Du hast genug getan", brachte sie leise heraus, die Stimme tiefer und rauer als gewöhnlich, da ihre Katze so dicht unter der Oberfläche saß. Ehe Felina sich versah stand sie dicht vor Vincent und legte locker die Arme um seinen Oberkörper.

Der Geruch nach Minze verstärkte sich, zudem roch sie

warme Haut und einen Nachhall Seife. Unweigerlich erinnerte sie sich an das letzte Mal, als sie ihm so nah gewesen war. Der Puma seufzte zufrieden in ihrem Kopf.

„Danke, dass du mir das Leben gerettet hast", murmelte sie gegen seine Brust. Ein Zittern lief durch ihren Körper und sie trat sofort einen Schritt zurück, als Vincent ihre Umarmung erwidern wollte. Dieses Risiko konnte sie nicht eingehen, nicht wenn sie so mit sich selbst im Zwiespalt lag.

„Gern geschehen." Er lächelte schief, warf kurz einen Blick zu ihren Schwestern, ehe er sie wieder ansah und fragte: „Sehen wir uns wieder?"

„Auf jeden Fall", schaltete sich Aleydis ein. „Du hast ja meine Telefonnummer und außerdem kannst du uns jeder Zeit in St. Mary besuchen."

„Ich komme darauf zurück", sagte Vincent mit einem Lächeln, das ein eigenwilliges Kribbeln in Felinas Magen aufsteigen ließ.

Sie ballte die Hände zu Fäusten, zwang sich zu einem letzten Lächeln in Richtung des Tierarztes und drehte sich zum Wagen um. Sie hörte nur mit halbem Ohr, wie Vincent mit ihren Schwestern noch ein paar Worte tauschte. In ihren Ohren rauschte es viel zu laut, als dass sie das Gesagte hätte verstehen können.

Felina setzte sich auf die Rückbank des Jeeps und kurz darauf setzte sich Canys neben sie, half ihr beim Anschnallen. Nicht nur, weil sie mit dem Gurtsystem nicht vertraut war, sondern auch weil ihre Hände zitterten. Sie musste all ihre Kraft aufbringen, um den Blick auf ihre Knie gesenkt zu halten.

Denn hätte sie den Kopf gehoben und Vincent gesehen, sie hätte den Kampf gegen den Puma verloren. Das Tier knurrte laut in ihrem Kopf. Es wollte, dass sie wieder ausstieg, dass sie zu Vincent ging, dass sie ihn nicht verließ.

Er ist ein Mensch, sagte Felina der Katze. Was, wenn er doch so ist wie Jackson?

Der Puma knurrte nur unzufrieden, wollte sie davon überzeugen, dass es nicht so war. Ihre älteste Schwester war auch dieser Meinung, aber dennoch... Felina blieb stillsitzen, lauschte darauf wie Aleydis den Motor startete und spürte die Bewegung des Fahrzeugs unter und um sich.

Sie musste mit ihren Schwestern mitgehen, zu ihrem neuen Zuhause fahren, wo ihr Bruder auf sie wartete. Wo sie zusammen nach Ursyn suchen konnten, damit sie endlich alle vereint wären. Außerdem konnten sie nur dort an einer Lösung für die tickende Zeitbombe in ihrem Nacken arbeiten. Wenn Aleydis tatsächlich alle Unterlagen von ConPharm über Felina und ihre Geschwister hatte, dann ließ sich dort sicher auch etwas über den implantierten Chip herausfinden.

Es musste.

„Alles in Ordnung bei euch?“, fragte Aleydis und holte Felina aus ihren Gedanken.

„Ja“, erwiderte Canys und musterte Felina von der Seite. Ihre flaschengrünen Augen wirkten besorgt, als sie nachfragte: „Ist es doch, oder? Geht es dir gut?“

Felina nickte nur. Die letzten Behandlungen an ihrer Hüfte hatten die Heilung weiter unterstützt, so dass das Gewebe dort nur noch empfindlich war. Auch ihr Nährstoffdefizit war kaum noch vorhanden. Körperlich ging es ihr tatsächlich somit gut.

Seelisch... das stand auf einem anderen Blatt Papier. Langsam wandte Felina den Blick von der Timberwölfin neben sich, wagte es ihn hinaus aus dem Fenster wandern zu lassen. Bäume rasten in hoher Geschwindigkeit an ihnen vorbei - schneller, als es Felina in menschlicher oder tierischer Gestalt jemals erlebt hatte.

Jede zurückgelegte Meile brachte sie ihrem Ziel näher... und weiter weg von dem Tierarzt mit den warmen, braunen Augen. Von dem Mann, der das Monster in ihr gesehen und ihr trotzdem geholfen hatte.

Kapitel 29

Das leise, markante „Flopp" eines abgeschossenen Projektils war alles an Warnung, was Scott bekam, bevor ihn das kleine Geschoss an der rechten Schulter traf. Hart.

„Scheiße", fluchte er und warf sich flach auf den Boden. Wo hatte sich dieser Mistkerl versteckt? Auf allen vieren robbte Scott zum nächsten umgestürzten Baumstamm, schwang sich darüber und atmete tief durch. Der Schmerz an seiner Schulter verklang langsam, doch trotz seiner Schutzweste würde er die Stelle noch einige Zeit spüren.

Vorsichtig lugte er hinter sich über den Stamm, scannte das Waldgebiet und ging dann wieder in Deckung. War da eine Bewegung gewesen? Auf elf Uhr, in ungefähr hundert Meter Entfernung? Sein Verstand wollte ihm sagen, dass sein Gegner unmöglich aus dieser Entfernung hätte einen Treffer landen können, nicht mit dieser Waffe - und doch pochte Scotts Schulter.

Er ist kein gewöhnlicher Gegner, rief er sich ins Gedächtnis.

Ein wildes Grinsen verzog Scotts Gesicht. Er liebte echte Herausforderungen.

Wieder warf er einen Blick nach hinten, sah nichts und setzte zum Sprint hinter eine breite Kiefer an. Wie sich zeigte war es nötig so schnell zu rennen, denn kaum hatte er seine Deckung verlassen, flogen ihm weitere Projektile um den Kopf. Dieses Mal hatte er Glück und konnte sich rechtzeitig wieder in Sicherheit bringen.

Aber das war nicht das Beste - vielmehr wusste er nun ganz genau wo der kleine Pisser sich versteckt hielt. Er war nicht untätig gewesen, während Scott sich von dem Treffer erholt hatte, und war näher an ihn herangekommen. Scott schätzte, dass die Distanz nun nur noch fünfzig Meter betrug.

Scott linste um den Baum herum - und ein Geschoss flog

nur Millimeter an seinem Ohr vorbei. Es war aus einem Dickicht gekommen, in der von ihm geschätzten Entfernung. Sein Grinsen wurde breiter, er lud seine Waffe durch, spitzte die Ohren... und beim ersten Knacken von Zweigen trat er aus seiner Deckung und feuerte dreimal in das besagte Gebüsch, ehe er sich auf die Knie fallen ließ und zurück hinter den Baum kroch.

„Du bist so ein Arschloch!“, hallte es wütend durch den Wald.

„Hab ich dich etwa getroffen?“, fragte Scott gutgelaunt.

Es war nur lautes und sehr wüstest Fluchen zu hören und Scott lachte vor sich hin. Das musste wohl Ja bedeuten. Er nutzte die Gelegenheit und kroch zum nächsten Baum, dann noch einen weiter. Nur noch dreißig Meter bis zu seiner Beute.

„Gibst du auf?“

„Vergiss es!“, kam es von seinem Gegner. Das Rascheln von Blattwerk. Scott trat hinter dem Baum vor, schoss abermals dreimal in das Gebüsch und wurde wieder mit Flüchen belohnt, die so manchen harten Mann hätten rot werden lassen.

Aber nicht Scott.

„Du Wichser!“

Unvermittelt erhob sich die Gestalt eines großen Mannes aus dem Unterholz, gekleidet in einen dunkelgrünen Tarnanzug – der an der Brust mit knallpinken Farbspritzern besudelt war. Dieselbe Farbe befand sich auch im Gesicht des anderen Mannes.

Dem sehr wütenden Gesicht.

Der Beschmierte hob seine Waffe und feuerte auf Scott, erwischte ihn an der Brust bevor er sich wieder auf den Boden fallen lassen konnte.

„Die Dinger tun verdammt weh“, maulte Scott und sah auf seine Brust, wo sein eigener Tarnanzug in leuchtendem Blau erstrahlte.

„Was du nicht sagst!“, kam es sarkastisch von seinem Gegner. „Du hast mich mitten im Gesicht erwischt, ich hätte erblinden können."

„Du trägst eine Schutzbrille."

„Ich hätte erblinden können!", wiederholte der andere Mann mit Nachdruck. Wieder hörte Scott das Knacken und Rascheln des Unterholzes, wusste dass sein Gegner näherkam und änderte seine Taktik: Statt wieder auf ihn zu feuern legte er sein Gewehr beiseite, kauerte sich hin und ließ seine Beute zu sich kommen.

Die Schritte wurden immer lauter, er konnte bereits den Atem des anderen hören... und reagierte blitzschnell, als dieser in sein Sichtfeld trat.

Der andere Mann war mit seinen einsneunzig, zehn Zentimeter größer als Scott, doch das war nicht der entscheidende Punkt. Wie hatte einer seiner Ausbilder einmal zu ihm gesagt? Muskelkraft und Körpergröße waren in einem Kampf nur untergeordnete Faktoren. Die Entscheidung über Sieg oder Niederlage wurde im Kopf getroffen. Wer Grips hatte und diesen einzusetzen wusste konnte jeden Gegner besiegen - egal welchen körperlichen Vorteil dieser zu haben schien.

Außerdem wusste Scott wie man schmutzig kämpfte.

Also schoss er vor, platzierte einen gezielten Fausthieb auf die Leber und die Nieren seines Kontrahenten und lauschte entzückt dessen schmerzvollem Grunzen. Scott war dabei einen weiteren Schlag auf den Kehlkopf auszuführen, wurde aber von seinem Gegner daran gehindert. Der Mann blockte seine Faust mit dem Unterarm, setzte zum Gegenschlag an und zielte direkt auf Scotts Nase.

„Nicht die Nase", keuchte er und sprang aus dem Weg, so dass der Schlag ins Leere ging und der Mann kurz taumelte. Die Chance nutzte Scott, trat ihm gegen das Knie und brachte ihn damit zu Fall. Schnell stellte er einen Fuß auf den Hals des anderen und übte leichten Druck aus.

„Ich habe dir doch erzählt, dass meine Nase noch nicht ganz verheilt ist."

„Dein Pech eine Schwäche zuzugeben", grunzte der

Mann. Unter der pinken Farbe wurde sein Gesicht langsam dunkelrot. Scott schätzte, dass er in etwa einer halben Minute das Bewusstsein verlieren würde, wenn er ihm weiter die Blut- und Luftzufuhr abklemmte.

Da er das nicht wollte, heute nicht, fragte er sanft: „Gibst du auf?“

„Ja, du Arsch.“ Sofort hob Scott seinen Fuß an und der andere Mann drehte sich hustend zur Seite. Sobald er sich beruhigt hatte half Scott ihm auf. Der Mann, der einige Jahre jünger war als Scott, rieb sich über den Hals, setzte seine bespritzte Schutzbrille ab und steckte sie in seine Brusttasche.

„Kann es sein, dass du immer gemeiner wirst?“

Scott grinste, zuckte mit den Schultern und antwortete: „Ich hatte einige Zeit keine Aufträge mehr.“

„Was deine eigene Entscheidung ist, wenn ich das betonen darf.“ Sein Gegner seufzte und sah ihn an. „War das der Grund, warum du mich angerufen hattest? Spannungsabbau? Wenn ja, dann klingel nächstes Mal bei Gregor oder Travis durch, die stehen glaube ich drauf sich verprügeln zu lassen.“

„Ach Laurence“, seufzte Scott und klopfte ihm kameradschaftlich auf die Schultern, „die beiden sind aber keine so guten Schützen wie du und du kennst viel kreativere Schimpfworte.“

Der andere grunzte nur wieder, wobei aber ein Grinsen sein Gesicht verzog. Ohne sich abzusprechen – dafür kannten sie sich lange genug – sammelten sie ihre Paintball-Gewehre ein und machten sich auf den Weg zurück zu der kleinen Verleihhütte. Außer ihnen war niemand auf dem Parcours, dieser würde erst in einer Stunde öffnen. Der Besitzer kannte Scott und überließ ihm das Gelände gerne, wenn er einige Scheine springen ließ.

An der Hütte gaben sie die Gewehre, Schutzbrillen und Tarnanzüge ab und Laurence wusch sich die Farbe vom Gesicht. Geduldig wartete Scott an seinem Wagen auf ihn. Tatsächlich fühlte er sich ruhiger als noch Stunden zuvor. Die

Rastlosigkeit und das Gefühl getrieben zu werden waren verschwunden. Stattdessen konnte er wieder frei atmen.

Für gewöhnlich, wenn sich dieser namenlose Druck in ihm aufbaute, nahm er einen der zahlreichen Aufträge an, die so gut wie täglich in seinem speziell gesicherten Postfach eintrafen. Er und sein Team, zu dem auch Laurence zählte, konnten sich ihre Aufträge aussuchen. Für gewöhnlich erledigten sie monatlich einen Job, manchmal auch zwei, manchmal auch einige Wochen keinen.

Scotts Männer überließen ihm die Entscheidung. Einige von ihnen hatten noch eigene Geschäfte am Laufen, teilweise legal und teilweise illegal, so dass niemand am Hungertuch nagen musste. Nein, dafür waren ihre Stundensätze entschieden zu hoch.

Es wäre für Scott also ein Leichtes gewesen einfach einen Auftrag anzunehmen, sein Team zusammenzutrommeln und irgendwo etwas zu tun, bei dem sie draufgehen konnten. Es war jedes Mal aufs Neue so aufregend!

Aber irgendwie…

Er atmete tief durch und rieb sich über seine Brust, genau an der Stelle, die noch von dem Paintballtreffer pochte. Irgendwie war der Gedanke nicht so verlockend gewesen ein Attentat zu begehen oder irgendwem etwas zu stehlen.

Keines der kniffligen Engagements in seinem Posteingang hatte ihn mehr reizen können, seit…

Wieder seufzte Scott und war froh, dass Laurence zu ihm kam. Sein hellblondes Haar war feucht und auf seinem Gesicht zeigten sich keinerlei pinkfarbenen Flecken mehr.

„Steak und Bier war die Abmachung, nicht wahr?“, fragte der Scharfschütze und Hacker, als er bei ihm ankam.

Scott lächelte. „Genau. Steig ein, ich weiß schon den richtigen Laden.“

Wenige Minuten später waren sie aus dem Wald draußen und fuhren auf dem Highway Richtung Süden. Es würde eine halbe Stunde dauern, bis sie an ihrem Ziel ankamen. Genug Zeit, damit Laurence seine Fragen stellen konnte. Scott wusste einfach, dass der andere ihn gleich löchern würde.

Und er musste nicht lange warten, da wollte Laurence schon wissen: „Gibt es einen Grund, warum wir gerade nichts von dir hören? Einen bestimmten?"

„Ihr vermisst mich also?", fragte Scott und schenkte dem Mann neben sich ein breites Grinsen.

In Laurence' „Du weißt genau was ich meine" war das Augenrollen deutlich zu hören.

„Hm", machte Scott und trommelte mit den Fingern auf dem Lenkrad. „Vielleicht."

„Hat es etwas mit unserem letzten Job zu tun?", bohrte der Scharfschütze weiter. Oh, er war wirklich ein schlauer Kerl. Aber andererseits hätte Scott ihn sonst nicht in seinem Team. Zumal Laurence noch andere Qualitäten hatte als über eine Entfernung von einer Viertelmeile einen Penny genau in der Mitte zu treffen.

Laurence war der Hacker in seinem Team.

Derjenige, der die Daten von Aleydis Moores Geschwistern von ConPharm gestohlen hatte.

Die Daten, die Scott der temperamentvollen... Frau gegeben hatte.

Scott warf einen Blick zu Laurence rüber, der ihn mit seinen braunen Augen genau musterte. Weil es sinnlos war bei einer Intelligenzbestie wie ihm zu lügen, sagte Scott: „Ja, hat es."

„Was genau ist da eigentlich schief gegangen? Und sag mir jetzt nicht, dass das nicht stimmt. Wir haben zwar die Bezahlung von deinem schmierigen Kumpel bekommen, doch jeder im Team hat genau gemerkt, dass da was nicht ganz rund gelaufen ist." Laurence strich sich mit der Hand durch die mittlerweile getrockneten Haare. „Komm schon, spuck es aus Scott."

Für einen Moment war Scott tatsächlich versucht den anderen Mann einzuweihen. Ihm von den Moore-Geschwistern und den abartigen Experimenten zu erzählen, die ConPharm mit den Hybriden durchgezogen hatte. Ihm all diese Informationen zu geben und ihn dann zu fragen, ob er sich nochmals in das System hacken könnte um... ja was eigentlich?

Weil er diese Frage nicht beantworten konnte, sie eigentlich nicht beantworten wollte, entschied sich Scott für einen Teil der Wahrheit.

„Es gab Meinungsverschiedenheiten zwischen Glenn und mir", sagte er, den Blick auf die Straße gerichtet. „Er hatte Leistungen verlang, die nicht in unserem Portfolio sind. Weil mir das gewaltig auf den Sack gegangen ist habe ich beschlossen eine kleine Auszeit zu nehmen."

„Einfach so?", hakte Laurence nach.

„Einfach so."

„Und jetzt lümmelst du den ganzen Tag auf der Couch oder in der Sonne oder sonst wo?" Die Skepsis, die in seinen Worten lag, war fast mit Händen zu greifen.

„Ich hatte doch heute mit dir ein Date", erwiderte Scott und grinste zu dem jüngeren Mann hinüber.

Der schnaubte nur und sagte: „Ich kenne dich Scott. Du bist nachtragender als jede Ehefrau und schneller gelangweilt als ein Analphabet im Lesezirkel. Also komm schon, was machst du die ganze Zeit?"

Die Gesichter von drei Frauen huschten durch Scotts Geist, eines so unterschiedlich wie das andere und doch unverkennbar vom gleichen Schlag: Kämpferisches Hellbraun, stürmisches Schiefergrau und unsicheres Flaschengrün. Ah, und nicht zu vergessen das dunkelgraue Augenpaar des Bruders.

Laurence hatte recht, natürlich saß Scott nicht herum und drehte Däumchen. Er… hm, das war kompliziert. Als er das seinem Waffenbruder sagte, stieß dieser nur ein langes Seufzen aus.

„Mehr bekomme ich nicht aus dir raus, oder?"

„Heute nicht", erwiderte Scott sanft, bog auf den Parkplatz des Restaurants ein und stieg aus. Laurence folgte ihm, sie setzten sich und wechselten das Thema. Unterhielten sich über Football und das neue Modell eines Geländewagens, das Laurence sich kaufen wollte.

Zwei harmlose Männer beim Mittagessen.

Noch Stunden später, als Scott längst zurück war in dem kleinen Motelzimmer, das er für eine Woche gemietet hatte, schmunzelte er über diesen Gedanken. Wenn die anderen Restaurantgäste und das Personal auch nur geahnt hätten, wer da in ihrer Mitte gesessen hatte, dann wären sie schreiend davongerannt.

Scott hätte sie zu dieser klugen Entscheidung nur beglückwünschen können. Wenn er könnte, dann würde er an einigen Tagen gerne selbst vor sich davonlaufen. So schnell und so weit ihn seine Beine nur tragen konnten.

An Tagen, wenn seine Vergangenheit ihn einholte und drohte ihm seinen Verstand zu rauben. Wenn er schweißgebadet aus dem Schlaf aufschreckte und glaubte kaltes Metall an seinen Hand- und Fußgelenken zu spüren.

Schweiß sammelte sich an seinem Rücken und lief an seiner Wirbelsäule hinunter. Hektisch atmend, als wäre er mehrere Meilen gerannt, zog er sich Shirt, Stiefel und Jeans vom Körper und ging in das kleine Badezimmer. Seine Haut fühlte sich eiskalt an. Mit zitternden Händen drehte er die Dusche auf, wartete bis das Wasser kochend heiß war und stellte sich darunter.

Wie Nadelstiche brannte der Strahl auf seiner Haut, versengte ihn beinah, doch genau das brauchte er. Keuchend stemmte er beide Arme vor sich an der Wand ab, ließ das Wasser über seine Schultern, den Rücken und die Brust laufen, und atmete tief ein und aus. Sein Blick war starr auf die hellen Fliesen gerichtet, während er die letzten Stunden in seinem Kopf immer wieder durchging.

All das - das heiße Wasser, das grelle Licht und die Erinnerungen an das Treffen mit Laurence - all das hielt ihn in der Gegenwart. Verankerte ihn hier und ließ nicht zu, dass er in die Vergangenheit abdriftete. Diese Empfindungen waren so anders als diese düstere, grauenvolle Zeit.

Zehn Minuten stand Scott so da, bis er das ganze heiße Wasser des Motels aufgebraucht hatte. Das Badezimmer war komplett in weißen Dampf gefüllt, er konnte kaum atmen. Dennoch fühlte er sich besser, als er aus der kleinen Kabine stieg und sich abtrocknete. Seine Haut brannte und zwickte, die Narben auf seinem Rücken schlimmer als der Rest, aber das war Scott egal. Diese Schmerzen waren ihm sogar willkommen.

Er steckte sich das Handtuch um die Hüften fest und öffnete das Fenster. Sofort strömte kühle, süße Luft herein. Mit einer Hand fuhr er über den Spiegel und sah sich selbst an: Ein Mann Mitte dreißig, mit unordentlichen schwarzen Haaren, harten braunen Augen und trainierter Brust. Mit einem kleinen Lächeln nahm er den blauen Fleck zur Kenntnis, der sich tatsächlich auf seiner Haut abzeichnete.

Doch die Erheiterung verschwand gleich wieder, als er zurück in sein Gesicht sah.

Was andere wohl in ihm sahen?

Einen normalen Mann? Mit gewöhnlichem Job, einer Hypothek und einem langweiligen Hobby? Vielleicht einer Freundin?

Oder konnten sie den gebrochenen Bastard in ihm erkennen? Den Ex-Soldaten, den Auftragsmörder, den Soziopathen? Den Mann, der innerlich so verdreht war, dass er oft selbst aus sich nicht schlau wurde?

Scott fuhr sich mit einer Hand durch die Haare, schüttelte den Kopf und wandte sich ab. Es war müßig darüber zu spekulieren. Er konnte nicht ändern was er war, niemand konnte das.

Auf die ein oder andere Art war jeder ein Mörder. Jeder hatte Teile von sich umgebracht um zu überleben, einige größere und bedeutendere als andere. Jeder hatte Blut an seinen Händen, das eigene oder das von anderen. Irgendwo musste immer irgendetwas sterben, damit man selbst leben konnte.

Scott wusste das so gut wie kaum jemand anderes.

Mit schiefgeneigtem Kopf stand er vor seinem Kleiderschrank, eine Hand auf dem Griff. Er fragte sich wessen Blut Canys Moore an den Händen hatte. Was sie in sich getötet hatte um die Zelle zu überleben, das sadistische Gefängnis, in das sie hineingeboren worden war.

Kapitel 30

Felina wusste nicht, was sie sich genau unter Aleydis' und Rafaels Zuhause vorgestellt hatte. Vielleicht etwas ähnliches wie Vincents Haus oder etwas Kleineres. Mit beinah allem hätte sie gerechnet, nur nicht mit einer Art… Puzzle-Haus. So sah es in ihren Augen zumindest aus, denn das Gebäude bestand aus einem offensichtlich älteren Teil und einem neueren.

„Ich glaub es nicht", entwich es Aleydis, ihre Stimme schwankend zwischen Unglauben und Freude. „Wie hat er das nur geschafft?"

Canys neben ihr, die Felinas Verwirrung bemerkt hatte, legte ihr lächelnd eine Hand auf den Unterarm und erklärte: „Anfangs, als Ally Lycan und mich bei sich aufgenommen hatte, wollte sie uns ein eigenes Haus kaufen, weil in Rafaels nicht genügend Platz ist. Der wollte davon aber nichts wissen und hat Pläne entwerfen lassen sein Haus zu vergrößern."

„Und eigentlich hätten die Arbeiten noch einige Zeit dauern sollen", sagte Aleydis von vorne. Sie schnallte sich ab und auch die anderen beiden Frauen verließen das Fahrzeug. Der Geruch von frischem Holz, Leim und Farbe schlugen Felina entgegen.

Neugierig sah sie sich die Umgebung des Hauses an, sah einen Schuppen, einen zweiten Wagen auf dem Kiesplatz und hinter dem Haus konnte sie Bäume erkennen. Es schien als wären sie eher am Stadtrand, genauso wie Vincents Zuhause auch.

Der Gedanke an ihn…

Felina ballte die Hände zu Fäusten und schob ihn fort. Sie konnte nicht ständig ihre Gedanken um ihn kreisen lassen. Vor allem nicht, wenn sich die Haustüre öffnete und ein grinsender Lycan zu ihnen herauskam.

„Hey ihr", begrüßte er sie, hauchte Aleydis einen Kuss auf

die Wange und kam zu Felina und Canys, um beide gleichzeitig zu umarmen. So, wie er es immer getan hatte, wenn sie alle drei oder gar vier hatten zusammen sein dürfen.

Wacholder, frischer Schnee und Zitrus hüllten Felina ein und ließen ihre Katze selig seufzen.

„Hey großer Bruder", murmelte sie und rieb über seine Brust. „Hast du auf uns gelauert?"

„So in etwa", lachte Lycan. „Rafael ist in der Firma und Nim ist bei ihren Eltern - daher bin ich euer einziges Empfangskomitee."

„Das ist nicht schlimm", murmelte Canys und lächelte, in ihren Augen zeigte sich neben dem Flaschengrün ein Hauch Gold. Auch ihre Wölfin war dicht an der Oberfläche, freute sich sichtlich über die Heimkehr und das Widersehen mit ihrem Bruder. Felina wusste nur zu gut wie das war.

„Kommt ihr endlich?", fragte Aleydis. Sie stand mittlerweile am Kofferraum und hatte damit begonnen das Gepäck auszuladen. „Wir haben nachher noch genug Zeit zum Kuscheln, jetzt will ich sehen wie weit der Anbau ist."

„Sei froh, dass du die letzten Tage nicht da warst", seufzte Lycan. Er löste sich von Felina und Canys und ging zu seiner ältesten Schwester, um ihr beim Tragen zu helfen. Felina verboten sie etwas zu nehmen, während Canys einen Rucksack schulterte.

Zu zufrieden mit der Gesamtsituation um deswegen eine Diskussion anzufangen, folgte Felina ihren Geschwistern lächelnd zu ihrem neuen Zuhause. Über eine kleine Veranda erreichten sie die Haustür und betraten einen kurzen Flur. Weitere Gerüche schlugen über Felina zusammen und sie atmete tief ein: Jasmin, Waldluft, Holunder, Karamell, Kardamom, Kuchenteig, Seife und wieder diese Düfte nach frischem Holzleim und Farbe.

Es war auch gleich zu sehen, was in dem Erdgeschoss Neues hinzugekommen war, denn in dem gemütlich aussehenden Wohnzimmer war neuer Boden verlegt und die große Front aus Fenstern war auch nachträglich eingebaut worden.

„Oh, das ist ja schön", seufzte Canys neben ihr, ein Lächeln auf dem Gesicht. „So viel Licht."

Felina konnte ihr da nur zustimmen. Sonnenschein war für sie immer noch etwas Luxuriöses. Während ihrer Zeit allein in den Wäldern, wenn sie einmal nicht hungrig oder krank vor Sorge um ihre Geschwister gewesen war, hatte sie es sehr genossen ihren großen Katzenkörper in der Sonne zu räkeln. Etwas, das sie in Zukunft plante sehr oft zu tun.

„Hier unten sind die Arbeiten schon komplett fertig", informierte Lycan sie. „Oben fehlen nur noch die Fliesen in dem zweiten Badezimmer. Die sollten morgen verlegt werden. Rafael sagte irgendetwas von gegossenem Boden, der noch trocknen muss."

„Das heißt die Schlafzimmer sind fertig?", fragte Aleydis.

„Ja, allerdings stehen bisher nur die Betten."

„Wunderbar", sagte die Ältere und grinste. Gemeinsam verließen sie das Wohnzimmer und gingen den Flur weiter in eine Küche mit Essbereich. Hier war der Geruch nach Kuchen noch intensiver und Felina lief das Wasser im Mund zusammen. Süßigkeiten waren in den Laboren eine echte Seltenheit gewesen.

Ihr sehnsüchtiger Blick zu dem Gebäck war nicht unbemerkt geblieben, denn Aleydis sagte: „Wir bringen nur kurz das Gepäck nach oben, ich zeige dir den Rest vom Haus und dann gönnen wir uns ein zweites Frühstück, ja?"

„Das wäre wunderbar", erwiderte Felina. Auch ihrer Katze gefiel dieser Plan, obwohl sie noch immer ein wenig verstimmt war, weil sie Vincent allein gelassen hatten. Wie lange sie deswegen wohl noch schmollen würde konnte Felina nicht sagen. Manchmal verstand ihre menschliche Seite die katzenhafte nicht – und umgekehrt.

Daher war es gut, dass sie nun Ablenkung hatten. Während der folgenden halben Stunde erkundete Felina zusammen mit ihren Geschwistern ihr neues Zuhause. Über eine Treppe, die von der Küche ins Obergeschoss führte, gelangten sie zu vier Schlafzimmern und zwei Badezimmern, wobei eines wie von Lycan angedeutet noch nicht fertig war. Die

Wände und der Boden sahen sehr roh aus, an den Seiten verliefen kupferfarbene Rohre und graue Leitungen. Die Schlafzimmer hingegen waren schon viel wohnlicher.

Neben dem Zimmer, das Aleydis und Rafael sich teilten und das komplett eingerichtet war, stand in Canys' Zimmer ein Sessel, ein Bett und eine Kommode. Die übrigen Zimmer waren nur mit einem Bett ausgestattet. Dennoch waren sie mit sauberen Laken bezogen und einer bunten Tagesdecke geschmückt, die in Felina ein warmes Gefühl aufsteigen ließen. Sie hatte ihr gesamtes Leben auf dem Boden oder einem Futon geschlafen. Erst seit einigen Tagen wusste sie wie angenehm es war in einem echten Bett zu schlafen.

Und hier hatte sie sogar ein Zimmer ganz für sich allein, egal welches sie sich aussuchte. Sie alle hatten helle Holzböden, weißgetünchte Wände und große Fenster, die viel Licht hereinließen und kein Gefühl der Enge oder des Eingesperrtseins aufkommen ließen. Felina würde ohne Probleme durch eines der Fenster ins Freie gelangen können, wenn sie das wollte.

Doch das Beste war, dass es keine blinkenden Kameras, keine Beobachtungsspiegel und keine gläsernen Türen gab. Niemand würde sie heimlich beobachten können.

„Gefällt es dir?", fragte Lycan neben ihr, einen Arm locker um ihre Taille gelegt. Felina wusste, dass er das nicht nur tat, weil er ihr nah sein wollte, sondern auch um sie mit ihrer Hüfte noch zu stützen.

Sie lächelte, reckte sich auf die Zehenspitzen und gab ihm einen Kuss auf das Kinn. „Ja, sehr."

Es war eigenartig wie schnell sie dieses Haus als ihr Heim akzeptieren konnte, wo sie doch bei Aleydis anfangs ihre Schwierigkeiten hatte sie als Familienmitglied anzusehen.

„Wir werden natürlich noch weitere Möbel besorgen", schaltete sich Aleydis ein. „Zusammen mit Kleidung und allem möglichen anderen, das du willst. Sobald wir deine Sozialversicherungsnummer und den Pass haben, richte ich dir außerdem den Zugang zu deinem Bankkonto ein."

„Bankkonto?"

„Auf dem dein Erbe liegt", sagte Aleydis sanft. „Unsere Eltern hatten ein beträchtliches Vermögen. Ich habe es durch fünf geteilt, so dass wir über unsere Teile verfügen können."

Felina blinzelte, wollte etwas sagen, doch ihr fiel nicht ein was. Offenbar hatte Aleydis aber auch keine Antwort erwartet, denn sie lächelte sie nur an und lotste sie wieder nach unten in die Küche. Dort ließen sie sich nieder, Aleydis und Lycan bereiteten Kaffee und Energieshakes zu, die sie zusammen mit mehreren Kuchenstücken genossen.

Es war so friedlich, so heimelig… so normal. Halb rechnete Felina damit, dass sie das alles doch nur träumte und jeden Moment mit einem Elektroschock oder grellem Licht aufgeweckt wurde und wieder in der kahlen Zelle in den Laboren lag.

Andererseits war das alles viel zu fantastisch, als dass sie es sich hätte jemals selbst ausdenken können. Sich selbst zu zwicken war überflüssig, nicht bei den Schmerzen die sie die vergangenen Tage gehabt hatte. Es war Wirklichkeit und doch so fragil, denn in ihrem Nacken war noch immer dieser bedrohliche Chip.

Denk nicht daran, nicht jetzt, sagte sie sich und konzentrierte sich wieder auf ihre Geschwister. Lauschte Canys, die mit funkelnden Augen und geröteten Wangen von irgendeinem Studienkurs erzählte, für den sie sich plante online einzuschreiben.

Automatisch griff Felina nach ihrer Hand und verschränkte ihre Finger mit denen ihrer Schwester. Es machte sie glücklich, die schüchterne Wölfin so lebhaft zu sehen. Ein Blick in die Gesichter von Aleydis und Lycan bestätigte ihr, dass es ihnen genauso ging.

Das Knirschen von Kies und das Geräusch einer sich öffnenden Tür durchbrachen die gelöste Stimmung in der Küche. Für einen Augenblick wallte Panik in Felina auf. Wer kam da? Freund oder Feind? Ihr Blick huschte sofort zu Aleydis, die eine Augenbraue erhoben hatte.

„Was macht denn…"

Noch bevor sie den Satz beenden konnte, betrat eine Frau

die Küche und grüßte: „Hallo, ihr seid ja schon wieder da. Oh, und du musst Felina sein. Freut mich sehr dich kennenzulernen. Ich bin Zoe, Rafaels Schwester."

Sie kam auf sie zu, ein Lächeln in den blauen Augen. Sie hatte dunkles Haar, das hinter ihrem Kopf in einem Pferdeschwanz zusammengefasst war. Ganz im Gegensatz zu Rafael war sie eher klein und kurvig, doch die Ähnlichkeit war deutlich in den Gesichtszügen zu erkennen.

Der Geruch von grünem Apfel und weiteren süßen Noten begleitete sie, während sie Felina die Hand entgegenstreckte.

Felina warf einen kurzen Blick nochmal zu Aleydis, die kaum merklich nickte, ehe sie die Finger der anderen Frau ergriff und zaghaft schüttelte. „Hallo."

„Jetzt wünschte ich mir, dass ich vorher angerufen hätte", sagte Zoe und seufzte, als sie in die Runde sah. „Es scheint nicht der optimale Zeitpunkt zu sein um kurzfristig die Kinder bei euch zu lassen, oder?"

„Doch natürlich", sagte Aleydis sofort.

„Kinder?", fragte Felina zaghaft, woraufhin Lycan antwortete: „Zoe hat drei Kinder."

„Die sie jeder Zeit gerne in unsere Obhut geben kann", fügte Aleydis hinzu.

„Ähm", murmelte Felina unsicher, „weiß sie nicht, dass wir…?"

„Nicht ganz menschlich sind?", warf ihre älteste Schwester ein und grinste wölfisch. „Ja, das weiß sie. Nur die Kids nicht, was auch vorerst so bleiben soll."

Felina sah die Frau, die vielleicht fünf oder sechs Jahre älter als sie war, mit echtem Interesse an. Sie wusste also, dass sie ihre Nachkommen in die Obhut von Monstern gab? Nicht, dass sie das wirklich von ihren Geschwistern dachte. Nur der Gedanke war eigenartig, nach allem was man ihnen jahrzehntelang in den Laboren eingetrichtert hatte. Dass sie eine Gefahr für sich und die ganze Menschheit waren.

„Sag das doch nicht so", tadelte Zoe mit einem Lächeln. Ihr Blick richtete sich wieder auf Felina und sie sagte leise: „Ich habe gehört, dass du schwer verletzt wurdest. Es wäre in Ordnung, wenn du lieber noch deine Ruhe hättest."

„Ach was", sagte Felina. „Ich würde sie gerne kennenlernen und ich glaube, die Ablenkung wird mir guttun."

„Okay." Zoe seufzte. „Es ist nämlich so, dass ich zu einem spontanen Geschäftsessen außerhalb gehen muss, das ich leider nicht verschieben kann. In nächster Zeit wird das auch noch öfter passieren, denn wir planen die Zusammenarbeit mit mehreren Nachbarstädten, was die Planung der Touristik angeht."

„Zoe arbeitet bei der Stadtverwaltung", warf Canys hilfreich ein, auch wenn Felina mit manchen Worten der anderen dennoch nichts anfangen konnte. Da es aber eher unwichtig zu sein schien im Moment, fragte sie nicht näher nach.

„Die Kinder freuen sich auch schon darauf hier zu sein", ergänzte Zoe mit einem kleinen Lachen. „Sie werden sich vorbildlich benehmen."

„Da bin ich mir sicher", erwiderte Aleydis. „Hol sie rein, dann kannst du zu deinem Termin fahren."

„Vielen Dank!" Noch während das letzte Wort verklang eilte Zoe aus dem Zimmer. Die Stille, die daraufhin in der Küche herrschte, zerrte ein wenig an Felinas Nerven. Sie hatte noch nie mit Kindern zutun gehabt, seit sie erwachsen geworden war. Sie war die jüngste der Geschwister. Wenn einer von ihnen sich noch eher mit Kindern auskannte, dann war das Ursyn. Er war zwei Jahre älter als Felina und dem nur wenige Monate älteren Lycan. Zu Canys hatte der Grizzly-Hybrid nur einen Altersabstand von einem Jahr.

Auch in der Zeit ihrer Freiheit war Felina Siedlungen und dergleichen, wo sie hätte auf Kinder treffen können, absichtlich aus dem Weg gegangen.

Sie vertraute darauf, dass ihre drei Geschwister ihr dabei halfen, wie sie sich verhalten und die Kinder behandeln musste. Felinas Katze war neugierig und so wartete sie gespannt mit den anderen auf Zoes Rückkehr.

Nicht weit weg wurden Autotüren zugeschlagen, kleine Füße rannten über Kies und den Boden des Flurs und schon sah sich Felina drei glänzenden Augenpaaren gegenüber, die sie neugierig ansahen.

„Bist du Tante Felina?“, fragte das älteste der Kinder, ein kleiner Junge. Er roch nach süßlich-herber Lakritze und Tee. Eine Falte hatte sich zwischen seinen dunklen Augen gebildet, während ihm die braunen Locken vom Kopf abstanden.

„Ja“, antwortete Felina. „Und wer bist du?“

„Ryan“, erwiderte der Junge, wobei er ganz entzückend lächelte. Felinas Katze maunzte in ihrem Kopf und wollte durch die Locken des Kindes streichen, sehen ob sie sich so weich anfühlten wie sie aussahen. Doch das musste warten, denn da waren noch zwei Mädchen, die etwas hinter dem Jungen standen.

Felina blinzelte überrascht, denn die beiden sahen exakt gleich aus: Kurze blonde Haare, blaue Augen, zierlicher Körperbau und identische Gesichtszüge.

Eine der beiden, sie roch nach Veilchen und Limette, neigte den Kopf zur Seite und sagte langsam: „Du hast fast so graue Augen wie Onkel Lycan, aber doch ganz anders. Und auch anders als Canys und Ally.“

Aleydis lachte und beugte sich ein Stück vor: „Aber du und Liv haben doch auch andere Augenfarben als Ryan. Das hat mit Vererbungslehre zutun.“

„Bitte heute keine wissenschaftlichen Vorträge“, sagte Zoe lachend. „Das letzte Mal wollten sie unbedingt das Radio in der Küche auseinandernehmen, weil sie sehen wollten wo die Funkwellen gemacht werden.“

Felina sah, wie Lycan und Canys einen amüsierten Blick zu ihrer Schwester warfen, die lächelnd mit den Schultern zuckte, während die Kinder anfingen zu kichern.

„Ich tu mein Bestes“, versprach Aleydis. „Jetzt mach, dass du zu deinem Termin kommst. Wir regeln das schon.“

„Okay, vielen vielen Dank.“ Rafaels Schwester seufzte, drückte jedem ihrer Kinder einen Kuss auf den Scheitel, sagte sie werde um kurz vor Zehn zurück sein und hätte ihr Handy dabei. Es war nicht zu übersehen, dass sie hin und her gerissen war zwischen ihrer beruflichen Verpflichtung und ihrem Nachwuchs.

Als sie schließlich doch das Haus verlassen hatte, seufzte Aleydis, stemmte die Hände in die Hüften und wandte sich zu den Kindern: „So ihr drei, setzt euch mal hin. Wir haben noch genug Kuchen übrig und Kakao hat Rafael auch irgendwo in der Vorratskammer."

Sofort sausten die drei Zwerge zu den leeren Stühlen, eines der Mädchen mit dem Geruch nach Zimt setzte sich direkt neben Felina und grinste sie an. Es war unmöglich den freundlichen Gesichtsausdruck nicht zu erwidern. Ihre Katze war neugierig auf dieses Kind.

„Wie heißt du?"

„Liv." Sie hob ihren Arm und deutete auf das andere Mädchen. „Und das ist meine Schwester Amy. Wir sind sechs Jahre alt."

„So", murmelte Felina und sah zu Amy, die sich neben Canys gesetzt hatte und sich angeregt mit ihr unterhielt. Sechs Jahre… Felina ballte die Hände zu Fäusten, weil sie unweigerlich daran denken musste, dass ihr Leben in diesem Alter nicht aus einer liebenden Mutter, Lachen, Kuchen und Kakao bestanden hatte.

Aber die lebendige Energie der Kinder war ansteckend, erfreute ihre Katze und ließ sie fast vergessen, dass ihre Vergangenheit alles andere als glücklich und geborgen gewesen war.

Liv, die von ihrem inneren Chaos nichts mitbekommen hatte, nickte bekräftigend und fügte hinzu: „Wir sind genau gleich alt, weil wir eiige Zwillinge sind."

„Eineiige", korrigierte Aleydis sanft. Sie war zusammen mit Lycan beschäftigt den Kakao und den Kuchen zu verteilen.

Liv zog die hellen Brauen zusammen, auf ihrer zarten Stirn bildeten sich kleine Falten, als sie konzentriert wiederholte: „Eineiig."

„Sehr gut", lobte Aleydis.

„Was heißt das nochmal?", wollte das zweite Mädchen, Amy, wissen.

„Ich weiß es“, sagte Canys und lächelte, Freude in den flaschengrünen Augen. Sie beugte sich ein Stück zu der Kleinen an ihrer Seite und begann von Befruchtung und Zellteilung zu reden. Es war offensichtlich, dass die Kinder nur etwa die Hälfte davon verstanden, trotzdem hingen sie wie gebannt an Canys' Lippen. Und auch Felina hörte ihr aufmerksam zu, stolz darauf, dass ihre ältere Schwester sich so viel angelesen hatte.

Der Tag verging wie im Flug, so dass Felina etwas überrascht war, als die Sonne unterging und sie vom Garten zurück ins Haus wechseln mussten, weil es schnell kühler wurde. Die vergangenen Stunden hatten sie im weichen Gras gesessen, den Kindern beim Ballspielen zugesehen, sich unterhalten und - mit Ausnahme von Felina - auch mitgespielt.

Der große Garten, in dem sich ein gemauerter Grill befand und der von dichten Hecken eingerahmt war, war von Licht und Lachen erfüllt gewesen, was sich beides wie Balsam auf Felinas Seele verteilt hatte. Sie bildete sich ein, dass sogar das Pochen in ihrer Hüfte besser geworden war und sie sich leichter bewegen konnte, während sie allen über die hintere Veranda zurück ins Hausinnere folgte.

Vor einer Stunde waren auch Rafael und Nim eingetroffen, so dass es in der Küche nun ziemlich voll war. Die Begrüßung von Nim war weit entspannter verlaufen als beim vorigen Mal, doch mit Rafael wollten Felina und ihre Katze noch immer nicht richtig warm werden. Der ehemalige Soldat mit dem lädierten Knie hatte ihre Zurückhaltung gelassen genommen.

„Ich habe mittlerweile Erfahrung damit und weiß, dass es nicht persönlich gemeint ist“, hatte er gesagt und ihr sanft mit den Fingerknöcheln über die Wange gestrichen. Adrenalin war daraufhin durch Felinas Adern geschossen, doch sie hatte sich gezwungen nicht zurückzuschrecken. Es wäre nicht fair dem Mann gegenüber gewesen, der maßgeblich dabei geholfen hatte und noch immer half ihre Familie zusammenzuführen.

Und der es trotz seiner Körpergröße und der definierten Muskulatur schaffte Canys laut lachen zu lassen, während er ihr einen Arm um die Schultern gelegt hatte. Wohlgemerkt nachdem er Lycan damit aufgezogen hatte, dass dieser Nim an sich drückte, als hätten sie sich wochenlang nicht gesehen. Lachen und positive Energie füllten den Raum wie eine Flüssigkeit. Es war fast ein bisschen zu viel und doch genau richtig.

„So wird das nichts", seufzte Aleydis und sah sich um. „Alle, die nicht mit kochen beschäftigt sind, gehen bitte ins Wohnzimmer." Sofort stürmten die drei Kinder voran.

„Ich würde dir gerne helfen", sagte Felina und stellte sich neben ihre älteste Schwester.

„Gerne", erwiderte sie und scheuchte die anderen aus dem Raum.

„Wir machen Brathähnchen und Ofengemüse", verkündete Aleydis und ging zum Kühlschrank, öffnete ihn und stieß ein tiefes Seufzen aus. „Und wir sollten beim Abendessen darüber sprechen, ob wir einen neuen Kühlschrank kaufen müssen."

Felina, die über die Schulter der anderen schaute, konnte ein Grinsen nicht verhindern. Es gab kaum noch einen freien Fleck in dem Kühlschrank, alles war mit Lebensmitteln vollgestopft und obwohl sie nicht viel Erfahrung damit hatte, konnte Felina sagen, dass das ganze Essen in eineinhalb Tagen vertilgt sein würde. Nicht ein Krümel würde übrigbleiben.

„Das ist sicher eine gute Idee", murmelte sie amüsiert. Aleydis zwinkerte ihr zu, reichte ihr eine Tüte nach der anderen und gemeinsam gingen sie zurück zur Anrichte. Dort ließ sich Felina von Aleydis zeigen wie sie das Gemüse schneiden musste und genoss es Hand in Hand mit ihr zu arbeiten, während sie sich locker unterhielten. Nichts tiefgehendes, nur ein ganz normales Gespräch wie Felinas Hüfte sich verhielt und was sie die nächsten Tage besorgen mussten, damit die neuen Zimmer wohnlich wurden.

So normal und doch so ungewohnt für Felina. Als sich

Schweigen zwischen ihnen ausbreitete, war dies anfangs noch angenehm. Aber mit jeder Minute nahm die Spannung in Felinas Körper zu. Sie hatte sich bisher nicht getraut diese Frage zu stellen, da auch Zoes Kinder nichts davon hatten mitbekommen sollen.

Jetzt allerdings… sie konnte es nicht länger aufschieben, selbst wenn die Antwort ihr nicht gefallen würde. Also räuspert sie sich und fragte leise: „Wie hoch stehen die Chancen, dass es in den Unterlagen wirklich Informationen zu diesem Chip gibt?"

„Sehr hoch." Aleydis legte das Messer zur Seite und stellte sich dicht neben Felina, hüllte sie ein mit ihrem Geruch nach Jasmin, Waldluft und Kardamom. „Aber selbst wenn nicht, dann finden wir dennoch einen Weg. Ich lasse einfach nicht zu, dass mir meine Familie weggenommen wird. Wo ich euch doch endlich gefunden habe."

Wortlos, weil ihre Kehle viel zu eng war um zu sprechen, legte Felina ihre Arme um Aleydis und zog sie an sich. Sofort erwiderte die schwarze Timberwölfin die Umarmung, gab ihr einen Kuss auf die Stirn und murmelte: „Ihr bekommt das freie und glückliche Leben, das ihr schon immer haben solltet. Das verspreche ich euch."

Felina nickte.

Sie wollte unbedingt frei sein. Ohne Angst davor zu haben zurück in die Hölle des Labors gezerrt zu werden oder sich vor einem mörderischen Fremdkörper in ihrem Körper zu fürchten. Sie wollte Ursyn finden, wollte all ihre Geschwister und sich selbst in Sicherheit wissen. Sie wollte glücklich sein.

Warum nur kam ihr da ausgerechnet auch das Bild eines Mannes mit braunen Augen in den Sinn?

Kapitel 31

Ein Knurren entwich Felinas Kehle, bösartig und nicht im Geringsten menschlich.

Sie saßen zu sechst im Wohnzimmer, die Kinder waren seit einer Stunde fort und die Uhr näherte sich Mitternacht. Dennoch wollte und konnte niemand schlafen gehen, ehe sie nicht die gestohlenen Forschungsunterlagen durchgegangen waren. Aber Aleydis' Zuversicht was die Informationen bezüglich des Chips in den Unterlagen anbelangte wurde zu ihrer aller Betroffenheit zerschlagen.

Ja, es gab einen Bericht darüber, dass man ein Implantat nach dem Zwischenfall in Felinas Nacken eingesetzt hatte, doch mehr war darüber nicht vermerkt. Vielmehr wurde auf eine gesonderte Datei verwiesen, auf ein Parallelexperiment, welches nicht zum primären Fokus des Highborn-Projekts gehörte und demnach nicht in den Aufzeichnungen behandelt wurde.

Der einzige hilfreiche Absatz hatte besagt, dass das dem Subjekt 4 eingesetzte Implantat die Möglichkeit bot einen tödlichen Spannungsstoß abzugeben. Wie dieser ausgelöst werden konnte, wie hoch die Reichweite war und wie man ihn final deaktivieren konnte war nicht vermerkt. Sie standen somit wieder mit leeren Händen da.

Felinas Knurren wurde noch lauter, ihre Fingerspitzen und der Kiefer begannen zu kribbeln. Der Puma wollte fauchen und die Krallen ausfahren. Er fühlte den Stress von Felinas menschlicher Hälfte, wollte raus und den Feind angreifen – nur gab es niemanden im Raum, niemand physisch anwesenden, den ihre Rache hätte treffen können.

Warme Hände legten sich auf Felinas Fäuste, das Gewicht eines Armes und die vertrauten Witterungen von frischem Schnee und Karamell hüllten sie ein. Ohne zu zögern schmiegte sich Felina an Lycans Brust und verschränkte die

Finger mit Canys'.

„Das ist nicht fair", murmelte sie am Hals ihres Bruders, die Stimme rau und tiefer als gewöhnlich, da ihre Katze kurz davor war sich loszureißen. Als würde es etwas nützen sich jetzt zu wandeln. So oder so würde der Chip weiter in ihrem Nacken sitzen und sie mit der Ungewissheit quälen, ob ConPharm ihn irgendwann aktivierte.

„Wir finden einen Weg", sagte Lycan, drückte ihr einen Kuss auf den Scheitel. Seine Wärme und Nähe sowie die von Canys halfen den schlimmsten Stress ihrer Katze zu besänftigen. Umso schmerzlicher vermisste Felina Ursyn. Zu ihm war ihre Verbindung noch enger gewesen, er war der sprichwörtliche Fels in der Brandung für sie alle gewesen. Andererseits… vielleicht war es auch besser so, wenn er sie nicht in diesem Zustand erlebte. Es würde ihm das Herz brechen.

Ein leises Räuspern durchbrach die Stille, bevor Nim sagte: „Lasst mich das Schlupfloch in ConPharms Systemen benutzen."

„Nim hat Recht", sagte Rafael. Als Felina ihre Augen öffnete und den Mann ansah, konnte sie den Zwiespalt über diesen Vorschlag in seinen grünen Augen ablesen. Er sah zu Aleydis und fuhr fort: „Wir wissen nicht wie viel Zeit wir haben und ob wir überhaupt selber eine Lösung finden können."

„Ich werde sehr vorsichtig sein", warf die blonde Frau ein.

„Natürlich wirst du das", kam es von Lycan, starke Gefühle in den wolfsblauen Augen. Nur ein Dummkopf hätte nicht gesehen, wie sehr sich Lycan um diese Frau sorgte, wie wichtig sie ihm war. Mittlerweile konnte Felina es verstehen, sah es nicht mehr als Verrat an – denn Nimué war ein guter Mensch. Etwas, von dem Felina niemals gedacht hätte, dass es tatsächlich existierte.

Aber wie Canys vor einigen Tagen gesagt hatte, war der Großteil der Menschheit gut und freundlich. So wie Nim, Rafael, Ian, Vincent, Evelyn… Nun, eine Ausnahme bildete mit absoluter Sicherheit dieser Scott. Selbst bei dem flüchtigen Gedanken an ihn und die Kälte in seinen dunklen Augen stellten sich Felina alle Haare zu Berge und ihre Katze fauchte bösartig in ihrem Kopf.

„Aber nicht mehr heute", forderte Aleydis und riss Felina damit aus ihren Gedanken. „Du wirst das in aller Ruhe tun, ohne Hektik und mit größtmöglicher Vorsicht. Hast du mich verstanden?"

Nim nickte entschieden, die Augen fest auf Aleydis gerichtet. Ob sie als Mensch auch bemerkte wie dominant die Wölfin war? Felina konnte es an sich abgleiten lassen, was wohl der eigenwilligen Natur ihrer Katze zuschulden war. Auch Ursyn hatte sich von Lycan nicht beeindrucken lassen, der bisher in ihrer Familie die dominanteste Ader gehabt hatte. Sein Bär war schon immer stoisch-gelassen gewesen.

Canys hingegen war empfänglicher dafür, ordnete sich instinktiv unter. Doch anders als aus Angst in den Laboren schien sie hier bei Aleydis, Lycan und auch Rafael ganz zufrieden zu sein. Ihr satter Karamellgeruch war die meiste Zeit völlig frei von dem sauren Duft der Angst. In den Laboren… da war das eine absolute Seltenheit gewesen, meist nur wenn sie geschlafen hatte.

Unwillkürlich schloss Felina die Finger fester um die ihrer älteren Schwester.

„Gut", sagte Rafael und atmete tief ein. „Wie wäre es dann, wenn wir alle ins Bett gehen? Es war ein langer Tag."

Zustimmendes Gemurmel wurde laut, sie erhoben sich alle von den Sofas und Sesseln und gingen ins Obergeschoss. Nim würde heute ebenfalls hier übernachten, auch wenn ihr Haus nicht weit entfernt war und Lycan offenbar die meiste Zeit schon dort schlief. Jetzt jedoch, da musste Felina nicht nachfragen, wollte ihr Bruder in ihrer Nähe sein.

Dieses Wissen linderte etwas von dem noch immer in ihr wütenden Schmerz, der Angst. Sie war hier in Sicherheit, war endlich in einem richtigen Zuhause angekommen. Felina konnte sogar darüber lachen, als alle sich zum Zähneputzen in das viel zu kleine Badezimmer zwängten, sich mit Ellenbogen anrempelten und der ein oder andere Zahnpastaklecks auf den Fliesen landete.

Doch dann, in der Stille und Dunkelheit ihres eigenen Zimmers, holten Felina ihre düsteren Gedanken wieder ein und ließen sie nicht schlafen.

Stunden später, nicht weit entfernt vom Morgengrauen, lag Felina noch immer mit offenen Augen auf dem Bett ihres Zimmers und starrte an die Decke. Sie war so müde, dass ihr alle Knochen wehtaten, ihre Augen brannten und ihre Haut schmerzte und doch konnte sie keinen Schlaf finden.

Es war auch nicht die Wunde an ihrer Hüfte, die sie wachhielt - diese fühlte sich bereits sehr gut an. Nein, es war das unaufhörliche Gedankenkarussell in ihrem Kopf, das ihr den Schlaf raubte und sie zum Wahnsinn trieb.

Felina haderte mit ihrem Schicksal, verfluchte es und hätte am liebsten ihre Krallen irgendwo hineingeschlagen. Sie wollte nicht sterben. Nicht, nachdem sie eine Kostprobe vom freien Leben bekommen hatte. Wie aufregend, abwechslungsreich und schön es sein konnte. Zeit mit ihrer Familie zu verbringen, in Sicherheit zu sein, Freundschaften zu schließen… Das alles und noch so viel mehr wollte sie.

Sie hatte es verdient oder nicht?

So viel Leid wie Felina und ihre Geschwister schon in ihrem Leben erlitten hatten, all die Grausamkeiten, die ihnen angetan worden waren. Sie hatte genug Schmerzen für mehrere Leben erlitten, sie hatte genug davon. Die vier Geschwister hatten sich nicht umsonst geschworen, dass sie nur tot zurück in die Hölle der Labore gehen würden.

Wenn Felina ehrlich mit sich war, dann hätte sie nie damit gerechnet, dass sie tatsächlich einmal unter freiem Himmel laufen oder Gras unter ihren Pfoten spüren würde. Ihre tierische und menschliche Hälfte hatten beide so sehr danach gehungert, nach einem Leben ohne erdrückende Kontrolle und grausamer Experimente, doch nach ihrem gescheiterten Fluchtversuch…

Da war dieser vage Traum um ein Haar für immer zerplatzt.

Daher wusste Felina noch genau wie überrascht, ungläubig und aufgeregt sie gewesen war, als Ursyn ihr in dem kahlen Gemeinschaftsraum der Labore ins Ohr geflüstert hatte, dass er eine Fluchtmöglichkeit gefunden hatte. Sie hatte damals kaum an sich halten können ihre Reaktionen zu unterdrücken. Am liebsten hätte sie aufgeschrien vor Freude, wäre durch den Raum getanzt und hätte vehement von ihrem Bruder gefordert, dass er ihr alle Einzelheiten erzählte.

Die Erinnerungen hatten sich wie Brandzeichen in ihrem Gehirn verewigt, niemals würde sie sie vergessen können…

Ursyn schloss seine sehnigen Arme fester um sie, legte eine Hand in ihren Nacken und hielt ihren Kopf an seinem Hals. Fast so als hätte er gespürt wie kurz sie davor war sie zu verraten.

„Du hast was?!", wisperte sie schließlich, als sie sich sicher war nicht doch noch die Kontrolle zu verlieren. Ihr Puma jedenfalls fauchte und brüllte in ihrem Kopf, die Aussicht auf Freiheit nach dem gescheiterten Versuch versetzte ihn in Hochstimmung.

Doch gleichzeitig schwappte eine Welle von Kälte und Scham über ihr zusammen. Ihr Körper begann zu zittern und sie presste sich noch ein wenig enger an ihren Bruder.

„Ursyn… es tut mir leid." Felinas Stimme brach. „Ich schäme mich noch immer und habe ein schlechtes Gewissen, dass ich ohne euch gegangen wäre. Ich weiß ihr macht mir keine Vorwürfe, aber es fühlt sich noch immer wie Verrat an. Wenn es gelungen wäre, dann-"

„Sch, alles ist gut", hauchte Ursyn gegen ihre Ohrmuschel, jagte ihr damit eine Gänsehaut den Rücken hinunter. Eine Mischung aus Scham und Erleichterung ließ Felinas Herz rasen. „Nun gehen wir gemeinsam."

„Wie?"

„Die Überwachung setzt nachts für genau sechs Minuten aus. Kurz vor Mitternacht erlischt das rote Licht an den Kameras und die Türverriegelung springt auf."

„Bist du dir sicher?"

„Ja, die Lücke ist immer exakt zur selben Uhrzeit. Jede

Nacht.“

Mehr brauchte Felina nicht, das Wort ihres Bruders genügte ihr. Sie vertraute ihm und den anderen beiden blind ihr Leben an.

Felina zwang sich dazu sich von Ursyn zu lösen, denn obwohl die Geschwister bei den seltenen Treffen mehr Freiheiten hatten als sonst, würden die Wissenschaftler irgendwann misstrauisch werden, wenn sie zu lange so dicht beisammenstanden.

In den Augen ihres Bruders, die die schwarzbraune Farbe seines Bären angenommen hatten, las sie Verständnis. Felina begann über Nichtigkeiten zu sprechen, wie es ihren Verletzungen ergangen war und was sie zu essen bekommen hatte. Themen, über die sie sich auch sonst ausgetauscht hatten. Themen, die die Wissenschaftler hinter den Scheiben und den Monitoren langweilen würden, da sie nichts preisgaben, was sie nicht schon wussten.

Zehn Minuten lang hielten sie diese Farce aufrecht, Ursyn trug wie immer nur durch Gesten oder einsilbige Kommentare seinen Teil zur Unterhaltung bei. Erst nach dieser gefühlten Ewigkeit wagte es Felina wieder sich ganz dicht an ihren Bruder zu lehnen, um zu dem leisen Flüstern zurückzukehren, das sie schon seit Jahren nutzten um sich ungehört von den feinen Mikrophonen unterhalten zu können.

„Wie nutzen wir das aus?“

Ursyn legte einen Arm um ihre Taille, zog sie noch näher an seinen großen Körper. Sein Ambra-Geruch beruhigte Felinas Herz ein wenig, das vor Aufregung hektisch in ihrer Brust pochte.

„Alles funktioniert hier mit Strom. Die Lücke ist nur im Sicherheitssystem, um zu fliehen müssen wir aber alles lahmlegen.“

„Ich weiß wo die Sicherungskästen sind“, wisperte Felina. „Direkt neben meiner Zelle. Wenn wir uns einen Tag ausgesucht haben, dann muss alles schnell gehen.“

Felina nickte, rieb ihre Wange an Ursyns Schulter. Sie konnte sich noch genau an die Entfernung erinnern, die sie auf ihrem gescheiterten Fluchtversuch zurückgelegt hatte. Das Labor war wie ein Labyrinth aufgebaut. Sie würden sehr schnell und zielgerichtet sein müssen, um es in den wenigen Minuten ins Freie zu schaffen.

Ganz zu schweigen davon, dass sie dann noch den Wächtern entkommen mussten, die ConPharm ihnen auf die Fersen hetzen würde. Dennoch war Felina von Zuversicht und Hoffnung erfüllt. Gefühle, die sie schon seit Jahren nicht mehr empfunden hatte.

„Wie sagen wir es den anderen beiden? Wir wissen nicht, wann wir uns das nächste Mal wiedersehen dürfen."

Ursyn atmete tief ein und sagte: „Ich habe gestern ein Gespräch vor meiner Spiegelwand belauscht. In einer Woche soll ein Verhaltenstest gemacht werden, hier im Gemeinschaftsraum mit allen von uns."

Das war perfekt! Felinas Katze maunzte aufgeregt in ihrem Kopf, war so aufgedreht, dass Felinas Fingerspitzen zu kribbeln anfingen, weil sich dort die Krallen des Pumas herausschieben wollten.

„Und wenn wir frei sind", fügte Ursyn mit seiner tiefen Stimme hinzu, „dann suchen wir das Subjekt 0 und finden heraus, was es damit auf sich hat."

Felina lehnte sich ein Stück zurück um ihren Bruder in die Augen sehen zu können. Sie hätte lügen müssen, wenn sie sagte, dass sie nicht neugierig auf dieses mysteriöse Subjekt 0 gewesen wäre. Seit sie aus dem Delirium wiederaufgetaucht war, dass die heftigen Verletzungen nach dem Zwischenfall vor einigen Wochen hervorgerufen hatte, hatte sie die Wissenschaftler und Pfleger immer wieder darüber reden hören.

Auch Lycan, der bei ihr hatte sein dürfen, hatte es mitbekommen und gerätselt, wer oder was das Subjekt 0 sein könnte. Und warum es außerhalb der Labore aufgewachsen war. Was auch immer genau dahinter steckte, es war wichtig für ConPharm.

Ihr Bruder, der in den letzten zwanzig Minuten mehr gesprochen hatte als im vergangenen halben Jahr, wollte genauso dringend wissen was es damit auf sich hatte. Das konnte sie ihm deutlich ansehen.

Felina wollte noch etwas fragen, mehr Details über die entdeckte Lücke erfahren, doch sie wurde vom Knarzen der Lautsprecher unterbrochen.

„Schluss für heute, zurück in eure Zimmer."

Widerwillig löste sie sich von Ursyn und stand auf. Am liebsten hätte sie sich geweigert, doch das war keine gute Idee. Nicht jetzt, wenn sie gerade wieder genesen war und fit sein musste, wenn sie bald flohen.

Gemeinsam ging sie mit dem Grizzly-Hybrid zur Tür, ließ sich von ihm zum Abschied auf die Stirn küssen und wartete dann, dass sich die Riegel öffneten. Sie durften den Aufenthaltsraum nicht gemeinsam verlassen, sondern mussten nacheinander gehen.

Schweren Herzens und doch mit einem Hauch Hoffnung darin sah sie Ursyn hinterher, wie seine große Gestalt durch die Tür ging und verschwand. Kurz darauf konnte auch Felina zurück in ihre Zelle. Es kostete sie viel Mühe einen neutralen Gesichtsausdruck beizubehalten, sich wie sonst auch auf ihren Futon zu setzen und versuchen zu ignorieren, dass jeder ihrer Atemzüge peinlich genau überwacht wurde.

Nur noch ein bisschen, versprach sie ihrem Puma.

Nur noch ein bisschen aushalten, dann können wir endlich frei sein.

Und sie hatten es tatsächlich geschafft.

Zweieinhalb Wochen nach Felinas Gespräch mit Ursyn hatten sie es getan: Angespannt hatten sie an den Türen gelauert und darauf gewartet, dass die Riegel sich lösten. Schon Tage zuvor hatten sie damit begonnen ihre Futons näher zur Tür zu ziehen. Das hatten sie schon öfter getan, es war die einzige Veränderung, die sie in den Zimmern vornehmen konnten ohne bestraft zu werden.

Felina hatte sich zudem einen Spaß daraus gemacht mit

den Krallen die Polsterung an den Wänden herunterzukratzen und den Schaumstoff in winzig kleine Fetzen zu reißen. Auch das hatte sie schon öfter getan, es hatte somit keine zusätzliche Aufmerksamkeit erregt.

Sie hatten vereinbart, dass nur Ursyn in menschlicher Gestalt bleiben und sich erst außerhalb des Gebäudes verwandeln würde. Lycan, Canys und Felina würden sich von Anfang an als Wölfe und als Puma durchschlagen.

Als es dann endlich soweit gewesen war, hatten sie sich mit größtmöglicher Eile bewegt. Ursyn hatte es innerhalb von wenigen Augenblicken geschafft die Stromversorgung zu unterbrechen und hatte damit das gesamte Labor in Dunkelheit getaucht - doch nicht für die vier Hybride.

Mithilfe ihrer Tiere hatten sie noch genug sehen können um die Sicherheitsschleusen und Flure hinter sich zu lassen, immer näher zur langersehnten Freiheit zu gelangen. Es hatte sich mehr als ausgezahlt, dass Felina es um ein Haar alleine nach draußen geschafft hatte.

Keine Sekunde zu früh waren sie in die kühle Nachtluft hinausgetreten, denn kaum hatten sie die Waldgrenze erreicht, die das Gebäude umschloss, waren Sirenen erklungen und grelle Suchscheinwerfer hatten die Nacht durchschnitten. Zusätzlich erklangen die aggressiven Rufe von Männern, Stiefelgetrappel und der Geruch von Waffenfett und Schießpulver brannte in ihren Nasen.

Ursyn hatte sie angesehen und gefordert: „Wir teilen uns auf, wie besprochen. Lauft!“

Und sie waren gelaufen. Jeder in eine andere Richtung, sternförmig vom Labor fort. Stunde um Stunde war Felina durch den Wald gehetzt, hatte sich selbst bis zur Erschöpfung angetrieben und war erst stehen geblieben, als der Morgen gedämmert hatte.

„So wie jetzt“, murmelte sie und rieb sich über die Augen. Sie fühlten sich trocken an, so lange hatte sie blicklos an die Decke gestarrt. Gefangen zwischen der Vergangenheit und der Gegenwart.

Weil es nichts half und sich trotz des Kloßes in ihrem Hals

der Hunger meldete stand Felina auf, schlüpfte in einen übergroßen Pullover, der ihr bis kurz über die Knie reichte, und schlich langsam aus ihrem Zimmer hinunter ins Erdgeschoss. Ohne Lärm zu machen nahm sie sich einen Joghurt aus dem Kühlschrank, schüttete etwas von dem Schokoladenmüsli hinzu, das sie am vergangenen Abend im Vorratsschrank entdeckt hatte, und ging hinaus auf die Veranda.

Kalte, feuchte Luft schlug ihr entgegen, legte sich wie ein Mantel um ihren Körper und verschaffte ihr eine Gänsehaut. Obwohl Felina nicht gerne fror, es wie ihre Katze kuschlig und warm liebte, hieß sie diesen kleinen Schock willkommen. Mit dem Becher in der Hand setzte sie sich auf einen der Korbstühle, zog ihre Beine unter den weiten Pullover und begann zu essen, den Blick in den düsteren Garten gerichtet. Wie auch im Haus brauchte sie kein Licht um alles zu erkennen, ihr innerer Puma lieh ihr seine verbesserte Nachtsicht auch in menschlicher Gestalt.

Wie ein Eisenspan vom Magneten wurden ihre Gedanken wieder zu Ursyn gezogen. Wo mochte ihr Bruder nur sein? Ob es ihm gut ging? Wenn sie bedachte, wie knapp es bei ihr selbst gewesen war und was Lycan und Canys durchgemacht hatten, dann zog sich alles in ihr vor Sorge zusammen. Ursyn war zäh, sein Bär half ihm Dinge zu überleben, die jeden anderen längst umgebracht hätten, aber auch er war nicht unsterblich.

Felinas Hand wanderte in ihren Nacken.

Wir müssen ihn finden, so lange wir noch können, sagte sie ihrer inneren Katze, die daraufhin zustimmend brummte. Auch der Puma wollte den Grizzly noch einmal sehen, sich an seine breiten Flanken schmiegen und in eines seiner runden Ohren zwicken, so wie sie es schon als Kind und Jugendliche getan hatte.

Kapitel 32

Sully's Bar war eine dieser Kneipen, die es sicher millionenfach im Land gab: Dunkle Einrichtung, ein meterlanger Tresen aus Holz mit einer leicht zerkratzen Oberfläche, mitgenommenen Barhockern, Sitzecken mit runden Tischen und braunen Lederbezügen, einer defekten Jukebox, Billardtischen und einer Dartscheibe mit dem löchrigen Bild eines Politikers oder wahlweise einer anderen unbeliebten Person.

Die Luft war immer leicht muffig, es roch nach verschüttetem Bier und altem Frittierfett, aus den Lautsprechern erklang undefinierbare Musik und die Mitarbeiter gehörten quasi schon zur Einrichtung, so lange arbeiteten sie dort. Fast so wie die Stammgäste, die immer denselben Tisch oder denselben Barhocker besetzten.

So ungemütlich sich die Beschreibung auch anhörte, so willkommen und heimelig fühlte man sich, wenn man die Bar betrat und sich an die Luft gewöhnt hatte. So ging es zumindest Vincent jedes Mal, wenn er das Sully's besuchte. So wie an diesem Abend.

Suchend sah er sich im schummrigen Raum um, spähte nach seinem besten Freund und konnte ihn doch nicht entdecken. Scheinbar war er dieses Mal früher dran als Sam. Er setzte sich an die Bar, nickte Jim dahinter zu und hatte kurz darauf eine Flasche Bier vor sich stehen.

Wenn er ehrlich war, war Vincent ganz froh einige Minuten für sich zu haben um runter zu kommen. Der Tag in der Praxis war hektisch gewesen, sie hatten zwei Hunde mit Schnittverletzungen in den Pfoten behandeln müssen. Die Wunden hatten so heftig geblutet, dass Evelyn und er ausgesehen hatten wie Darsteller aus einem Splatter-Film.

Das letzte Mal, als er so viel Blut gesehen hatte…

Vincent seufzte, setzte die Flasche an und versuchte nicht an die Frau mit den grauen Augen zu denken. Er hatte damit so viel Erfolg wie die vergangenen Tage, eigentlich seit er sie kennengelernt hatte: Gar keinen.

Jemand hievte sich neben ihm auf den Barhocker und bestellte bei Jim einen Scotch. Vincent sah zu seinem besten Freund, der wenn möglich noch abgekämpfter aussah als er sich fühlte.

„Hey, tut mir leid für die Verspätung“, schnaufte Sam und schälte sich aus seiner Lederjacke. „Ich musste noch das Auto einer Kundin fertigmachen, die morgen früh in den Urlaub fahren will. Wenn ich für jede Stunde, die ich unter einem Chevi gelegen habe, einen Dollar extra bekommen hätte, dann hätte ich mich schon längst zur Ruhe setzen können.“

Sam fuhr sich durch die rotbraunen Haare, nahm dankend das Glas vom Barmann entgegen und leerte es in einem Zug. Vincent saß nur daneben und grinste. Niemand konnte sich so schön aufregen wie Sam, ob nun berechtigt oder wegen einer Kleinigkeit.

„Lass es langsam angehen, sonst fällst du mir in einer Stunde vom Barhocker.“

Sein Kumpel grinste verschlagen. „Du hast nur keine Lust mich nach Hause zu schleppen.“

„Dafür bin ich mittlerweile zu alt.“

Sam lachte, schlug ihm auf den Rücken und schüttelte den Kopf. Nachdem Jim auch ihm sein obligatorisches Bier serviert hatte, stießen sie an und begannen zu plaudern: Was es neues ins Sams Betrieb gab, was seine beiden Söhne so trieben und was Vincent die letzten Tage erlebt hatte.

Selbstverständlich erzählte Vincent kein Sterbenswörtchen von den mehr als ungewöhnlichen Untermietern, die er für kurze Zeit beherbergt hatte. Dennoch... es juckte ihn in den Fingern mit seinem Freund darüber zu reden, ihm von dieser so unglaublichen Begegnung zu erzählen. Aber Vincent hatte es Ian, Aleydis und ihren Geschwistern versprochen: Er würde den Mund halten und nichts tun was die Aufmerksamkeit dieses Konzerns erregen könnte.

Allerdings hatte er die Rechnung ohne seinen Freund aus Kindertagen gemacht, der ihn so gut kannte wie seinen

Werkzeugkoffer. Eine Braue über den grünen Augen erhoben, musterte Sam ihn von der Seite und fragte: „Sagst du mir freiwillig was dich beschäftigt oder muss ich dich abfüllen?“

Unwillkürlich musste Vincent lachen und ließ die Flasche sinken, die er eben zum Mund geführt hatte. Er schüttelte den Kopf und konterte: „Du bist echt ein Trüffelschwein.“

„Und ich habe Recht.“ Sam grinste ihn an und forderte: „Los erzähl.“

Vincent atmete tief durch, trank von seinem Bier… und haderte mit sich. Es war nicht so, dass sein Freund irgendwann die Daumenschrauben auspacken und ihn foltern würde, um an Antworten zu kommen. Er konnte genauso gut schweigen.

„Ich… hm… habe da jemanden kennengelernt.“

„Wirklich? Wann?“

„An dem Tag nachdem Laura ausgezogen ist.“

Sam wackelte mit den Augenbrauen und grinste ihn breit an. „So ist es richtig, gleich wieder in den Sattel steigen.“

„Es ist ja nicht so, als hätte ich das geplant“, sagte Vincent und warf seinem Freund einen Seitenblick zu. „Du hast ein Jahr gebraucht nachdem Olivia mit den Jungs ausgezogen ist.“

Sam schüttelte den Kopf. „Das ist etwas Anderes. Mit ihr war ich acht Jahre verheiratet, wir hatten Kinder und es hat kein schönes Ende genommen, wie du weißt. Das ist nicht zu vergleichen.“

Vincent brummte zustimmend. Einige Minuten saßen sie schweigend nebeneinander, tranken ihr Bier und bestellten neues nach, lauschten dem Geräuschteppich aus Gesprächen, Gelächter, klirrenden Gläsern und dem Klacken der Billardkugeln.

„Wann lerne ich sie kennen?“

Vincent lachte auf, wurde aber gleich wieder ernst. „Das ist nicht so einfach. Sie hat die Stadt verlassen.“

„Was hast du angestellt?“

„Nichts! Ehrlich, an mir lag es nicht. Sie war… nur auf der Durchreise.“

„Hast du nicht ihre Telefonnummer?"

„Doch."

„Na dann ruf sie an. Denn ganz ehrlich, wenn du nach nur ein paar Tagen mit dieser Frau so ein ekelhaft-verliebtes Gesicht ziehst wie jetzt, dann solltest du sie auf jeden Fall anrufen." Sam runzelte die Stirn und fragte: „Oder hatte sie kein Interesse an dir?"

„Doch, hatte sie." Hitze breitete sich in Vincents Brust aus, als ihm sofort der Kuss in den Sinn kam. Er war schon oft geküsst worden und hatte selbst mehr als einmal den ersten Schritt gemacht und doch wollte dieser fast schon unschuldige Kuss nicht aus seinen Gedanken verschwinden.

„Na dann, ruf sie an."

Seufzend fuhr sich Vincent durch die Haare. „Das ist nicht so einfach."

„Vince, ich kenne dich schon unser halbes Leben und ich glaube dir nicht, wenn du dich mit ‚das ist nicht so einfach' herausreden willst. Sie hat dir eindeutig den Kopf verdreht. Wie heißt sie eigentlich?"

„Lina", sagte Vincent nach kurzem Zögern. Er wollte nicht zu viel verraten, schließlich war Felina kein gewöhnlicher Name. Außerdem erfüllte es ihn mit einem albernen Glücksgefühl, wenn er ihren Spitznamen benutzte.

Sam hatte Recht, sie hatte ihm den Kopf verdreht.

Und ihr Leben, das er ihr zweimal gerettet hatte, war noch immer in Gefahr. Wie es ihr wohl ging? Ob ihre Geschwister etwas in diesen Unterlagen gefunden hatten, die Aleydis erwähnt hatte? Gab es eine Möglichkeit den Chip zu entfernen oder zumindest unschädlich zu machen?

„Ja", sagte Vincent langsam, nahm einen Schluck von seinem Bier. „Ja, ich sollte sie anrufen."

„Sag ich doch." Sam klopfte ihm auf die Schulter. „Halt mich auf dem Laufenden."

Vincent grinste. „Du lässt mir ja keine andere Wahl."

„Eben. Und jetzt lass uns über Football reden, bevor Jim uns noch Weißwein serviert, weil wir wie zwei Klatschweiber über unsere Gefühle reden."

Nicht in der Lage das Gelächter zurückzuhalten hob Vincent sein Bier, stieß mit Sam an und sie begannen sich über Sport zu unterhalten.

Eine Stunde später betrat Vincent seine Wohnung und ließ sich mit einem Seufzen auf das Sofa fallen. Die Shots, die sie am Ende getrunken hatten, waren eindeutig zu viel gewesen und ihm drehte sich der Kopf. Mit einer Hand angelte er nach der Wasserflasche, die immer neben der Couch stand, und trank sie in einem Zug leer. Er konnte nur hoffen, dass er am nächsten Morgen keinen Kater hatte.

Ein albernes Glucksen entwich ihm – einen Kater haben erinnerte ihn an Felina und er fragte sich, ob man das auch so sagen konnte, wenn die Puma-Hybridin einen im Tee hatte. Dieser Gedanke führte nur dazu, dass er noch mehr lachen musste. Ob sie überhaupt Alkohol vertrug? Jemals welchen getrunken hatte?

Ernüchterung machte sich in Vincent breit, genauso schnell und allumfassend wie noch vor wenigen Sekunden die Erheiterung. Für Felina und ihre Geschwister hatte es nie die Gelegenheit gegeben zu feiern, zu tanzen, Musik zu hören und zu tief ins Glas zu schauen.

Felinas Worte, die sie vor wenigen Tagen zu ihm gesagt hatte, während sie zusammen im Sonnenschein gesessen hatten, kamen ihm zum wiederholten Mal in den Sinn – und er wünschte sich so sehr, dass sie all das würde tun können.

Er wünschte sich, dass er dabei sein könnte.

Vincent fuhr sich mit beiden Händen über das Gesicht, ließ die Arme neben sich auf das Sofa fallen und starrte in die Dunkelheit seiner Wohnung. Er war ein Träumer und ein Idiot.

Sein Handy piepte in seiner Hosentasche und er zog es raus. Er hatte mehrere ungelesene Nachrichten und E-Mails. Insgesamt acht Stück. Hatte er die alle in den letzten Stunden verpasst? Ihm war gar nicht aufgefallen, dass sein Handy sich gemeldet hatte. Was aber bei der Lautstärke im Sully's kein Wunder war.

Es war eine Nachricht von Sam drauf, bestehend aus jeder Menge Vertippern und alberner Emojis, die Vincent zum Lachen brachte. Dann ein Bild von Evelyn mit ihrer Frau und ihrer Tochter, die alle drei in die Kamera grinsten und Kinotickets hochhielten.

Dazu kamen noch einige E-Mails, das meiste entweder geschäftlich oder Werbung, die er gleich löschte. Wenig spektakulär und Vincent gähnte, während er durch die ungelesenen Nachrichten scrollte. Die letzte E-Mail allerdings war alles andere als langweilig.

Wie von der Tarantel gestochen setzte Vincent sich kerzengerade auf, sein Griff um das Smartphone verstärkte sich. Wieder und wieder las er die Zeilen, fragte sich ob er halluzinierte und kniff sich zur Sicherheit in den Oberschenkel.

„Au", entwich es ihm. Sein Herz schlug wie verrückt in seinem Brustkorb.

Dieses Mail, diese Handvoll Zeilen und Megabytes… sie hatten das Potential ein halbes Dutzend Leben für immer zu verändern. Noch wichtiger: Sie hatten das Potential ein Leben zu retten.

Vincent verfluchte sich und Sam, dass sie sich ausgerechnet an diesem Abend einen Rausch angetrunken hatten. Er sah auf die Uhr auf dem Display, überschlug wie lange es dauern müsste bis er wieder einigermaßen fahrtauglich war.

„Scheiße", knurrte er, stand auf und ging in die Küche um eine neue Wasserflasche zu holen. Für einen kurzen, verrückten Moment überlegte er, ob er sich aus der Praxis Kochsalzlösung holen sollte, um so sein Blutvolumen zu erhöhen und den Alkohol praktisch zu verdünnen.

Aber nein. Es war sehr ärgerlich, aber die sechs Stunden würde er wohl warten können. Es war schließlich mitten in der Nacht. An Schlaf war im Augenblick nicht zu denken, aber dennoch würde Vincent es versuchen. Später zumindest.

Jetzt, nachdem er die Flasche abgesetzt hatte, überflog er nochmal die E-Mail:

Hallo Vince,

wie geht es dir?
Ich war ganz schön überrascht deine Mail zu lesen. Wir haben uns ja ewig nicht mehr gesehen! Wusstest du nicht, dass ich für Lufria & ConPharm arbeite?

Wegen deiner Anfrage: Wir sollten uns mal treffen. Gerade wäre es eine gute Gelegenheit, wir haben eine Flaute. Ein Langzeitprojekt wurde plötzlich beendet, die Stimmung ist echt im Keller und... ach, das kann ich dir dann ja bei einem Treffen erzählen.

Freu mich von dir zu hören,
Marc

PS: Hier ist meine Handynummer +1-613-555-0163

Marc DaSilva, sein Freund und Zimmernachbar während des Studiums, arbeitete für die beiden Firmen, die maßgeblich an der Entstehung der Hybrid-Geschwister beteiligt gewesen war. Diejenige, die bis auf Aleydis alle wie Hamster in einem Käfig gehalten hatte, während sie unmenschliche Experimente an ihnen durchführten.

Vincents Magen hob und senkte sich, die Welt begann sich um ihn zu drehen. Er lehnte sich an die Küchenzeile um nicht umzukippen.

Er hätte niemals, nicht in tausend Leben, damit gerechnet, dass er ausgerechnet von Marc DaSilva eine Antwort auf sein Bewerbungsschreiben an Lufria Corp. bekommen würde. Als er die E-Mail losgeschickt hatte, hatte Vincent maximal damit gerechnet, dass man ihm ein Telefonat anbieten würde. Seine Vita und seine Unterlagen waren über dem Durchschnitt, aber nicht herausragend. Er war hoffnungsvoll, aber realistisch gewesen.

Jetzt festzustellen, dass sein ehemaliger Studienkollege dort arbeitete, veränderte alles.

Marc und er hatten sich immer gut verstanden, hatten nach dem Studium noch Kontakt gehalten, aber wie bei so vielen anderen Dingen auch, war dieser irgendwann eingeschlafen. Vincent war es genug gewesen die Praxis seines Onkels zu übernehmen, während Marc sich ohne Frage immer zu höherbezahlten Stellen hingezogen gefühlt hatte. Er war schon immer sehr ehrgeizig gewesen.

Aber ausgerechnet dieser Konzern.... Gänsehaut bildete sich auf Vincents Körper bei der Vorstellung, dass Marc von den abartigen Experimenten gewusst und vielleicht sogar an ihnen mitgewirkt hatte.

Egal wie die Antwort ausfallen würde, Vincent würde sich mit Marc treffen. Er atmete tief durch, öffnete ein neues Chatfenster und schrieb seinem alten Kumpel zurück. Gleich danach verfasste er eine Nachricht an Evelyn, dass sie die Praxis spontan einige Tage schließen mussten. Vincent konnte sich schließlich nicht klonen und an zwei Orten gleichzeitig sein.

Ob die Wissenschaftler bei ConPharm das wohl taten? Wenn es ihnen schon gelungen war menschliche und tierische DNA auf so spektakuläre Art und Weise zu verschmelzen?

„Alles ist möglich", murmelte Vincent vor sich hin. Ein Blick auf die Uhr beschied ihm, dass er immer noch fünfeinhalb Stunden Zeit hatte. Er sollte packen.

Kapitel 33

„Wie zur Hölle machst du das?!"

Felina warf ihrer Schwester einen überraschten Blick zu, ehe sie in leises Gelächter ausbrach. Canys sah sie mit einer Mischung aus Empörung und Bewunderung an. Dazu war ihr Gesicht gerötet, ihre Haare hatten sich aus dem Pferdeschwanz gelöst und standen wirr von ihrem Kopf ab. Ein Grasfleck prangte an ihrer Hüfte.

Sie sah ziemlich durcheinander und fertig aus - genauso, wie Felina sich fühlte. Gleichzeitig sang das Blut in ihren Adern und ihre Katze war so zufrieden, dass nicht mehr viel fehlte und sie hätte begonnen zu schnurren.

„Was meinst du?", fragte sie die andere.

„Na das eben..." Canys deutete mit einer vagen Handbewegung auf Felina. „Wie schaffst du so eine Drehung?"

„Das interessiert mich auch", kam es von Aleydis. Ihre älteste Schwester sah noch genauso aus wie vor einer Stunde, als sie begonnen hatten im Garten hinter dem Haus zu trainieren.

Felina zuckte mit den Schultern. „Keine Ahnung."

„Das ist doch Scheiße..."

Ein Lachen entschlüpfte ihr bei Canys' gebrummten Fluch. „Woher hast du denn diesen Wortschatz?"

„Ich habe Mike im Verdacht." Allys Augen glommen golden und sie grinste so breit, dass kein Zweifel darin bestand wie amüsiert auch die Wölfin der anderen war. Canys hingegen schnaubte nur, ging zur Terrasse und griff nach einer der dort deponierten Wasserflaschen.

Felina und Aleydis folgten ihr, tranken ebenfalls und setzten sich in den Schatten. Obwohl das Laub bereits vornehmlich gelb, orange und rot gefärbt war, hatte die Sonne noch immer Kraft und die drei Frauen schwitzten selbst noch in den kurzen Hosen und Tanktops.

Sie waren allein Zuhause, da Rafael in seiner Firma war und Lycan zusammen mit Nim zu deren Haus gegangen war. Dort versuchte die Blondine sich daran, die Informationen über den Chip in Felinas Nacken aus den Systemen von ConPharm zu stehlen. Auch waren keine Handwerker vor Ort, da diese die Arbeiten im Badezimmer erst am morgigen Tag fortführen konnten.

„Was macht deine Hüfte?", fragte Aleydis, während sie Felinas Gestalt aufmerksam musterte.

Felina ließ mit einem Seufzen den Kopf in den Nacken fallen, ihre Katze schnaubte in ihren Gedanken. „Der geht es gut, oh meine Alpha."

„Ich will nur sichergehen", erwiderte Aleydis grinsend und hob die Hände, als würde sie einen Angriff abwehren müssen. „Das letzte Mal bist du in ein Fieberkoma gefallen und hättest sicher eine Blutvergiftung erlitten, wenn wir nicht so schnell gehandelt hätten."

„Es ist wirklich alles in Ordnung", beteuerte Felina. Sie stellte ihre Flasche ab, hob das dunkelrote Top an und schob gleichzeitig mit der anderen Hand die leichte Trainingshose hinunter. Sofort beugten sich ihre Schwestern näher zu ihr, um die rosafarbene Narbe zu begutachten. Der Geruch von Jasmin, Waldluft und Karamell, der durch den Schweiß auf ihrer Haut noch verstärkt wurde, umschmeichelte Felinas Nase.

Sie musste lachen, als Aleydis tatsächlich schnüffelte.

„Stinke ich?"

Die schwarze Wölfin rollte mit den Augen. „Ich wollte nur sichergehen, dass die Wunde nicht entzündet ist."

„Es sieht gut aus", bemerkte Canys mit einem Lächeln.

„Es fühlt sich auch gut an. Kein bisschen empfindlich und das Gelenk ist auch nicht steif."

„Das haben wir ja eben gesehen", sagte Ally. Sie neigte den Kopf zur Seite und sagte leise, als würde sie eher zu sich selbst sprechen: „Ich denke, dass liegt an dem Puma. Als Mitglied der Gattung Felidae sind sie um einiges agiler und gelenkiger als Wölfe, die zur Gattung Canidae gehören."

„Daher haben wir unsere Namen", sagte Canys und sah sie an. Ein goldener Ring hatte sich in dem Flaschengrün der Augen ihrer Schwester gebildet. Auch Felina fühlte, dass ihre Katze dicht unter der Oberfläche saß.

„Immerhin haben wir Namen bekommen, auch wenn die Wissenschaftler uns nur mit Nummern bezeichnet haben."

„Wer hat sie euch gegeben?", fragte Aleydis. Ihre Stimme war sanft, doch in ihren Augen war ein verletzter, schuldbewusster Glanz. Felina wusste genau an was sie dachte: Sie war nicht dort gewesen, sie hatte in Freiheit bei denen aufwachsen dürfen, die ihre Eltern waren. Auch ihre Kindheit war nicht gerade herzlich und frei verlaufen, so viel wusste Felina schon, auch wenn sie noch nicht weiter nachgefragt hatte.

Vielleicht sollte sie das heute ändern.

Erst einmal atmete sie tief ein und sagte: „Die Pflegerinnen in unserer frühen Kindheit waren das. Es waren acht Frauen, die sich abwechselnd um uns gekümmert haben. Ich kann mich kaum noch an ihre Gesichter erinnern, ich war noch so klein als… als sich alles änderte."

„Warum hat Ursyn sich als erstes gewandelt?", warf Canys ein, die Worte leise gesprochen. „Lycan war bei der ersten Wandlung zwölf, ich war mit dreizehn die letzte und Lina war neun."

„Und es war alles andere als natürlich", presste sie hervor. Ihre Muskeln und Gelenke schmerzten, als würde sich ihr Körper nach über zehn Jahren immer noch genau an die fast unerträgliche Qual ihrer erzwungenen Wandlung erinnern. Die Wissenschaftler hatten ihren kindlichen Körper mit so viel Adrenalin vollgepumpt, dass es sie um ein Haar getötet hätte.

Später waren die Mittel effizienter geworden, mit denen sie die Geschwister zur Wandlung zwangen. Meist war es bei Felina zum Einsatz gekommen, weil sie sich geweigert hatte den Bastarden ein Schauspiel zu liefern. Es hatte jedes einzelne Mal heftige Nebenwirkungen verursacht: Übelkeit, Schwindel, Koordinations- und Wahrnehmungsstörungen und das alles oft über Stunden hinweg.

„Als ich das erste Mal die Form gewechselt habe war ich dreizehn", sagte Aleydis und holte Felina aus der erdrückenden Vergangenheit zurück in die Gegenwart. „Ich habe mir die Aufzeichnungen von all euren Wandlungen angesehen, habe die Daten mit meinen verglichen und bin zu dem Schluss gekommen, dass es nicht an den Hormonen gelegen hat, wie unsere Eltern vermuteten."

„Sondern?", wollte Canys wissen.

„An einem bestimmten Verhältnis von Gewicht, Muskel- und Fettmasse. Laut den Aufzeichnungen war Ursyn schon immer der größte und schwerste von euch, was wohl an dem Grizzly in seiner DNA liegt."

„Das stimmt", murmelte Felina. Sie hob die Hand über sich und sagte: „So groß ist er ungefähr, seit er aufgehört hat zu wachsen."

„Eins fünfundneunzig." Aleydis nickte und fuhr fort: „Mit fünf war er sicher noch nicht so groß wie wir im Teenageralter, aber wahrscheinlich hatte er damals schon die korrekten Voraussetzungen erfüllt."

„Ja… und danach war nichts mehr wie zuvor", sagte Felina. Ein leises Winseln entwich Canys' Kehle, hörte sich so sehr nach ihrer verängstigten Wölfin an wie es ihr in menschlicher Gestalt möglich war. Ohne zu zögern schob sie einen Arm um die Taille ihrer Schwester und zog sie nah zu sich. Der Hauch von Angst in ihrer sonst so sanften Witterung machte Felinas Katze ganz krank.

„Unsere Pflegerinnen sahen wir nie wieder", fuhr Felina fort. „Sie hatten mit uns gespielt, gelacht und uns liebevoll behandelt. Die Männer, die danach kamen, waren ganz anders."

„Ich weiß", murmelte Aleydis, trat zu ihnen und legte die Arme um sie alle beide. Es war ein seltsames Gefühl für Felina, auch wenn sie sich schon an die Anwesenheit und Zuneigung ihrer ältesten Schwester gewöhnt hatte. Doch in Augenblicken wie diesen, wenn die Vergangenheit wie ein fauliger Schatten über ihnen hing, war es noch ungewohnt. Jahrelang hatten sie sich nur auf drei andere Personen verlassen können. Nun waren so viele mehr hinzugekommen, die ihr halfen und ihr ein neues, selbstbestimmtes und vor allem sicheres Leben ermöglichen wollten.

Unwillkürlich schmiegte sich Felina näher an Canys und Aleydis.

„Ally, ich…“, begann Canys zögerlich. Sie hob den Kopf und sah die ältere an.

„Was Kleines?“

„Wie waren unsere Eltern?“

Überrascht von dieser Frage blinzelte Felina die andere an. Sie würde diese beiden Personen, die sie in einem Reagenzglas zusammengerührt hatten, niemals als ihre Eltern bezeichnen. Eltern, das hatte sie selbst während ihrer Gefangenschaft begriffen, experimentierten nicht mit ihren Nachkommen, nur um dann mit einem der Ergebnisse abzuhauen und die restlichen Versuche für den Abfall zurückzulassen.

Ein Vorgehen, so egoistisch und selbstherrlich, dass sich Felinas Nackenhaare sträubten und in ihrem Kopf der Puma fauchte. Sie hatte sich mit Lycan darüber unterhalten, nachdem sie dieselben Aufzeichnungen über die Forschungen dieser Menschen gelesen hatte wie auch schon er und Canys vor ihr.

Auch Lycan war nicht bereit dazu diese Wissenschaftler als Eltern anzusehen. Vielleicht, weil er so wie sie den Gedanken nicht loswerden konnte, dass Emily und Steven Moore ebenso gnadenlos, unbarmherzig und grausam mit ihnen umgegangen wären wie die anderen ConPharm-Angestellten.

Diese Menschen, die ihre Eltern sein sollten, hätten sicher auch nicht davor zurückgeschreckt sie zu quälen und einem schmerzhaften Experiment nach dem anderen auszusetzen.

Sie wurde aus ihren düsteren Gedanken gerissen, als Aleydis tief einatmete und antwortete: „Sie waren freundlich, gaben mir was ich zum Wachsen und Gedeihen brauchte.“

Die Worte ihrer Schwester bescherten Felina ein Gefühl als

würde man ihr Fell in die verkehrte Richtung bürsten. Es war nicht Neid oder Missgunst, dass ihre Kindheit so anders verlaufen war. Dafür konnte Aleydis nichts. Und doch…

Canys war es, die Felinas unbestimmtes Gefühl von ‚falsch' in Worte fasste: „Sie haben dich geliebt, oder? Ihr wart doch eine richtige Familie. Was du sagst… das hört sich so kalt an."

„So waren sie aber", sagte Aleydis ruhig. „Mutter und Vater waren Wissenschaftler. Es mag mir nicht so schlimm ergangen sein wie euch, doch auch ich bin immer wieder Teil von Versuchsreihen gewesen. Manche waren unangenehmer als andere, ich hatte vor allem als Kind und Jugendliche oft keine Lust dazu. Auch meine Wölfin war nicht begeistert, zumal sie die meiste Zeit, wenn sie sich zeigen durfte, in einem Käfig hatte sein müssen."

„Ein Käfig?", entfuhr es Felina. Ungläubig starrte sie ihre älteste Schwester an.

Diese zuckte mit den Schultern, als wäre nichts dabei. „Ja. Ich hatte die Angewohnheit durch den Wald zu laufen. Wir lebten so tief im Nationalpark, wegen der empfindlichen Instrumente. Mutter sagte immer, dass sie nicht all die Mühe auf sich genommen hatten die Welt von uns fern zu halten, damit ich bei meinen Wanderungen versehentlich die Welt zu uns holte."

„Ich… ich dachte immer…", stammelte Canys, ihre Augen wechselten schnell zwischen grün und gold. „Ich hatte mir immer vorgestellt, dass unsere Eltern liebevoll gewesen wären. So wie Zoe zu ihren Kindern oder Nims Eltern zu ihr. Dass sie dich geliebt hätten, umsorgt und nicht so…"

„Herzlos gewesen wären", vollendete Felina den Satz ihrer Schwester.

„Ich habe das auch erst verstanden, nachdem ich geflohen war und auf Rafael getroffen bin." Bei der Erwähnung des Namens ihres Gefährten wurde Aleydis' Blick weicher. Sie sah zu Canys, strich ihr mit einer Hand eine verirrte Haarsträhne hinters Ohr und sagte sanft: „Ich wollte dich nicht enttäuschen, aber unsere Eltern waren viel zu verstandgesteuert um herzlich zu sein. Ich wusste zwar, dass ich ihnen wichtig war, doch sie haben es nur sehr selten gezeigt."

„Aber wir sind jetzt eine richtige Familie", sagte Felina und sah zu der schwarzen Timberwölfin. „Nicht wahr?"

„Lina hat Recht", antwortete Aleydis und lächelte sie an, zog sie beide ein Stückchen näher zu sich. „Wir können nun endlich zu der Familie werden, die wir schon von Anfang an hätten sein sollen. Niemand kann uns das je wieder wegnehmen."

Doch, dachte Felina, während sich eine kalte Hand um ihr Herz legte. ConPharm hatte sie noch immer in der Hand, das Damoklesschwert dieser Unmenschen schwebte im wahrsten Sinne des Wortes über ihrem Nacken.

Die einzige Hoffnung war Nim und ihr Zugriff auf die Systeme der Labore. Sollte die Gefährtin ihres Bruders scheitern, war Felinas Zeit in dieser neuen und schon so liebgewonnenen Familie von einem vorzeitigen Ende bedroht.

Weil sie wusste, dass auch ihre Schwestern daran dachten und es ihrer Katze Unbehagen bereitete den beiden Kummer zuzufügen, auch wenn sie genau genommen nichts dafür konnte, löste sich Felina von ihnen und sagte: „Ich habe Hunger."

Wie erwartet brachte das sofort Leben in Aleydis und auch Canys lächelte, wenn auch schief.

„Das ist Musik in meinen Ohren", verkündete die Ältere. „Geht ihr duschen, dann bereite ich das zweite Frühstück vor."

Die noch nassen Haare zu einem Knoten geschlungen, schlüpfte Felina in ein himbeerfarbenes T-Shirt und abgeschnittene Jeansshorts. Sie mochte ihre neue Kleidung sehr, wie sie sich auf der Haut anfühlte und vor allem, dass es nicht die steril-weißen Overalls aus den Laboren waren.

Sie musste Canys nicht fragen um zu wissen, dass es ihr genauso ging. Es reichte, dass ihre Schwester sich für ein Kleid aus Regenbogenfarben entschieden hatte, das unter der

Brust mit einem breiten Band versehen war. Mit einem Lächeln drehte sie sich zu Felina um und bat sie, eine Schleife in das Band zu machen. Felinas Katze schnurrte in ihrem Kopf glücklich, dass sie so mit ihrer Schwester zusammen sein konnte.

Als sie fertig war, gab sie Canys einen Kuss auf die Wange, ehe sie gemeinsam hinunter in die Küche gingen. Schon im Flur des Obergeschosses wehte ihnen der süßlich-herbe Duft von Zimt entgegen.

„Was meinst du wie lange sie uns noch so füttern wird?", fragte Felina amüsiert.

„Du brauchst dich gar nicht beschweren", entgegnete Canys, ihre grünen Augen funkelten. „Lycan und ich machen das schon fast einen Monat mit."

„Und du noch sicher einen weiteren", verkündete Aleydis, die ihr Gespräch natürlich gehört hatte. Sie zwinkerte den beiden zu und deutete an den Tisch, der bereits gedeckt war.

Canys seufzte, doch Felina nahm ihr keinen Augenblick ab, dass die Fürsorge ihrer ältesten Schwester unangenehm war. Sie selbst ertappte sich dabei, dass jedes Mal ein warmes Gefühl in ihrer Brust entstand, wenn sie so umsorgt wurde. Was kein Wunder war, schließlich war liebevolle Zuwendung in ihrem bisherigen Leben sehr rar gesät gewesen.

Sie setzten sich, Aleydis schenkte ihnen Orangensaft ein und sie begannen zu essen. Den reichhaltigen, zähen Brei aus Haferflocken, Milch, Nüssen und Proteinpulver kannte Felina bereits.

„Wie kommt es eigentlich, dass du nicht so dünn geworden bist?", fragte Canys neben ihr, die Augen interessiert auf Felinas Körper gerichtet.

„Das würde mich auch interessieren", fügte Aleydis hinzu.

Felina zuckte mit den Schultern. „Ich habe gejagt."

„Das hatten Lycan und Canys auch versucht."

„Mit wenig Erfolg", seufzte Canys und griff nach ihrem Saft.

„Vielleicht“, setzte Felina an und grinste breit, „sind Katzen einfach bessere Jäger als Wölfe.“

Wie erwartet kamen von ihren Schwestern sofort empörte Ausrufe, sie meinte sogar das Knurren von Aleydis‘ Wölfin in ihren Worten hören zu können, und konnte ein Lachen nicht unterdrücken. Auch ihre Katze schnaufte belustigt, genoss es, ihre Geschwister zu necken und war auch ein wenig eitel, dass sie sich besser geschlagen hatte.

Die heitere Stimmung wurde von einem dezenten Läuten unterbrochen. Ein kaltes Prickeln lief Felinas Rücken hinunter und auch Canys neben ihr versteifte sich. Automatisch huschten ihre Augen zu Aleydis.

„Was war das?“

„Die Türklingel“, verkündete diese, stand auf und ging den Flur hinunter. Neugierig erhob sich Felina von ihrem Platz und spähte in den Gang hinunter. Hinter der milchigen Scheibe der Eingangstür konnte sie eine große, dunkle Silhouette ausmachen.

Man konnte hören wie Aleydis tief einatmete, nochmal… ehe sich die Anspannung in ihren Schultern lockerte und sie nach der Türklinke griff.

„Guten Morgen Vincent.“

Kapitel 34

„Hey", murmelte Vincent und versuchte sich an einem Lächeln. Seine Augen huschten von Aleydis, die ihn freundlich ansah, einen Flur hinunter zu der Gestalt einer jungen Frau. Unwillkürlich machte sein Herz einen Satz.

„Tut mir leid, wenn ich so unangekündigt hereinplatze."

„Du hast sicher einen guten Grund", sagte Aleydis freundlich. „Komm doch rein, möchtest du einen Kaffee trinken?"

Vincent nickte und folgte ihr den Gang hinunter. Mit jedem Schritt näher zu Felina schlug sein Herz heftiger in seiner Brust und sein Gehirn ließ ihn immer wieder den Moment durchleben, als sie sich an ihn gedrückt und ihn geküsst hatte.

„Guten Morgen", murmelte er, als sie in der Küche ankamen. Dunkelgraue Augen musterten ihn, ein Gefühl in ihnen, das Vincent nicht deuten konnte.

„Hallo", erwiderte Felina, ihr Blick huschte zu Aleydis, ehe sie ihn wieder ansah. Sie sah gut aus, gesund. Einige ihrer Locken hatten sich aus dem Knoten an ihrem Hinterkopf gelöst, umschmeichelten ihr Gesicht und fielen ihr auf die Schultern. Es juckte Vincent in den Fingern sie ihr hinters Ohr zu streichen. Zur Sicherheit ballte er die Hände zu Fäusten.

„Was führt dich her?", kam es von Canys, die er bisher nicht bemerkt hatte. Oh Mann, er war wirklich komplett von der Rolle. Was vielleicht an den Nachwirkungen des Alkohols und des wenigen Schlafs lag, die ihn wahrscheinlich noch aussehen ließen wie einen heruntergekommenen Landstreicher.

Große Klasse.

„Jetzt lass ihn sich doch erst einmal hinsetzen", forderte die ältere der Schwestern. Sie hatte bereits die Kaffeemaschine angeschaltet und wartete mit verschränkten Armen daneben, bis die lebensrettende Flüssigkeit in die Tasse gelaufen war.

„Ich hätte anrufen sollen", sagte Vincent schwach, zog sich einen Stuhl heraus und setzte sich an den Tisch. Um nicht wieder Felina anzustarren, ließ er den Blick durch die Küche wandern: Wie auch im Flur war der Boden aus Parkett und Vincent meinte feine Krallenspuren auf der Oberfläche zu erkennen. Seltsamerweise gab es dem Raum ein noch heimeligeres Flair, ebenso wie die breite Küchenfront mit den großen Arbeitsflächen. Vincent mochte auch, dass sich der Esstisch hier befand und nicht in einem separaten Raum.

„Glaub mir, wir sind mittlerweile an unangekündigte Besuche gewöhnt", sagte Aleydis und riss ihn aus seinen Gedanken. „Du gehörst zur erwünschten Kategorie, wenn ich das so sagen darf."

„Das freut mich."

Aleydis lächelte, kam zurück zum Tisch und stellte den Kaffee vor ihn. Er bedankte sich – und spürte die Blicke der drei Frauen wie Gewichte auf seinen Schultern. Er hatte sich die halbe Nacht und während der gesamten Fahrt hierher den Kopf darüber zerbrochen wie er seine Worte formulieren sollte und war auf keinen grünen Zweig gekommen.

Daher atmete Vincent tief ein und sagte: „Ich habe die Möglichkeit mit jemandem zu sprechen, der höchstwahrscheinlich bei der Entwicklung des Chips mitgearbeitet hat."

„Was?!", entwicht es Aleydis neben ihm, Canys schnappte hörbar nach Luft, doch die einzige Reaktion, die Vincent wirklich interessierte, war die von Felina. Ganz im Gegensatz zu ihren Schwestern sah sie ihn nur mit großen Augen an, deren Farbe immer wieder zwischen grau und bronze hin und her wechselte.

„Stimmt das?", fragte sie leise. Er hätte sie wahrscheinlich nicht einmal dann verstanden, wenn er nicht so auf sie konzentriert gewesen wäre. Vincent musste das Bedürfnis niederringen aufzustehen und die Arme um ihre Schultern zu legen. Er zumindest hätte bei so einer Nachricht eine Umarmung dringend nötig gehabt.

„Ja", erwiderte Vincent. „Ich hatte eine der Firmen kontaktiert, die mit ConPharm zusammenarbeiten. Ein Unternehmen für Tiermedizin. Gestern habe ich eine Antwort erhalten. Wie sich herausgestellt hat arbeitet dort ein ehemaliger Studienfreund von mir. Er hat mir seine Telefonnummer gegeben und ein Treffen vorgeschlagen."

Felina zog die Augenbrauen zusammen. „Warum hast du nichts davon gesagt? Dass du diese Firma angeschrieben hast?"

„Ich… ich wollte euch keine falschen Hoffnungen machen." Vincent zuckte mit den Schultern und fügte hinzu: „Es hätte ja sein können, dass sie sich nicht melden und selbst wenn, dass ich nichts herausfinden kann."

„Das ist alles sehr gefährlich, das weißt du?", fragte Aleydis mit unheilvollem Unterton. „ConPharm ist nicht zimperlich, sie haben schon mehrfach bezahlte Mörder geschickt um Leute auszuschalten, die ihnen im Weg stehen."

Kalte Gänsehaut rieselte über Vincents Rücken und doch…

„Das ist mir egal."

„Nur so lange, bis sie dich in die Finger bekommen", sagte Felina. Der harte Ausdruck in ihrem Gesicht wurde dadurch verstärkt, dass sie ihn mit den Augen des Raubtiers ansah.

„Ally und Lina haben Recht", warf Canys ein. Ganz im Gegensatz zu ihrer Schwester, die aussah als würde sie jeden Moment die Beherrschung verlieren, war in ihrem Gesicht Furcht zu lesen. „Sie kennen keine Gnade."

„Und du würdest sie im schlimmsten Fall auf unsere Fährte locken", fügte Aleydis hinzu.

„Das werde ich nicht, versprochen", beteuerte Vincent.

Felina gab ein Schnauben von sich, als würde sie ihm nicht glauben. Vincent wusste nicht recht, ob er beleidigt sein sollte oder nicht. Er konnte ihre Skepsis und auch die ihrer Schwestern verstehen. Dennoch war es womöglich die beste Chance an Informationen zu der tickenden Zeitbombe in Felinas Nacken zu gelangen, die sie hatten.

Als er danach fragte, welche Alternativen sie denn hätten,

wurde die Stimmung im Raum wenn möglich noch angespannter.

„Nim hat eine Chance“, kam es zögerlich von Aleydis. „Sie hat Zugang zu den Systemen von ConPharm.“

„Und wenn die Informationen doch nur bei Lufria liegen?“, hakte Vincent nach.

„Selbst wenn, wie solltest du an sie ran kommen?“

Vincent sah zu Canys und antwortete: „Weil ich Marc ganz genau kenne. Wir haben uns früher sehr gut verstanden und es ist wahrscheinlich, dass ich mir die Unterlagen ansehen darf.“

„Das sind ziemlich viele Variablen.“ Aleydis' Worte klangen ganz nach dem Knurren eines Wolfs.

„Aber es ist eine Chance“, beharrte Vincent. Es musste klappen. Die Alternative war inakzeptabel und er wollte nicht eine Sekunde an sie denken.

„Was ich nicht verstehe“, sagte Felina und sah ihn genau an, „ist, warum du hergekommen bist. Hätte es nicht auch ein Anruf getan? Ally hatte dir doch unsere Nummer gegeben. Warum bist du hier?“

Felina ballte die Hände auf ihren Oberschenkeln zu Fäusten, wartete ungeduldig auf Vincents Antwort.

Katze und Frau waren sich in ihrem Kopf uneins, was sie fühlen sollten. Da gab es überschäumende, fast schon schwindelerregende Freude, weil Vincent hier war und sich solche Mühe gab ihr zu helfen. Schon wieder. Aber auf der anderen Seite sträubte sich ihr das Fell bei der Vorstellung, was er da vorhatte. In welche Gefahr er sich begab und das nur auf die vage Hoffnung, dass er etwas über das Ding in ihrem Körper herausfinden konnte.

Warum tat er das?

Um das Chaos in ihrem Kopf zu beruhigen atmete sie tief ein. Was leider auch nicht half, denn ihre Geruchsnerven wurden sofort mit dem Duft von Minze und Holzspänen überflutet, der ihren Puma aufgeregt in ihrem Kopf hin und her laufen ließ. Hinzu kam der scharfe Geruch von Angst, der von Canys zu ihr hinüberschwappte.

Als Vincent antwortete, spannten sich Felinas Muskeln noch ein wenig mehr an.

„Ich wollte es euch persönlich sagen."

Aleydis erwiderte: „Unsere Telefonleitung wird nicht abgehört, falls das deine Sorge war."

„Das weiß ich. Trotzdem wollte ich herkommen und mit euch reden." Die braunen Augen des Mannes, der ihr mehrfach das Leben gerettet hatte, richteten sich wieder auf Felina. „Ich will ganz sicher gehen, dass ich nichts Falsches sage."

Ein Hauch Unzufriedenheit mischte sich in Felinas Gefühlschaos. Irgendwie hatte sie… mehr erwartet. Irrsinnig, wenn man bedachte, dass sie im Grunde gar nichts erwartet hatte. Aber jetzt, wo Vincent hier war, erschien ihr der Grund seiner Anwesenheit zu banal. Als hätte da mehr sein müssen, noch eine andere Motivation.

„Na gut", seufzte Aleydis und Felina sah sie an. Ihre Schwester hatte die Arme vor der Brust verschränkt, kaute nachdenklich auf ihrer Unterlippe. „Wenn du das unbedingt durchziehen willst: Hast du schon mit diesem Mann gesprochen? Wo und wann trefft ihr euch? Was hattest du ihm genau geschrieben?"

„Ich warte noch auf Marcs Anruf", antwortete Vincent. „Ich hätte ihm gerne vorgeschlagen mich mit ihm in Calgary zu treffen."

„Wird es ihn nicht stutzig machen, dass du nur um zu plaudern eine Fahrt von zweihundert Meilen auf dich nimmst?"

„Nun…" Vincent strich sich über den Nacken und lächelte schief. „Ich habe um ein Bewerbungsgespräch gebeten und angegeben, dass ich Erfahrung im Umgang und der Behandlung von Großwild habe. Dafür nimmt man schon mal solch eine Strecke auf sich."

„Wie willst du dann den Schwenk zu dem Implantat machen?", wollte Canys wissen.

Noch bevor Vincent antworten konnte schüttelte Felina den Kopf. „Das ist doch eine komplett irrsinnige Idee." Sie sah den Tierarzt an und fügte hinzu: „Es ist wirklich nett von dir, dass du dich so für mich einsetzen willst, aber du wirst damit scheitern. Schlimmer noch, du bringst dein und unser Leben in Gefahr. Danke Vincent, aber nein danke."

Mit großen Augen blinzelte er sie an. „Aber..."

„Nein Vincent", unterbrach sie ihn. „Das kann und werde ich nicht von dir verlangen."

„Lina hat Recht." Aleydis warf ihr einen Blick zu, wolfsgold in den Augen, ehe sie zu ihrem Gast sah. „Du hast schon mehr als genug für uns getan."

Kapitel 35

„Huch!“

Nim blieb wie erstarrt auf der Schwelle zur Küche stehen, so dass Lycan in sie hineinlief. Zwei Arme legten sich um sie, damit sie beide nicht zu Boden stürzten. Sie fühlte wie er tief einatmete, wusste wie dicht sein Wolf unter der Oberfläche war.

Das alles nahm Nim aber eher hintergründig wahr, denn ihre Aufmerksamkeit lag bei einem Mann, der mit Lycans Schwestern am Esstisch saß und sie genauso überrascht ansah wie sie ihn. Er hatte braune, etwas unordentliche Haare und dunkle Augen.

Zudem war die Stimmung in dem sonst so gemütlichen Raum angespannt, was Nims Puls zusätzlich in die Höhe trieb.

„Vincent, hallo“, kam es von Lycan und er entspannte sich. Mit einer kleinen Drehung seines Körpers bugsierte er sich neben sie und legte einen Arm auf ihre Schultern.

Das war also der Tierarzt, dachte Nim und musterte den Mann, der nur ein paar Jahre älter als sie sein konnte. Bei ihrem Besuch in seinem Haus hatte sie ihn nicht angetroffen. Langsam ließ ihre Anspannung nach.

„Hi.“ Ein schiefes Lächeln erschien auf seinem Gesicht, er erhob sich und kam auf Nim zu. „Mein Name ist Vincent und du musst Nimué sein, nicht wahr?“

„Bitte nur Nim“, erwiderte sie und schüttelte seine Hand. Sie sah kurz an ihm vorbei zu Ally, ehe sie ihn fragte: „Was machst du denn hier?“

„Nun… eigentlich hatte ich meine Hilfe anbieten wollen eine Lösung für das Implantat in Felinas Nacken zu finden.“

„Eigentlich?“, hakte Nim nach und sah zur jüngsten von Lycans Schwestern. Allein schon der angespannte Zug um ihren Mund und die Augenwinkel verrieten ihr, dass dieses

Angebot nicht angenommen worden war.

„Der Plan war zu gefährlich", kam es von Ally.

„Oh", entwich es Nim. Sie bemerkte kaum, wie Lycan sie sanft an den Tisch lenkte und sie auf den Platz neben Canys drückte. Was sie sehr wohl bemerkte war die Tasse mit Kaffee inklusive einem kleinen Berg Schlagsahne, die vor ihr abgestellt wurde.

„Ally", murmelte sie und fühlte, wie sie rot wurde. „Du sollst das doch nicht machen."

„Ich möchte es aber", beschied ihr die älteste von Lycans Schwestern, ehe sie ihr einen Kuss auf die Wange drückte.

Nim seufzte, nahm den Löffel und schob sich etwas von der kühlen Creme in den Mund. Der süße Geschmack beruhigte etwas ihre Nerven, die seit einer gefühlten Ewigkeit zum Zerreisen gespannt waren.

„Wir sind nicht nur zum Kaffeetrinken hergekommen." Sie sah in die Runde und ihr Blick blieb an Vincent hängen. Sie zögerte, denn sie wusste nicht genau in wie weit er von den illegalen Machenschaften wusste, in die sie sich für Lycans Familie verstrickt hatte. Für ihre eigene Familie.

Man musste ihr die Gedanken angesehen haben, denn Ally sagte: „Er weiß Bescheid."

„Was hast du herausgefunden?" Felina beugte sich ein Stück nach vorn. Nim mochte sie, auch wenn sie noch ein wenig unsicher in ihrer Gegenwart war. Es hatte sie mehr mitgenommen als gedacht, dass die jüngste der Moore-Geschwister ihre Beziehung zu Lycan anfangs strikt abgelehnt hatte. Auch wenn sie die Gründe nachvollziehen konnte.

Nim warf einen letzten Blick zu dem Tierarzt, ehe sie wieder den Augenkontakt zu Felina suchte. Sie entschied sich dazu die gute Nachricht zuerst zu verkünden. „Es gibt eine Möglichkeit den Chip zu deaktivieren, permanent."

Aufgeregtes Murmeln wurde um sie laut, sie hörte die Erleichterung der anderen und fühlte einen Stein in ihren Magen fallen. Unwillkürlich lehnte sie sich näher an Lycan, der einen Arm auf ihrer Stuhllehne abgelegt hatte. Er wusste bereits, dass die Sache nicht so einfach war.

Nichts schien im Leben der Hybride jemals einfach zu sein.

„Allerdings gibt es einen Haken“, sagte Nim.

„Welchen?“, fragte Canys. Die schüchterne Frau war blass um die Nase geworden. Nim mochte sie sehr, nicht nur weil sie ihr von den Moore-Geschwistern am ähnlichsten war. Sie hatten sich schnell angefreundet, während Nim ihr an einigen Nachmittagen die Grundzüge der beiden wichtigsten Programmiersprachen beigebracht und ein wenig mit ihr herumexperimentiert hatte. Canys war mit Feuereifer dabei gewesen und hatte Nims Anweisungen und Erklärungen aufgesogen wie ein trockener Schwamm.

Genug, sagte sich Nim. Sie durfte jetzt nicht abschweifen. Sie sah zu Felina.

„Die Texte waren sehr wissenschaftlich, aber von dem was ich verstanden habe, lässt sich der Chip chirurgisch nicht entfernen. Zumindest nicht ohne Schäden an deinem Rückenmark zu verursachen.“

„Das wussten wir schon vorher. Wie funktioniert es dann?“

„Mittels einer Injektion“, sagte Nim. Sie atmete tief durch und fügte hinzu: „Das betreffende Medikament zerstört die elektronischen Schaltkreise in dem Chip ohne das umliegende Nervengewebe anzugreifen. Wie genau das funktionieren soll habe ich nicht verstanden, das müsstest du dir wahrscheinlich ansehen.“

Bei ihren letzten Worten blickte sie zu Aleydis. Diese hatte die dunklen Brauen über den Augen zusammengezogen und die Arme vor der Brust verschränkt.

„Ich habe da so eine Theorie.“

„Egal wie es funktioniert“, sagte Felina, „es hilft mir kein bisschen, wenn es etwas ist, das nur bei ConPharm zu bekommen ist. Was genau ist in diesem Zeug drin?“

„Eine ellenlange Liste von Chemikalien“, antwortete Lycan. „Selbst ich als Laie habe gleich gesehen, dass wir das nicht so einfach nachmischen können.“

Vincent fluchte und sagte mit Blick auf Felina: „Wahrscheinlich genügt nur ein winziger Fehler bei den Mengen und es fügt dir Schaden zu."

„Prima", zischte die Hybridin. „Wir sind also genauso weit wie vorher."

Nim fasste ihre Tasse fester, als könnte die warme Keramik ihr Kraft geben. Sie leckte sich über die Lippen und sagte: „Es ist nicht alles verloren, wir könnten-"

„Nein!", schnitt Felina ihr das Wort ab und Nim zuckte zurück. „Ich will das alles nicht! Ich will niemals wieder ein Versuchskaninchen sein, nicht einmal für euch. Nicht einmal, wenn es mir das Leben rettet. Ich habe genug davon!"

„Was willst du dann machen?", fragte Lycan und auch seine Stimme klang hart. „Warten bis der Chip aktiviert wird und dich umbringt?"

„Wenn es bedeutet, dass ich bis dahin ein Leben frei von Experimenten führen kann? Dann auf jeden Fall." Felina sah alle der Reihe nach an, ein gebrochener Ausdruck trat in ihre Augen. „Verschwendet nicht eure Energie mit mir. Habt ihr Ursyn denn komplett vergessen? Er ist noch da draußen und braucht unsere Hilfe."

„Das ist nicht fair Lina", sagte Canys leise. „Du kannst nicht von uns erwarten zwischen einem von euch zu wählen."

„Ihr müsst nicht wählen. Ich will es so."

„Wir haben keine aktuelle Spur von unserem Bruder", betonte Lycan. „Er könnte überall sein und selbst wenn wir von hier bis Calgary jeden Quadratmeter Wald durchkämmen wäre es möglich, dass wir ihn nicht finden. Aber du bist *hier,* lass uns dir helfen!"

„Nein." Felina schüttelte den Kopf, so dass sich weitere Haarsträhnen aus dem Knoten in ihrem Nacken lösten. „Nein, ich will das nicht."

Unvermittelt stand sie auf, stürmte durch die Küchentür hinaus auf die Veranda und verschwand aus ihrer aller Blickfeld.

Nims Herz schlug unregelmäßig in ihrer Brust. Sie war noch nie besonders gut darin gewesen mit emotionalem Stress umzugehen. Wenn die Deadline eines Auftrags näher rückte und sie vierundzwanzig Stunden arbeiten musste oder sich während der Implementierung eines Systems gravierende Fehler zeigten blieb sie immer ruhig. Konzentriert.

Aber wenn sich Menschen um sie herum stritten oder wenn es innerhalb ihrer Familie Unfrieden gab, dann fühlte sich Nim regelrecht hilflos. Im Moment war es noch sehr viel schlimmer, denn es ging nicht nur um irgendeine Meinungsverschiedenheit, sondern sprichwörtlich um Leben und Tod.

Zu ihrem Glück war nicht alles verloren.

„Es gibt wirklich noch eine Möglichkeit“, sagte Nim zaghaft.

„Welche?“, fragte Aleydis sofort und Lycan antwortete: „Nim weiß ganz genau wo das Medikament lagert.“

Stille senkte sich über den Raum, so dick wie eine schwere Decke.

„Das heißt wir müssen irgendwie bei ConPharm einbrechen?“, fragte Canys mit dünner Stimme. Man musste kein Genie sein um zu erkennen, dass sie von dem Gedanken mehr als eingeschüchtert war. Nim und Lycan hatten diese Möglichkeit bereits bei ihr Zuhause diskutiert und auch ihr Polarwolf war nicht begeistert davon gewesen.

Zum Glück war es nicht ganz so schlimm. Also, immer noch schlimm, aber…

„Nicht direkt“, sagte Nim. „Das Medikament lagert bei einem Zulieferer.“

„Wo genau?“, wollte Aleydis wissen.

„Lufria Corp.“

Der Tierarzt am Tisch atmete geräuschvoll aus und massierte sich die Nasenwurzel. „Denkt noch jemand, dass das ein sehr gruseliger Zufall ist?“

„Warum?“, erkundigte sich Nim.

„Weil“, setzte Ally an und lächelte freudlos, „Vincent uns eben erzählt hat, dass er einen Kontaktmann bei dieser Firma hat und vielleicht sogar die Möglichkeit dort hineinzugelangen.“

„Wirklich?!“, entfuhr es Lycan und er setzte sich aufrechter hin. Nim konnte regelrecht spüren wie angespannt er war.

Auch sie beobachtete Vincent genau, der die Hand sinken ließ und nickte.

„Und du würdest das machen?"

„Ja", erwiderte er.

Nim blinzelte. „Einfach so? Das wäre eine ziemlich gefährliche Aktion, denn das Mittel wird dort sicher nicht in der Kaffeeküche herumstehen."

„Nim", sagte Aleydis, ein kleines Lächeln auf den Lippen. „Diese Frage hätten wir dir vor ein paar Wochen auch stellen können, als du eingewilligt hast das System von ConPharm zu manipulieren."

Nim atmete schon ein um zu erwidern, dass das ja etwas Anderes gewesen wäre, schließlich hatte sie Teilschuld an der Gefangenschaft der Geschwister gehabt und außerdem war sie zu diesem Zeitpunkt schon verliebt in Lycan gewesen und…

„Oh", entwich es ihr schwach. Ihr Blick huschte wieder zu dem Tierarzt. So war das.

Vincent, der von ihren Gedankengängen und dem Subtext, der zwischen Ally und ihr gesprochen worden war, nichts mitbekommen hatte, sagte nur: „Ich möchte helfen. Und nachdem, was wir jetzt wissen, sieht die Situation völlig anders aus, oder nicht?"

„Vincent hat Recht", kam es von Lycan.

„Wenn du das machen würdest", setzte Nim an und lehnte sich ein Stück vor, „dann kann ich dir genau sagen in welchem Raum sie die Fläschchen gelagert haben. Diese Firma hat ein exzellentes Inventarsystem."

„Erstmal muss mich mein Studienfreund anrufen."

„Und du musst in den richtigen Gebäudeabschnitt gelangen", murmelte Canys.

„Ja", entgegnete Aleydis. „Es gibt immer noch viele Variablen, aber das hier ist zumindest schon ein Plan, der auch funktionieren kann."

Dieses Mal lag in dem Schweigen zwischen ihnen nichts deprimiertes, sondern Tatendrang und Entschlossenheit.

Dennoch gab es noch einen Punkt, den Nim noch ansprechen musste. „Was ist mit Felinas Wunsch unsere Energie lieber auf die Suche nach Ursyn zu konzentrieren?"

„Der ist mir egal", antwortete Ally hart. Gold funkelte in ihren Augen, ihre Wölfin war dicht unter der Oberfläche. Auch als Nim zu Lycan aufsah konnte sie das Eisblau seines Polarwolfs erkennen.

Er griff nach ihrer Hand und sagte: „Lina war schon immer sehr dickköpfig, oft genug zu ihrem eigenen Nachteil. Bei dieser Sache können wir ihr aber ihren Willen nicht lassen."

„Sie wird sauer sein", fügte Canys mit einem kleinen Lächeln hinzu.

Aleydis schnaubte: „Das ist mir herzlich egal. Ich habe sie nicht erst gefunden nur um sie dann an ihre eigene Sturheit zu verlieren."

„Sehe ich genauso", sagte die schüchterne Hybridin. „Sie beruhigt sich auch wieder."

„Was machen wir nun?", fragte Vincent.

„Hoffen, dass dein Freund sich bald bei dir meldet", antwortete Ally. „In der Zwischenzeit rufe ich Rafael an. Er sollte so schnell wie möglich herkommen, damit wir mit ihm den Plan besprechen können. Nim, du versuchst so viel wie möglich über den Grundriss des Firmengeländes herauszufinden wie du kannst, ohne aufzufliegen." Jeder nickte.

Lycan seufzte: „Wer fängt Lina wieder ein?"

Blindlings war Felina in den Wald gelaufen, der nicht weit hinter der Hecke des Gartens begann. Die Luft roch leicht modrig von dem Laub, das bereits auf den Boden gefallen war und zwischen den Bäumen war es kühler. Es hätte alles so friedlich sein können, wäre da nicht Felinas unbändiger Zorn gewesen.

Gegen sich selbst, gegen ConPharm, gegen die ganze verdammte Welt und die Ungerechtigkeiten, die sie ihr immer wieder und wieder zumutete.

Ein Knurren riss sich aus ihrer Kehle, sie fuhr sich mit den Händen durch die Haare und riss dabei das Band heraus, mit dem sie sie zusammengebunden hatte. Sie schloss so fest ihre Finger darum, dass sie spüren konnte wie ihre Nägel sich in ihren Handballen gruben. Der körperliche Schmerz lenkte sie von dem in ihrer Seele ab.

Aber natürlich half das nur kurz.

Vor allem ihr Puma ließ sich davon nicht beeindrucken. Wie sehr er in ihrem Inneren wütete und außer Kontrolle war, konnte sie nicht nur daran feststellen, dass sein Gebrüll ihre Knochen zittern ließ, sondern auch an dem dünnen, schimmernden Haarflaum, der sich bereits über ihre Unterarme gebildet hatte. Es fehlte nicht mehr viel, dann würde das Tier die Zügel an sich reißen und herausbrechen.

Für einige Herzschläge war Felina versucht der Katze ihren Willen zu lassen. Einfach abzuhauen, von den Forderungen und dem Schmerz ihrer Familie fliehen und sich allein durchschlagen. So schlecht war es für sie nicht gelaufen, sie würde sich einfach noch weiter von Siedlungen fernhalten und hoffen, dass in den unberührten Teilen der Wildnis keine Jäger mehr auf sie schossen.

Vielleicht würde dort auch ConPharm keine Möglichkeit haben das Ding in ihrem Nacken zu aktivieren und sie doch noch zu töten.

An einer großen Kiefer blieb Felina stehen, lehnte die Stirn an die Rinde und versuchte tief durchzuatmen. Ihre Muskeln zitterten, sie waren noch ausgelaugt von dem Training mit Aleydis und Canys. Das Adrenalin puschte sie zwar, aber Felina wusste auch, dass sie ihrem Körper noch nicht so viel zumuten konnte.

Die Erinnerung an die Umstände ihrer Verletzung und wie sie geheilt wurde kamen ihr in den Sinn und führten sie direkt zu Vincent. Der Mann, der nun mit ihrer Familie in der Küche ihres neuen Zuhauses saß. Der Mann, der sich dafür entschieden hatte auf eigene Faust nach einer Lösung für ihr Problem zu suchen und bereit war dafür ein beträchtliches Risiko einzugehen. Er war lieber die Strecke mit dem Auto hergefahren als ihnen einfach nur per Telefon Bescheid zu geben.

Dieses Mal raunzte und knurrte der Puma in ihr aus einem ganz anderen Grund. Er schwankte zwischen dem Wunsch die Krallen in ihn zu schlagen und dem Verlangen sich auf Vincents Schoß zusammenzurollen. Das erste, weil er es wagte sich ungefragt in ihr Leben einzumischen… und letzteres, weil er bereit war so viel für sie zu riskieren.

Ich werde verrückt, dachte Felina und legte die Hände an den Stamm des Baumes. Die raue Textur unter ihren Fingerspitzen fühlte sich gut an, vertraut und verlässlich. Nur leider half das nicht den Zorn in ihrem Inneren zu besänftigen.

Erst recht nicht, als sie Schritte hörte, die sich ihr zielstrebig näherten. Sie atmete tief ein, doch der Wind stand ungünstig und so konnte sie nicht erkennen wer da auf sie zukam.

Kurz überlegte sie, ob sie sich einfach aus dem Staub machen sollte, entschied sich dann jedoch dagegen. Es war nicht wahrscheinlich, dass sich das Chaos in ihrem Inneren so schnell legen würde. Früher oder später musste sie sich also mit ihren Geschwistern auseinandersetzen.

Felina setzte fest auf Lycan, wobei Aleydis auch noch wahrscheinlich war. So viel hatte sie schon über ihre älteste Schwester gelernt.

Wer dann jedoch tatsächlich zwischen den Bäumen hervor kam überraschte Felina.

„Da bist du“, sagte Vincent und lächelte schief. „Ich hatte ehrlich Angst, dass du ganz abgehauen sein könntest.“

Felina stellte sich sprichwörtlich das Fell. „Du hältst mich für so impulsiv?“

„Du musst zugeben, dass du schon eine kleine Ausreißerin bist.“ Der Ton seiner Worte war leicht und amüsiert gewesen, sicher um die Spannung aufzulockern, doch bei Felina bewirkte er das genaue Gegenteil. Sie hatte es satt immer nur das Problem, der Störfaktor, das Hindernis zu sein.

„Das bin ich für dich?! Eine Ausreißerin? Wie ein entlaufenes Haustier? Ein Problem, das es zu lösen gilt?“

„Nein, ich-“

„Erspar mir das! Ich will nichts mehr von dir hören!“ Sie

atmete tief durch und fragte: „War ich gut für dein Ego? Das arme verletzte Kätzchen, das du wieder gesund gepflegt hast?"

Vincent runzelte die Stirn, machte einen Schritt auf sie zu. „Lina…"

„Nenn mich nicht so! Dieses Recht besitzt du nicht und ich schwöre, dass ich dir die Kehle rausreiße, wenn du diesen Namen mir gegenüber noch einmal benutzt. Ich weiß wie das geht, du wärst nicht der erste Mann den ich umbringe!"

Überraschung und Unglauben spiegelten sich in Vincents Mimik, viel zu spät realisierte Felina was sie da gesagt hatte. Was sie preisgegeben hatte. Doch es war wie ein gebrochener Damm, die Worte flossen aus ihr heraus wie eine Sturzflut. Unaufhaltsam und zerstörerisch in ihrer Gewalt.

„Sie dachten sie hätten uns vollkommen unter Kontrolle, hätten mich unter Kontrolle. Sie dachten ich könnte mich nicht wehren. Aber das konnte ich. Ich nutzte die Gelegenheit und habe mich an diesen Bastarden gerächt. Und seither kann ich ihn nicht mehr vergessen, den Geschmack von menschlichem Fleisch."

Für einige Herzschläge sah sie die Gesichter der Männer und Frauen vor sich, die sie während ihrer lebenslangen Gefangenschaft verletzt und sogar getötet hatte. Jackson hatte sie nicht gebissen, dafür aber unzählige vor ihm. Und ja… den metallischen, warmen Geschmack des Blutes auf ihrer Zunge würde sie niemals im Leben vergessen können.

„Ich habe dir bereits gesagt, dass ich ein Monster bin", sagte sie rau. Der Puma in ihrem Kopf hatte das Fell gesträubt und war alles andere als glücklich damit wie dieser Mensch sie ansah. Felinas menschlicher Seite ging es ebenso, aber es war sinnlos Vincent nicht von dem Gräuel zu erzählen, das sie begangen hatte. Nicht wenn das bedeutete, dass sie ihn im Unklaren darüber ließ für wen er Kopf und Kragen riskierte.

Zu ihrer maßlosen Überraschung machte der Mann vor ihr einen Schritt auf sie zu statt die Flucht zu ergreifen. Irritiert davon blieb Felina wo sie war, legte den Kopf zurück um Vincent weiter ins Gesicht sehen zu können, als er dicht vor ihr stand. Er berührte sie nicht, dennoch konnte sie seine Wärme auf ihrer Haut spüren.

„Weißt du", murmelte er, „wer wir wirklich sind und wer wir sein müssen, um zu überleben, sind zwei verschiedene Dinge."

Perplex starrte Felina ihn an. „Das heißt, du willst das noch machen? Dort quasi einbrechen und das Medikament stehlen?"

„Ja."

„Warum?"

„Weil mir noch nie jemand begegnet ist, der eine zweite Chance so sehr verdient hat wie du und deine Geschwister." Vincent hob eine Hand, legte sie sanft an ihr Gesicht und rieb mit dem Daumen über ihre Wange. „Du sollst glücklich sein."

Felinas Herz schlug ihr bis zum Hals, es war ein beängstigendes und zugleich berauschendes Gefühl. Sie war Vincent bereits nahe gewesen, hatte ihn umarmt und an seiner Brust geweint, doch das hier war etwas ganz anderes. Dieser Moment war aufgeladen mit so viel mehr Nähe und Emotion, dass sie keinen klaren Gedanken mehr fassen konnte.

Wie automatisch hob Felina die Hände und legte sie auf Vincents Brust. Sie atmete tief ein, ließ seine Worte sinken und die scharfen Kanten ihrer schmerzenden Seele umschmeicheln, bis sie fast so etwas wie innere Ruhe erlangte. Fühlten sich so normale Menschen? Solche, die nicht als genetische Kuriosität und milliardenschweres Versuchsobjekt zur Welt gekommen waren?

„Wie willst du dieses Wunder vollbringen?", hörte sie sich leise fragen.

„Das Medikament ist bei Lufria Corp. und Nim kann den genauen Lagerort herausfinden. Wenn mein Studienkollege mich also dorthin einlädt kann ich es holen und der Chip kann neutralisiert werden."

„Okay… Dann werde ich dich begleiten."

„Das wirst du ganz sicher nicht", erwiderte Vincent, die

Stimme ungewohnt hart und unnachgiebig. Er lehnte sich zurück und sah ihr mit ungehaltenem Blick in die Augen. Aber auch Felina konnte beharrlich sein.

Sie nahm die Hände von seinem Oberkörper, verschränkte die Arme vor der Brust und knurrte: „Doch."

„Bist du wahnsinnig?" Vincent raufte sich die Haare. „Weißt du was das für ein Risiko ist?"

„Es ist mein Leben. *Ich* will dafür kämpfen, so wie ich es schon seit meiner Geburt tue! Es ist mein Recht dabei zu sein."

„Verdammte Scheiße, nein!", entgegnete Vincent hitzig – und ihr innerer Puma grinste breit. So verquer es auch war, er freute sich darüber, dass auch Vincent einmal die Beherrschung verlor. Es war uninteressant sich mit jemandem zu streiten, der nicht reagierte.

„Lass mich mitkommen."

„Nein."

„Warum nicht?!", wollte sie wissen.

„Weil dich dort jemand erkennen könnte. Die Wahrscheinlichkeit, dass jemand von Lufria direkt in den Laboren gearbeitet hat ist einfach zu groß. Außerdem werden sie überall in den Gebäuden Sicherheitskameras haben."

Frustriert knurrte Felina tief in der Kehle. Das Knurren wurde sogar noch lauter, als Vincent nach ihrer Hand griff, obwohl der Hautkontakt abermals ein warmes Prickeln ihren Arm hinauf und über ihren Rücken wieder hinunterschickte. Die Katze war unentschlossen, ob sie sich an ihn schmiegen oder ihn kratzen sollte.

„Komm zurück ins Haus", sagte Vincent. „Deine Geschwister und Nim machen sich Sorgen."

Felina war alles andere als auf den Kopf gefallen. Sie wusste genau, dass er versuchte dieser Diskussion aus dem Weg zu gehen, aber das würde sie nicht zulassen. Dennoch ging sie mit ihm.

Kapitel 36

Langeweile war etwas, über das sich Vincent seit einigen Tagen keine Gedanken machen musste.

Noch nie hatte er so viel Trubel und Aufregung gehabt, was vielleicht auch der Grund war, warum er nicht schlafen konnte. Nicht, weil er in einem fremden Haus und einem fremden Zimmer einquartiert worden war. Vincent hatte noch nie Probleme damit irgendwo einzuschlafen, wenn er müde genug war.

Nun, zumindest in der Zeit, als er noch nicht von der Existenz von Hybridwesen und Gestaltwandlern gewusst hatte. Auch nicht, dass Multimilliarden-Konzerne diese besonderen Geschöpfe züchteten und wie Tiere in Käfigen hielten. Und ganz sicher hätte er sich selbst nie im Mittelpunkt dieses Konflikts gesehen, verantwortlich für das Leben eines dieser unglaublichen Wesen.

Seufzend setzte Vincent sich auf, schlug die Bettdecke zurück und stand auf. Es hatte keinen Sinn. Auf leisen Sohlen verließ er das Zimmer, das eigentlich für den noch fehlenden Bruder der Geschwister vorgesehen war. Doch dieser hielt sich sonst wo auf und so hatte Aleydis ihn dort einquartiert.

Vincent konnte nur hoffen, dass Ursyn bei guter Gesundheit und in Sicherheit war und es ihm nicht so erging wie Lycan, Canys und Felina.

Beim Gedanken an die Katzenhybridin beschleunigte sich sein Puls - denn an den paar Stufen, die er ins Erdgeschoss und ins Wohnzimmer hinunterging, konnte diese Reaktion sicher nicht liegen. Wer aber konnte es ihm verdenken? Sie war eine äußerst faszinierende Frau, voller Widersprüche und doch so direkt und unbeugsam. Vincent hatte aller größten Respekt vor ihr und auch vor ihren Geschwistern.

Selbst Canys, die schüchterner und zurückhaltender war, hatte einen starken Willen, der in ihrem harten Leben nicht gebrochen worden war.

Fahles Mondlicht fiel durch die großen Fenster des Wintergartens und erhellten diesen und das Wohnzimmer. Vincent hatte sich mit Rafael über die Umbauarbeiten an dem Haus ausgetauscht, hatte sich zeigen lassen was gemacht worden war und was sie noch planten, nachdem sie den halben Tag damit verbracht hatten seinen „Einbruch" bei Lufria zu planen.

Vincent mochte den ehemaligen Seal, der ihm vorkam wie ein Fels in der Brandung. Er hatte selbst dann noch die Nerven behalten, als Lycan und Felina angefangen hatten sich zu streiten und sich dabei aufgeführt hatten wie… nun, Hund und Katz eben.

Unwillkürlich musste Vincent lächeln, als er sich auf das große Sofa in dem verlassenen Wohnzimmer fallen ließ. Kühl lag der Bezug an seiner bloßen Haut, denn er war nur mit einer Boxershorts bekleidet. Es war ja nicht so, dass er jemandem begegnen würde.

Der einzige Moment, in dem Rafaels ruhige Fassade gewackelt hatte, war der gewesen, als Marc Vincent angerufen hatte. Er hätte sich darüber freuen können mit seinem alten Freund zu plaudern, hätte nicht so unendlich viel von diesem Gespräch abgehangen.

Trotz Vincents Anspannung war es sehr gut verlaufen und er würde schon morgen nach Calgary fahren - alleine, obwohl sie noch mehrmals die Diskussion mit Felina geführt hatten, die ihn begleiten wollte. Das Telefonat mit Evelyn war schon schwieriger gewesen, denn seine Assistentin und Freundin hatte sich nicht so einfach mit der Erklärung abspeisen lassen, dass er einen Spontanurlaub machte. Sie kannte ihn einfach schon zu lange und wusste, dass er nicht der Typ für solche Aktionen war.

Er hatte sich schließlich etwas aus den Fingern gesogen, dass ihn der Auszug von Laura doch mehr belastet hatte als erwartet und dass er ein wenig Abstand brauchte, um sich über einiges klar zu werden. Er war nur froh, dass er für dieses Gespräch die Küche verlassen und auf die Veranda getreten war. Es wäre ihm unangenehm gewesen, wenn Felina und die anderen diese Unterhaltung mitangehört hätten.

Den restlichen Tag hatte er damit verbracht sich ganz genau erklären zu lassen in welchem Lagerraum sich das Medikament befand. Nim hatte ihm sogar ein Bild des Fläschchens zeigen können. Zu ihrem Glück befand es sich nicht in irgendeiner Art Sicherheitstrakt, sondern sogar relativ nah an den Labor- und Arbeitsräumen. Vincent schätzte, dass er Marc durchaus dazu bewegen konnte ihm dort alles zu zeigen, so dass er das Mittel an sich nehmen konnte.

„Oh Mann, wenn das nur gut geht", murmelte er, fuhr sich mit beiden Händen durch die Haare und ließ den Kopf in den Nacken sinken.

Er wollte sich schon die Frage stellen warum er das tat, doch dann fiel ihm wieder das Bild des Pumas ein, der sich die Vorderläufe aufbiss. Sein Schock darüber, als er erfahren hatte, dass das Tier gar keines war, sondern eine junge Frau mit einer so schrecklichen Vergangenheit, dass ihm noch immer der Magen flau wurde, wenn er daran dachte.

Als wäre diese Vergangenheit nicht genug, bedrohte nun noch dieses winzige Stückchen Technik ihr Leben. Ein Leben, das glücklich und frei und unbeschwert sein sollte. Vincent würde nie wieder in den Spiegel sehen können, geschweige denn mit sich selbst leben, wenn er Felina und ihrer Familie nicht half.

Ein Knarzen war aus dem Flur zu hören und Vincent spannte sich an. War da etwas?

Er wollte sich schon einreden, dass er sich das Geräusch nur eingebildet hatte und es genauso gut das Holz des Hauses sein konnte, das eigenständig geknackt hatte, doch dann hörte er wie jemand tief einatmete.

Mit einem Puls im dreistelligen Bereich saß Vincent da und wartete. Leise Schritte waren zu hören, sie näherten sich…

„Oh", entwich es der Silhouette einer Frau, deren Stimme eindeutig Felina gehörte. Sie legte die Hand an den Türrahmen. Ihre Mimik konnte Vincent nicht erkennen, doch glaubte er die reflektierende Schicht in ihren Augen zu sehen, die allen Katzen zu eigen war.

„Kannst du nicht schlafen?", fragte Vincent, bemüht seinen Herzschlag zu beruhigen. Was kein leichtes Unterfangen war, als Felina in den Raum trat und er erkennen konnte, dass sie nur ein dünnes Top und Shorts trug. Sehr kurze Shorts, die ihre schlanken Beine komplett unbedeckt ließen.

„Nein", antwortete sie und blieb vor ihm stehen. „So wie du scheinbar auch."

„Scheinbar." Vincent lächelte schief, klopfte neben sich. „Setz dich, wenn du möchtest."

Ohne zu zögern kam sie seiner Aufforderung nach, der Hauch ihres Shampoos oder ihres Parfüms strich über ihn. Ein süßer und gleichzeitig kräftiger Duft, der perfekt zu seiner Trägerin passte. Es trennten sie nur wenige Zentimeter voneinander, dennoch zwang sich Vincent dazu seine Hände auf seinen Oberschenkeln liegen zu lassen.

Felina seufzte und sagte: „Es ist schon die zweite Nacht, in der ich nicht schlafen kann."

„Ist es wegen deiner Verletzungen? Machen sie dir noch zu schaffen?"

„Nein, die sind schon so gut wie verheilt."

„Was ist es dann?"

Sie sah ihn an und weil sie so nah beisammen saßen, konnte er den Blick erkennen, den sie ihm zuwarf: Ungläubig und ganz so, als würde sie an seiner Zurechnungsfähigkeit zweifeln.

„Warum wohl, Herr Tierarzt? Oder sollte ich dich lieber Herr Spion nennen?"

Unfähig es zurückzuhalten, lachte Vincent vor sich hin. Die sarkastische Felina hatte er noch nicht kennengelernt und er mochte sie. Mochte sie so wie alle Facetten dieser faszinierenden Frau, in deren grauen oder bronzefarbenen Augen so dunkle Schatten liegen konnten. Mochte sie viel mehr als gut für ihn war, das wusste er bereits.

„Wer ist Laura?", fragte sie und das Lachen blieb ihm im Hals stecken.

„Woher kennst du diesen Namen?“

Sie zuckte mit den Schultern. „Du hast ihn bei deinem Telefonat mit Evelyn erwähnt. Sie scheint wichtig für dich gewesen zu sein.“

„Ich... ich bin doch aus dem Zimmer gegangen“, stammelte er. Hitze breitete sich über seinen Körper aus und sein Herz klopfte heftig gegen seine Rippen.

„Bei normalen Menschen wird das wohl auch ausreichen, dass sie dich nicht mehr hören konnten. Bei Rafael zumindest hat es geklappt, aber nicht bei meinen Geschwistern und mir. Die drei Wölfe können sehr gut hören, doch im Vergleich zu mir und meinem Puma sind selbst sie noch halb taub.“

„Oh“, murmelte Vincent. Das war durchaus logisch, wenn auch sehr peinlich für ihn. Vor allem weil er daran hätte denken sollen, doch während des Gesprächs mit Evelyn war ihm komplett entfallen, dass die vier Geschwister auch in menschlicher Form bessere Sinne haben könnten.

„Wer ist Laura?“, wiederholte Felina. Vincent hätte ihr am liebsten nicht geantwortet, weil es ihm unangenehm war über seine gescheiterte Beziehung zu reden. Andererseits wusste er so viele Details aus Felinas Leben, dass es unfair wäre jetzt zu schweigen oder zu lügen.

Also atmete er tief ein und zwang sich zu sagen: „Sie war meine Freundin, wir hatten eine Beziehung und bis letzten Freitag haben wir auch zusammengewohnt. Sie ist ausgezogen.“

„Du meinst... ihr wart ein Paar? So wie Ally und Rafael?“

„Ja und nein“, erwiderte er. „Wenn ich mir deine Schwester und ihren Partner so ansehe, dann waren Laura und ich vielleicht nie wirklich zusammen. Keine Ahnung... Jedenfalls hat es Evelyn davon überzeugt, warum ich ein paar Tage die Praxis schließe.“

Mit einem mulmigen Gefühl in der Magengegend sah Vincent zu Felina. Ihre Mimik gab nichts preis, sie hatte die Augen fest auf sein Gesicht gerichtet, als würde sie dort nach etwas suchen.

„Bist du traurig, weil sie nicht mehr in deinem Leben ist?“

Ein Prickeln lief über seine Kopfhaut. „Nicht wirklich. Wir hatten uns schon seit einer Weile voneinander entfernt. Es hatte nur noch der letzte Schritt gefehlt."

Was sie nun wohl von ihm dachte? Dass er ein gefühlloser Mistkerl war? Unfähig zu tieferen Emotionen oder irgendwie innerlich verkappt, weil es ihn nicht kümmerte, dass ihn seine Freundin vor nicht einmal einer Woche verlassen hatte?

Unnötig zu sagen, dass sich Vincent diese Fragen schon selbst gestellt hatte.

Aber jedes Mal kam er zu der Antwort, dass Laura und er zwar anfangs glücklich gewesen waren, doch es hatte immer irgendwie etwas gefehlt. Selbst kurz nach ihrem Kennenlernen war Laura ihm nie so viel im Kopf herumgespukt, wie die Frau jetzt an seiner Seite. Nie hatte er mit ihr so intensive Gespräche geführt, sich Gedanken über sie gemacht oder den so mächtigen Wunsch verspürt ihr zu helfen. Für sie da zu sein.

Natürlich war Laura eine ganz gewöhnliche Frau ohne dramatische Vergangenheit gewesen, aber etwas in Vincent sagte ihm, dass das nicht wirklich eine Rolle spielte. Felina Moore ging ihm sprichwörtlich unter die Haut.

„Würdest du mir etwas von dir erzählen?"

Vincent blinzelte, fühlte sich seltsam ertappt. „Was denn?"

„Dein dunkelstes Geheimnis", sagte Felina mit leiser Stimme und überraschte ihn damit. „Du kennst meines und ich möchte deines kennen. Dann fühlt es sich nicht so… ungleich an."

„Wie kommst du darauf, dass zwischen uns ein Ungleichgewicht herrscht?"

„Ich fühle mich wie ein offenes Buch, ohne wirkliche Geheimnisse." Felina neigte den Kopf zur Seite, als würde sie lauschen, und sagte: „Das ist in den Augen meiner Katze eine nachteilige Position. Oder nicht?"

Vincent wollte schon sagen, dass er das anders sah, doch er schwieg dazu. Denn wenn er ehrlich mit sich war, konnte er ihren Standpunkt verstehen. Ihre Gedanken waren von dem Puma beeinflusst und als Raubtier würde es diese Situation sicherlich genau so einschätzen, wie sie eben beschrieben hatte. Auch wenn sich in Vincent alles dagegen sträubte irgendwie gegenüber Felina im Vorteil zu sein.

„Vielleicht“, antwortete Vincent schließlich. Er fuhr sich durch die Haare und dachte nach, was er ihr erzählen könnte. Natürlich waren ihm sofort ein halbes Dutzend Dinge eingefallen, die jedoch viel zu banal waren: Das gestohlene Kaugummipäckchen als er acht war. Die Schramme im Auto des Nachbarn, die er mit dreizehn mit seinem Fahrrad hinterlassen hatte. Die betrunkene Autofahrt nach einer Feier kurz vor seinem Collegeabschluss, bei der er einen Mülleimer und zwei Briefkästen umgenietet hatte.

Das alles waren zwar nette Anekdoten und hätten, wenn er erwischt worden wäre, vielleicht sogar polizeiliche Konsequenzen gehabt, doch alles fiel nicht in die Kategorie von Offenbarung, die Felina von ihm verlangte.

Es war etwas anderes, das auf seiner Seele brannte.

„Meine Tierarztpraxis habe ich von meinem Onkel Brian übernommen. Das war vor ungefähr drei Jahren, nachdem ich das Studium beendet hatte. Brian hatte mir ans Herz gelegt, mir für den Anfang einen Mentor zu suchen, stellte mich Ian vor. Doch ich wollte davon nichts hören. Ich war so voller Selbstvertrauen, weil ich sehr gute Noten erzielt hatte und daher dachte ich, dass ich alles wusste und alleine zurechtkommen würde.“

Vincent schüttelte den Kopf über sich selbst, erkannte den jungen Mann von damals fast nicht wieder.

„Anfangs lief es auch sehr gut. Bis zu dem Augenblick als mein Stolz dazu führte, dass ich eine Situation katastrophal falsch einschätzte.“ Er rieb sich über das Gesicht, wollte nicht weitererzählen und war es der Frau an seiner Seite doch schuldig.

„An dem besagten Tag wurde eine trächtige Hündin eingeliefert. Sie hatte eine Verletzung am Hinterlauf, war ungewöhnlich lethargisch und der Besitzer war deswegen sehr besorgt. Ich versorgte die Wunde, gab der Hündin Medikamente und entschied mich sie über Nacht bei uns zu behalten. Ich dachte, ich hätte alles unter Kontrolle."

Vincent schluckte trocken und fuhr fort: „Doch da lag ich falsch. Die Werte verschlechterten sich immer weiter, alles was ich versuchte dagegen zu unternehmen scheiterte und der Hündin ging es immer schlechter. Evelyn drängte mich Ian zu kontaktieren, aber ich weigerte mich. Ich wollte es selbst schaffen, konnte es aber nicht. Die Hündin und ihre acht Welpen haben die Nacht nicht überlebt. Wegen meiner Sturheit sind die Tiere gestorben. Nur weil ich nicht einsehen wollte, dass ich etwas nicht konnte und nicht wusste. Weil ich zu stolz war um Hilfe zu bitten."

Vincent zuckte zusammen, als ihn eine Hand an der Schulter berührte. Als er den Kopf drehte sah er wie nah Felina an ihn herangerutscht war. Es war ihm gar nicht aufgefallen, so sehr war er in der bitteren Vergangenheit gefangen gewesen. Nun sog er förmlich die Wärme ihrer Berührung in sich auf, den Trost und das Verständnis, das er in ihren Augen sah.

„Hast du deswegen sofort Ian angerufen, als man dich wegen dem verletzten Puma verständigt hatte?"

Sie war so intelligent, so empathisch. Sie hatte sofort erkannt was dieser Vorfall mit ihm gemacht hatte, wie er ihn geprägt hatte. Wie konnte nur irgendjemand annehmen, dass Felina oder ihre Geschwister einfache Tiere waren? Die man in Käfigen halten und unmenschlichen Experimenten aussetzen konnte?

„Ja", erwiderte er rau. „Selbst wenn ich alleine klargekommen wäre hätte ich ihn trotzdem angerufen. Ian weiß das auch. Wie sich herausgestellt hatte, war es eine gute Entscheidung gewesen, denn alleine hätte ich dich nicht retten können."

„Danke", murmelte Felina und überraschte ihn damit, dass sie die Arme um seinen Hals schlang. Es war vollkommen natürlich ihre Umarmung zu erwidern und kurze Zeit später saß Felina auf seinem Schoß. Ihr Gesicht ruhte an seiner Schulter, er fühlte ihren warmen Atem auf seiner Haut.

Seine Hände lagen locker auf ihrem Rücken und ihren Unterschenkeln – und er war sich nur zu gut bewusst, dass er fast nichts trug und sie nur geringfügig mehr.

Eine Gänsehaut breitete sich auf Vincents Körper aus, als Felina tief einatmete und ihren Oberkörper dabei näher an seinen presste.

„Dein Geruch hat sich verändert", murmelte sie gegen seine Schulter.

„Wie denn?"

Abermals atmete sie ein und als sie die Luft wieder aus ihren Lungen entweichen ließ geschah dies mit einem leisen Schnurren. Die Vibration ging ihm durch Mark und Bein und sorgte dafür, dass seine Körpertemperatur weiter anstieg. Es war vollkommen verrückt, doch das Geräusch hörte sich so sinnlich an wie kaum etwas, was er bisher gehört hatte. Seine Bauchmuskeln zogen sich vor Verlangen zusammen.

„Er ist intensiver geworden", murmelte sie an seinem Hals. „Eine erdige Note ist dazu gekommen."

„Ist das schlecht?"

„Nein, es gefällt mir." Wieder atmete sie tief ein, ihre Brüste drückten sich gegen seinen Oberkörper. Das Schnurren aus ihrer Kehle wurde lauter. Das Blut rauschte laut durch seine Ohren, Hitze breitete sich in seinem Körper aus, während feuchtwarmer Atem über sein Schlüsselbein strich. Kurz darauf spürte er Felinas Zunge an seinem Hals – und es gab einen Kurzschluss in Vincents Gehirn.

Sein Atem entwich ihm in einem leisen Stöhnen, das doch übertrieben laut in seinen Ohren widerhallte. Das Blut in seinen Adern begann zu kochen und seine Hände pressten sich fester gegen Felinas Körper. Wieder leckte sie über seinen Hals, ihr Schnurren war wie kleine Stromstöße für seine Nerven.

Vincent strich langsam ihr Bein nach oben und fühlte sich dabei als würde er etwas Verbotenes tun. Er sagte sich, dass er jeden Moment aufhören würde, dass Felina ihn sicher aufhalten würde, doch statt ihn zum Teufel zu schicken oder sich zu versteifen schmiegte sie sich noch näher an ihn.

„Das fühlt sich gut an", sagte sie gegen die feuchte Haut an seinem Hals. „Hör nicht auf."

Mittlerweile ging Vincents Atem schwer. Er hatte eine Erektion, die sich hart und vehement gegen die Hüfte der Frau auf seinem Schoß presste. Er konnte sich nicht daran erinnern wann er das letzte Mal so erregt gewesen war, obwohl er die Frau nur einmal flüchtig geküsst hatte.

Sobald dieser Gedanke durch sein fiebriges Gehirn geschossen war, konnte er ihn nicht mehr los werden. Er hatte das Gefühl auf der Stelle sterben zu müssen, wenn er nicht herausfand ob Felinas Mund sich so herrlich anfühlen würde wie bei der kurzen Berührung vor einigen Tagen.

Vincent ließ seine zweite Hand über ihren Rücken zu ihrem Nacken wandern, umfasste dort die zarte Haut und neigte langsam ihren Kopf nach hinten. Große, dunkle Augen sahen ihn an, auf ihren Lippen lag ein kleines Lächeln. Er konnte kaum die Augen davon abwenden.

„Darf ich", murmelte er und leckte sich über die Unterlippe, „darf ich dich küssen?"

Er sollte keine Antwort bekommen – zumindest keine verbale. Stattdessen beugte sich Felina einfach zu ihm, fuhr mit den Händen in seine Haare und küsste ihn. Überrascht keuchte er auf, öffnete dabei den Mund und sein Atem mischte sich mit ihrem.

Unfähig der Versuchung zu widerstehen neigte er ihren Kopf, strich mit der Zunge über den Saum ihrer Lippen. Die Reaktion kam prompt, das Schnurren nahm zu und sie vertieften den Kuss. Irgendwo im letzten funktionierenden Winkel von seinem Gehirn dachte Vincent, dass das vielleicht Felinas erster Kuss war, sie vorher noch mit keinem Mann zusammen gewesen war und er es besser nicht versauen sollte, doch auch dieser rationale Teil ging nach wenigen Sekunden in dem Strudel aus Hitze und Erregung unter.

Stattdessen verlor er sich in dem Kuss, in der verführerischen Frau auf seinem Schoß. Mit jedem Streichen ihrer Lippen aufeinander, jeder Berührung ihrer Zungen und dem Geräusch ihrer beschleunigten Atemzüge steigerte sich Vincents Erregung.

Langsam wanderte seine Hand auf ihrem Bein höher, liebkoste jeden weichen Zentimeter Haut und hielt erst inne, als seine Fingerspitzen an die zarte Stelle stießen an der sich ihre Beine trafen. Ein Zittern ging durch Felinas Körper und sie keuchte an seinem Mund.

„Soll ich weitermachen?", fragte Vincent atemlos.

Ihre Antwort kam sofort und unmissverständlich: „Ja."

Das eine Wort war eine berauschende Mischung aus Verführung und Hingabe und strapazierte Vincents Beherrschung. Weil sie es ihm erlaubt hatte und er es selbst unbedingt wollte, ließ er seine Finger weiter zu der heißen Stelle ihres Schoßes wandern, spürte die Feuchtigkeit ihres Slips und stöhnte an ihrem Mund.

„Ja?", flüsterte Vincent gegen ihre Lippen, fühlte ihr Nicken eher, als dass er es sah, und war verloren. Behutsam glitt er weiter vor, schob den dünnen Stoff zur Seite und drang zwischen ihre feuchten Schamlippen. Das Schnurren aus ihrer Brust wurde tiefer und ihre Hände ballten sich auf seinen Schultern zu Fäusten.

Langsam begann Vincent über den festen Nervenknoten zu reiben, spürte wie Felina versuchte die Schenkel um seine Hand zu schließen und ihn damit festzuhalten. Ihr Atem strich stoßweise und im selben Takt wie seine Bewegungen über seine Haut. Er konnte den Puls an ihrem Nacken spüren, wo noch immer seine andere Hand lag.

„Vincent", keuchte sie, während ein Zittern durch ihren Körper ging.

„Lass dich fallen."

„Es… es fühlt sich…" Der Rest des Satzes ging in einem kehligen Stöhnen unter und sie begann ihr Becken gegen seine streichelnden Finger zu treiben. Dabei rieb sie ihre Hüfte an seiner Erektion, was es für Vincent nur noch drängender machte sie zum Höhepunkt zu bringen.

Also küsste er sie tief, legte all sein Verlangen und die Sehnsucht in den engumschlungenen Tanz ihrer Zungen, während er immer weiter über ihr Lustzentrum strich. Er wollte, brauchte es, dass Felina sich in seinen Armen auflöste. Ihre Atemzüge wurden immer abgehackter, die Bewegungen ihrer Hüften ungestümer und er konnte einen dünnen Schweißfilm auf ihrer Haut spüren.

Nicht mehr viel, nur noch ein bisschen…

„Komm für mich", murmelte er an ihrem Hals - und musste die Zähne zusammenbeißen, als er ihr süßes Stöhnen hörte und das Zucken ihres zarten Fleisches an seiner Hand spürte. Ihre Finger krallten sich in seine Schultern, der scharfe Schmerz mischte sich in das Hochgefühl, das ihn durchströmte.

Mehrere Augenblicke, vielleicht auch Minuten, saßen sie beide da und sagten kein Wort. Das Schweigen wurde nur erfüllt von ihren harschen Atemzügen.

Es war wahrscheinlich die heißeste sexuelle Erfahrung in Vincents Leben gewesen und dabei war er selbst nicht einmal zum Orgasmus gekommen. Noch nie war er bei einer Frau so fordernd, fast schon aggressiv gewesen. Verwirrt wollte er Felina von sich schieben, musste den Druck auf seiner Erektion lindern, um nicht den winzigen Rest seines Verstands zu verlieren und einfach hier im Wohnzimmer über sie herzufallen, doch wieder machte sie ihm einen Strich durch die Rechnung.

„Zeig mir mehr", forderte Felina, dabei veränderte sie ihre Position auf seinem Schoß und rieb ihre heiße Mitte an der Beule in seinen Shorts. Sein Herz stolperte bei der intimen Berührung.

„Vielleicht… sollten wir es gut sein lassen."

Schlanke Hände packten seine Schultern mit erstaunlicher Kraft, während ihn bronzefarben leuchtende Augen ansahen.

„Zwing mich nicht zu betteln", sagte Felina und küsste ihn.

Kapitel 37

Damit hätte Felina nicht gerechnet, als sie Vincent ins Wohnzimmer gefolgt war. Ihre Katze hatte sie sofort auf die verräterischen Geräusche von Schritten auf dem Flur aufmerksam gemacht und ihr keine Ruhe gelassen, bis sie dem nächtlichen Wanderer nachgegangen war.

Schon als sie die Türe zu ihrem Zimmer geöffnet hatte, hatte sie gewusst wer noch keinen Schlaf fand. Einige Augenblicke hatte sie mit sich gerungen, doch die Sehnsucht hatte die Oberhand gewonnen. Als sie Vincent im Wohnzimmer gefunden hatte, die bloße Haut seines Oberkörpers vom diffusen Sternenlicht beschienen, hatte sie nur zu ihm gehen wollen.

Für einen furchtbaren Moment waren die Erinnerungen an Jackson durch Felinas Gedanken geschossen. Das Gefühl der Auslieferung und des Verrats hatten dafür sorgen wollen, dass sich ihre Muskeln verkrampften und sie sich von dem Mann an ihrer Seite losriss.

Doch in der Luft war nicht der kleinste Hauch von Ingwer oder Desinfektionsmittel zu riechen gewesen. Stattdessen hatte Vincents Duft ihre Lungen bei jedem Atemzug gefüllt. Sein warmer Körper war es, den sie ganz dicht bei sich spürte, seine nackte Brust, über die sie mit den Händen strich.

Nein, diese Situation jetzt war nicht im Entferntesten mit dem Alptraum zu vergleichen, dem sie auf diesem Stuhl im Labor ausgeliefert gewesen war.

Felina wusste einfach, dass Vincent sich lieber die Hände abhacken würde, als etwas zu tun was sie nicht wollte. Sie wäre frei jederzeit zu gehen, ihm den Rücken zuzukehren und auf die Erfahrung zu verzichten. Aber das wollte sie nicht.

Er hatte sich warm und vertraut angefühlt, solide und sicher. Obwohl sie noch immer aufgewühlt war, unschlüssig ob der verrückte Plan gelingen würde, hatte sie sich in seiner Umarmung doch entspannen können. Ihre Katze glücklich und zufrieden sich an ihn schmiegen zu können.

Doch das war gewesen bevor er sie geküsst, berührt und einen Hunger in ihr geweckt hatte, der an ihren Nerven zerrte und ihr Blut zum Kochen brachte. Ein Hunger, der sowohl Frau als auch Puma dazu veranlasste mit ihm schlafen zu wollen.

Jetzt sofort.

Felina löste ihre Hände von Vincents Schultern, griff nach dem Saum ihres Tops und zog es sich über den Kopf. Heißer Atem berührte ihre Brust, sie hörte Vincents Murmeln und spürte seine Hände an den Seiten ihres Brustkorbs. Seine Daumen strichen über die untere Wölbung ihrer Brüste.

„Du bist wunderschön." Felina lächelte und sah zu ihm hinunter, labte sich an dem intensiven Ausdruck auf seinem Gesicht und dem heißen Geruch seiner Erregung. Vincents Hände strichen höher und reizten ihre Brustwarzen.

„Das fühlt sich so gut an", murmelte sie. Das Schnurren in ihrer Kehle wurde lauter, übertönte fast ihre atemlosen Worte. Sie legte die Hände zurück auf seine festen Schultern, strich über seine Haut und genoss das Gefühl ebenso wie seine Berührungen auf ihrem Körper. Eine wohlige Gänsehaut rieselte ihren Rücken hinunter – erst recht als Vincent seinen Mund an ihren Hals legte, so wie sie zuvor bei ihm darüber geleckt hatte.

Ein langgezogenes Stöhnen löste sich aus ihrer Kehle.

Obwohl sie erst vor wenigen Minuten einen Höhepunkt gehabt hatte, den intensivsten ihres Lebens, wollte sie noch einen. Und noch einen. Mit dem Mann unter ihr, der sie so sanft berührte als wäre sie aus Glas und nicht bereits im Feuer der Hölle gestählt worden.

„Vincent", schnurrte sie, fuhr mit den Händen in sein Haar und neigte seinen Kopf zu einem neuerlichen Kuss. Das aufreizende Spiel ihrer Münder ließ ihre Körpertemperatur weiter ansteigen. Vincent legte die Arme fest um sie und zog sie dicht an seine Brust. Gleichzeitig fühlte sie die harte Schwellung seines Glieds zwischen ihren Beinen.

Die Reibung ließ ihren Schoß sich leer und sehnsüchtig anfühlen.

„Vincent", murmelte sie heißer, „ich will, dass wir beide nackt sind."

„Bist du dir sicher?"

Statt ihm zu antworten glitt sie von ihm herunter, hakte die Daumen in den Saum ihrer Shorts und streifte sie zusammen mit ihrer Unterwäsche nach unten.

Ein Fluchen war zu hören, während Vincent sich ebenfalls erhob und dicht vor sie stellte. Sein Blick war dunkel und verhangen, glitt an ihrem nackten Körper hinunter wie eine zarte Berührung.

Was er wohl sah?

Konnte er die Narben erkennen? Die unauslöschlichen Zeichen ihrer Gefangenschaft? Bei einigen Verletzungen war selbst ihre verbesserte Heilungsrate nicht hinterhergekommen. Felina sah sie kaum noch, musste teilweise lange überlegen wie sie sie erhalten hatte.

Die Bedenken, die an den Rändern ihres Bewusstseins lauerten, wurden in dem Augenblick zerstört, als Vincent mit einem Murmeln die Arme um sie schlang. Ehrfürchtig und rau pries er ihre Schönheit, wie unglaublich sie ihn betörte.

Das Schnurren ihrer Katze kehrte wieder zurück und weil das Tier in ihr direkter und ungezwungener war als der menschliche Teil flüsterte sie ihr zu, was sie tun sollte. Was dazu führen würde, dass dieser Mann sich mit ihr vereinte.

Begierig darauf diese Erfahrung zu machen trat sie einen halben Schritt zurück und presste ihren Rücken an Vincents Körper. Ein Zischen entwich ihr als sich seine heiße Härte an ihren Po schmiegte. Wie von selbst hob sie die Arme und legte sie um seinen Hals, während sich seine Hände wieder um ihre Brüste schlossen. Sie fühlten sich heiß und schwer an, die aufgerichteten Spitzen bettelten nach seinen Berührungen.

„Fester", schnurrte sie und Vincent gehorchte.

In langsamen Bewegungen ließ sie ihr Becken gegen ihn kreisen, hörte sein leises Fluchen und die harschen Atemzüge.

„Lina… wir sollten es langsam angehen lassen."

„Ich will es aber nicht langsam." Sie nahm eine seiner Hände von ihrem Dekolleté und führte sie zu ihrem Schoß. Eine neue Hitzewelle durchspülte sie bei der Berührung seiner Finger dort, als er wieder über diesen magischen Punkt strich.

Dieses Mal war der Druck in ihrem Körper noch höher.

„Verdammt", knurrte Vincent gegen ihren Hals. Gleichzeitig leckte er dort über die Haut und nutzte seine Hände auf ihrem Körper um sie näher an sich zu drücken. Felina fuhr mit beiden Händen in seine Haare, hielt seinen Mund an ihrem Hals.

Wie zuvor begannen seine Finger ihr Fleisch zu massieren, glitten über die feuchte Perle in ihrem Schoß und jagten damit ihren Puls in ungeahnte Höhen. Sie schloss die Augen und ließ sich gegen ihn sinken, vertraute darauf, dass er sie halten würde, sollte sie fallen.

Mit einem Finger drang Vincent in ihren Körper ein, sorgte damit dafür, dass ihr Keuchen lauter wurde. Ihre Fingernägel krallten sich in seinen Nacken, es rauschte in ihren Ohren und ihr Herz schlug immer schneller. Vincent fügte einen zweiten Finger hinzu, glitt gleichzeitig mit seinem Daumen über den sensiblen Nervenknoten.

Das Gefühl war unbeschreiblich.

Vor allem als er seinen Mund über ihrer Schulter öffnete und sanft in den Sehnenstrang biss. Doch dann durchzuckte ein Schmerz ihren Unterleib, der sie überrascht nach Luft schnappen ließ. Nicht, weil es wirklich wehgetan hätte, sondern eher weil sie nicht damit gerechnet hatte.

„Sch sch", murmelte Vincent an ihrer Schulter, verteilte zarte Küsse und ließ seine Hände ruhig auf ihrem Körper liegen. „Es tut mir leid, das passiert nicht mehr."

„Was war das?"

„Dein Jungfernhäutchen."

Vielleicht hätte Felina weitere Fragen gestellt, doch die Hitze in ihrem Körper kochte immer höher und sie wollte mehr von Vincent in sich spüren als nur seine Finger. Felina hatte das Gefühl verbrennen zu müssen, wenn sie ihn nicht in sich spürte.

Sie rieb sich an seinem harten Schoß und murmelte: „Ich will mit dir schlafen, jetzt."

Er fluchte und knurrte: „Du machst mich fertig."

„Du willst nicht?"

„Und wie ich will." Sanft, aber bestimmt drängte er sie vorwärts, bis sie mit den Knien an die Sofakante stieß. „Knie dich hin, spreiz die Beine und streck deinen hübschen Po zu mir."

Sofort gehorchte sie, stützte sich mit den Händen auf der Rückenlehne ab und warf Vincent einen Blick über ihre Schulter zu. Er hatte seine Short ausgezogen, stand nackt und erregt hinter ihr. Seine Haut schimmerte im silbernen Sternenlicht. Minze, Holzspäne und heiße Erregung versüßten die Luft, die Felina einatmete.

Vincent trat dicht hinter sie und legte die Hände auf ihre Hüften. „Du musst mir sofort sagen, wenn es dir unangenehm ist."

„Ich halte einiges aus", murmelte sie, was Vincent ein unzufriedenes Brummen ausstoßen ließ.

„Felina…"

„Ich verspreche es." Sie schob ihr Becken weiter nach hinten, bis sie seine Erektion an ihrem Schoß spürte. „Bitte."

Wieder war ein Fluchen von ihm zu hören. Vincent griff mit einer Hand zwischen sie und Felina spürte die glatte Spitze seines Glieds an ihrem Eingang. Sie hielt die Luft an und biss sich auf die Unterlippe, während er sich langsam aber bedächtig in sie schob.

Das Gefühl war ungewohnt, gleichzeitig zu viel und doch nicht genug. Felina krallte die Finger in den Bezug des Sofas und versuchte genug Luft in ihre Lungen zu ziehen. Immer wieder zog sich Vincent ein Stück zurück, nur um dann weiter in sie einzudringen. Als sie schließlich komplett vereint waren atmeten sie beide schwer.

Es war ein unglaublich intensives Gefühl. Felina konnte spüren wie Vincent in ihr pulsierte, wie fest ihr Körper sich um ihn zusammenzog.

Vincent stöhnte: „Oh mein Gott, du fühlst dich so gut an."

„Beweg dich", forderte sie leise.

Und er kam ihrem gehauchten Befehl nach. Quälend langsam zog er sich aus ihr zurück, balancierte am äußersten Punkt ihres Körpers und seine Hände fassten ihre Hüften fester, bevor er sich wieder in sie schob.

Sie stöhnten beide gleichzeitig auf.

Diese langsame Bewegung wiederholte Vincent mehrmals und mit jedem neuen Vorstoßen jagte er Felinas Blut schneller durch ihre Adern. Es war eine völlig andere Form der Folter – einer, nach der sie süchtig werden könnte.

Der Druck in ihrem Unterleib stieg an und obwohl sie die Reibung in ihrem Inneren genoss, spürte sie doch, dass noch etwas fehlte um sie über die Kante zu stoßen. Schweratmend löste sie eine ihrer Hände von der Sofalehne und führte sie zu ihrem Schoß.

Das erste Reiben ihrer Fingerspitzen über ihren Lustknoten entriss ihrer Kehle ein leises Wimmern.

„Ja", hörte sie Vincent hinter sich murmeln. „Ich kann fühlen wie du dich um mich zusammenziehst."

Vollkommen versunken in dem Moment, blind und taub um alles um sich herum außer Vincent an und in ihrem Körper, taumelte Felina auf einen gewaltigen Höhepunkt zu. Ihre Oberschenkel begannen zu zittern, ihr Blut rauschte laut in ihren Adern und kochte förmlich in ihrem Unterleib.

Als das erste Beben durch ihren Körper ging, presste sie ihr Gesicht in das Polster und stieß einen leisen Schrei aus. Ekstase und Hitze fluteten durch sie – noch gesteigert durch das Pulsieren von Vincents eigenem Höhepunkt. Er krallte die Hände in ihre Hüften, stieß ein-, zweimal fester zu, eh er regungslos in ihr verharrte.

Nachbeben rieselten durch Felina, sie ließ ihre Hand von ihrer Mitte fallen und versuchte wieder zu Atem zu kommen.

Vincent beugte sich über sie, legte einen Arm um ihre Taille. Sie konnte seinen Herzschlag an ihrem Rücken spüren, fühlte wie auch er schwer atmete. Noch immer prickelte jede Zelle ihres Körpers, war lebendiger als sie es je erlebt hatte.

Minuten schienen vergangen zu sein, in denen sie noch immer verbunden waren und versuchten wieder zur Ruhe zu kommen, ehe Vincent gegen ihre Schulter murmelte: „Wir sollten schlafen gehen."

Felina nickte, sie richtete sich auf und seufzte leise, als Vincent aus ihr herausglitt. Lächelnd drehte sie sich zu ihm um und küsste ihn, dieses Mal langsam und zufrieden.

Ein angenehmes, vertrautes Schweigen herrschte zwischen ihnen, während sie ihre Kleidung einsammelten und nach oben gingen. Im Badezimmer beseitigten sie die Spuren ihres Zusammenseins von ihren Körpern und gingen zurück zu ihren Zimmern.

Wieder waren keine Worte nötig, als Felina nach Vincents Hand griff und ihn in ihr Zimmer zog. Sie und ihre Katze würden nicht gestatten, dass er sich nun vor ihnen zurückzog. Zu intensiv waren noch die Empfindungen in ihr, zu besitzergreifend ihre Gefühle für ihn.

Dennoch… sie hatte das Bedürfnis ihm etwas anzuvertrauen. Etwas, das vielleicht seine Sicht auf sie zum Negativen verändern konnte.

Sie lagen zusammen im Bett, Felinas Kopf auf seiner Brust und sein Arm um sie geschlungen, als sie tief einatmete und sagte: „Ich muss dir etwas erzählen."

„Was denn?", hörte sie ihn leise murmeln. Er war ihr so nah, dass sie den Luftzug seiner Worte auf ihrer Stirn spüren konnte. Ihre Katze schnurrte zufrieden in ihrem Kopf. Sie wusste, dass sie bei ihm sicher war – selbst wenn sie gedanklich zumindest für einen kurzen Moment zurück in das Grauen ihrer Vergangenheit abtauchen musste.

„In den Laboren… einer der Mitarbeiter hatte versucht mich zu vergewaltigen. Ich konnte mich gerade noch rechtzeitig von den Fesseln befreien und ihn umbringen."

„Das ist dieser Mann gewesen?“, fragte er erstaunt, Anspannung trat in seinen Körper. „Der, den du getötet hast?“

„Ja.“ Eine kurze Pause, ehe sie hinzufügte: „Ich würde es jederzeit wieder tun.“

„Lina… es tut mir leid. Hätte ich das gewusst, ich wäre sanfter mit dir umgegangen.“ Vincent wollte sich von ihr lösen, doch Felina legte ihre Arme fester um ihn und hielt ihn nah bei sich.

„Wag es nicht dich mit diesem Abschaum zu vergleichen. Es war wundervoll und ich hätte es nicht anders haben wollen.“

Einige angespannte Augenblicke geschah nichts und Felina fürchtete schon, dass Vincent sie doch noch verurteilen würde. Dass er sich von ihr abwenden und sie verlassen würde. Bei dieser Vorstellung bildete sich ein Kloß in ihrem Hals, der ihr die Luft zum Atmen nehmen wollte.

Vincent holte tief Luft, was seinen Körper noch näher an ihren presste, ehe er leise sagte: „Ich fand es auch wundervoll.“ Dabei küsste er ihren Scheitel und schloss sie fest in die Arme.

Felina lächelte, schwindlig vor Erleichterung. Sie legte ihren Kopf zurück auf seine Brust, schloss die Augen und lauschte auf seine Atemzüge und seinen Herzschlag. Das stete Pochen und sein Geruch nach Minze und Holzspäne glätteten die schartigen Kanten ihrer Seele und ließen sie friedlich einschlafen.

Kapitel 38

Drei Stunden und zwanzig Minuten benötigte Vincent bis zu seinem Ziel.

Eine verdammt lange Zeit auf verdammt geraden Highways, in denen er sich verdammt viele Gedanken und Sorgen darüber machen konnte, was alles auf dem Spiel stand. Was passierte, wenn er scheitern sollte. Einerseits wussten sie nicht genau, wie und durch was der Chip aktiviert werden konnte, doch andererseits wer wollte schon mit einer tickenden Zeitbombe im Körper leben.

Nein, Vincent und sein heutiger Besuch in der Firmenzentrale von Lufria Corp. waren die einzige Chance für Felina ein normales Leben zu führen, ohne ständige Furcht.

Die monotone Stimme seines Navigationsgeräts verkündete Vincent, dass er in einer Viertelmeile sein Ziel erreicht hatte. Tatsächlich befand er sich bereits in einem Industriegebiet am Rande von Calgary. Überall Beton, hohe Zäune und nichtssagende Gebäude. Eine Firma an der anderen, die meisten davon waren Vincent völlig unbekannt.

Welches Logo er jedoch widererkannte, war das von ConPharm. Er hatte noch Marcs Worte im Ohr, dass er sich nicht wundern sollte, denn Lufria hatte sich in einen Gebäudeabschnitt von ConPharms Hauptlaboratorien eingemietet.

„Kürzere Wege", hatte er gutgelaunt gesagt und Vincent war es kalt den Rücken hinuntergelaufen. Er hatte sich zusammenreißen müssen nichts Abfälliges zu erwidern.

Die Kälte kehrte nun zurück, verdreifacht durch die Gedanken, dass sich hinter diesen Mauern Felinas Gefängnis befand. Hier hatte sie all das erdulden müssen, was keinem Wesen auf der Welt angetan werden sollte. Vincent war versucht seinen Wagen zu wenden und mit Vollgas von diesem grausigen Ort zu fliehen, doch das war nicht möglich.

Noch nicht.

Also suchte er sich einen Parkplatz, stieg aus und ging mit festen Schritten auf den mit Glas und Stahl gestalteten Mittelteil des großen Komplexes zu. Schilder mit der Aufschrift „Besucheranmeldung" leiteten ihn. Marc hatte seinen Namen dort hinterlegt und würde ihn abholen kommen, da kein Außenstehender ohne Begleitung eines Mitarbeiters die eigentlichen Geschäftsräume betreten durfte.

Durch eine hohe Glastür betrat Vincent ein Foyer, das sich ohne Scheu mit der Gallery of Modern Arts messen konnte, die er vergangenes Jahr mit Laura in New York besucht hatte. Skulpturen auf Marmorsockeln waren in der hohen Halle in perfektem Licht platziert, an den Wänden hingen abstrakte Gemälde. Deutlicher konnte ConPharm nicht zeigen wer der unangefochtene Platzhirsch der Pharmaindustrie war.

Der Empfangstresen, ebenfalls aus Marmor, wirkte dagegen fast bieder. Drei Männer befanden sich dahinter, zwei von ihnen beobachteten ihn mit eindringlichem Blick.

„Guten Tag", grüßte einer von ihnen. Ein Mann in den Fünfzigern, sein Lächeln wirkte einstudiert. „Wie kann ich Ihnen behilflich sein?"

„Mein Name ist Dr. Vincent Osborn", sagte Vincent. Er benutzte sonst nicht seinen Doktortitel, doch in dieser Umgebung erschien es ihm fast schon lebensnotwendig. „Ich habe einen Termin mit Dr. DaSilva."

Er hatte kaum den Mund geschlossen, da griff der Kollege des Mannes nach dem Telefonhörer und kündigte ihn an.

„Dr. DaSilva kommt Sie in wenigen Minuten abholen", sagte der zweite Wachmann. Er war etwa Mitte vierzig, mit asiatischen Wurzeln. Er griff nach einem Klemmbrett und schob es ihm über den Tresen zu. „Wenn Sie bitte dieses Formular ausfüllen und mir Ihren Pass reichen."

Vincent tat wie geheißen, füllte alle erforderlichen Felder aus und hatte das Bedürfnis in irres Gelächter auszubrechen, denn das Formular war noch umfangreicher als seine jährliche Steuererklärung. Er war kurz davor zu fragen ob sie noch eine Blut- oder Speichelprobe von ihm wollten.

Zum Glück rettete ihn ein großgewachsener Mann mit

kurzgeschorenen Haaren und Feuermal auf der rechten Wange.

„Vincent!", begrüßte Marc DaSilva ihn, kam mit einem breiten Grinsen auf ihn zu und nahm ihn kurz in den Arm. „Es tut überraschend gut dich zu sehen."

„Nur nicht zu viele Komplimente", lachte Vincent, was auch Marc zu einem Lachen verleitete. Er sah fast noch genauso aus wie an dem Tag, als sie aus ihrer gemeinsamen WG ausgezogen waren. Nur ein paar graue Haare an den Schläfen waren dazugekommen, was durch sein kurzes Haar jedoch kaum auffiel.

Der Sicherheitsmann reichte Vincent seinen Pass und einen Besucherausweis.

„Danke Mr Tanaka", sagte Marc mit einem flüchtigen Blick auf den schmächtigen Wachmann, bevor er sich wieder Vincent zuwandte. „Komm, pinn dir dein Kärtchen an und dann lass uns erstmal einen Kaffee trinken. Wie war die Fahrt?"

Es wäre so leicht zu vergessen weswegen Vincent hier war. Viel zu gut tat es sich mit Marc zu unterhalten, er merkte erst jetzt wie sehr ihm sein alter Freund gefehlt hatte. Sie hatten sich immer sehr gut verstanden, selbst wenn einige ihrer Ansichten sich stark voneinander unterschieden hatten.

Zum Beispiel, dass es Marc schon immer zu Ruhm und Ehre gezogen hatte, während Vincent sich in kleinem Rahmen, dafür aber selbstbestimmt gesehen hatte. Wohin ihre unterschiedlichen Lebensziele sie gebracht hatten, sah man deutlich.

„Ich hätte nie gedacht, dass du dich für einen großen Konzern interessieren würdest", kam es von Marc, der sich ebenso wie Vincent noch an ihre freundschaftlichen Diskussionen zu dem Thema erinnern konnte.

Vincent zuckte mit den Schultern und zwang sich zu einem hoffentlich lockeren Lächeln. Er konnte Marc schließlich nicht sagen, warum er wirklich hier saß. Also spulte er seine einstudierte Geschichte ab, dass er sich umschauen wollte, weil die Selbstständigkeit ihn zunehmend stresste.

„Eine Festanstellung bei einer Firma hat ihre Vorteile", betonte Marc und ließ seinen Blick durch die hell und freundlich gestaltete Cafeteria schweifen. Vincent tat es ihm gleich. Auch hier gab es Kunstgegenstände, wenn auch nicht so protzig wie in der Empfangshalle. Aufgelockert durch einige große Topfpflanzen, die ein wenig Farbe in die sonst sterile Umgebung brachten.

Nur wenige andere waren mit ihnen in der Cafeteria. Doch wo Marc Mitarbeiter und Kollegen sowohl von ConPharm als auch von Lufria Corp. sah, vielleicht sogar Freunde, da konnte Vincent nur an die Frage denken, ob einer der Männer oder Frauen die Moore-Geschwister gekannt und gefoltert hatte.

„Was sind denn deine Aufgaben hier?", fragte er seinen Studienkollegen. „Wohl nicht nur nett plaudern und Kaffee trinken."

Marc lachte und prostete ihm zu. „Das ist eher die Ausnahme, glaub mir. Oft genug ist mein Kaffee schon kalt, weil ich nicht dazu komme ihn noch warm zu trinken." Er nippte an seiner Tasse und fügte hinzu: „Ich kann dir natürlich nicht genau sagen an was ich arbeite, weil das mit neuen Patenten und dergleichen zutun hat. Aber so viel kann ich dir verraten: Ich bearbeite Präparate, die aus den Laboren von ConPharm kommen."

„Du meinst deren Versuchslabore?"

„Ja genau."

„Entnimmst du sie auch selber?", wollte Vincent wissen – und wünschte sich inbrünstig, dass sein Freund die Frage verneinte. Er hatte sich noch nie so sehr eine bestimmte Antwort von jemandem erhofft. Seine Finger lagen so fest um die Tasse, dass sie eigentlich zerbrechen müsste.

„Nein, das machen andere. ConPharm ist ziemlich knausrig mit den Zutrittsgenehmigungen zu ihren Sicherheitsbereichen. Wir scherzen immer, dass man einfacher in den Himmel kommt als hinter deren Stahltüren." Er beugte sich ein Stück nach vorn, bedeutete Vincent sich zu ihm zu neigen und sagte dann in leisem, verschwörerischem Ton: „Das ist aber auch kein Wunder, schließlich soll Snyder dort ganz besondere Versuchstiere haben. Es hält sich das Gerücht, dass sie da viel mit Genmanipulation machen."

Vincents Magen zog sich zusammen. „Ist das nicht illegal?"

„Nicht bei tierischer DNA", sagte Marc und zuckte mit den Schultern. „Und selbst wenn, ich glaube da nicht daran. Die Proben sehen einfach ganz normal aus, du verstehst?"

Vincent zwang sich zu einem Lächeln. „Ein verrücktes Gerücht."

„Da kann deine kleine Praxis wohl nicht mithalten, oder?"

„Nein, garantiert nicht." Vincent lächelte und sagte: „Das letzte Gerücht, das bei uns die Runde machte, war die Vermutung von Mr Vermont, dass sein Hund ihn mit Tollwut angesteckt hätte. Unnötig zu sagen, dass weder der Hund noch der Besitzer irgendwelche Anzeichen gezeigt hatten."

Marc brach in Gelächter aus, das die Aufmerksamkeit einiger anderer Mitarbeiter auf sich zog. „Das war sicher ein Spaß."

„Wir kamen auf unsere Kosten." Vincent trank einen Schluck Kaffee, wählte seine nächsten Worte mit Bedacht. „Aber jetzt mal ehrlich, du wirst doch nicht nur Zellen anzuschauen, oder? Erzähl noch ein bisschen, ich will schließlich nicht meinem Mr Vermont gegen ödes Mikroskopieren tauschen."

„Das würdest du auch nicht", versicherte ihm sein alter Freund, dessen dunkelbraune Augen ihn genau musterten. Schließlich seufzte er, zuckte mit den Schultern und Vincent spannte sich unweigerlich an. „Na gut, das kann ich dir zumindest erzählen. Du musst mir aber schwören, dass du davon nichts weitergibst."

„Du hast mein Wort."

„Bis vor ein paar Monaten haben wir mit Dr. Snyders engstem Team zusammen an einer wirklich verrückten Sache gearbeitet."

„Dieser Dr. Snyder… das ist der Laborleiter von Con-Pharm?“

„Ja und wenn du mich fragst eine Mischung aus Genie und Ekelpaket.“ Marc verdrehte die Augen, sah sich kurz um und fuhr dann fort: „Auf jeden Fall hatte er mich und zwei meiner Kollegen für ein Sonderprojekt angefordert. Wir sollten helfen eine Art Sender zu entwickeln, der über große Distanzen Vitalparameter übermitteln kann. So eine Art Fernüberwachung von Patienten, damit Kliniken entlastet werden. Ein wirklich interessantes Projekt sage ich dir, wir haben hunderte Arbeitsstunden investiert.“

„Und?“

„Sackgasse“, sagte Marc und winkte ab. „Es fing so vielversprechend an. Wir schafften es nicht nur den Chip winzig klein zu machen, sondern auch mit einem speziellen Verfahren direkt in den Hirnstamm zu implantieren. Dadurch waren wir in der Lage auch den Nachhall von Gehirnströmen zu messen. Ohne ein CT, das war der Wahnsinn!“

„Wo war dann der Haken?“

„Alle Prototypen hatten Fehlfunktionen. Die ersten haben kaum eine Woche gehalten und als wir die Simulationen für die letzte Charge durchgerechnet hatten, kam auch bei denen eine viel zu geringe Lebensdauer heraus. Ein paar Monate, wenn überhaupt. Die winzige Elektronik vertrug die ständige Feuchtigkeit nicht, wir konnten die Chips aber auch nicht versiegeln, da sie sonst verfälsche Wert geliefert hätten.“

„Dann hätten sie einfach nur irgendwann ihren Geist aufgegeben?“

„Nicht nur das“, brummte Marc, rieb sich über den Nacken. „In den Simulationen war es zu unvorhergesehenen Kurzschlüssen gekommen, die die Versuchspersonen entweder getötet oder zumindest extrem verstümmelt hätten. Zum Glück hatte Snyder den letzten verbleibenden Chip nur einem Versuchstier eingepflanzt. Dennoch ist er komplett ausgerastet, als wir ihm von den Fehlfunktionen erzählt hatten.“

„Wow“, murmelte Vincent. In seinem Kopf drehte sich alles, kalter Schweiß stand ihm auf der Haut. Er hatte gewusst, dass das Ding in Felinas Nacken gefährlich war, doch *damit* hätte er niemals gerechnet. Es war kein Fernzünder wie sie bisher angenommen hatten, den ConPharm nach Belieben zünden konnte. Es war weit unberechenbarer, denn so wie Marc es ihm geschildert hatte, konnte der Chip sie jede Sekunde töten.

Sie könnte bereits jetzt von dem Ding in ihrem Körper umgebracht worden sein, ohne dass Vincent es mitbekommen hätte.

Der Kaffee in seinem Magen rebellierte. Es kostete ihn enorm viel Kraft sich nicht zu übergeben, Marc am Kragen zu packen und ihn so lange zu schütteln, bis er ihn sofort zu dem Medikament brachte. Einem Medikament, von dem ihm sein Freund nichts erzählte, das sich aber hier in diesem Gebäude befand.

Vincent musste es *sofort* finden.

Und Marc, der nichts von seinem inneren Aufruhr mitbekam, zuckte mit den Schultern und sagte: „So ist das eben in der Forschung. Viele Sackgassen, aber immer mal wieder finden wir den Weg nach El Dorado.“

„Meinst du wir können uns ein wenig umsehen?“

„Klar“, antwortete der andere Mann. „Wie ich dir schon am Telefon gesagt habe ist gerade Flaute, das heißt ich kann dir sogar eines der Labore zeigen. Dort haben wir im Augenblick keine Präparate.“

Vincent zwang sich zu lächeln, Enthusiasmus auszustrahlen. „Das wäre super.“

Sie brachten ihre Tassen weg, traten durch eine breite Flügeltür und in einen langen Flur. Unzählige Türen gingen zu beiden Seiten ab, nur kleingeschriebene Schilder verrieten was sich dahinter verbarg. Vincent wäre um ein Haar gestolpert, als er eines der Schilder erkannte: Es war der Lagerraum mit dem Medikament.

Ganz ruhig, beschwor er sich, blieb nicht stehen, sondern

folgte Marc zu der Tür rechts davon. Sie betraten einen komplett in Weiß und Edelstahl gehaltenen Laborraum. Unzählige Gerätschaften, einige davon Vincent bekannt, reihten sich an den Wänden entlang. In der Mitte des Raumes waren mehrere Versuchsapparaturen aufgebaut, dazwischen immer wieder Hochleistungsmikroskope. Es sah genauso futuristisch und kostspielig aus, wie Vincent es erwartet hatte.

Und weil er wusste, dass Marc ihn genau beobachtete, stieß er einen anerkennenden Pfiff aus.

„Wahnsinn, nicht wahr?", fragte ihn der andere grinsend. „Davon haben wir an der Uni nur träumen können."

„Das kannst du laut sagen. Komm, erklär mir ein paar dieser verrückten Gerätschaften."

Marc kam seiner Aufforderung nur zu gerne nach, beschrieb ihm den Aufbau und den Zweck der Apparate, wer noch alles in diesem momentan verwaisten Labor arbeitete und welche Art von Forschungen sie hier durchführten.

Obwohl Vincent sich noch immer fühlte, als würde er auf glühenden Kohlen stehen, musste er zugeben, dass das alles äußerst interessant klang. Wenn er nur vergessen könnte, dass auch Marc seinen Beitrag zu der grauenvollen Vergangenheit von Felina und ihren Geschwistern beigetragen hatte.

Doch dieses Wissen saß ihm ständig im Nacken.

Vor allem, als sie das Labor verließen und zurück auf den Gang traten. Vincents Blick wanderte sofort zu der Tür, die Nim ihm genannt hatte. Dort musste er sein, also fragte er möglichst beiläufig: „Und was ist hier drin?"

„Eines der Lager", sagte Marc wenig begeistert und stieß die Tür auf. Enge Reihen aus Stahlregalen, vollgestopft mit Beuteln, Päckchen und Glasbehältern. Vincent ließ seinen Blick über die Reihen schweifen. Laut Nim müsste das Medikament… da! Wie einen Blitz durchfuhr es Vincent, als er die unscheinbaren Fläschchen mit den türkisfarbenen Verschlüssen entdeckte.

Aber wie sollte er sich eines davon schnappen? Marc stand direkt neben ihm, er konnte nicht unbemerkt in das Regal greifen. Fieberhaft überlegte er, die Zeit wurde immer knapper… und zuckte zusammen, als auf dem Gang jemand Marcs Namen rief.

„Watson, was gibt's?", fragte er und drehte sich um, trat sogar einen Schritt zurück hinaus in den Gang. Vincent nutzte die Chance, griff nach einem der Fläschchen und ließ es in der Tasche seiner Jacke verschwinden. Äußerlich völlig entspannt tat er noch so als würde er sich umsehen, bevor er sich neben Marc stellte. Die Tür des Lagers fiel leise ins Schloss, auch wenn sie in Vincents Inneren wie ein Kanonenschuss nachhallte.

Er hatte es geschafft. Er hatte es tatsächlich geschafft.

Vincent musste sich zwingen seine Hand nicht zu fest um den kleinen Glasbehälter zu legen, nicht dass er ihn vor lauter Euphorie noch zerdrückte. Ein Gewicht von gefühlt einer Tonne rutschte von seinen Schultern, denn nun waren sie in der Lage die tickende Zeitbombe in Felinas Körper zu deaktivieren. Nun hatte sie endlich eine Chance auf ein langes, erfülltes Leben.

Eineinhalb Stunden später, von der jede einzelne Minute an Vincents Geduldsfaden gezerrt hatte, machten Marc und er sich wieder auf den Weg zurück in die Cafeteria. Sie plauderten nett miteinander, Vincent bedankte sich überschwänglich für die Einladung und die Führung, während Marc ihn wie ein guter Verkäufer versuchte anzuwerben.

„Ich überlege es mir", sagte Vincent und lächelte, vielleicht etwas gezwungen. „Erstmal muss ich sehen wie ich meine Praxis losbekomme."

„Du meldest dich einfach", erwiderte Marc gut gelaunt. Vincent konnte ihm genau ansehen, dass er vollkommen davon überzeugt war, dass Vincent eher früher als später hier unterschreiben würde.

Sie hatten die Cafeteria so gut wie durchquert, es saßen nur vereinzelt Leute dort und unterhielten sich gedämpft, als die Tür sich vor ihnen öffnete und ein Mann in schwarzer

Uniform ihnen entgegentrat. Es war einer der Sicherheitsmänner vom Empfang, der mit dem einstudierten Lächeln, welches er auch jetzt aufgesetzt hatte. Er blieb vor ihnen stehen und verschränkte die Hände hinter dem Rücken, wie ein Soldat in Habachtstellung.

„Was gibt es Mr Taylor?", fragte Marc.

„Sir, es tut mir leid Ihnen diese Unannehmlichkeiten bereiten zu müssen, doch unsere Vorschriften sehen vor per Zufallsprinzip Leibesvisitationen durchzuführen." Mr Taylor sah zu Vincent.

„Muss das bei ihm sein?", beschwerte sich Marc. Mit einem genervten Gesichtsausdruck drehte er sich zu Vincent und erklärte: „Das ist eine der Schattenseiten, wenn man mit solchen Geheimniskrämern zusammenarbeitet: Regelmäßig wollen sie dich filzen, ob du auch ja keine Mikrobe mit nach Hause nimmst."

Sein Studienfreund wandte sich abermals dem Wachmann zu, versuchte ihn davon zu überzeugen zumindest bei diesem Gast eine Ausnahme zu machen, doch der Mann blieb hartnäckig. Vincent hingegen nutzte die Minute Ablenkung, die Marc ihm unwissend verschafft hatte, und beförderte das Fläschchen ungesehen von den beiden aus seiner Tasche in den Blumenkübel links von ihm.

Vincent unterdrückte ein sarkastisches Auflachen - er hätte Taschenspieler werden sollen.

„Ich muss darauf bestehen Dr. DaSilva", sagte Mr Taylor freundlich, aber bestimmt.

„Ist schon okay", ging Vincent dazwischen, ehe Marc etwas darauf erwidern konnte. Er lächelte den Wachmann an und dieser trat auf ihn zu. Routiniert ging Mr Taylor ans Werk, klopfte gewissenhaft alle Taschen ab und fuhr mit dem Zeigefinger sogar über die Schäfte seiner Stiefel. Vincents Puls war jenseits von Gut und Böse. Aber Mr Taylor fand nichts, bedankte sich höflich und zog sich zurück.

„Das tut mir wirklich leid", sagte Marc, die Augenbrauen zusammengezogen und die Mundwinkel gesenkt.

„Schon in Ordnung", erwiderte Vincent, lehnte sich möglichst lässig an den Blumentopf. Er musste das Fläschchen nur wieder zurück in seine Tasche bugsieren. Doch ausgerechnet Marc machte ihm einen Strich durch die Rechnung, denn der andere Mann legte ihm kameradschaftlich einen Arm um die Schultern und schob ihn so Richtung Ausgang.

Panisch sagte Vincent das erste, was ihm in den Sinn kam: „Äh… ich müsste noch auf die Toilette, ehe ich gehe."

„Aber natürlich, gleich dort." Marc ließ von ihm ab und deutete hinter sie.

„Du musst mich nicht rausbegleiten", versuchte Vincent ihn loszuwerden. Sollte Marc noch hier sein, dann hätte er sicher keine Gelegenheit das Medikament unauffällig wieder an sich zu nehmen. „Ich will dich schließlich nicht von deiner Arbeit abhalten und hier werde ich ja wohl kaum etwas anstellen können."

„Sicher nicht – der Kuchen in der Auslage ist schon eine Massenvernichtungswaffe", lachte Marc.

„Dem komme ich sicher nicht zu nahe."

„Hm", murmelte der andere, die Brauen über den dunklen Augen zusammengezogen. „Ich sollte wirklich zurück zu meinem Schreibtisch."

Vincent klopfte ihm kameradschaftlich auf die Schulter und meinte: „Geh schon, ich finde den Weg selbst hinaus."

„Das wirst du", stimmte Marc ihm zu. Sie verabschiedeten sich, umarmten sich kurz und Marc verschwand wieder in den kahlen Gang. Vincent hingegen ging, um den Schein zu wahren, zu den Herrentoiletten. Sobald sich die Tür hinter ihm geschlossen hatte atmete er die unbewusst angehaltene Luft in einem lauten Schnauben aus, fuhr sich über das Gesicht und lehnte sich kurz gegen den Waschtisch.

Herr Gott steh mir bei, dachte er inbrünstig. Weil er nicht riskieren wollte, dass ihn jemand in diesem Zustand sah, wusch er sich die Hände mit kaltem Wasser, spritze sich etwas davon ins Gesicht. Als er sich im Spiegel betrachtete sah er zwar etwas abgekämpft, aber nicht sehr viel anders aus als noch am Morgen.

Niemand hätte ihm ansehen können, dass er gerade einen Diebstahl begangen hatte.

Vincent selbst hätte es niemals geglaubt, hatte sich nicht zu diesem Menschenschlag gezählt. Aber es war wohl nur die richtige Motivation nötig um solch eine Tat zu begehen. Und Vincents Motivation war eine schöne, leidenschaftliche Frau mit geheimnisvollen Augen und einer tickenden Zeitbombe in ihrem Körper.

„Auf nach Hause", flüsterte Vincent sich zu und verließ die Waschräume. Ohne Eile, aber zielstrebig ging er auf den Blumentopf zu, stützte sich mit einer Hand daran ab und tat mit der anderen so, als müsse er seinen Stiefel zurechtrücken.

Seine Finger tasteten über krümelige Erde, zwischen den efeuartigen Pflanzen hindurch… ins Leere. Vincent war todsicher, dass es dieser Blumentopf gewesen war. Der nächste stand gut fünf Meter entfernt, an einer vollkommen anderen Stelle. Nein, das Medikament musste hier sein. Hecktisch schob er das Grünzeug zur Seite, doch da war nichts. Gar nichts.

Das Fläschchen war fort.

Wie in Trance verließ Vincent die Cafeteria, gab seinen Besucherausweis ab und durchquerte das Foyer. In seinem Kopf drehte sich alles und er schaffte es kaum bis zu seinem Wagen, hinter dem er sich übergab. Kalter Schweiß lief ihm den Rücken hinunter und all seine Muskeln zitterten. Es wunderte ihn, wie sein Körper überhaupt noch die nötigte Menge Adrenalin für solch eine Reaktion zusammensammeln konnte. Er richtete sich auf und lehnte sich an die Seite des Autos, fuhr sich mit einer Hand über die feuchtkalte Stirn.

Sie waren im Arsch.

Schritte näherten sich und eine freundliche Männerstimme fragte: „Kann ich Ihnen helfen Sir?"

Kapitel 39

„Weißt du, ich habe noch andere Aufgaben zu erledigen als nach deiner Pfeife zu tanzen."

Scott lehnte sich auf dem Stuhl zurück, balancierte die Tasse auf seinem flachen Bauch. Bei Glenn, dachte er mit einem ironischen Grinsen, würde das schon schwieriger werden. Der Wissenschaftler neigte, so wie viele seiner Kollegen, zu einem Wohlstandsbäuchchen. Er kam wohl im Augenblick nicht viel zum Laufen, wie er es sonst mehrmals in der Woche tat.

„Ich weiß genau, dass du gerade keine Aufträge hast", konterte der Wissenschaftler mit hochgezogener Augenbraue. „Oder willst du nur nicht mehr für mich arbeiten, weil du noch sauer bist?"

„Ich war nicht sauer, sondern enttäuscht."

„Jaja… geschenkt", winkte Glenn ab. Er musterte Scott, Berechnung in den grauen Augen. „Dieser Job widerspricht nicht deinen Regeln."

„Ich weiß", erwiderte Scott und trank einen Schluck von seinem Kaffee. Eigentlich hatte er so schnell nicht wieder nach Calgary fahren wollen, doch Glenn hatte ihm sprichwörtlich ein Angebot gemacht, das er nicht ablehnen konnte. Wobei, nein - das er nicht ablehnen *wollte*. Es war einfach zu verlockend.

Die Details hatten sie innerhalb kurzer Zeit in Glenns Büro geklärt gehabt. Scott wusste schon genau welche seiner Mitarbeiter er dafür benötigte, was es in etwa kosten würde, und hatte Glenn einen unverschämt überteuerten Preis genannt.

Den der Wissenschaftler ohne mit der Wimper zu zucken angenommen hatte.

Selbst schuld.

Die Gespräche in der hellgestalteten Cafeteria waren weit weniger brisant oder geheim. Zumal es kaum jemanden gab, der sie hätte belauschen können. Wie fleißige Bienchen war der Großteil der Mitarbeiter irgendwo im Gebäude verteilt, nur ein halbes Dutzend war ebenfalls hier und trank einen Kaffee. Oder würgte tatsächlich einen der ekelhaften Klumpen hinunter, die sie hier als Kuchen betitelten.

Scott hatte Militärverpflegung und sogar Abfall gegessen, die beide besser geschmeckt hatten.

„Was ich nicht verstehe", sagte Scott und beugte sich ein Stück zu seinem Freund, „ist, warum ihr das Highborn-Projekt nicht einfach zu den Akten legt. Warum dieser immense Aufwand?"

„Soll das ein Witz sein?", fragte Glenn und sah ihn so an, als hätte er nicht mehr alle Tassen im Schrank. Solche Blicke kannte Scott zu genüge.

„Nein, es ist mein Ernst."

„Weißt du wie viele Wirkstoffe und Verfahren wir in den vergangenen zwanzig Jahren patentiert haben? Wie viel Geld wir damit gemacht haben? Wie viele Menschen durch unsere Medikamente ein besseres Leben haben? Oder überhaupt am Leben sind? Millionen Scott, Millionen."

„Das glaube ich dir", erwiderte er. „Habt ihr denn nicht die Möglichkeit diese Medikamente ohne eure kleinen Genexperimente zu entwickeln?"

„Weißt du, das ist alles nicht so einfach."

„Warum nicht?"

Ein tiefes Seufzen, der Mann ihm gegenüber nahm seine Brille ab, zog ein kleines Tuch aus der Brusttasche seines Hemds und begann die Gläser zu polieren.

„Seit ein paar hundert Jahren ist die Medizin in der Lage Menschen am Leben zu erhalten, die eigentlich hätten sterben müssen. Ich spreche hier nicht von Unfallverletzungen oder dergleichen. Ich spreche von erblichen Dispositionen, angefangen bei simpler Kurzsichtigkeit über Allergien bis hin zu schwereren Gendefekten in der Dimension von Huntington oder erblichen Karzinomen. All diese Erkrankungen würden früher oder später zum Tod führen oder zumindest zu einem tödlichen Unfall."

Glenn steckte das Tuch weg und setzte seine Brille wieder auf, sein Blick war eindringlich. „Aber durch unsere fortschrittliche Technik leben diese Menschen weiter und pflanzen sich fort. Damit tragen sie ihr schlechtes Erbmaterial in die nächste Generation und versauen uns den Genpool, so dass die Folgegenerationen weitere Krankheiten entwickeln und die auch weitergeben."

Er beugte sich nach vorn und fuhr fort: „Wir haben die natürliche, genetische Auslese außer Kraft gesetzt. Wir haben uns eine Kugel von gigantischem Ausmaß ans Bein gebunden, die eher früher als später unsere Spezies mit immer neuen und schlimmeren Krankheiten zugrunde richten wird. Und da Zwangssterilisationen und Genozid keine Alternativen sind, müssen wir mit Hilfe der Wissenschaft die Fehler im Genom ausbügeln."

Ein Teil von Scott – das winzige Bisschen in ihm, das noch ein intaktes Moralverständnis hatte – haderte mit den Worten seines Freundes. Glenn hatte vom rein logischen Standpunkt aus natürlich recht. Er war hochintelligent, war nicht umsonst der Leiter der Hauptlabore von ConPharm. Seine Argumente waren stichhaltig, nachvollziehbar… und absolut gewissenlos.

War es das unermessliche Leid Weniger es wert, wenn es das Leben von Millionen rettete?

Früher, als Scott noch nicht so verkorkst gewesen war wie jetzt, da hätte er diese Frage vielleicht mit Ja beantwortet. Er war dafür ausgebildet worden Dinge zu tun, zu sehen und zu erleben, die jenseits der Menschlichkeit waren, um die Bevölkerung zu schützen. Er hatte es sogar freiwillig getan, in dem Glauben das Richtige zu tun. Dass sein Land und seine Vorgesetzten ihn ihrerseits beschützen würden.

Dumm nur, dass sie ihn fortgeworfen hatten wie einen madigen Apfel.

Also nein, er war nicht mehr der Ansicht, dass das Leid Weniger dafür verwendet werden durfte vielen anderen das Leben leichter zu machen. Dennoch… ein Job war ein Job.

Wolfsgoldene Augen kamen ihm in den Sinn. Augen, die

so viele Albträume enthielten, dass sie vielleicht sogar mit Scotts mithalten konnten.

Unwillig schüttelte er den Kopf, ließ den Blick durch die Cafeteria schweifen. Glenn redete weiter, über all die Krankheiten und Störungen, die sie noch bekämpfen konnten, wenn das Highborn-Projekt nur fortgeführt wurde.

Scotts Aufmerksamkeit hingegen lag wo anders. Interessiert beobachtete er, wie Mr Taylor sich mit zwei Männern unterhielt: Einem in typischer Wissenschaftleruniform, bestehend aus weißem Hemd und gebügelten Hosen, und einem in legerer Kleidung.

Ah, eine der spontanen Leibesvisitationen. Scott war ein wenig stolz auf sich, dass dieser Aspekt seines Drills bei den Sicherheitsleuten noch angewandt wurde. Niemand wollte sich gerne abtasten lassen, das war mit die unangenehmste Sache bei Flugreisen. Aber so mancher kleine Taschendieb war so schon entlarvt worden und die Gefahr, dass man erwischt werden konnte, hielt schon die meisten Gelegenheitslangfinger davon ab etwas mitgehen zu lassen.

Scott wollte sich schon wieder abwenden, damit Glenn sich nicht beschweren konnte, dass er ihm nicht zuhörte, als etwas seine Aufmerksamkeit erregte. Es war ein winziges Detail, eine Ungereimtheit, aber er hatte schon vor langer Zeit gelernt auf genau solche Kleinigkeiten zu achten.

Wäre er früher nicht so nachlässig gewesen, dann hätte er jetzt wohl nicht so einen Knacks weg.

Also sah Scott genauer hin – und bemerkte etwas überaus Interessantes. So interessant, dass sich tatsächlich sein Puls beschleunigte. Oh, wie aufregend!

„Glenn", unterbrach Scott den Wissenschaftler, „ich denke, ich sollte mich an die Arbeit machen. Meinst du nicht?"

Sein Freund schob sich die Brille höher auf die Nase und musterte ihn. „Natürlich."

Beide nahmen sie ihre Tassen, brachten sie zur Geschirrrückgabe wie es sich gehörte und strebten dem Ausgang zu. Flink und ohne dass Glenn es bemerkte griff Scott nach dem

Gegenstand, den der andere Mann in dem Blumentopf deponiert hatte.

Minuten später, er hatte sich mittlerweile von Glenn verabschiedet und noch ein letztes Mal das Sicherheitspersonal zum Schwitzen gebracht, lehnte er draußen an seinem Wagen und beobachtete den Ausgang. Der Mann, auf den er wartete, trug ein waldgrünes Langarmshirt, Jeans und schwarze Stiefel. Scott hatte sein Gesicht nicht erkennen können, doch so ein Kleidungsstil fiel hier definitiv auf. Zumal der Mann nicht so schmächtig wie die Akademiker und Eierköpfe hier gebaut war.

Scott drehte das Fläschchen zwischen den Fingern. Es beinhaltete fünfzig Milliliter einer Flüssigkeit, deren Namen er kaum aussprechen konnte. Warum zur Hölle sollte man so etwas stehlen wollen? Es war zu wenig um es auf dem Schwarzmarkt zu verticken und es analog zu stehlen war so eine uralte Methode von Wirtschaftsspionage. Heutzutage holte man sich die Rezepturen für solche Dinge direkt aus den Computersystemen der Firma.

„Ich werde ihn selbst fragen", murmelte Scott vor sich hin, als der betreffende Mann aus dem Gebäudekomplex gelaufen kam. Zielstrebig, aber mit steifen Beinen ging er zu einem ramponierten Geländewagen – und übergab sich dahinter.

Was war denn das für ein Weichei von einem Dieb? So etwas war Scott ja schon lange nicht mehr untergekommen. Nun war seine Neugier wirklich geweckt, er schlenderte zu dem Mann hinüber, der sich sichtlich erschöpft gegen sein Fahrzeug lehnte.

„Kann ich Ihnen helfen Sir?"

Der Mann zuckte zusammen und für einen Sekundenbruchteil fürchtete Scott sogar, dass er einen Herzinfarkt erleiden könnte, so blass sah er aus. Er presste sich sogar eine Hand auf die Brust, die Pupillen seiner Augen waren so groß, dass man die Farbe nicht erkennen konnte.

„Scheiße, haben Sie mich erschreckt", japste er.

„Das war nicht meine Absicht", erwiderte Scott freundlich, trat um das Erbrochene herum und stellte sich vor den Dieb.

Irgendwie kam er ihm bekannt vor. Er war einige Jahre jünger als Scott, hatte dieselbe Größe wie er. Der Mann war schlank, unter dem Shirt ließ sich die Muskulatur seines Oberkörpers erahnen. Braune Augen, unordentliches braunes Haar. Da klingelte eindeutig was bei Scott. Aber warum nur?

„Geht es Ihnen nicht gut?"

Der Mann setzte ein gezwungenes Lächeln auf. „Wahrscheinlich das Falsche gegessen."

„Hoffentlich keine Lebensmittelvergiftung", sagte Scott gutmütig. „Oder haben Sie da drin etwas gesehen, dass Ihnen auf den Magen geschlagen ist?" Er machte eine Kopfbewegung hin zu ConPharm, dabei ließ er den Mann keine Sekunde aus den Augen. Tatsächlich flackerte kurz etwas in seinem Blick.

„Nein", log er.

„Ah…" Scott nickte, als würde er ihn verstehen. Dabei zog er lässig das Fläschchen aus seiner Jackentasche und hielt es hoch. „Dann ist es vielleicht, weil Sie das hier nicht finden konnten?"

Die Augen des Mannes weiteten sich und er klappte sogar den Mund auf.

Erwischt.

„Wo haben Sie das her?"

„Das könnte ich Sie genauso gut fragen."

Scott ließ seinen Blick über das Auto des Mannes wandern, bemerkte den kleinen Anhänger mit der Flagge von Montana am Rückspiegel… Und da fiel es ihm wie Schuppen von den Augen. Er wusste, woher er den Mann kannte. Innerlicht schüttelte er über sich selbst den Kopf, er wurde wohl langsam alt. Andererseits, wer konnte ihm schon verübeln, dass er die Verbindung nicht gezogen hatte?

„Wissen Sie Vincent, wie viel Geld man Ihnen zahlen würde, wenn Sie diesen Leuten da drin verraten wo sich die Hybride befinden? Von einer unanständig hohen Summe zu sprechen wäre noch eine Untertreibung."

„Was?!", keuchte der Tierarzt und wich einen Schritt zurück. „Wer sind Sie?"

„Jemand, der wissen will warum Sie genau dieses Medikamentenfläschchen von ConPharm gestohlen haben. Da drin gibt es massenhaft andere Dinge, die sich zu stehlen lohnen. Warum ausgerechnet dieses hier?"

„Ich weiß nicht was das sein soll", versuchte es der jüngere Mann, was Scott gelinde gesagt gegen den Strich ging. Einfallslose Lügner konnte er nicht leiden.

„Ach kommen Sie Vincent, langweilen Sie mich nicht. Es ist zwar altmodisch das zu sagen, aber ich weiß wo Sie wohnen. Ich bin bereits dort gewesen."

Die braunen Augen des anderen weiteten sich. „Sie sind dieser Verrückte, von dem Aleydis erzählt hat."

„Dass sie solche Worte in den Mund nimmt", seufzte Scott und schüttelte den Kopf. Doch innerlich musste er grinsen. Er mochte es berühmt und berüchtigt zu sein. Und verrückt war für ihn fast schon ein Kosewort, man hatte ihn schon weit schlimmeres genannt.

„Aber es stimmt, oder? Sie sind dieser Hewlett."

Scott machte sich nicht die Mühe zu antworten, er grinste nur vor sich hin. Man sah, wie Vincent Osborns Adamsapfel hüpfte.

„Werden Sie mich verpfeifen?" Er sah kurz zu dem Gebäudekomplex zurück.

Scott zuckte mit den Schultern. „Vielleicht. Vielleicht auch nicht. Das hängt ganz von Ihnen ab, Mr Osborn."

„Und wie?"

„Sie verraten mir, was Sie sie hiermit vorhaben", sagte er und schwenkte das Fläschchen hin und her, „und ich lasse Sie laufen. Aber nur, wenn Sie mir die Wahrheit sagen. Keine plumpen Lügen mehr. Verstanden?"

Einige Herzschläge sah der andere Mann ihn an, versuchte wohl abzuschätzen ob Scott es ernst meinte oder nur bluffte. Immer wieder huschte sein Blick kurz zu dem Fläschchen, was Scott noch neugieriger machte. Was war mit dieser Flüssigkeit, dass sie so wichtig für den Tierarzt war?

Da sie von ConPharm stammte, musste sie im Umkehrschluss auch sehr wichtig für Aleydis und ihre Geschwister sein. Ein Medikament also, das in direkter Verbindung zu den Hybriden stand. Was konnte das nur sein? Ob gar einer von ihnen krank war? Oder hatten sie gar den fünften im Bunde gefunden?

„Ich habe Ihr Wort?", fragte Vincent Osborn. „Ich sage Ihnen wofür das ist und Sie lassen mich damit gehen, ohne Alarm zu schlagen?"

Scott konnte nicht anders als breit zu grinsen. „Sie verhandeln mit genauso harten Bandagen wie Ms Moore."

„Habe ich Ihr Wort?"

„Als einer der wenigen - ja. Ich gebe Ihnen Ihr Diebesgut zurück und Sie können es unbehelligt zurück in dieses kleine Nest am Nationalpark bringen."

Der Kiefer seines Gegenübers mahlte, er wog noch immer das Für und Wider ab und doch wusste Scott wie er sich entscheiden würde. In Situationen wie diesen, waren Menschen so berechenbar. Tatsächlich atmete Mr Osborn tief durch, seine Schultern sackten nach vorn und er begann zu erzählen.

Und was er zu erzählen hatte…

Kapitel 40

Vincent hatte unverschämtes Glück, dass ihn auf seiner Fahrt zurück nach St. Mary kein Polizist anhielt. Hätte auch nur ein Beamter mit einer dieser Geschwindigkeitsmesser ihn erwischt, er hätte Vincent sicher ins Gefängnis gesteckt. Von einer saftigen Geldstrafe ganz zu schweigen.

Wie durch ein Wunder blitzten hinter Vincent keine Blaulichter auf und er schaffte die Strecke ohne Pause in unglaublichen drei Stunden. Wie gesagt, nicht mit legalem Tempo. Doch das war ihm herzlich egal, als er in der Dämmerung auf den Kiesweg zum Haus von Rafael und den Moore-Geschwistern einbog.

Zu dem Haus, in dem Felina hoffentlich noch bei guter Gesundheit war.

Seit Vincent erfahren hatte, dass der Chip quasi jeden Augenblick eine Fehlfunktion haben konnte, war er in ständiger Angst um ihr Leben. Mehr noch, als ohnehin schon. Das schlimmste Horrorszenario in seinem Kopf war, dass er gerade zur Tür hereinkam, von seinem Erfolg berichtete und Felina in diesem Augenblick tot zusammenbrach.

„Nein", keuchte er, zog den Schlüssel und sprang aus dem Wagen. Er nahm gleich mehrere Stufen zur Veranda auf einmal, hob die Hand und klopfte an. Keine Sekunde später wurde die Tür von innen aufgerissen – und etwas traf Vincents Brust, das ihm die Luft aus den Lungen drückte.

„Wir haben uns solche Sorgen gemacht", wisperte Felina an seiner Schulter, die Arme fest um seinen Oberkörper geschlungen. Er konnte das Zittern fühlen, das durch sie hindurch ging. Oder war es von ihm?

„Alles ist gut, ich habe das Medikament."

Sie lehnte sich zurück, ihre Augen glänzten bronzefarben. „Das war nicht meine Hauptsorge."

Vincent konnte nicht anders als zu lächeln, ein Teil seiner

Anspannung viel von ihm ab und er hatte das Gefühl leichter atmen zu können. Das änderte sich jedoch, als Felina sich auf die Zehenspitze stellte und ihren Mund auf seinen presste.

Leidenschaftlich und kompromisslos, so wie die Frau selbst, küsste sie ihn. Vincent schloss seine Arme fester um sie und hielt sie dicht an seinen Körper gedrückt, während er den Kuss erwiderte. Das mittlerweile vertraute Rumoren in Felinas Brust, das Schnurren ihres Pumas, machte alles perfekt. Vielleicht hätte er sie nie wieder losgelassen, wenn nicht ein dezentes Räuspern den schönen Moment unterbrochen hätte.

„Kommt doch in die Küche, wenn ihr fertig seid", sagte Rafael mit belustigtem Unterton.

„Oh Mann", murmelte Vincent an Felinas Lippen. Er hob den Kopf und sah in ihr Gesicht, bemerkte das amüsierte Funkeln in ihren Augen. „Wie schlimm werden sie mich damit aufziehen?"

Felina lachte weich, schmiegte sich an ihn und zog ihn in den Hausflur. „Nicht sehr schlimm."

Da es ihr gut ging, sie seine Hand hielt und er das Heilmittel bei sich hatte, war Vincent das egal. Selbst wenn ihre Familie ihn ewig damit ärgern würde, es kümmerte ihn nicht. Denn das bedeutete, dass Felina leben würde und er auf noch viele solcher Momente hoffen konnte.

Sie hatten kaum die Küche betreten, da wurde er von allen Seiten begrüßt: Lycan und Nim saßen nebeneinander am Küchentisch, ihnen gegenüber Canys mit einem aufgeschlagenen Buch auf ihrem Schoß, während Aleydis und Rafael an der Arbeitsfläche standen.

„Setz dich, bevor du umfällst", forderte Aleydis, kam auf ihn zu und drückte ihn auf einen der Stühle. Felina setzte sich neben ihn, hielt noch immer seine Hand. Sie sah ihn mit schiefgeneigtem Kopf an und meinte: „Du bist ganz blass."

„Das kommt sicher von seinem niedrigen Blutzuckerspiegel", sagte Ally. „Vincent war starkem Stress ausgesetzt, Adrenalin und Kortisol fördern die Ausschüttung von Insulin. Wann hast du das letzte Mal etwas gegessen?"

„Heute Morgen."

Ohne ein weiteres Wort stellte Rafael ein Glas Orangensaft und ein Sandwich vor ihm ab, doch beim Anblick des belegten Brots drehte sich Vincent der Magen um. Also griff er nach dem Saft und leerte ihn zur Hälfte.

„Jetzt erzähl uns ganz genau was passiert ist", forderte Aleydis. „Am Telefon warst du so kurz angebunden und was du gesagt hast hat uns nicht gerade beruhigt."

Vincent griff in seine Tasche und zog das Fläschchen heraus. „Das wichtigste ist, dass ich erfolgreich war."

Sofort griff Aleydis nach dem Medikament, alle anderen Augen im Raum waren ebenfalls darauf gerichtet. Die Spannung zwischen ihnen war mit Händen zu greifen.

Vor allem als Vincent sagte: „Und wir sollten es so schnell wie möglich benutzen."

„Warum?" Felina neben ihm sah ihn mit großen Augen an, die freie Hand in ihrem Nacken. Der Druck ihrer Finger um seine verstärkte sich.

„Weil das Implantat instabil ist." Vincent atmete tief durch und wiederholte alles was Marc ihm gesagt hatte. Mit jedem seiner Worte wurden die vier Moore-Geschwister, Nim und Rafael blasser.

„Scheiße", entwich es jemandem, doch Vincent konnte nicht genau sagen wem. Seine Aufmerksamkeit war auf Felina gerichtet, deren grauer Blick wieder zu dem Bronze ihrer Katze geworden war. Sie löste ihre Hand von ihm, griff nach dem Fläschchen und hielt es Aleydis hin.

„Spritz es mir, sofort!", verlangte Felina nachdrücklich. Vincent konnte ihre Eile verstehen, er war selbst kurz davor eine Injektionsnadel zu suchen. Die Lösung für das lebensbedrohliche Problem der Frau an seiner Seite war so nah, sie durften keine Zeit mehr verschwenden.

Aleydis' Finger schlossen sich um das Medikament, ihre Augen wurden goldfarben.

„Wir gehen in dein Zimmer."

Geschlossen erhoben sich alle und folgten Aleydis ins Obergeschoss, zwängten sich in den Raum und obwohl es fast keinen Platz mehr gab war es doch undenkbar jemanden fortzuschicken. Sie alle waren Felinas Familie und auch wenn nur Aleydis die Behandlung durchführen würde, so waren doch die anderen wichtig um Felina beizustehen.

„Zieh dein Oberteil aus, bind dir die Haare hoch und legt dich bäuchlings auf das Bett."

Felina tat wie geheißen und Aleydis verließ den Raum, nur um kurz darauf mit einer großen Arzttasche und einem Tablet zurückzukehren. Vincent, der sich neben das Kopfteil von Felinas Bett gekniet hatte, konnte einen Blick ins Innere der Tasche werfen – und war überrascht.

„Woher hast du das alles?", fragte er.

„Das gewöhnliche Verbandzeug aus dem Internet, die Kanülen, Infusionsbeutel und dergleichen von Ian. Ich wollte nicht, dass jemand neugierig wird."

Vincent nickte. „Clever."

„Ich tu mein Bestes."

„Fehlt dir sonst noch etwas? Ich kann es dir sicher über meinen Großhändler besorgen."

„Danke Vincent", sie sah ihn mit einem kleinen Lächeln an. „Im Augenblick sind wir versorgt, aber ich komme auf dein Angebot zurück. Auch wenn ich sehr hoffe, dass ich es nicht tun muss."

„Wir haben Angst, dass Ally sonst noch eine Magensonde anschafft", kam es von Lycan, was zu verhaltenem Gelächter führte und Canys zu dem Ausspruch verleitete: „Ich esse freiwillig."

Vincent warf den beiden anderen Geschwistern einen kurzen Blick zu, registrierte wie beschützend Rafael einen Arm um die Wölfin gelegt hatte und wie Nim beruhigend mit der Hand über Lycans Brust strich. Alles in Vincent drängte ihn dazu nach Felinas Hand zu greifen, ihr ebenfalls durch solch eine kleine Geste Mut zuzusprechen und sie zu beruhigen, doch er wagte es nicht. Viel zu groß war seine Angst damit Aleydis im Weg zu stehen, die bereits begonnen hatte sich Handschuhe anzuziehen und den Nacken ihrer Schwester zu desinfizieren.

„Vincent, du müsstest das Tablet für mich halten. Ich habe die Röntgenbilder aus deiner Praxis draufgespielt. Ich will sicher sein, dass ich mich nicht wegen der Position des Chips verschätze."

„Kannst du es denn freihändig?", fragte Lycan. „Wie hoch ist das Risiko, dass du Linas Rückenmark verletzt und sie Schaden davonträgt?"

„Gering."

„Bist du dir absolut sicher?", hakte Vincent nach.

Aleydis ließ die Flasche mit dem Desinfektionsmittel sinken und sah zu ihrem Bruder, dann Vincent.

„Ich benutze eine sehr feine Nadel, viel dünner als bei einer Lumbalpunktion. Die Verletzung des Gewebes ist minimal."

Canys räusperte sich und sagte: „Lumbalpunktionen werden in den Lendenwirbeln gemacht, nach dem Ende des Rückenmarks."

„Du hast Recht", bemerkte Aleydis, ein trauriges Lächeln auf dem Gesicht. Sie drehte sich zu Felina und sagte: „Sie haben Recht. Es könnte sein, dass ich dein Rückenmark verletzte, auch wenn ich noch so vorsichtig bin."

„Tu es trotzdem", verlangte Felina. Ihr Blick war fest auf ihre Schwester gerichtet. „Ich war schon einmal gelähmt, damit kann ich leben. Selbst wenn mein Körper sich nicht mehr regenerieren würde. Aber mit diesem Ding in mir drin kann und will ich nicht leben. Vor allem wenn es so störanfällig ist, wie Vincent gesagt hat."

„Ein Versagen des Chips würde dich auf jeden Fall lähmen, wenn nicht sogar töten." Vincent atmete tief durch, strich mit den Knöcheln über Felinas Wange. So groß sein Verlangen auch war sie vor allem Schaden zu bewahren, sie hatte über ihren eigenen Körper zu entscheiden. Sie sollte frei sein können, egal wie.

„Tu es Ally", forderte Felina nachdrücklich. Ihre älteste Schwester griff nach dem Fläschchen und zog eine großvolumige Spritze auf. Gekonnt klopfte sie die Luft aus dem Kolben, bis klare Flüssigkeit aus der Nadel perlte. Dasselbe wiederholte sie mit einer kleineren Spritze, in der sie ein Lokalanästhetikum aufzog. Dieses verabreichte sie sofort.

„Wenn ich fertig bin", sagte Aleydis, eine Hand auf Felinas nackter Schulter, „dann darfst du dich nicht bewegen, hörst du? Ich werde zwar die Nadel in deinem Rückenmark platzieren, aber nicht direkt an dem Chip. Die Flüssigkeit muss zu ihm vordringen. Laut Vincents Aussage löst sie nur die mechanischen Verbindungen, nicht die organischen. Um sicher zu gehen, dass das Medikament auch bis zum Chip vordringt musst du still liegen bleiben."

„Wie lange?"

„Mindestens eine Stunde, lieber wären mir zwei."

„Okay."

„Sehr schön." Aleydis atmete tief durch, ließ die Schultern kreisen und sah nochmals auf die Röntgenbilder. „Dann fangen wir an."

Absolut jeder im Raum, da war sich Vincent sicher, hielt die Luft an. Sie alle beobachteten wie Aleydis Felinas Nacken abtastete, mit zwei Fingern die Haut spannte und die Nadel senkrecht in das Fleisch drückte. Vincents Magen zog sich zusammen und er war froh, dass er das Sandwich nicht angerührt hatte.

Langsam und ohne die Spritze dabei auch nur einen Millimeter zu bewegen drückte Aleydis den Kolben ganz hinunter. Erst als sie die Nadel entfernte traute sich Vincent wieder tiefer zu atmen.

„Jetzt müssen wir abwarten."

„Wie geht es dir?", fragte Vincent sofort, griff nach Felinas Hand und führte sie langsam an seine Lippen, damit er ihren Nacken nicht zufällig bewegte.

„Ganz gut. Die Stelle drückt und brennt ein bisschen."

„Das ist normal." Aleydis streifte die Handschuhe ab. „Du kannst auch leichte Kopfschmerzen bekommen. Ich will darüber sofort informiert werden, hast du verstanden? Du wirst nicht die Heldin spielen."

„Jawohl."

„Den amüsierten Tonfall kannst du dir sparen", brummte die Ältere, beugte sich aber hinunter und gab Felina einen Kuss auf die Stirn. „Gib mir keinen Grund mit dir zu schimpfen."

„Ally kann grausam sein", kam es von Lycan, was Vincent zu einem kleinen Lachen verleitete. Er mochte es wie die Geschwister miteinander umgingen, wie sehr sie eine Einheit waren, obwohl sie ihr ganzes Leben von Aleydis getrennt gewesen waren.

Aber manche Dinge waren wohl in Stein gemeißelt. Der Gedanke war tröstlich. Unwillkürlich rieb Vincent mit seinem Daumen über Felinas Handrücken.

„Wir warten zusammen mit dir hier", versprach Canys ihrer jüngeren Schwester und Nim fügte hinzu: „Wir alle."

„Fein", sagte Rafael und seufzte theatralisch. „Lasst den alten Kriegsveteranen mit seinem kaputten Knie auf den Boden sitzen."

Verhaltenes Gelächter erklang und auch Felina grinste breit. Sie sah ein wenig blass um die Nase aus, doch ihre Finger um Vincents waren warm.

„Ich hole uns Kissen", sagte Aleydis amüsiert. „Für dich ein besonders weiches."

„Muss ich dir doch noch einen Maulkorb verpassen?"

„Rafael!", rief Nim entrüstet, hielt sich eine Hand vor den Mund - und konnte doch nicht ihr Kichern dahinter verstecken. Natürlich hatte das auch Lycan mitbekommen, der sie daraufhin mit breitem Grinsen anknurrte. Erneutes Gelächter erfüllte das Zimmer, vertrieb die vormals düstere Stimmung.

„Hört endlich auf mich zum Lachen zu bringen!", kam es gedämpft von Felina. „Das ist unfair."

Verhaltenes Gemurmel erhob sich, Entschuldigungen und lieb gemeinte Worte, die Felina ein Lächeln aufs Gesicht zauberten. Kurz darauf kehrte Aleydis mit einem Stapel Kissen und Decken zurück. Sie machten es sich auf dem Boden und neben dem Bett gemütlich. Fast fühlte sich Vincent in seine Kindheit zurückversetzt, zu den Pyjamapartys mit seinen Schulfreunden.

„Wenn wir hier so gemütlich beisammensitzen", sagte Aleydis, „dann kann Vincent uns ja mehr über seinen Besuch bei ConPharm erzählen."

Ein Knurren war zu hören, unmöglich zu sagen aus wessen Kehle es gekommen war. Selbst Nim würde Vincent nicht ausschließen, denn die eher zurückhaltende Frau sah ebenso unzufrieden aus, wie alle anderen im Raum, als der Name des Pharmakonzerns gefallen war.

Vincent konnte sie zu einhundert Prozent verstehen.

Sie werden mehr als nur knurren, dachte Vincent und warf einen Blick auf Felina. „Du musst stillhalten, ja?"

So weit es ihr möglich war fixierte sie ihn. „Wenn du das extra betonen musst, dann wird uns nicht gefallen was du zu erzählen hast, oder?"

„Nein, ganz sicher nicht." Vincent holte tief Luft und begann zu erzählen. Von dem Treffen mit Marc, dem Labor und dem Lagerraum, in dem er das Medikament gestohlen hatte. Bei seinem Bericht über die Leibesvisitation und wie er das Fläschchen gerade noch rechtzeitig hatte verstecken können, hielten alle den Atem an.

Das änderte sich jedoch schlagartig, als er von seiner Begegnung mit Scott Hewlett erzählte.

„Nein!", entwich es Lycan heftig, sein sonst grauer Blick wurde eisblau. Vincent lief eine Gänsehaut den Rücken hinunter.

„Dieser kleine dreckige Bastard", knurrte Rafael und Aleydis schnaubte: „Warum ist ständig *er* derjenige, der in unser Leben hineinpfuscht?"

„In Browning hatte er uns auch gefunden", kam es von Canys, die sich näher an ihren Bruder gelehnt hatte. „Er scheint uns genau zu beobachten."

„Zu welchem Zweck?", fragte Felina gedämpft. Sie lag noch exakt so da wie vor zehn Minuten, was Vincent sehr erleichterte. Er hatte gefürchtet, dass sie sich bewegen könnte, wenn er davon erzählte, obwohl sie es ihm versprochen hatte dies nicht zu tun. Ihr Blick war aufgewühlt und sie hatte die

Kiefer fest aufeinander gepresst, och ihr Kopf und ihr Oberkörper lagen noch völlig ruhig.

„Er plant etwas", mutmaßte Nim, was die anderen sofort mit zustimmendem Gemurmel und Kopfnicken quittierten.

„Ich sage das wirklich nicht gerne", kam es von Aleydis, die sich mit den Fingerspitzen die Schläfen massierte, „aber ich glaube er wartet, bis wir uns alle gefunden haben, um uns dann gesammelt an ConPharm auszuliefern."

Wieder wurden wüste Flüche und Verwünschungen laut.

Vincent, der noch genau das Bild des Mannes auf dem Parkplatz vor sich hatte, wurde übel bei dem Gedanken. Er kannte diesen Scott Hewlett nicht näher, nur von dieser kurzen Begegnung und von den Erzählungen der Anwesenden, aber er würde auf der Stelle glauben was Aleydis vermutete. Dieser Mann war ein gewissenloser Irrer.

„Wir müssen ihn töten." Alle Augen wanderten zu Felina, die die Worte gezischt hatte. „Ich gehe nicht dorthin zurück."

„Das wirst du auch nicht", versprach Aleydis. „Keiner von uns."

Kapitel 41

„Du musst nicht die ganze Zeit hier sitzen.“

Braune Augen sahen zu ihr, dunkle Schatten lagen darunter. Dennoch lächelte Vincent sie an, als wäre alles in Ordnung. Seit über einer Stunde lag Felina nun schon regungslos auf ihrem Bett. Ihre Familie hatte sie bereits dazu bringen können das Zimmer zu verlassen.

Ihre Anteilnahme und Unterstützung bedeuteten ihr zwar viel, doch ihr Puma hatte die erwartungsvolle Atmosphäre irgendwann nicht mehr ausgehalten. Zumal er noch unruhig war von dem Stress, den er von Felinas menschlicher Seite empfing. Nur mühsam hatte sie die Katze dazu bringen können nicht mehr ständig mit den Krallen von innen gegen ihre Haut zu schlagen.

Nun fühlte sie sich müde und abgekämpft, nicht nur von der Auseinandersetzung mit ihrer zweiten Hälfte. Den ganzen Tag über hatte sie keine ruhige Minute gehabt, ständig hatte sie an Vincent denken müssen und wo er war. Zu behaupten, dass er ohne Waffen und Rüstung in die Hölle marschiert war, war keine Untertreibung.

Dazu noch das, was er ihnen erzählt hatte…

Eine eiskalte Gänsehaut breitete sich über Felinas Armen aus und ließ ihr die Haare zu Berge stehen. Es war knapp gewesen, so verdammt knapp. Wäre nur eine einzige Sache schiefgelaufen, sie hätte Vincent wohl nie wiedergesehen.

Vincent beugte sich vor und küsste ihre Fingerknöchel, was etwas von der Kälte in Felina vertrieb.

„Ich möchte es aber.“

„Du schläfst mir gleich im Sitzen ein. Soll ich nicht doch-“

„Nein!“, unterbrach er sie. „Du bewegst dich keinen Millimeter, so wie Ally es gesagt hat.“ Er warf einen Blick auf seine Uhr und ergänzte: „Es sind noch fünfundzwanzig Minuten. Quasi ein Klacks.“

Felina lächelte ihn an, atmete vorsichtig ein und seufzte innerlich bei Vincents vertrautem Duft. Besonders freute sie sich jedoch darüber, dass sich zu der Minze und den Holzspänen ihr Passionsfruchtaroma hinzugefügt hatte. Ein unsichtbares Zeichen ihrer Katze, dass dieser Mann zu ihr gehörte.

„Warum lächelst du?", fragte Vincent, der sie mit schiefgeneigtem Kopf und einem amüsierten Funkeln in den Augen musterte.

Felinas Lächeln wurde noch ein wenig breiter. „Ich habe darüber nachgedacht, dass ich nie gedacht hätte einem Menschen so zu vertrauen wie dir."

Er runzelte unzufrieden die Stirn und sagte: „Du bist auch ein Mensch."

„Nicht ganz und das weißt du." Als er weiter widersprechen wollte, das konnte sie ihm ansehen, sagte Felina schnell: „Lass es gut sein Vincent. Es macht mir nichts aus. Dir etwa?"

„Natürlich nicht", bestätigte er und küsste abermals ihre Fingerknöchel. „Du und deine Familie, ihr seid ganz wunderbar. Ich freue mich schon darauf deinen älteren Bruder kennenzulernen."

„Wenn wir ihn denn finden können."

„Natürlich werdet ihr das."

Obwohl Felina der Gedanke an Ursyns ungewissen Verbleib traurig stimmte, musste sie dennoch lächeln. Vincents unerschütterliche Zuversicht war ansteckend. Es bedeutete ihr viel, *er* bedeutete ihr viel. Wenn sie von einem Leben außerhalb der Labore geträumt hatte, dann hatte sie immer angenommen, dass sie irgendwo weit ab von allen Menschen leben würde. Allein in der Wildnis, nur mit ihren Geschwistern. Sie war nie so erpicht darauf gewesen das Subjekt 0 zu finden wie die anderen.

Alles, was Felina und ihre Katze gewollt hatten, war frei zu sein.

Jetzt jedoch… es war auch eine Art Freiheit hier in diesem Haus zu leben, umgeben von einer viel größeren Familie als erwartet und mit einem Mann wie Vincent zusammen zu sein. Eine Freiheit, die sowohl Frau als auch Puma so viel glücklicher machten als sie jemals vermutet hätte.

Selbst für ConPharms letzte Geißel hatte Vincent eine Lösung gefunden, so vieles riskiert um sie davon zu befreien.

„Lina", sagte Vincent und räusperte sich. „Ich muss dir etwas sagen."

„Was denn?", fragte Felina. Sie hatte die Anspannung in seinen Schultern bemerkt, die Falten zwischen seinen Augenbrauen. Stimmte etwas nicht?

„Als ich heute dort in diesen Laboren war und erfahren habe, dass der Chip in deinem Nacken quasi jede Sekunde dein Leben beenden könnte, da wäre mir selbst fast das Herz stehen geblieben. Ich… ich hatte solche Angst, dass ich zu spät kommen würde und ich nie wieder dein Lachen hören würde. Dass ich nicht mehr mit dir reden oder dich küssen könnte."

Vincent leckte sich über die Lippen, lachte kurz auf wie über einen Scherz, den nur er gehört hatte, und fuhr fort: „Es hört sich sicher verrückt an, aber du hast mein Leben komplett verändert, als ich dich zum ersten Mal gesehen habe. Nicht nur als Frau, schon als Puma. Ich werde nie deine Augen vergessen, egal ob bronzefarben oder dunkelgrau."

Felina schwieg, aus Angst, dass Vincent aufhören würde zu sprechen. Alles in ihr, jede Faser ihres Körpers sagte ihr, dass sie unbedingt hören musste was er ihr mitzuteilen hatte.

„Weißt du…" Vincent lächelte schief, den Blick auf ihre verschränkten Hände gerichtet. „Du bist nicht die erste Frau, in die ich mich verliebe, aber du bist die erste, bei der es sich anfühlt, als wäre es das letzte Mal."

„Was willst du damit sagen?", flüsterte Felina, aus Angst diesen Moment mit lauteren Worten zu zerstören. Sie wollte auf keinen Fall verpassen was Vincent ihr nun sagte.

Braune Augen, in denen die ihr bekannten hellen Sprenkeln leuchteten, sahen sie an – es fühlte sich an, als würde er bis zum Grund ihrer Seele schauen können. Die Katze in ihr rieb sich von innen gegen ihre Haut, wollte dem Mann ebenso nah sein wie die Frau.

„Ich liebe dich.“

Überrascht und überwältigt von Vincents Worten, den Gefühlen die er damit in ihr auslöste – die Euphorie, die Wärme, das Glück, die Aufregung – vergaß Felina, dass sie stillliegen sollte. Sie wollte sich über den Rand des Bettes beugen und ihn küssen. Diesen Mann, der wusste wie besudelt ihre Seele war und der ihr nicht nur mehrmals das Leben gerettet hatte, sondern ihr auch noch seine Liebe anbot.

Von diesem unermesslichen Geschenk geblendet wollte sie sich bewegen…

… und konnte es nicht.

Panik wusch die Glücksgefühle in ihr fort. Felina versuchte es nochmals, wollte die Unterschenkel heben, doch das einzige was sie erreichte war, dass ihre Fußgelenke zuckten.

„Lina?“, hörte sie Vincent alarmiert fragen. Er hatte bemerkt, dass etwas nicht stimmte, rückte näher an sie heran. „Was ist, hast du Schmerzen?“

Hätte sie nur Schmerzen gehabt! Hektisch stützte sie sich mit den Armen auf, drückte ihren Oberkörper hoch und drehte sich halb auf den Rücken. Vincent neben ihr fluchte, wollte wissen was nicht stimmte, aber Felina konnte ihn kaum über das Rauschen in ihren Ohren hören.

Sie konnte nur auf ihre Beine starren, die sich taub und nutzlos anfühlten und ihre Befehle nicht ausführen wollten. Das Herz drohte Felina aus der Brust zu springen. Sie hatte zwar gesagt, dass sie damit leben könnte gelähmt zu sein, aber jetzt…

Wie sollte sie so mit Vincent zusammen sein? Als ständiger Klotz an seinem Bein? So eine Partnerin hatte er sich sicher nicht vorgestellt. Sie war nicht nur ein Monster, sondern nun auch ein Krüppel und es gab keine Garantie darauf, dass sie je wieder würde laufen können… und Felina wollte niemals in seinen Augen sehen, dass er es bereute bei ihr zu sein. Es würde sie zerstören.

Und wie wäre es mit der Suche nach Ursyn? Sie wäre keine große Hilfe, wenn sie an Krücken oder gar an den Rollstuhl gebunden war. Oh, von ihrer Katze ganz zu schweigen, die im Augenblick in ihrem Kopf laut brüllte und fauchte, den Feind bekämpfen wollte, der ihnen so viel Angst machte. Sie verstand noch nicht, dass sie vielleicht nie wieder durch den Wald jagen konnte.

Panisch schrie Felina: „Aleydis!"

„Oh Süße…"

Wolfsgoldene Augen sahen Felina von unten an, wo ihre Schwester vor ihr kniete. Aleydis war sofort zu ihr geeilt und hatte auf Felinas Drängen hin die anderen aus dem Zimmer geschickt. Sie wollte nicht, dass man ihre Tränen sah.

Unwirsch wischte sie über ihre nassen Wangen. Sie hatte noch nie viel geweint, hatte den Monstern in den Laboren so nicht ihre Verletzlichkeit oder Trauer zeigen wollen. Sie hatte sich immer dazu gezwungen stark zu sein. Aber jetzt, hier…

„Warum kann ich nicht aufhören zu weinen?", fragte Felina rau. Sie hatte die Hände in das Bettlaken links und rechts von sich gekrallt. Es kostete sie immens viel Kraft aufrecht zu sitzen, da die Lähmung bei ihren Hüften anfing und nach unten zu ihren Fußsohlen immer schlimmer wurde.

Aleydis hatte sie untersucht, verschiedene Tests bezüglich ihrer Reflexe und der Schmerzempfindlichkeit gemacht. Die Ergebnisse bis hierher waren ernüchternd.

„Weißt du, manchmal sind Tränen kein Ausdruck von Schwäche, sondern ein Zeichen dafür, dass man zu lange stark gewesen ist. Du musst dich nicht schämen."

„Tue ich aber."

Warme Hände legten sich um ihr Gesicht, Ally strich mit dem Daumen ihre Tränen fort.

„Ich weiß das willst du nicht hören, aber es hätte viel schlimmer kommen können. Eigentlich hätte die Lähmung vom Hals abwärts eintreten müssen. Doch sie hat sich nach weiter unten verlagert. Ich schätze, dass das Medikament dort die Nerven angegriffen hat, bevor dein Körper es vollständig neutralisieren konnte."

„Was soll daran bitte gut sein?", fragte Felina sarkastisch.

„Es ist das kleinere Übel", erwiderte Aleydis und strich ihr nochmals über die Wangen. „Außerdem sind unsere Körper anders als die gewöhnlicher Menschen. Die Chancen stehen gut, dass du dich wieder vollständig erholst."

„Wie lange?"

„Ich habe mir die Unterlagen angesehen von der Lähmung, die du erwähnt hast. Damals hattest du einen Splitterbruch nahe der Wirbelsäule und hast zwei Monate nicht gehen können. Auch Ursyns Fall habe ich mir angesehen, bei ihm waren es ganze sechs Monate."

Felina nickte. Ihr Herz schlug hart und schmerzhaft in ihrer Brust.

Und blieb beinah stehen, als ein trauriger Ausdruck in Aleydis' Augen trat. „Beide Verletzungen waren traumatischer Natur, das heißt sie wurden bei einem Unfall oder einem einzelnen Ereignis verursacht. Bei dir durch die Knochensplitter, bei Ursyn durch die Operationsinstrumente. Deine Lähmung jetzt ist eine Schädigung der Nerven ohne sie wirklich zerstört zu haben. Daher kann ich nicht genau sagen wie lange deine Regeneration dauert."

„Es... es könnte also so bleiben?", fragte sie dünn, sah auf ihre Beine hinunter. Sie musste sich auf die Zunge beißen um nicht weitere Tränen zu vergießen.

„Es tut mir leid, ich weiß es nicht."

„Warum nicht?!" Von einer Sekunde auf die andere schwang Felinas Trauer in Wut um. Sie sah ihre Schwester an und keifte: „Du hast doch sonst immer eine Antwort auf jede beschissene Frage, warum dann nicht auch hierfür?! Interessiert es dich nicht genug, weil ich kein Wolf bin wie du und die anderen? Weil ich entbehrlicher bin? Nur das Jüngste aus einem Wurf Missgeburten? Du wärst doch froh, wenn du dir um einen Freak weniger Sorgen machen müsstest!"

„Das reicht!", konterte Aleydis. „Ich war lange genug geduldig mit dir, habe dir solche Beleidigungen durchgehen lassen, aber damit ist jetzt Schluss! Wenn du meinst dir solchen Scheiß einreden zu müssen um dich besser zu fühlen – fein! Mach nur so weiter. Aber eins sage ich dir: Wage es ja nie wieder in Frage zu stellen ob ich dich liebe oder dich für weniger wert erachte als meine anderen Geschwister."

Erschrocken starrte Felina die andere Frau an, sah dem Wolf in ihr direkt in die Augen. Hitze pulsierte in ihrem Inneren, eine Mischung aus Scham und Wut, die ihre Kehle trocken werden ließ.

Die Stimme sanfter, aber mit nicht weniger Intensität fügte Aleydis hinzu: „Ich weiß du hast Angst, die haben wir alle. Aber keiner von uns ist mehr alleine."

„Du… du bist alleine gewesen", murmelte Felina, die Erkenntnis wie ein heißer Blitz in ihren Gedanken. „Du hattest niemanden wie dich."

„Ja", kam es rau von ihrer ältesten Schwester. Ihre Gefangenschaft mochte von weniger Grausamkeit geprägt worden sein, doch es war genauso eine Form von schmerzhafter Isolation gewesen wie bei Felina und den anderen.

Ihre Katze gab ein mitleidiges Raunzen von sich, fühlte den Stress und das Chaos in Felinas menschlicher Seele und flüsterte ihr zu, dass sie bei ihrer Schwester Trost finden würden. Das Tier, das viel direkter und klarer denken konnte als die Frau, half ihr einen Ausweg aus dem Schmerz in ihr zu geben. Wortlos beugte sich Felina nach vorn und legte ihre Arme um Aleydis.

Sofort wurde die Umarmung erwidert, sie wurde eingehüllt in Jasmin, Waldluft und dem schwachen Nachhall der Duftnoten ihrer anderen beiden Geschwister. Zitternd legte Felina ihr noch immer feuchtes Gesicht in Aleydis' Halsbeuge.

„Es tut mir leid."

„Ich weiß mein Schatz." Ein Kuss auf ihre Schläfe. „Lass solche Ausbrüche nur nicht zur Gewohnheit werden."

„Ich versuch's, versprochen."

„Das reicht mir schon."

Mehrere Augenblicke, vielleicht auch mehrere Minuten, verharrten sie so und hielten sich gegenseitig fest. Erst als Felina das Gefühl hatte sich genügend gefangen zu haben, löste sie sich vorsichtig von der schwarzen Timberwölfin.

Sie räusperte sich und fragte: „Wie finden wir heraus ob der Chip wirklich deaktiviert ist?“

„Vincent hat gesagt, dass er Daten senden konnte. Das können wir testen, dafür brauchen wir nur ein Empfangsgerät.“

Felinas Herz stolperte bei dieser Aussage. „Muss das auch von ConPharm kommen?“

„Nein nein, ich denke, da reicht ein ganz gewöhnlicher Empfänger. Sowas bekommt man im Baumarkt.“

„So einfach also…“, murmelte sie und lächelte freudlos.

„Es muss nicht immer kompliziert sein.“

Felina warf ihrer Schwester einen Blick zu, sagte ihr damit stumm, dass das in ihrem Fall nicht zutraf. Nichts in ihrem Leben war jemals einfach gewesen. Nichts war ihr geschenkt worden und selbst jetzt, wo sie ihre Freiheit endlich erlangt hatte, war sie eine Gefangene ihres eigenen Körpers. Eine Last für ihre Familie und für…

„Ich will, dass Vincent geht.“

„Bitte?“ Überrascht blinzelte Aleydis sie an.

Felina schüttelte nur den Kopf und bat: „Kannst du ihn reinschicken?“

Aleydis sah sie forschend an, als versuche sie in ihren Kopf zu sehen und zu verstehen was in ihr vorging. Für den Bruchteil einer Sekunde wollte Felina es ihr erzählen. Sie wollte ihr sagen, dass sie sich davor fürchtete eines Tages von Vincent abgelehnt zu werden, weil ihr Körper sich nicht mehr regenerierte und sie ein Klotz an seinem Bein war.

Sie wollte ihrer Schwester sagen, dass sie ihn lieber jetzt davonschickte, als diesen Tag erleben zu müssen. Dass sie wollte, dass Vincent glücklich war und sich nicht verpflichtet fühlte bei ihr zu bleiben. Er sollte sein Leben ohne diese Last leben können. Er hatte schon genug für sie riskiert.

„Okay“, murmelte sie schließlich. Sie erhob sich, packte ihre Arzttasche zusammen, die sie mitgebracht hatte, und ging zur Tür. Dort warf sie Felina noch einen letzten Blick zu, ganz so als wolle sie fragen, ob sie sich wirklich sicher war.

Stoisch erwiderte Felina ihren Blick, bis Aleydis leise

seufzte und das Zimmer verließ.

Gefühlt nur Sekunden später trat Vincent durch die Tür.

„Und? Was ist?", fragte er besorgt, kniete sich vor das Bett und legte die Hände auf ihre Oberschenkel. Wie durch Watte fühlte Felina seine Berührung und das Herz brach ihr.

„Ally sagt, dass mein Rückenmark weiter unten durch das Medikament geschädigt worden ist. Scheinbar haben sie es nicht ganz so entwickeln können, dass es nur elektrische Verbindungen schädigt. Daher die Taubheit und Lähmung in den Beinen."

Vincent stieß einen Fluch aus, griff nach ihren Händen und sagte eindringlich: „Das wird wieder, ganz sicher. Lycan hat mir erzählt, dass euer anderer Bruder eine Querschnittslähmung überstanden hat."

Felina schüttelte den Kopf und sagte: „Das hier ist etwas anders." Sie begann ihm zu erzählen was Aleydis gesagt hatte. Mit jedem ihrer Worte wurde sein Gesichtsausdruck betroffener, doch er hielt weiter ihre Hände in seinen. Die Geste zerriss sie innerlich.

„Vincent, du solltest gehen. Du solltest nach Hause."

„Nicht nötig", sagte er und rieb mit seinem Daumen über ihren Handrücken. „Die Praxis ist die ganze Woche geschlossen und Evelyn-"

„Nein, du hast mich nicht richtig verstanden", sagte Felina, versuchte ruhig zu atmen. „Du sollst gehen. Nicht nur jetzt, sondern für immer."

„Wie meinst du das?"

„Meine Geschwister und ich sind dir sehr dankbar, wirklich. Was du für uns getan hast können wir dir wahrscheinlich nie zurückzahlen..."

Vincent runzelte die Stirn und betonte: „Ich habe es für *dich* getan."

„... aber du musst jetzt gehen. Geh zurück in dein Leben, zu deiner Praxis. Das hier ist nichts für dich."

„Das kann ich ja wohl selbst entscheiden", erwiderte er sichtlich ungehalten.

„Bitte, du solltest gehen“, versuchte Felina es erneut. Warum nur war er so stur? Weil er glaubte sie zu lieben? Er hatte ja keine Ahnung was das für ihn bedeutete. Es war ja nicht nur ihre Lähmung, die vielleicht nie verschwinden würde. Es war die Tatsache, dass sie kein ganzer Mensch war. Mit ihr war ein normales Leben schlicht unmöglich.

„Ich lass dich nicht im Stich“, konterte Vincent. „Es ist mir egal, dass du-“

„Geh endlich!“, schrie sie und entriss ihm ihre Hände. Ihre Muskeln zitterten vor Anspannung. „Du brauchst nicht länger den Retter in der Not für das verletzte Kätzchen zu spielen! Niemand wird es schaffen, dass ich wieder gehen kann, also verschwinde!“

Vincent wich zurück, als hätte sie ihn geschlagen. Worte konnten ebenso wehtun wie physische Gewalt, das wusste Felina.

Seine Stimme klang unsicher, als er fragte: „Ist es das, was du willst?“

„Ja, verdammt. *Geh endlich!*“, presste Felina zwischen zusammengebissenen Zähnen hervor.

„Ich gehe“, sagte Vincent ruhig, doch in seinen dunklen Augen tobte es. „Aber nur, wenn du mir noch eine Frage beantwortest.“

„Welche?“

„Liebst du mich?“

Unwillkürlich wich Felina ein Stück von ihm zurück.

Ihn lieben?

Wie könnte sie nicht?

Tausend Gründe drängten sich in ihre Gedanken. Überfluteten ihren Geist mit Erinnerungen, dem Nachhall seiner Berührungen und der Worte, die er zu ihr gesagt hatte. Jedes einzelne Stückchen davon legte sich auf ihre Seele und machte es schwerer und schwerer ihn anzulügen.

Paradoxerweise machten diese Dinge es ihr gleichzeitig leichter das zu sagen, was er hören musste, um sich von ihr zu lösen.

„Nein, ich liebe dich nicht.“

Kapitel 42

Mit einem Kloß im Hals, der ihr regelrecht Übelkeit bereitete, beobachtete Aleydis, wie Vincent in sein Auto stieg und vom Hof fuhr.

„Was war denn das gerade?“, fragte Canys verwirrt. Sie alle, einschließlich Rafael, hatten den Streit von Felina und Vincent mitbekommen. Wahrscheinlich hätte das auch ein Schwerhöriger. Nur die genauen Worte hatte Aleydis' Wolfsgehör nicht verstehen können.

„Ich habe keine Ahnung“, murmelte sie.

Was aber auch immer vorgefallen war, es hatte dazu geführt, dass sich Vincent mit bleichem Gesichtsausdruck und steifem Rücken verabschiedet hatte und nun auf dem Weg nach Browning war. Aleydis hatte so das Gefühl, dass er so schnell nicht widerkommen würde.

Die ohnehin düstere Stimmung im Wohnzimmer wurde noch drückender. Die Wölfin in ihrem Kopf, ohnehin aufgewühlt durch den Schmerz ihrer Schwester, sträubte das Nackenfell und knurrte bedrohlich. Sie mussten etwas tun um ihre Familie zu schützen.

Nur war das nicht so einfach.

Rafael trat neben sie, hüllte sie mit Zedernholz und Kardamom ein und linderte damit etwas von ihrem innerlichen Stress. Aleydis schmiegte sich an ihn, eine Hand auf seiner Brust direkt über seinem Herzen.

Er gab ihr einen Kuss auf den Scheitel und sagte: „Ich gehe in den Keller, dort müsste ich noch von früher ein Paar Krücken haben.“

„Wird das denn reichen?“, kam es von Nim, die mit deutlich angespannter Mimik an Lycan lehnte. Auch er sah alles andere als entspannt oder zufrieden aus. In seinen Augen zeigte sich das Eisblau seines Polarwolfes.

„Ihre Beine sind nicht vollständig gelähmt, daher denke

ich müsste sie mit Krücken ganz gut zurechtkommen." Aleydis drehte sich vom Fenster weg und sah ihre Familie an. „Ich habe die Hoffnung, dass es ihre Muskeln und Nerven zur Heilung stimuliert, wenn sie sich viel bewegt."

„Aber es gibt keine Garantie", sagte Canys. „Oder?"

Die Worte drohten Aleydis im Hals stecken zu bleiben, doch sie wollte nicht lügen. „Nein, keine Garantie."

„Ich werde nach ihr sehen", verkündete Lycan und stand auf. Canys folgte ihm, Rafael verschwand in den Keller und so waren Aleydis und Nim die einzig Verbleibenden im Wohnzimmer.

Müde, so unendlich und bis auf die Knochen müde, ließ sich Aleydis neben die Gefährtin ihres Bruders auf das Sofa sinken. Zarte Finger griffen nach ihrem Handgelenk, verflochten sich mit ihren. Holunder, Zitrus und der schwache Nachhall von Wacholder erfüllten Aleydis' Nase. Seufzend bettete sie ihren Kopf auf Nims Schulter.

„Früher habe ich mich nach mehr Aufregung gesehnt", begann sie leise zu erzählen. „Mir war im Wald oft so unglaublich langweilig. Immer nur Forschungsarbeit, Testreihen, Versuche. Ich durfte nur sehr selten einen Ausflug in die Wälder machen."

Aleydis atmete tief durch und schüttelte wie über sich selbst den Kopf. „Ich will nicht sagen, dass ich mein Leben von heute gegen das von damals eintauschen würde, selbst wenn das bedeutete meine Eltern widerzuhaben, aber doch sehne ich mich ein wenig nach der Ereignislosigkeit von früher zurück. Ist das verrückt?"

„Nein", kam es sofort von Nim. „Das ist vollkommen normal. Jeder möchte ab und zu etwas Abenteuerliches erleben, sogar ich Stubenhockerin, aber es gibt einen gewaltigen Unterschied zwischen ein wenig Aufregung und solch einem Drama."

„Es ist wirklich ein Drama."

„Ja, leider." Nim atmete tief ein, die Bewegung übertrug sich auf Aleydis.

„Weißt du, was mir am meisten Sorgen bereitet?"

„Was denn?“

Aleydis drehte den Kopf, so dass sie in Nims blaue Augen sehen konnte. Rafael kramte noch immer im Keller, Lycan und Canys hatten die Türe zu Felinas Zimmer geschlossen. Niemand würde sie hören können.

„Scott Hewlett“, gestand Aleydis. „Je länger ich darüber nachdenke, desto eher passt meine Theorie, dass er uns dauerhaft beobachtet und dann erst zuschlägt, wenn wir Ursyn gefunden haben.“

„Das würde zu ihm passen“, erwiderte Nim, die Pupillen groß vor Schreck und auch in ihre Witterung hatte sich die scharfe Note der Angst geschlichen. Aleydis‘ Wölfin, die den Söldner mit heißer Inbrunst hasste, knurrte so laut in ihrem Kopf, dass es Aleydis wunderte warum Nim es nicht auch hörte.

Doch die Programmiererin fragte nur: „Was sollen wir dagegen tun?“

„Ich würde sagen ihn umbringen, aber so einfach wird das nicht sein. Viele werden es schon versucht haben, aber dieser Soziopath ist viel zu gerissen um sich ausschalten zu lassen.“

„Jeder hat eine Schwachstelle. Wenn wir die finden, dann können wir ihn zu allem zwingen.“

Überrascht blinzelte Aleydis, die Wölfin in ihrem Kopf stellte interessiert die Ohren auf. „Nim, diese Seite kenne ich ja gar nicht von dir.“

„Ich bin die Tochter meiner Mutter und die Nichte von Beth“, sagte sie und lächelte schief. „Irgendwo in mir gibt es auch dieses Bärenmutter-Gen.“

Gegen ihren Willen musste Aleydis lachen. Es war ein befreiendes Gefühl solch eine Unterhaltung zu führen. Zumal mit Hinblick auf ihren noch fehlenden Bruder, der im wahrsten Sinne des Wortes Bärengene in sich hatte.

Nichtsdestotrotz hatte Nim mit ihrer Aussage recht. Jeder hatte eine Schwachstelle, selbst ein Mann wie Scott Hewlett. Man musste sie nur finden und einsetzen können. Ein weiterer Punkt also auf ihrer aller To-Do-Liste.

Als gäbe es davon nicht schon genug…

Kapitel 43

Zwei Tage später

Vollkommen erschöpft ließ sich Felina in die Badewanne sinken. Ihre Muskeln in Armen und Schultern brannten wie die Hölle selbst, aber auch ihr restlicher Körper fühlte sich grauenhaft an. Das Laufen an den Krücken war mühselig, anstrengend und ungewohnt. Sie hatte aufgehört zu zählen wie oft sie auf den Hintern oder die Knie gefallen war, weil sie das Gleichgewicht verloren hatte.

Einen Rollstuhl zu benutzen, so wie Rafael es ihr empfohlen hatte, kam jedoch nicht in Frage. Nein, sie würde es schon irgendwann lernen und bis dahin musste sie mit den blauen Flecken leben. Sie kannte den Anblick, er war fast schon vertraut.

Außerdem würde sie wieder laufen können. Ganz sicher irgendwann.

Sie hatte sich am Tag nach der Infusion fünfzehn Mal verwandelt. Jedes Mal hatte sie darum gebetet, darauf gehofft, dass sich die Lähmung nach der Wandlung verbessern würde oder sogar ganz verschwand. Ihr war schwindlig geworden, sie hatte sich zweimal fast übergeben, das Blut hatte in ihren Ohren gerauscht und sie hatte einen metallischen Geschmack auf der Zunge gehabt - doch ihre Beine oder Hinterläufe waren immer noch wie nutzloses Gemüse an ihrem Körper gehangen.

Felina hätte sich auch ein sechzehntes, zwanzigstes oder fünfzigstes Mal verwandelt, wenn Aleydis ihr nicht auf die Schliche gekommen wäre. Entsetzt und wütend hatte sie Felina gefragt, ob sie eigentlich noch ganz bei Trost war.

Felina hatte sie darüber informiert, dass sie versuchte sich selbst zu heilen, doch ihre Schwester war nur noch ungehaltener geworden. Wortlos war sie gegangen, kurz darauf mit einem Spiegel zurückgekommen und hatte ihn Felina vors Gesicht gehalten.

Sie war zu Tode erschrocken, als sie ihr Gesicht gesehen hatte: Bleich, die Wangen hohl und die Augen ganz eingefallen, mit dunklen Ringen darunter.

„Du wirst dich nicht mehr verwandeln, sondern sofort mit in die Küche kommen und essen. Viel essen."

Felina wäre trotz Aleydis' Hilfe beinah die Treppe hinuntergefallen, so schnell war sie ins Erdgeschoss gegangen. Als Canys sie gesehen hatte, die am Esszimmertisch mit ihrem Tablet gelernt hatte, war dieser ein Schrei entwichen und sie hatte ihr sofort ein Glas Erdnussbutter samt Löffel in die Hand gedrückt.

Ja, im Nachhinein war diese Aktion ziemlich nach hinten losgegangen. Noch schlimmer, sie war nutzlos gewesen.

Der einzige Lichtblick war gewesen, dass das Medikament den Chip erfolgreich deaktiviert hatte. Sie hatte noch am Esstisch gesessen und hatte eine große Schale Porridge vertilgt, da war Rafael mit dem Empfangsgerät erschienen. Sie hatten es sofort getestet und die Erleichterung, dass sie das Ding ausgeschaltet hatten, hatte Felinas Magen flattern lassen.

Den restlichen Tag hatte Felina damit zugebracht die Unterlagen über das Implantat zu lesen, genauso wie die anderen Berichte, die sich mit Subjekt 4 beschäftigten. Es war… eigenartig so nüchtern und knapp über die Ereignisse zu lesen, die für sie wie Stunden im Fegefeuer gewesen waren.

Canys und Lycan, die ihr Gesellschaft geleistet hatten, hatten ihr dieses Gefühl bestätigt.

Abends, vollkommen erschöpft und müde bis in die Knochen, war Felina in einen traumlosen Schlaf gefallen. Dafür war sie sehr dankbar gewesen, denn sie hatte halb befürchtet im Traum nicht länger das Gesicht des Mannes verdrängen zu können, an den sie den Tag über versucht hatte nicht zu denken. Was ihr schwer fiel, da auch ihre innere Katze noch immer schmollte und sie unentwegt anfauchte, warum sie ihn fortgejagt hatte.

Am darauffolgenden Tag hatten sie wieder auf Zoes Kinder aufgepasst. Jedoch nicht in Rafaels Haus, sondern bei Nim, da drei Handwerker sich um das Badezimmer gekümmert hatten und niemand von ihnen den Nerv gehabt hatte mit diesen Fremden im Haus den Tag zu verbringen.

Zudem hatten Aleydis und Rafael in der Firma arbeiten müssen, so dass Lycan, Canys und Felina mit den drei Kindern in Nims Garten den sonnigen Herbsttag verbracht hatten, während Nim drinnen ebenfalls gearbeitet hatte.

Felina hatte sich sehr über die Ablenkung gefreut. Alles, was sie die düsteren Gedanken in ihrem Kopf vergessen ließ, war willkommen. Und Zoes Kinder waren eine perfekte Ablenkung. Vor allem Liv hatte sich sehr um Felina bemüht gehabt, während ihre Geschwister mit Felinas Geschwistern im Garten Ball gespielt hatten.

„Deine Beine werden bestimmt wieder heile", hatte das Mädchen gesagt. Dann hatte sie sich vorgebeugt und einen lauten Kuss auf Felinas Knie platziert. „Meine Mama sagt, dass das immer hilft."

„Da hat sie sicher recht", hatte Felina gemurmelt, ehe sie einen Arm um Liv gelegt hatte. Das Mädchen hatte sich zufrieden an sie geschmiegt und mit ihr zusammen das Spiel ihrer gemeinsamen Geschwister beobachtet.

Wie schön musste es sein, so viel Vertrauen und Unschuld in sich zu haben, dass man glaubte mit einem Kuss und ein bisschen Zeit würden alle Wunden heilen. Vielleicht wären Felina und die anderen auch so gewesen, so unbedarft, wenn sie eine andere Kindheit gehabt hätten.

Unwillkürlich hatte Felina das Mädchen näher zu sich gezogen, ihre Katze hatte in ihrem Kopf gefaucht bei der Vorstellung, dass diesen süßen Wesen je auch nur etwas annähernd Grausames widerfuhr.

Gegen Abend, als auch schon die Handwerker fertig gewesen waren und sie zurück zu ihrem eigenen Zuhause hatten gehen können, war Zoe von ihrem auswärtigen Termin zurückgekehrt und sie hatten zusammen zu Abend gegessen. Die warme und herzliche Atmosphäre hatte etwas von dem

Schmerz gelindert, den Felina über den teilweisen Verlust ihrer Gehfähigkeit litt.

Mit einem Seufzen tauchte Felina in das warme Wasser und blieb so lange dort, bis ihre Lungen brannten. Erst dann kam sie zurück an die Oberfläche und begann sich die Haare zu waschen. Sie schäumte sie ein, spülte sie gründlich aus und gab etwas von der leicht nach Nüssen duftenden Lotion hinein, die die Strähnen ganz weich machten. Sie hatte eine Schwäche dafür entwickelt, denn sie liebte das Gefühl der seidigen Haare auf ihren Schultern oder wenn sie hindurchfuhr. Ihr Puma war ebenso eitel und seufzte zufrieden in ihrem Kopf.

Es klopfte an der Tür und Canys' Stimme fragte: „Darf ich reinkommen?"

„Ja."

Sofort schob sich die schmale Gestalt ihrer Schwester herein. Sie sah sich in dem mit Dampf gefüllten Raum um, während sie näherkam. Ein Lächeln lag auf ihrem schönen Gesicht.

„Heißt es nicht immer, dass Katzen kein Wasser mögen?"

„Und dass Hunde ihrem eigenen Schwanz nachjagen?", konterte Felina sofort.

Canys lachte. „Jetzt wirst du aber gemein."

Felina lächelte vor sich hin, beobachtete wie ihre Schwester sich auf den Badvorleger vor der Wanne setzte und den Kopf auf dem Rand abstützte. Ihre flaschengrünen Augen sahen sie amüsiert an, doch Felina kannte ihre Schwester gut genug, um die versteckten Schatten darin zu sehen.

„Du hattest Angst ich könnte mich ertränken?"

„Nein!", erwiderte sie erschrocken, wich sogar ein Stück von ihr zurück.

„Aber…?", bohrte Felina weiter. Sie wusste, dass mehr dahintersteckte und sie sollte recht behalten.

„Sehen, ob du vielleicht Hilfe brauchst." Canys' Blick huschte zu Felinas Beinen, die man in dem milchigen Wasser nicht sehen konnte. Dennoch waren sie da, fast taub und fast genauso nutzlos.

Erst wollte Felina sich wehren, sagen sie würde es alleine schaffen. Würde sie sicher auch, doch mit welcher Mühe und wie lange sie dafür brauchte stand auf einem anderen Blatt. Trotzdem wollte ihr Stolz sie dazu zwingen Canys wegzuschicken.

Doch Felina tat es nicht. Aus dem einfachen Grund, dass ihre Schwester es brauchte gebraucht zu werden. Sie wollte sich um Felina kümmern, genauso wie Lycan und Aleydis und Rafael und Nim. Und wie…

Nein, dachte Felina und schob die Erinnerungen an den Mann von sich, die sich machtvoll in ihre Gedanken hatten drängen wollen. So wie mehrere dutzend Male in den letzten beiden Tagen.

Also zwang sie sich zu einem Lächeln und sagte: „Lass mich kurz meine Haare ausspülen, dann könnte ich tatsächlich deine Hilfe beim Aussteigen gebrauchen."

Ein kurzes goldenes Aufleuchten in den Augen der anderen, ehe sie nickte. Felina tauchte unter, kämmte sich mehrmals durch die Haare und kam wieder an die Oberfläche. Canys ließ das Wasser ablaufen und als es fast vollständig fort war wickelte sie Felinas Oberkörper in ein großes Handtuch. Gemeinsam schafften sie es Felina aus der Wanne zu befördern, auf den geschlossenen Toilettendeckel, wo sie sich komplett abtrocknen konnte.

Anschließend schlüpfte sie in ihren Schlafanzug und lief, auf einer Seite mit einer Krücke und auf der anderen von Canys gestützt, in ihr Zimmer. Sie schätzte, dass Aleydis sicher mit gespitzten Ohren irgendwo im Haus saß und lauschte, ob sie weitere Hilfe brauchen würde. Lycan, der in dieser Nacht bei Nim war, hätte es sicher genauso gemacht.

„Danke, du bist ein Schatz", murmelte Felina, als sie sich auf das Bett fallen ließ. Sie hatten kein Licht gemacht, da sie beide es nicht benötigten und von draußen genügend Sternenlicht in das Zimmer fiel. Dennoch war es für Felina nicht einfach den Gesichtsausdruck ihrer Schwester zu deuten. Aber ihre restliche Körpersprache ließ keinen Zweifel zu.

„Willst du dich zu mir legen?", fragte sie. Sofort nickte

Canys, Felina rutschte umständlich zur Seite und sie legten sich mehrere Kissen in den Rücken, so dass sie sich bequem gegen die Wand lehnen konnten. Der warme Karamellgeruch der anderen beruhigte sowohl Frau als auch Puma.

Felina begann ihr noch feuchtes Haar zu flechten und wartete darauf, das Canys mit dem rausrückte was ihr auf dem Herzen lag. Sie hätte mit allem gerechnet, die Liste ihrer potentiellen Sorgen waren fast endlos, doch mit was ihre ältere Schwester schließlich um die Ecke kam machte Felina sprachlos.

„Warum hast du Vincent fortgeschickt?"

Sie ließ ihre Hände auf ihren Bauch sinken, der Zopf nur halb geflochten auf ihrer Schulter. Sie spürte wie der Puma an die Oberfläche kam, ihr seine viel bessere Nachtsicht lieh, damit sie das Gesicht der anderen genau erkennen konnte.

Canys hatte die Augenbrauen zusammengezogen, während sie starr auf den Saum ihres Shirts blickte, den sie zwischen den Fingern hin und her drehte.

„Warum willst du das wissen?"

„Es interessiert mich eben", erwiderte sie ohne aufzusehen. Doch dann seufzte sie unvermittelt tief auf, ließ die Hände sinken und sah Felina an. Auch in ihren Augen war eine reflektierende Schicht zu erkennen, ein Indiz dafür, dass die Wölfin in ihr dicht unter der Oberfläche saß.

„Ich weiß, wie wichtig dir Privatsphäre ist. Wir alle wissen das und deswegen ist es mir so unangenehm mich in deine einzumischen."

„Hey, du mischt dich nicht ein", sagte Felina und griff nach der Hand ihrer Schwester. „Egal was du jetzt sagen willst, es ist etwas anderes. Du bist Familie, du willst mich nicht ausspionieren und mir schaden."

Canys Finger schlossen sich fester um ihre, ihre Stimme war rau als sie murmelte: „Niemals."

„Das weiß ich doch." Sie atmete tief durch, zwang sich das in Worte zu fassen, was ihr ihre Katze noch immer übelnahm. Das Tier verstand es nicht und Felina befürchtete, dass sie es ihm nie vollständig würde erklären können. Ihre Kommunikation war auf Bilder, Emotionen und Sinneswahrnehmungen aufgebaut. Keine Worte, was es fast unmöglich machte abstrakte Inhalte zu vermitteln.

„Ich habe… Vincent fortgeschickt, weil ich ihn nicht hier haben will." Felina leckte sich über die Lippen, ihr Herz pochte ihr bis zum Hals. „Ich will nicht, dass er mich so sieht: Als verkrüppelte Frau, die sich vielleicht nie wieder erholen wird. Ich kann ihn nicht in meiner Nähe haben, wenn ich so schwach bin. Wenn ich nur ein Klotz an seinem Bein wäre. Ich… ich habe Angst, dass er das eines Tages erkennt und ich Ablehnung in seinem Blick sehe."

Ihre leise gesprochenen Worte verklangen im dunklen Zimmer. Die anschließende Stille brannte auf Felinas Haut. Ihre Katze brummte unzufrieden in ihr, hielt sie für verrückt. Sie wollte zu Vincent laufen – dumm nur, dass weder Frau noch Puma das konnten.

Canys neben ihr seufzte und rieb sich über die Stirn. „Ich kann nicht glauben, dass ich dieses Gespräch auch mit dir führen muss."

„Warum ‚auch'?", fragte Felina und blinzelte irritiert.

„Weil es bei Lycan ähnlich war." Man hörte das Lächeln in der Stimme der andere, als sie hinzufügte: „Ihr könnt beide so furchtbar stur sein."

„Vergiss Ally nicht."

„Nein, aber sie ist um einiges rationaler. Du und unser Wolfsbruder seid hitzköpfig und unvernünftig."

Felina lachte sarkastisch auf und forderte: „Nur keine Scheu, sprich aus was du denkst."

„Ich liebe euch beide abgöttisch, das weißt du. Genau aus diesem Grund schaue ich mir nicht an wie ihr euch selbst unglücklich macht."

„Ich liebe dich auch", sagte Felina, zog sich ein Stück nach oben und legte die Arme um ihre Schwester. „Und ich liebe dein neues Selbstbewusstsein, auch wenn es mir im Moment auf die Nerven geht."

„Lenk jetzt nicht vom Thema ab", verlangte Canys, gab ihr

einen Kuss auf die Stirn und löste sich von ihr. Die Beine im Schneidersitz verschränkt, setzte sie sich so, dass sie Felina direkt ansehen konnte. Goldgelb leuchteten ihre Augen in ihrem dunklen Gesicht. „Du denkst, dass Vincent aufhört dich zu lieben, nur weil du nicht mehr richtig gehen kannst."

Unschlüssig, was sie darauf erwidern sollte, nickte Felina. Der Gedanke war sogar noch schlimmer als die Furcht, dass ConPharm sie doch noch aufspüren würde. Wenn das passierte, dann wusste Felina was sie tun würde. Ganz im Gegensatz dazu, wie sie mit der Ablehnung oder vielleicht sogar dem Hass des Mannes umgehen sollte, dem beide Teile ihrer Seele verfallen waren.

„Hältst du ihn denn wirklich für so oberflächlich? Immerhin hat er darüber hinweggesehen, dass du ein illegales Genexperiment bist und dich in eine Großkatze verwandeln kannst." Felina wollte etwas erwidern, doch Canys sprach einfach weiter: „Er hat dir das Leben gerettet, gleich mehrmals und ist für dich ein unvorstellbares Risiko eingegangen, als er ConPharm bestohlen und sich Scott Hewlett in den Weg gestellt hat. Denkst du ernsthaft, er würde wegen einem Paar Krücken einen Rückzieher machen?"

„Die Möglichkeit besteht", sagte Felina rau, der Kloß in ihrem Hals raubte ihr die Stimme.

„Das ist doch Unsinn", verkündete ihre Schwester ungehalten, das Leuchten in ihren Augen war heller geworden. „Du hast einfach Angst, mehr nicht. Du liebst ihn so sehr und das macht dir Angst."

„Ja", gestand Felina. In der Dunkelheit ihres Zimmers und gegenüber ihrer Schwester konnte sie es zugeben. Sie schloss die Augen und erlaubte sich all das zu fühlen, was sie seit zwei Tagen versuchte zu verdrängen: Die Liebe, die Sehnsucht, den Trennungsschmerz, die Angst und die vage Hoffnung. „Ist es nicht erstaunlich wie eine Person, die einmal ein Fremder war, plötzlich und ohne Vorwarnung die Welt für dich bedeuten kann?"

„Eigentlich nicht." Canys nahm ihre Hände, hielt sie fest in ihren. „Du musst es ihm sagen."

„Ich kann nicht. Ich… ich habe ihn angelogen und gesagt, dass ich ihn nicht lieben würde. Sicher hasst er mich mittlerweile."

„Ganz sicher nicht. Lass ihn uns anrufen." Ihre Schwester wollte schon vom Bett steigen, doch Felina umklammerte ihr Handgelenk und hielt sie zurück.

„Nein!" Panik machte sich in ihrer Brust breit. „Nein, bitte nicht. Ich kann nicht."

„Willst du ihn nicht wiedersehen??"

„Doch, aber… ich kann einfach noch nicht. Ich habe zu große Angst."

„Weißt du", sagte die Timberwölfin und lächelte dabei wehmütig, „wenn dir etwas solche Angst macht, dann ist es ein Zeichen dafür, dass du genau das tun musst um glücklich zu werden."

Felina atmete hörbar aus, frustriert und unschlüssig, wie sie es ihrer Schwester begreiflich machen sollte. „Ich brauche noch Zeit, hörst du? Vielleicht regenerieren sich meine Nerven schneller als gedacht, vielleicht kann ich nächste Woche wieder laufen."

„Und wenn es erst nächsten Monat oder nächstes Jahr ist?"

„Ich brauche Zeit", wiederholte sie nur, sah Canys eindringlich an und bat sie stumm um Verständnis. Und weil sie ihre Schwester war, die sie seit ihrer Geburt kannte, verstand sie die stille Botschaft.

„Okay", murmelte sie, kam zurück auf die Matratze und streckte sich neben ihr aus. Erleichterung machte sich in Felina breit. Sie schmiegte sich an ihre ältere Schwester, der Puma in ihrer Seele schnurrte zufrieden. Ihr entwicht ein Gähnen und sie fühlte, wie sie sich langsam entspannte.

Mit einem Lächeln sagte sie: „Ich freue mich schon auf die Unterhaltung, wenn du dich einmal verliebst."

„Ich weiß nicht…", murmelte Canys, wandte den Blick ab - doch Felina hatte sie gesehen: Die Unsicherheit.

Obwohl sie selbst im Augenblick genug am Hals hatte, ihr Körper beschädigt war und sich ihr Herz anfühlte als wäre es tatsächlich gebrochen, würde sie doch niemals ihre Schwester leiden lassen.

„Hey, was ist los?“

„Nichts.“

Sie runzelte die Stirn und sagte: „Jetzt lügst du.“

Canys zuckte mit den Schultern, strich sich durch die Haare, sah sich um Raum um. Alles kleine, verräterische Gesten. Felina setzte sich auf und wartete geduldig. Ihre Katze wusste, dass man manchmal nur abwarten musste, um zu bekommen was man wollte. In diesem Fall war es kein Kaninchen, sondern dass ihre Schwester sich dazu überwand ihr zu sagen was sie beschäftigte.

Und es sollte sich auszahlen.

„Ich weiß nicht genau“, kam es von Canys, die Worte verließen ihren Mund als unzufriedenes Schnauben. „Ich sehe Ally und Rafael, Lycan und Nim, Beth und Mike… und ich weiß nicht, ob es das für mich auch geben kann. Mir geht es zwar schon besser und ich bin nicht mehr den ganzen Tag panisch, aber ich weiß nicht, ob ich mich je einem anderen Menschen so öffnen kann. Ob ich es schaffe diese Verletzlichkeit zuzulassen, ohne daran zu zerbrechen. In den Laboren hätte ich mich selbst beinah verloren, noch etwas länger und es wäre nichts mehr von mir übriggeblieben. Weißt du, was ich meine?“

„Ja“, antwortete Felina rau. „Ich weiß genau, was du meinst.“

„Ich befürchte, dass ich niemanden außer meiner Familie so nah an mich heranlassen kann. Meine Psyche würde es schlicht nicht verkraften dieses Risiko einzugehen und dann vielleicht verraten zu werden.“

Felina nickte nur, hatte die Kiefer fest aufeinandergepresst.

Keiner von ihnen musste aussprechen, dass Felina nach dem Vorfall mit Jackson wohl die härtesten Vertrauensprobleme gehabt hatte. Dennoch hatte sie einen anderen Charakter als ihre Schwester. Canys war sanft, fürsorglich, vorsichtig. Sie würde wohl genau so jemanden brauchen, um sich sicher genug zu fühlen.

Denn dass sie sich eine Beziehung wünschte, stand außer Frage. Felina hoffte inständig, dass sie jemanden finden würde, der ihr all die Sicherheit gab, die sie brauchte, um auch noch die letzten Schatten ihrer Vergangenheit hinter sich zu lassen.

Ihr eine Geborgenheit schenkte, wie sie Felina in Vincents Armen gefunden hatte. Wie sehr sie sich nach ihm sehnte… aber es war so, wie sie ihrer Schwester gesagt hatte. Sie brauchte Zeit. Sie wollte gesund sein und keine Belastung für Vincent. Seine Zurückweisung, das Bedauern in seinem Blick, das würde sie tiefer verletzen als alle Foltermeister von ConPharm es je getan hatten.

Sie konnte nur hoffen, dass die Lähmungen schnell verschwanden.

Kapitel 44

Mit einem lauten Knall landete ein Stapel Akten vor Vincent auf dem Tisch, so dass er zurückzuckte.

„Scheiße Evelyn, was sollte das?"

„Ich wollte sehen, ob das wie mit einem Schluckauf ist."

Irritiert starrte Vincent seine Assistentin an, die mit verschränkten Armen und bösem Blick vor seinem Schreibtisch stand.

„Bist du übergeschnappt? Welcher Schluckauf?"

„Wenn man jemanden erschrickt, dann hört der Schluckauf doch auf. Ich wollte herausfinden, ob deine unterirdische Laune mit derselben Methode vielleicht auch endlich verschwindet."

Vincent biss die Zähne zusammen und brummte: „Ich bin nicht schlecht gelaunt."

„Nein, natürlich nicht", giftete Evelyn und zog eine Augenbraue hoch. „Du bist das sprühende Leben. Verteilst Heiterkeit und Frohsinn seit einer Woche. Seit du von deinem ominösen Urlaub zurück bist, von dem du mir nichts erzählen willst."

Mit einem Schnauben ließ Vincent den Stift fallen und lehnte sich auf seinem Stuhl zurück. Es tat ihm leid, dass Evelyn unter seiner Laune zu leiden hatte, schließlich konnte sie am wenigsten dafür, doch gleichzeitig konnte Vincent es nicht ändern. Es war fast so, als würden in ihm Gift und Galle gären, die er jedes Mal von sich geben musste, wenn er den Mund öffnete.

Es war schon anstrengend genug sich den Kunden gegenüber neutral zu verhalten, obwohl die auch schon etwas bemerkt hatten. Vor allem Ms Richfield mit ihrem verdammten depressiven Dackel. Langsam jedoch konnte Vincent verstehen, wie sich das arme Tier fühlte. Er selbst wollte auch nicht essen, nicht rausgehen, nichts unternehmen und sich am liebsten nur in einem dunklen Zimmer verkriechen.

„Es tut mir leid Evelyn“, murmelte er und massierte sich die Nasenwurzel. Derzeit bekam er ständig Kopfschmerzen.

„Deine Entschuldigung kannst du dir sparen - ich will wissen was passiert ist.“

„Nichts.“

„Jetzt lüg mich nicht an“, konterte sie. „Ich habe eine Tochter im Teenageralter, ich kann weit bessere Lügen fünf Meilen gegen den Wind riechen. Irgendwas ist doch passiert. So kenn ich dich gar nicht.“

Ich mich auch nicht, dachte Vincent. Er konnte ihr schlecht erzählen, dass er alles stehen und liegen gelassen hatte um für eine Frau in ein Hochsicherheitslabor einzubrechen, dort seinen alten Freund belogen hatte, etwas gestohlen und dann noch mit einem Serienmörder gesprochen hatte. Alles nur für diese eine Frau, die er so sehr liebte, dass es ihm fast die Luft zum Atmen nahm.

Diese eine Frau, die ihn als Mittel zum Zweck benutzt und anschließend fortgejagt hatte. Die sich seit sieben Tagen nicht meldete. Vincent war wütend auf sie und wütend auf sich selbst, dass er dennoch die ganze Zeit das Verlangen niederringen musste zum Hörer zu greifen oder gar ins Auto zu steigen, um wieder nach St. Mary zu fahren und herauszufinden ob es ihr gut ging.

Aber Felina wollte es nicht, hatte ihn aus ihrem Leben geworfen. Der Verlust brachte ihn beinah um.

„Sagen wir einfach, es ist nicht alles nach Plan gelaufen, in Ordnung?“ Er sah seine Mitarbeiterin bittend an, konnte noch nicht darüber reden. Vielleicht auch nie. Er müsste zu viele Geheimnisse der Moore-Geschwister verraten, um es Evelyn begreiflich zu machen. Und das würde er niemals tun, denn es würde Felina und die anderen möglicherweise in Gefahr bringen.

„Na gut“, seufzte Evelyn und Vincent dachte schon, er hätte die neuerliche Inquisition überstanden, doch dann folgte die Frage: „Warst du bei deinen Eltern zu Besuch?“

„Nein, wir sehen uns erst wieder an Thanksgiving.“

„Dann warst du in Chicago?"

„Was? Warum denn das?", fragte er irritiert.

Evelyn zuckte mit den Schultern und sagte: „Na wegen Laura. Ich dachte, dass du ihr vielleicht hinterher gefahren wärst um sie zurückzuholen."

Vincent zog die Brauen zusammen und schüttelte den Kopf. „Nein."

Er wollte Laura nicht zurück. Was er wollte, war eine sture, undankbare, einzigartige und faszinierende Frau kaum eine Fahrtstunde von hier entfernt und doch unerreichbar für ihn.

„Dachte ich mir doch."

„Warum hast du dann gefragt?", wollte er wissen, nicht in der Lage ein schiefes Lächeln zu unterdrücken.

„Hätte ja trotzdem sein können", sagte Evelyn und zuckte mit den Schultern. „Ihr Männer habt oft so seltsame Gedankengänge."

„Ich würde das Gleiche auch über Frauen sagen, aber ich habe Angst vor rostigen Nägeln in meinem Sandwich."

Evelyn hob nur die Augenbrauen, ehe sie grinste und sein Büro verließ. Das kleine Geplänkel, so scherzhaft und vertraut, hatte ihm tatsächlich gutgetan. Nicht, dass er nicht noch immer in diesem als depressiv zu bezeichnenden Loch saß, weil die Frau, die er liebte, sich keinen Deut für ihn interessierte, doch es war eine Atempause gewesen.

Und eine Erinnerung daran, dass er nicht sein Elend auf alle anderen um ihn herum abwälzen konnte.

Seufzend nahm sich Vincent die Akten, die Evelyn ihm gegeben hatte, und begann sie durchzuarbeiten. Der nächste Termin würde erst in zwanzig Minuten auftauchen, da wollte er einen Teil der Büroarbeit hinter sich gebracht haben.

Aber es dauerte keine Minute, da öffnete sich die Tür erneut und Evelyn streckte nochmals den Kopf herein.

„Vince?"

„Was denn?", fragte er müde. Es war erst kurz vor halb elf, aber er fühlte sich dennoch unendlich erschöpft. Nicht nur, weil er seit Tagen kaum noch ein Auge zu tun konnte.

„Ich habe jemanden für dich am Telefon."

„Welcher Patient?"

„Keiner", sagte sie mit einem Lächeln, schloss die Tür und kurz darauf klingelte sein Apparat. Irritiert griff er nach dem Hörer, räusperte sich und nahm ab.

„Tierarztpraxis Osborn, Sie sprechen mit Dr. Osborn, was kann ich für Sie tun?"

„Hallo Vincent", sagte eine bekannte Stimme, die ihm ein Prickeln den Rücken hinunterschickte.

Kapitel 45

„Ich denke, so müsste es gehen“, sagte Aleydis, wischte sich einige verirrte dunkle Strähnen aus der Stirn und betrachtete das Wohnzimmer. Es war fast nicht wiederzuerkennen: Sie hatten den Raum teilweise ausgeräumt, alle anderen Möbel an die Seiten geschoben und zusätzlich zum Esstisch und den Stühlen aus der Küche noch weitere Tische und Sitzgelegenheiten hineingestellt, so dass alle Gäste einen Platz hatten.

Was immerhin fünfzehn Personen sein würden.

„Ich glaube, so viele Menschen habe ich noch nie auf einem Fleck gesehen“, murmelte Felina. Sie war noch immer nicht ganz einig damit, dass sie ein Abendessen mit Freunden und Familie veranstalteten. Eine Feier war sicher eine aufregende und schöne Angelegenheit, dennoch ließ der Gedanke an so viele Menschen in einem Raum dem Puma in ihr das Fell zu Berge stehen.

„Dann hättest du bei der Party dabei sein sollen, die Rafael und Mike vor einigen Wochen in der Firma veranstaltet hatten“, sagte Lycan. „Wie viele waren das nochmal Ally? Achtzig?“

„Eher einhundert“, sagte ihre Schwester mit einem Grinsen. „Ich weiß noch, dass du ausgesehen hattest wie ein Reh im Scheinwerferlicht.“

„Ha ha…“, murrte Lycan, grinste Felina jedoch breit an.

Das liebenswerte Geplänkel half Felina dabei sich zu entspannen. Sie wollte den Abend genießen, zumal sich alle anderen darauf zu freuen schienen. Selbst Canys war den ganzen Tag schon hibbelig und aufgekratzt.

Auch jetzt lachte sie vor sich hin. Gemeinsam gingen sie zurück in die Küche und Felina half, so gut es ging, bei den letzten Vorbereitungen. Die Lähmung hatte sich nicht verändert. Weder zum Guten noch zum Schlechten, was in letzterem Fall auch schon als positiv gewertet werden konnte.

Aleydis hatte sie dazu überreden wollen in ein Krankenhaus zugehen und eine genauere Untersuchung zu machen, doch Felina hatte abgelehnt. Sie war sich sicher, dass man dort auch nicht mehr herausfinden würde als das, was ihre Schwester ihr schon gesagt hatte.

„Außerdem kann man gegen geschädigte Nerven nichts machen", hatte Felina mit einem schiefen Lächeln erwidert. Die schwarze Timberwölfin hatte ihr nur widerwillig zugestimmt, was Felina seltsamerweise gerührt hatte. Es gab ihr ein warmes Gefühl, dass die Ältere so hartnäckig war und jede Möglichkeit ausschöpfen wollte ihr zu helfen. Niemals wieder würde Felina auf den Gedanken kommen, dass sie sich nicht um sie sorgte oder sie nicht liebte.

Die Stimmung in der Küche war heiter, sie unterhielten sich während sie die letzten Vorbereitungen trafen und doch hielten alle angespannt inne, als es an der Tür klingelte. Aleydis, die am Kühlschrank stand, schloss ihn unverrichteter Dinge wieder und holte tief Luft.

„Unser erster Gast ist da", sagte sie lächelnd und ging zur Tür. Gespannt spähten sie alle in den Flur und zu der dunklen Gestalt hinter der Milchglasscheibe.

Lycan schnüffelte ebenfalls und murmelte: „Ich glaube, das ist Ian."

Er sollte recht behalten. Der ältere Mann mit dem Feuermal stand zusammen mit seinem Hund vor der Haustür und kurz darauf in der Küche. Es war eigenwillig für Felina ihn widerzusehen und zu realisieren, wie viel seit ihrem ersten Zusammentreffen geschehen war.

„Ich hatte noch keine Gelegenheit mich bei dir zu bedanken", sagte sie, als es an ihr war Ian zu begrüßen. „Vielen Dank, dass du mir das Leben gerettet hast."

„Nichts zu danken." Ians Blick fiel auf die Krücken und wurde traurig. „Ich wünschte nur, ich könnte auch jetzt etwas für dich tun."

„Wir geben die Hoffnung nicht auf", sagte Canys neben

ihr.

Cooper, der Mischlingshund des alten Mannes, schmiegte sich hingebungsvoll an die Wölfin und ließ sich auch von Felina streicheln, nachdem er an ihrer Hand geschnuppert hatte. Sie war ehrlich gesagt ein wenig nervös gewesen, da sie schließlich eine Katze war und diese sich mit Hunden wohl nicht so gut verstanden. Doch der Rüde hatte ihr freundlich über die Finger geleckt, als würde er sich nicht im Geringsten daran stören.

„Natürlich nicht", erwiderte Ian, als sie es ihm gegenüber erwähnte. „Er ist viel zu vernarrt in junge, schöne Frauen."

Felina lächelte, während Aleydis und Canys offen lachten und Lycan die Augen verdrehte.

„Kommt, wir gehen rüber bis die anderen eintreffen", sagte Rafael und legte einen Arm um seine Gefährtin. Zustimmendes Gemurmel erklang und Felina griff nach ihren Krücken.

„Darf ich dir ins Wohnzimmer helfen?", fragte Ian und sah sie erwartungsvoll an.

Felina zwang sich zu einem Nicken und gemeinsam machten sie sich auf den Weg. An ihrem Ziel angekommen ließ sie sich auf einem Stuhl am Tisch nieder. Ihre Schultermuskulatur protestierte noch immer gegen die ungewohnte Belastung, die die Benutzung der Krücken mit sich brachte.

„Noch eine Woche, dann hast du dich daran gewöhnt", sagte Rafael, der gegenüber von ihr Platz genommen hatte. „Ich habe auch länger gebraucht, um mit den Krücken zurecht zu kommen."

„Der Muskelkater ist die Hölle." Sie neigte den Kopf von einer Seite zur anderen, versuchte damit die Verspannungen zu lösen, und runzelte die Stirn.

„Was ist mit diesem Stuhl?", fragte sie und deutete auf einen Klappstuhl in der Ecke des Zimmers.

„Der ist für Nims Freundin Jules", erwiderte Lycan, der sich ebenfalls gesetzt hatte. „Sie wollte Nim besuchen kommen, die beiden kennen sich noch von früher. Sie weiß allerdings nicht, ob sie es noch heute schafft oder erst Morgen ankommt."

„Ah", erwiderte Felina. Sie war schon unruhig genug wegen der vielen Gäste und wusste nicht, ob sie wegen dieser Jules noch nervöser sein sollte oder ob es auf eine Person mehr oder weniger nicht mehr ankam. Zumal bis auf Zoes Kinder und Nims Eltern, die ebenfalls kommen würden, alle Gäste wussten, dass die Moore-Geschwister keine ganzen Menschen waren.

Für Vivien und Roger Clarkson waren Aleydis, Lycan, Canys und Felina nach ihrer Geburt getrennt und zu unterschiedlichen Familien gegeben worden. Erst nach dem Tod der Eltern hätten sie sich widergefunden und würden aktuell noch nach dem letzten fehlenden Bruder suchen.

So viel Lüge war darin nicht enthalten, wie Felina bemerkt hatte.

Eine Stunde später waren alle Gäste eingetroffen, das Wohnzimmer war erfüllt von fröhlichen Unterhaltungen und dem Geruch nach Essen. Die Atmosphäre war gelöst und Felina gefiel es besser als sie erwartet hatte. Nims Eltern waren entzückend und ganz offensichtlich sehr vernarrt in ihren „zukünftigen Schwiegersohn", wie sie Lycan andauernd nannten.

„Ich hätte nicht erwartet, dass unser Bruder erröten kann", sagte Felina zu Canys, die direkt neben ihr saß.

„Als er Nims Mutter kennenlernte, hatte er nur Jeans an und sie hatte ihn in Nims Küche überrascht. Ich wette, da war sein Gesicht noch röter."

Die beiden Schwestern lachten, was sofort eine Nachfrage von Beth folgen ließ, was denn so lustig sei. Die jüngere Schwester von Vivien Clarkson und Tante von Nim war gleichzeitig die Frau von Mike Kinnaman, dem Freund und Geschäftspartner von Rafael.

Felina ließ ihren Blick zu der Frau mit den Lachfältchen in den Winkeln ihrer grünbraunen Augen und dem silbernen

Ring in der Nase schweifen. Sie war… ungewöhnlich. Herrisch, bestimmt und doch hatte Felinas innere Katze sie sofort in ihr Herz geschlossen. Denn so dominant Beth auch auftrat, so herzlich war sie auch. Schon allein die Art wie sie Felina begrüßt hatte, als wäre sie auch ein von ihr lange vermisstes Familienmitglied, hatte das Eis zwischen ihnen gebrochen.

Beths Mann Mike war ein schwarzhäutiger Hüne mit Glatze und dunklen Augen, bei dessen Anblick Felina vielleicht gefaucht und geknurrt hätte, wenn Canys sich nicht ohne zu zögern von ihm hätte umarmen lassen. Tatsächlich war der bullige Mann eher ein sanfter Riese. Einer, der Felina vor wenigen Minuten eine Handvoll Broschüren für Rehabilitationsmaßnahmen und Trainings in die Hand gedrückt hatte, die ihr alle helfen sollten zu lernen mit ihrer Einschränkung umzugehen.

Als Canys trotz Lycans Protesten von seinem wenig eleganten ersten Zusammentreffen mit Nims Mutter erzählte, brandete Gelächter durch den Raum und gutgemeinter Spott regnete auf den Polarwolf nieder.

„Warum hat Beth keine Kinder?“, fragte Felina ihre Schwester. Es war offensichtlich, dass sie Nim sehr liebte und auch mit Zoes Kindern hervorragend umgehen konnte.

„Ally hat mir erzählt, dass sie nicht schwanger werden kann“, sagte Canys in dem wispernden Tonfall, den sie schon während ihrer Gefangenschaft perfektioniert hatten. Niemand außer Felina würde sie hören können.

„Meinst du“, fuhr Canys nachdenklich fort, „dass sie auch mit ihrem Erbgut experimentiert hätte, wenn sie das Wissen und die Technik zur Verfügung gehabt hätte? Um doch Nachwuchs zu bekommen, so wie unsere Eltern?“

Felina, die sich genau wie Lycan schwer damit tat die beiden Wissenschaftler, die sie gezeugt hatten, als ihre Eltern zu bezeichnen, schüttelte entschieden den Kopf.

„Nein, ganz sicher nicht.“ Grüne Augen, in deren Mitte es golden schimmerte, sahen sie an. Felina nahm die Hand ihrer Schwester und fügte hinzu: „Ich weiß, du willst das nicht hören, aber ich denke es ist gut, dass wir die beiden nicht kennengelernt haben. So wie es jetzt ist, so ist es besser. Wir sind eine Familie."

„Ja."

Sie lächelten sich an, schief und nicht so fröhlich wie die Stimmung um sie herum. Felina wusste woran es lag, woran ihre ältere Schwester dachte: Ihre Familie würde erst dann vollständig sein, wenn sie ihren fehlenden Bruder gefunden hatten.

Zusammen mit Lycan, Aleydis und den anderen feilten sie schon an neuen Plänen und Strategien wie sie den Bärenhybriden endlich aufspüren konnten.

„Also wirklich", kam es von Felinas Seite. Sie drehte sich herum und sah sich einer unzufrieden dreinblickenden Zoe gegenüber. Rafaels Schwester hob eine dunkle Augenbraue und sagte: „Jetzt zieht nicht so trübe Gesichter. Nehmt lieber noch einen Nachschlag." Mit diesen Worten reichte sie ihnen die Salatschüssel.

„Wirst du so schlimm wie Ally?", wollte Canys mit einem kleinen Lächeln wissen, tat sich dennoch zwei Löffel auf den Teller.

„Das muss ich nicht werden – ich habe drei kleine Monster, die ich regelmäßig zum Aufessen überreden muss." Sie grinste und fragte: „Wollt ihr mir sagen, dass ihr euch wie Kinder benehmen wollt?"

„Natürlich nicht", erwiderte Felina und grinste. Pflichtbewusst griff sie nach der Servierplatte mit dem geschnittenen Braten und legte sich eine weitere Scheibe auf den Teller. Der reichhaltige Duft ließ ihre Katze zufrieden schnurren.

Canys neben ihr fragte: „Wie war deine Geschäftsreise gestern?"

„Wieder sehr anstrengend", seufzte Zoe. Ihr Blick wanderte zu ihren Kindern, die am anderen Tischende saßen und sich ausgelassen mit Lycan und Nim unterhielten. Schuld mischte sich in das Blau ihrer Augen. „Ich habe ein schlechtes Gewissen, dass ich zu viel unterwegs bin. Die Kinder…"

„… fühlen sich pudelwohl bei uns“, ging Rafael dazwischen. „Du sollst doch aufhören dir ein schlechtes Gewissen zu machen. Sie sind alt genug um zu wissen, dass du sie nicht alleine lässt.“

Für einige Sekunden wirkte Zoe verloren und ohne darüber nachzudenken legte Felina eine Hand auf die der anderen Frau. Sie wusste von Lycan, dass Zoes Mann und der Vater der Kinder vor einigen Jahren bei einem Unfall ums Leben gekommen war. Felina mochte nichts von normalen Familienstrukturen und Beziehungen verstehen, doch sie wusste ziemlich genau wie sich die Psyche nach traumatischen Erlebnissen verhielt.

Selten rational, oft impulsiv und furchtgesteuert. Sie würde darauf wetten, dass Zoe sich Sorgen darüber machte, dass Ryan und die Zwillinge denken könnten, dass sie sie verlassen würde - ebenso wie ihr Vater es getan hatte.

Jeder ist ein bisschen zerbrochen innen drin, dachte sie. War es verrückt, dass sie sich deswegen weniger defekt fühlte? Auch wenn ihre Beine ihr nicht mehr gehorchen wollten?

„Wir haben sie sehr gerne hier“, kam es auch von Aleydis, die das Gespräch und die gekippte Stimmung bemerkt hatte.

„Sie lieben es auch hier“, sagte Zoe und lächelte schief, „auch wenn sie jedes Mal die verrücktesten Sachen erzählen.“

„Was hat Ally ihnen dieses Mal beigebracht?“, wollte Vivien wissen. Nims Mutter, die einen ebenso eigensinnigen und liebenswerten Charakter hatte wie ihre jüngere Schwester, beugte sich über den Tisch. „Nim hat mir letztens von dem Radio-Massaker erzählt und ich habe mich königlich amüsiert.“

Sofort war die Aufmerksamkeit aller anderen am Tisch ebenfalls bei der alleinerziehenden Mutter. Lachend begann sie zu erzählen, wie Amy und Liv ihr am vergangenen Abend empört vorgehalten hatten, dass Zoe sie bezüglich der Glühwürmchen angelogen hätte. Sie würden gar nicht mit kleinen

Lampen herumfliegen, sondern das Licht in ihren Hinterteilen machen.

Gelächter flutete durch den Raum, erfüllte ihn genauso wie der Geruch des Essens und die unzähligen Witterungen aller Anwesenden.

Das Läuten der Haustür durchbrach den Geräuschteppich der Gespräche, ein Prickeln lief Felinas Rückgrat hinunter. Manchmal bedeuteten solche unvorhergesehenen Unterbrechungen noch Stress für ihre Katze.

Aleydis stand auf und verkündete: „Ich gehe aufmachen."

„Erwarten wir noch jemanden?", fragte Zoe.

Felina, die ihrer ältesten Schwester hinterher gesehen hatte, drehte den Kopf zu Nim und sagte: „Das wird doch deine Freundin Jules sein?"

Große blaue Augen blinzelten sie an, während Beth an der Seite ihrer Nichte die Stirn runzelte. „Ich dachte Jules wäre aktuell in Mexico."

„Ähm…", kam es kleinlaut von Nim, ehe sie hilfesuchend zu Lycan sah.

Felinas Nackenhaare stellten sich auf, Adrenalin rauschte durch ihre Blutbahn und versetzte auch die Katze in ihr in höchste Alarmbereitschaft. Hier stimmte doch etwas nicht!

Worte waren aus dem Flur zu hören, trotz ihres hervorragenden Gehörs verstand Felina nur Gemurmel. Sie atmete tief ein in der Hoffnung, dass ihre Nase ihr verriet wer da gekommen war, doch aufgrund der Vielzahl an Leuten im Raum war es unmöglich eine einzelne Duftnote herauszufiltern.

Aber vielleicht hätte Felina ihren Sinnen auch nicht getraut, wenn sie ihr gesagt hätten, wer da das Haus betreten hatte. Sie wollte selbst ihren Augen nicht trauen, als ein schlanker Mann mit unordentlichen, braunen Haaren und einem angespannten Ausdruck auf dem Gesicht im Türrahmen stand.

Braune Augen erwiderten sofort Felinas Blick.

„Vincent", kam es ihr atemlos über die Lippen. Ihr ganzer Körper stand unter Strom, das Herz schlug ihr bis zum Hals und der Puma in ihrem Inneren maunzte laut und eindringlich. Er wollte sofort hinüber zu dem Mann laufen, sich an ihn schmiegen und seine Hände auf der Haut oder dem Fell spüren. Seinen so schmerzlich vermissten Geruch nach Minze und Holzspäne einatmen.

Dumm nur, dass Felina nicht laufen konnte und sich eigentlich auch nicht an Vincent schmiegen wollte.

Eigentlich.

Stimmen erhoben sich um Felina, Begrüßungen und Fragen der Anwesenden, doch in ihren Ohren rauschte es viel zu laut, als dass sie etwas hätte verstehen können. Ihre komplette Wahrnehmung war auf Vincent fokussiert. Sie bemerkte, dass seine Haare noch unordentlicher waren als sonst, sah die dunklen Schatten unter seinen Augen.

„Hallo Lina", sagte er und seine Worte drangen wie Sonnenstrahlen durch den diffusen Geräuschnebel um sie herum. Sie konnte nichts anderes tun als ihn anstarren, den Aufruhr in ihrem Körper und ihren Gedanken wahrnehmen - und wie sehr sie ihn vermisst hatte.

Jemand berührte sie an der Schulter. „Hey, willst du nichts sagen?"

Es war Canys. Felina drehte langsam den Kopf zu ihr, konnte nur schwer ihre Augen von Vincent lösen. Sie wusste, dass im Augenblick das Grau ihrer Iris bronzefarben war und hoffte, dass Nims Eltern das nicht bemerkten.

Wie verrückt war es eigentlich genau jetzt darüber nachzudenken?! Vincent war hier!

Sofort sah sie wieder zu ihm, als hätte er in den wenigen Sekunden einfach verschwinden können, in den sie ihn nicht angesehen hatte.

„Vincent", brachte sie schließlich hervor, das Wort eher mit dem Raunzen der Katze gesprochen als mit der Stimme der Frau.

Ein Räuspern, von Aleydis neben dem unverhofften Gast. „Wollt ihr nicht auf die hintere Veranda gehen und euch unterhalten?"

Diese Frage riss Felina aus ihrer Schockstarre - und am

liebsten hätte sie nein gesagt. Hätte gesagt, dass Vincent sofort wieder gehen sollte oder sie würde notfalls aus dem Haus kriechen. Sie hatte ihn doch fortgeschickt, gesagt er solle nie wieder herkommen.

Warum war er dann doch hier?

Und warum freute sie sich so ihn zu sehen, obwohl seine Anwesenheit gleichzeitig alles in ihr durcheinanderbrachte?

Gefangen in diesen widersprüchlichen Gefühlen in ihrem Inneren und nicht in der Lage, die Sehnsucht zu bekämpfen, die sie für Vincent empfand, nickte Felina ruckartig und schob ihren Stuhl vom Tisch zurück. Sogleich reichte Mike ihr die Krücken, die hinter ihr an der Wand gelehnt hatten. Felina war sich den mehr als ein Dutzend Augenpaaren bewusst, die ihre steifen Bewegungen genau verfolgten. Vor allem war sich Felina Vincents Blick bewusst.

Was dachte er? Bemitleidete er sie? Ekelte er sich gar vor ihr? Schämte sich?

Felina biss die Zähne zusammen, umrundete ihn und stakste in die Küche. Jede Zelle ihres Körpers prickelte als könnten sie Vincents Blicke in ihrem Rücken tatsächlich spüren. Ihre Lungen füllten sich mit seinem Duft, der auf dem Flur deutlicher wahrzunehmen war. Das Aroma von Minze und Holzspänen berauschte und beruhigte den Puma in ihr gleichermaßen.

Kühle Luft schlug ihr entgegen, als sie die Tür zur Veranda aufstieß. Der Herbst war immer weiter fortgeschritten, es hatte den ganzen Tag geregnet und die Temperaturen waren deutlich gesunken. Dennoch spürte sie die klamme Kälte kaum, denn das Chaos in ihr lenkte sie zu sehr ab.

Auf der Veranda angekommen ließ sich Felina in einen der Korbstühle fallen. Selbst die Muskeln, über die sie in ihren Beinen noch Gewalt hatte, zitterten vor Anspannung. Weil sie die Stille und die Ungewissheit nicht länger zu ertragen konnte, fragte Felina atemlos: „Was tust du hier?"

Vincent stellte sich ihr gegenüber an das Geländer der Veranda, schob die Hände in die Hosentaschen seiner Jeans. Sein Gesicht wurde von dem spärlichen Licht beschienen, das durch das Küchenfenster nach draußen fiel. Hinter ihm erstreckte sich der dunkle Garten, was seiner Gestalt eine eigenartige Dramatik verlieh.

„Es freut mich dich zu sehen. Wie geht es dir?“

„Vincent, bitte nicht“, sagte Felina und konnte selber das Knurren in ihrer Stimme hören. „Was führt dich her?“

„Ich bin eingeladen worden.“

„Von wem?“

„Ist das wirklich wichtig?“, konterte er, die Brauen über den Augen zusammengezogen. So, als wäre er unzufrieden. „Ich bin hier, sage dass ich mich freue dich zu sehen und frage dich wie es dir geht und du willst nur wissen, wer mich angerufen hat?“

„Ja, weil ich dir gesagt hatte nicht mehr hierher zu kommen.“

„Ich bin niemand, den du herumkommandieren kannst“, sagte er kühl. Felina hatte das Gefühl, als würde er ihren Pelz in die falsche Richtung streicheln. Es war unangenehm und gefiel ihr ganz und gar nicht.

„So meinte ich das nicht, aber-“

„Doch, so hast du es gemeint.“ Er schüttelte den Kopf und fügte hinzu: „Meinst du ich war nicht schockiert darüber, dass das Medikament solche Nebenwirkungen hatte? Ich dachte, ich helfe dir damit und dabei hat es zu dieser Lähmung geführt.“

„Der Chip ist zerstört“, sagte Felina. Sie musste die Hände auf ihren Oberschenkeln zusammenballen, um nicht nach ihm zu greifen. Sie sah die Vorwürfe in seinen Augen, die er sich machte.

„Immerhin das.“ Vincent nahm die Hände aus den Taschen und rieb sich über die Augen. Als er sie wieder ansah, fragte er sanfter: „Wie kommst du mit den Krücken zurecht?“

„Prima.“

„Hast du Schmerzen?“

„Nein.“

„Gab es sonst Veränderungen? Besserung vielleicht?“

„Nein.“ Felina biss die Zähne zusammen, schwankend

zwischen Wut und Verzweiflung. Warum musste er so nachbohren? Vincent wollte noch etwas sagen, doch ihr platzte der Kragen und sie knurrte: „Ist das ein Verhör? Oder fragst du mich das als Tierarzt?"

„Ich frage das", sagte er völlig ungerührt von ihrem Ausbruch, „weil ich dich liebe und wissen möchte wie es dir geht."

Felina zuckte vor seinen Worten zurück als wären sie giftige Schlangen. „Sag das nicht."

„Warum nicht, wenn es die Wahrheit ist?"

Sie konnte nur den Kopf schütteln. Nein, sie wollte das nicht hören. Sie fürchtete sich davor, dass sie schwach werden würde. Schwach gegen die unbändige Sehnsucht in jeder Faser ihres Körpers, die sich nach Vincent verzehrte. Die bei ihm sein wollte, selbst wenn er eines Tages begreifen würde, was für einen Fehler er begangen hatte als er sich mit einer defekten, widernatürlichen Kreatur wie ihr eingelassen hatte.

„Was macht dir solche Angst?"

Vincents Augen ließen sie nicht los, während er sie ansah und auf eine Antwort wartete.

„Dass du irgendwann erkennst, was für einen Fehler du mit mir gemacht hast. Ich habe die Hölle auf Erden erlebt und doch weiß ich, dass es mich vernichten würde zu sehen, wenn du mich mit Ablehnung oder Abscheu in den Augen ansiehst. Das würde ich nicht überleben."

„Felina, das ist doch Unsinn." Er ging vor ihr auf die Knie, legte seine Hände auf ihre nackten Beine und ließ ihren Blick nicht los. „Hältst du mich für so ein oberflächliches Schwein? Dass ich eines Tages aufwache und mich nicht mehr für den glücklichsten Mann der Welt halte, weil du neben mir liegst? Dass ich dich einfach so fortjagen könnte?"

„Ich… ich weiß es nicht."

„Warum nicht? Hältst du dich selbst für so wenig liebenswert?"

„Ich bin ein Monster", kam es heiser aus ihr heraus. Sie schmeckte Blut auf der Zunge, ihre Lungen brannten.

„Bist du nicht, das weiß ich", widersprach er ihr, griff nach ihren kalten Händen und hielt sie in seinen viel wärmeren. „Du bist in mein Leben getreten als wärst du schon immer ein Teil davon gewesen, als wäre mein Herz ein Zuhause, gebaut nur für dich. Und wenn du nicht bei mir bist, dann fühle ich mich hohl und leer."

„Aber… meine Beine…"

„Sind wunderschön, ob sie nun gelähmt sind oder nicht. Bitte vertrau mir hierbei." Trauer und Dunkelheit traten in Vincents Augen, ließen ihr Herz schmerzhaft stolpern. „Lina, bitte sag mir was du für mich fühlst."

„Ich liebe dich", sagte Felina mit brechender Stimme, gefangen zwischen Schmerz und Glück. „Ich brauche dich. Nicht um zu überleben, sondern um mein Leben lebenswert zu machen."

Jetzt, da sie ihr Schweigen gebrochen hatte, konnte sie die Worte nicht mehr zurückhalten: „Es sind deine Arme, die ich um mich haben möchte. Es sind deine Augen, in denen ich mich verlieren möchte. Es ist dein Lächeln, dem ich nicht widerstehen kann und deine Stimme, der ich über Stunden zuhören kann. Du bist es, nachdem sich meine verworrene Seele sehnt."

„Du sture Frau", lachte Vincent, beugte sich nach vorne und legte seine Lippen auf ihre. Der Kuss durchfuhr Felina wie einen Stromschlag. Sie kam ihm entgegen, legte ihre Arme um seinen Hals und erwiderte seine Zärtlichkeiten. Sie fühlte sich wie ausgetrocknet, verzweifelt dürstend nach diesem Mann.

„Mir ist es egal, ob du gelähmt bist oder nicht. Ich lasse dich nie wieder alleine. Hörst du?"

Sie konnte nur nicken, zog sich halb aus dem Sessel und auf seinen Schoß, um ihm noch näher zu sein. Ihre Katze schnurrte und raunzte in ihrem Kopf, stupste sie mit den Pfoten an als würde sie ihr sagen wollen, dass sie es ihr gleich gesagt hatte. Gleichzeitig wollte das Tier aus ihr herausbrechen, ebenfalls Vincents Finger in seinem Fell spüren.

Später, versprach Felina ihrem zweiten Ich und der Puma war zufrieden, denn als Frau was es so viel schöner Vincent zu küssen und von ihm geküsst zu werden. Ihre Hände fuhren in sein Haar, sie schnurrte leise als er seine Finger an ihren Nacken legte und sie noch inniger küsste.

„Ich liebe dich so sehr", gestand sie an seinem Mund, hauchte es auf seine Lippen. Vincent murmelte eine Erwiderung, die Worte klangen in Felinas Seele wider und überfluteten ihr Innerstes mit Wärme. Sie spülten die letzten Reste der Zweifel hinfort und ließen sie endlich wieder atmen. Mit jedem Kuss wurde ihr leichter ums Herz.

Der zarte Duft nach Veilchen und Limette streifte Felinas Bewusstsein und vielleicht hätte sie ihn ignoriert, wenn nicht…

„Tante Lina und der Mann knutschen!", sagte Amy so laut, dass Felina und Vincent zusammenzuckten und sich voneinander lösten, um die kleine Spionin an der Küchentür anzusehen. Das Mädchen kicherte so ausgelassen, als hätte es ein großes Geheimnis entdeckt. Coop, der schwanzwedelnd neben ihr stand, kläffte freudig.

„Ich glaube wir sind aufgeflogen", sagte Vincent mit einem breiten Grinsen.

„Sieht so aus."

„Kommt wieder rein, ihr habt später noch genug Zeit zu zweit", rief Aleydis von drinnen, auch ihrer Stimme hörte man die Belustigung an. „Vincent hat sicher Hunger."

„Er wird die Kraft brauchen", hörte Felina Mike dumpf, was sofort neues Gelächter zu ihnen herauswehen ließ, gefolgt von gutgemeintem Spott.

Vincent hob eine Augenbraue und fragte sie: „Hat er das gesagt, was ich denke gehört zu haben?"

„Vielleicht." Sie neigte den Kopf zur Seite. „Stört es dich?"

„Nein." Er gab ihr einen schnellen Kuss, beugte sich ein Stück nach unten und hob sie auf seine Arme. Felina wollte protestieren, nach ihren Krücken greifen und selbst zurück ins Haus gehen, doch Vincent ging einfach in die Küche.

„Vincent, lass mich runter!"

„Ich trag dich gerne auf Händen. Das hat mir vorher schon gefallen." Wieder ein Kuss von ihm, dieses Mal auf ihren

Hals, was ihre Katze zum Schnurren und ihre Proteste zum Verstummen brachte.

Kurz darauf, nach einigem Stühlerücken, saßen sie wieder zusammen mit den anderen im Wohnzimmer. Die Stimmung war aufgekratzt, es wurde viel gelacht und Vincent wurde von verschiedenen Seiten nur so mit Fragen gelöchert.

Nach der gutgemeinten Inquisition, die mit viel Gelächter verbunden war und während derer Vincent von Aleydis einen Teller vorgesetzt bekommen hatte, gab es aber auch noch etwas, das Felina brennend interessierte.

„Nun aber raus mit der Sprache", forderte sie und sah Vincent grinsend an, „wer hatte dich angerufen?"

Seine braunen Augen huschten zur Seite, sie folgte seinem Blick - und gab ein ungläubiges Raunzen von sich, das sich sehr nach dem ihrer Katze anhörte.

„Wirklich?!", fragte sie. „Von dir hätte ich es am wenigsten erwartet."

Grinsend und nicht im Geringsten schuldbewusst zuckte Rafael mit den Schultern, ehe er Vincent zuzwinkerte. Der ehemalige Soldat schien ganz zufrieden mit sich zu sein und wenn Felina ehrlich war, dann konnte sie ihm auch nicht böse sein.

Sie sah sich um und wollte wissen: „Und ihr anderen habt einfach so mitgemacht?"

„Natürlich", kam es von Lycan, in dessen grauen Augen sich das Blau seines Wolfs zeigte. Es grenzte an ein Wunder, dass die Veränderung den uneingeweihten Gästen nicht auffiel.

„Ich hatte Angst, dass ich mich verplappern würde."

Vivien sah ihre Tochter an und sagte mit einem kleinen Seufzen: „Du hast noch nie ein Talent dafür gehabt zu flunkern."

„Bei sowas zumindest nicht", murmelte Nim und zuckte mit den Schultern. Sie sah zu Felina hinüber, ein Lächeln auf den Lippen. Felina wusste genau, dass die Gefährtin ihres Bruders sehr wohl dazu in der Lage war ein Geheimnis zu behalten. Es machte sie sehr sympathisch, dass sie bei dieser vergleichsweise kleinen Heimlichkeit befürchtet hatte sich zu verraten.

„Ich erinnere mich, als du ein Kind warst", kam es von Beth amüsiert. „Du hast es nicht geschafft für dich zu behalten, was deine Eltern von Mike und mir zu Weihnachten bekommen."

„Oh, bitte nicht das schon wieder", jammerte Nim und wurde rot. Natürlich forderten sofort alle Anwesenden Beth dazu auf die Geschichte zu erzählen. Weil Nims Tante war wie sie war, hörte sie nicht auf das Flehen ihrer Nichte, erzählte mit viel gespielter Tragik und Ausschmückungen von dem besagten Weihnachtsfest und brachte damit alle Zuhörer zum Lachen.

Doch in all der Fröhlichkeit, der Zufriedenheit und dem vermeintlichen Happy End gab es noch eine Sache, die Felina keine Ruhe ließ. Es war wie ein Stachel in ihrer Pfote, der sie plagte. Und es war nicht die Tatsache, dass ihre Familie noch nicht komplett war.

Nein, es war etwas Anderes. Denn obwohl sie sich damit arrangiert hatte vielleicht nie wieder Laufen zu können gab es ein Hindernis, das sich nicht mit Verständnis oder Zeit aus der Welt schaffen ließ.

„Wie soll ich denn nach Browning kommen?", fragte Felina. Sie sah zu dem Mann an ihrer Seite. Dem, der sowohl das Herz der Frau als auch das des Pumas besaß. „Du wirst deine Praxis nicht aufgeben." Die letzten Worte waren eine Feststellung, ein Befehl gewesen. Keine Bitte oder Frage.

„Ich werde dich holen wann immer du willst", erwiderte er, griff nach ihrer Hand und hauchte einen Kuss auf ihre Knöchel.

„Das wird nicht nötig sein", kam es von der anderen Tischseite. Aleydis sah Felina lächelnd an. „Nächste Woche wird das Auto geliefert, das ich für dich bestellt habe."

Perplex blinzelte Felina ihre Schwester an. „Was für ein Auto?"

„Eines, das durch eine spezielle Konstruktion nur mit den Händen gefahren werden kann. Sobald du gelernt hast damit umzugehen und die Fahrprüfung bestanden hast, kannst du so oft zu Vincent fahren wie du möchtest."

„Das hast du einfach gekauft ohne mich zu fragen?"

Die schwarze Wölfin zuckte nur mit den Schultern, während Lycan lachend sagte: „An solche Aktionen wirst du dich gewöhnen müssen."

„Welches Modell hast du gekauft?", fragte Roger Clarkson interessiert und sofort entbrannte unter den Anwesenden eine Diskussion über die verschiedenen Automarken, Modelle, Ausstattungen und noch unzähliges mehr, was Felina schon nach wenigen Minuten Kopfschmerzen bereitete.

Und es war auch völlig egal, denn für sie zählte nur, dass sie trotz ihrer Einschränkung mobil genug sein würde, um überall dorthin zu gelangen, wo sie wollte.

Sie hatte ein Zuhause, eine Familie, ihre Freiheit und einen Partner, der sie genau so liebte wie sie war.

Ihr Leben war so viel reicher geworden als sie es sich in ihren kühnsten Träumen hätte vorstellen können und egal ob sich ihr Rückgrat wieder erholte oder nicht, Felina würde dieses Leben gegen kein anderes auf der Welt eintauschen wollen.

Ein sanftes Schnurren vibrierte in ihrer Brust, so leise, dass es die anderen am Tisch nicht hören konnten, als Felina nach Vincents Hand griff und ihre Finger mit ihm verschränkte.

Ja, selbst mit all den Widrigkeiten, die ihnen noch bevorstanden und den Problemen, die es zu lösen gab…

… das hier war wahres Glück.

Leseprobe

„Grizzlyblut“

Prolog

Anfang September, drei Monate nach der Flucht

Nass und tonnenschwer hing sein Pelz an ihm. Der Regen donnerte mit Macht auf die Erde hinunter, trommelte auf seinem Rücken und erschwerte die Sicht. Der Boden unter seinen Tatzen war weich und rutschig, so dass er die Krallen tief in die Erde graben musste, um nicht die Böschung hinunterzustürzten.

Durch das Tosen des Unwetters konnte Ursyn kaum noch seine Verfolger hören. Seine Nase wurde von dem vielen Wasser in der Luft ebenfalls behindert. Sein einziges Glück war, dass es den Männern in Schwarz hinter ihm genauso erging. Ihnen und den Bluthunden, mit denen sie ihn seit zwei Wochen durch die Wälder hetzten.

Nein, sie waren ihm schon länger auf den Fersen. Bereits wenige Tage nach ihrer Flucht hatten sie seine Spur aufgenommen. Zwei Monate lang war es ein Katz-und-Maus-Spiel gewesen, das heftig an seinen Nerven gezerrt hatte. Dann endlich hatte Ursyn gedacht sie los geworden zu sein, ehe sie ihn nahe einer Siedlung wieder aufgespürt hatten.

Du darfst nicht aufgeben, sagte er sich immer und immer wieder. Er war erschöpft, völlig am Ende seiner Kräfte und schleppte sich doch immer weiter. Aufgeben war keine Option, sie hatten es sich gegenseitig geschworen.

Ursyn konnte nur hoffen, dass seine drei Geschwister in Sicherheit waren. Er redete sich ein, dass so lange sie ihn verfolgten, sie keine Spur von den anderen hatten. Es musste ihnen gut gehen, einen anderen Gedanken könnte er nicht ertragen.

Erinnerungen stiegen in seinem übermüdeten Verstand auf, an die Nacht ihrer Flucht. Auch damals hatte es in Strömen geregnet. Aufgepeitscht von Adrenalin waren sie alle in unterschiedliche Richtungen gerannt. Ein Fehler, wie Ursyn später herausgefunden hatte, als er seinen Bruder und seine Schwestern nicht wiedergefunden hatte.

Was, wenn sie doch…?

Nein!, dachte Ursyn, schüttelte seinen massigen Kopf – und brachte sich damit aus dem Gleichgewicht. Sein rechtes Vorderbein glitt auf dem schlammigen Waldboden aus, sein zweites hinterher und ehe er reagieren konnte rutschte sein massiger Leib den Abhang hinunter. Schneller und immer schneller, die jungen Bäume waren kein Hindernis für ihn und er hinterließ eine Schneise der Zerstörung auf seinem Weg nach unten.

Mit einem Platschen landete er in einem Fluss. Eiskaltes Wasser schlug über ihm zusammen, die Strömung drückte ihn weiter unter die Oberfläche und zog ihn mit. Hektisch paddelte er nach oben, schnappte nach Luft und wurde gleich von der nächsten Welle überschwemmt. Immer wieder kämpfte er sich an die Oberfläche und es erschien ihm wie eine Ewigkeit, bis die Wut des Flusses nachließ.

Ursyn bekam einen Baumstamm zu packen, den das Wasser ebenfalls mit sich gerissen hatte. Keuchend hielt er sich daran fest, sah sich um und erkannte nichts wieder. Wie weit war er abgetrieben worden?

Andererseits war es vielleicht ein Glück für ihn gewesen. Im Wasser konnten die Bluthunde seine Fährte nicht verfolgen und es würde schwierig für die Männer in Schwarz werden, die Ufer über etliche Meilen hinweg abzusuchen, wo er wieder an Land gegangen war.

Ursyn zwang sich nachzudenken. Seinem Bären gefiel es nicht noch länger wie ein Blatt von den Wellen hin und her geworfen zu werden, selbst jetzt als der Fluss bereits ruhiger geworden war. Ewig würde er nicht auf diese Weise reisen können, aber solange es ihm möglich war wollte Ursyn nicht wieder zurück an Land. Das Wasser war kalt, doch sein dicker Pelz würde ihn davor schützen zu unterkühlen. Es war die beste Möglichkeit so viel Abstand zwischen sich und seine Verfolger zu bringen ohne sich anstrengen zu müssen.

Der Bär ließ sie ein tiefes Brummen ausstoßen, bevor er sich Ursyns logischeren Denkstrukturen ergab.

Es dämmerte bereits, als Ursyn sich schließlich aus dem Wasser zog. Der zuvor reißende Gebirgsfluss war zu einem breiten, gemächlichen Strom geworden. Der Kies an der seichten Stelle, die er sich für den Ausstieg ausgesucht hatte, knirschte laut unter seinen Tatzen. Er begann sich zu schütteln, versuchte das Wasser aus seinem Fell zu bekommen. Er musste so gut wie möglich trocken werden, bevor die Nacht hereinbrach.

So komfortabel es auch gewesen war, sich von dem Baumstamm und dem Fluss tragen zu lassen, so anstrengend war es gleichzeitig auch gewesen. Ursyns Magen zog sich unglücklich zusammen. Er musste dringend etwas zu fressen finden. Vielleicht fand er im Unterholz Beeren oder einige Pilze. Selbst Aas würde er nehmen, auch wenn es seiner menschlichen Hälfte heftig widerstrebte.

Prüfend hob Ursyn die Nase in den Wind, atmete tief ein…

… und riss überrascht die Augen auf. Der Wind trug den Geruch von Holzfeuer, warmen Ziegelsteinen und gebräuntem Zucker mit sich. War er etwa in der Nähe einer Siedlung? Unwillkürlich machte Ursyn einen Schritt zurück.

Bisher hatte er Städte und damit Menschen immer gemieden. Sein Bär war robust genug um für sich selbst zu sorgen und Ursyns menschliche Seite war zufrieden damit im Hintergrund zu bleiben, jetzt da sie in Freiheit waren. Nur ein einziges Mal hatte er sich in den letzten Monaten gewandelt und das auch nur um sich unter die Plane eines Lastwagens zu schmuggeln und auf diese Weise seinen Häschern zu entwischen.

Ohne es wirklich entschieden zu haben bewegte Ursyn sich in die Richtung des Geruchs. Sein Magen knurrte laut, während er durch das Unterholz stapfte. Tatsächlich war er nicht lange unterwegs, bis er zwischen den Stämmen der Bäume erleuchtete Fenster erkennen konnte. Der Geruch nach gebräuntem Zucker hatte sich mittlerweile um Zimt,

Teig und süße Äpfel ergänzt.

Apfelkuchen, dachte er und ihm lief das Wasser im Maul zusammen. Sein Magen knurrte laut. Er hatte schon immer eine Schwäche für süße Speisen gehabt. Vor wenigen Wochen hatte er einen Bienenstock entdeckt gehabt. Der süße, cremige Honig war die zerstochene Nase allemal wert gewesen.

Wenige Meter vor dem Waldrand blieb er stehen. In einiger Entfernung, über eine Wiese mit hohem Gras, konnte er ein Gebäude mit erleuchteten Fenstern sehen. Es war ein zweistöckiges Haus, wie er schon viele an den Rändern der ausgedehnten Wälder auf seinem Weg gesehen hatte. Die Fassade war weiß gestrichen, die Fensterläden in einem freundlichen blau und das Dach mit schwarzen Schindeln gedeckt.

Auf der einen Seite des Gebäudes konnte er einige Obstbäume stehen sehen und daneben einen eingezäunten Bereich. Auf einer Leine schaukelte Kleidung im kühler werdenden Abendwind. Die ganze Szenerie schrie ihm praktisch entgegen den Pelz loszuwerden und wieder auf zwei Beinen zu gehen.

Vielleicht war es an der Zeit sich unter den Menschen zu verstecken? In einer großen Gruppe fielen einzelne Individuen nicht so schnell auf. Ursyn schätzte, dass er sich irgendwie würde durchschlagen können und sollte es doch nicht klappen, dann würde er wieder dem Bären die Zügel überlassen.

Sein Bär war unschlüssig und schnaubte. Menschen bedeuteten Gefahr und Schmerz, das hatten er und seine Geschwister ihr gesamtes Leben gelernt. Trotzdem sagte etwas in Ursyn ihm, dass die Welt außerhalb der Hölle von ConPharm nicht durch und durch schlecht sein konnte.

Er erinnerte sich dunkel und verschwommen an die ersten Jahre seines Lebens, als er und seine jüngeren Geschwister noch Kinder gewesen waren. Ihre Betreuerinnen damals waren gut zu ihnen gewesen, hatten mit ihnen gespielt und sie zum Lachen gebracht. Die Sadisten hatten erst dann die Kontrolle über ihre Leben übernommen, als sich zum ersten Mal Ursyns Grizzly gezeigt hatte.

Danach war nichts mehr so gewesen wie davor.

Unwillig schüttelte er seinen massigen Kopf und verscheuchte die Alpträume. Er musste über andere Dinge nachdenken als über das Grauen in seinem Unterbewusstsein. Sollte er wirklich menschliche Gestalt annehmen? Monatelang war er ein Bär gewesen und hatte seine Geschwister nicht finden können. Vielleicht würde es ihm als Mann gelingen. Es kam zumindest auf einen Versuch an.

Ja, er würde es wagen.

Ursyn schnupperte angestrengt, schwor sich sofort das Weite zu suchen und nicht hier zu bleiben, sollte er auch nur einen Hauch von Gefahr wittern können. Aber auch nach mehreren Minuten und nachdem der Wind einmal gedreht hatte, konnte er nur weiter den verführerischen Duft des Kuchens wahrnehmen.

Sein Bär brummte noch immer unglücklich, doch Ursyn hatte eine Entscheidung getroffen. Er würde wieder auf zwei statt vier Beinen laufen. Ursyn atmete tief durch und leitete die Wandlung ein, sofort spülten Schmerz und Ekstase über ihn hinweg.

Seine Knochen knirschten, sprangen schmatzend aus den Gelenken, um sich kurz darauf in veränderter Anordnung wieder zusammenzufügen. Das Fell zog sich zurück und er fühlte kalte Luft auf seiner mit Schweiß bedeckten Haut. Sein Geruchssinn und sein Gehör wurden schwächer, wohingegen seine Augen besser wurden.

Es dauerte mehrere stolpernde Herzschläge, bis Ursyns Nervenenden sich wieder korrekt verknüpft hatten und er es wagen konnte sich aufzurichten. Die Muskeln in seinen Beinen zitterten und er musste die Arme ausstrecken, da er diesen Körper nicht mehr gewohnt war.

Sein Bär war von der Vorstellung so nackt und schutzlos zu sein nicht erfreut. Außerdem hatte die Wandlung Unmengen an Energie gekostet, so dass ihm zusätzlich schummrig vor Hunger war.

Wir ändern das gleich, versprach Ursyn dem tierischen Teil seiner Seele. Ein letztes Mal sah er sich um, dann trat er aus dem Wald und ging auf das Gebäude zu. Er behielt die erleuchteten Fenster die ganze Zeit im Blick, um sich rechtzeitig in das hohe Gras in Deckung fallen lassen zu können.

Zu seinem Glück war das nicht nötig. Eilig riss er einen groben Wollpullover und eine Jeans von der Leine und schlüpfte hinein. Der Pullover passte gerade so, die Jeans hing ihm etwas zu tief auf den Hüften. Schnell sah Ursyn sich um, entdeckte ein paar Arbeitsstiefel neben der Veranda und nahm sich auch diese. Sie waren ihm etwas zu klein, weswegen er die Schnürsenkel weiter aus den Schlaufen zog. Für den Anfang würde er damit zurechtkommen.

Der Wind drehte wieder… und das metallische Klacken des Hahns einer Waffe ließ ihn zur Salzsäule erstarren.

„Keine Bewegung“, schnarrte eine tiefe Stimme hinter ihm, „oder ich erschieße dich wie den räudigen Dieb, der du bist.“

Printed in Poland
by Amazon Fulfillment
Poland Sp. z o.o., Wrocław

74713947R00228